LE COMTE BUBU

DU MÊME AUTEUR

Romans

Adélaïde de Kergoust, Belfond
Mariorca, Flammarion
Les jumeaux de Kissingen, Laffont
La Rose et les Soldats, Grasset
Le Patron, Grasset
Drame dans un miroir, Denoël
Belle de Paris, Trévise

Divers (récits, essais)

Coco Chanel, Belfond
Le Maréchal et la Dactylo, Laffont
Une enfance alsacienne, Belfond
La bande à Jésus, Favre
Dieu a déménagé, Favre

MARCEL HAEDRICH

Le comte Bubu

PIERRE BELFOND
216, boulevard Saint-Germain
75007 Paris

Si vous souhaitez recevoir notre catalogue
et être tenu au courant de nos publications,
envoyez vos nom et adresse, en citant ce livre,
aux Éditions Pierre Belfond,
216, Bd Saint-Germain, 75007 Paris.
Et pour le Canada à
Edipresse (1983) Inc., 5198, rue Saint-Hubert,
Montréal, Québec H2J 2Y3, Canada.

ISBN 2.7144.2150.4

En souvenir de mes premiers Mauriciens, le comte Clément de Chazal et Henri Goupille. Avec des remerciements à Joseph Mamet, *auteur de l'*Histoire du diocèse de Port-Louis, *à* l'abbé Philippe Goupille, *à* Hazaree Singh *(de l'Institut Gandhi), à Son Excellence* Jaggat Singh, *à* Auguste Toussaint, *auteur d'une His-toire de l'île Maurice, à* Jean Georges Prosper, *auteur de l'*Histoire de la litté-rature mauricienne *où l'on trouve le meilleur des œuvres de quelque deux cents poètes et romanciers de Maurice. Avec des amitiés chaleureuses aux* Goupille, Picot *et* Tyak *qui m'ont tous aidé. Merci.*

GÉNÉALOGIE DES KERGOUST

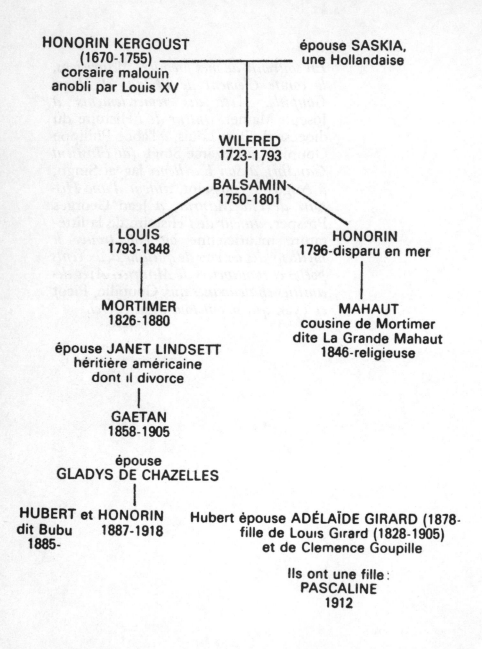

HONORIN KERGOÜST
(1670-1755) ———————— épouse SASKIA,
corsaire malouin   une Hollandaise
anobli par Louis XV

WILFRED
1723-1793

BALSAMIN
1750-1801

LOUIS   HONORIN
1793-1848   1796-disparu en mer

MORTIMER   MAHAUT
1826-1880   cousine de Mortimer
                                dite La Grande Mahaut
épouse JANET LINDSETT   1846-religieuse
héritière américaine
dont il divorce

GAETAN
1858-1905

épouse
GLADYS DE CHAZELLES

HUBERT et HONORIN   Hubert épouse ADÉLAÏDE GIRARD (1878-
dit Bubu   1887-1918   fille de Louis Girard (1828-1905)
1885-   et de Clemence Goupille

                         Ils ont une fille :
                         PASCALINE
                         1912

I. — 5 oct. 1918 en mer................................... 11

II. — 6 oct. 1918 île Maurice 21

III. — 6-7 oct. 1918 Salonique 97

IV. — 7 oct. 1918 Paris................................ 111

V. — 9 oct. 1918 île Maurice 127

VI. — 10 oct. 1918 Paris............................... 181

VII. — Octobre 1918 en mer 195

VIII. — 8 nov. 1918 Salonique......................... 203

IX. — 11 nov. 1918 Paris 215

X. — 11 nov. 1918 île Maurice 231

XI. — 13 nov. 1918 Londres 241

XII. — 15 nov. 1918 île Maurice 265

XIII. — Décembre 1918 Paris........................... 287

XIV. — Avril 1919 Londres 305

XV. — A Paris, quatre jours plus tard 319

XVI. — Le défilé de la Victoire........................ 329

I

Le 5 octobre 1918
dans l'océan Indien

Un samedi, vers le soir après une journée brûlante dans l'océan Indien, à une soixantaine de milles au nord de l'île Maurice... Le soleil ne tarderait pas à disparaître. Pas un souffle d'air. On entendait hoqueter la machine du *Mohandas*, un rafiot propulsé par une roue à aubes au milieu du pont. Racheté alors qu'on le mettait à la casse, le *Mohandas* faisait depuis près de vingt ans la navette entre Bombay et Port-Louis avec des cargaisons de riz et de sucre. Il disposait de quelques cabines pour une demi-douzaine de passagers. Plus souvent, il transportait des émigrants indiens à fond de cale. Pour ce voyage, il ramenait à Maurice une trentaine de pionniers du bataillon doré [1] rapatriés de Salonique en si piteux état qu'on les avait installés sur le pont, à l'arrière, avec une toile pour les abriter du soleil. Ils dégageaient une odeur pénible qui se mêlait à la puanteur de plusieurs ballots de peaux de vaches en fermentation dans un recoin.

Le détachement était placé sous la responsabilité d'un aspirant du *Health Service*, Eric de Chamarel, renvoyé chez lui, à Maurice, parce qu'il avait fallu l'amputer d'une main. Après des études à Oxford, on l'avait expédié au lazaret de Salonique où l'on avait grand besoin de renforts. Le général Franchet d'Espérey venait de lancer l'offensive qui allait se terminer par la capitulation de la Bulgarie en septembre 1918.

Pour Eric, le stage au lazaret constituait un magnifique apprentissage pratique. Il ne pouvait oublier son arrivée. Des blessés partout. Il avait été accueilli (façon de parler) par le médecin-major Fournier, le patron de l'antenne française :

— On n'a pas de temps pour les salamalecs, petit. Lave-toi les mains, passe une blouse et prends ton couteau.

La nuit tombait. L'éclairage était assuré par des lampes à acétylène. Le bordel ! disait Fournier. Il reprenait constamment le mot,

---

1. Le surnom que valait aux pionniers la couleur jaunâtre de l'uniforme.

en lui donnant des nuances différentes. Il s'intéressait à Chamarel comme un père à son fils, il l'appelait «mon petit Français de Maurice». En principe, Chamarel dépendait de l'antenne britannique, dirigée par le *major* Campbell, un généraliste qui ne maniait le bistouri que depuis la guerre. Il avait acquis une grande expérience, sans atteindre à la virtuosité de Fournier. L'entente était magnifique au lazaret entre Français et Anglais.

— Tu es doué, petit, disait Fournier à Chamarel, quand il le regardait au travail.

Tailler, trancher, coudre, scier, de tout. Chamarel se voyait à Londres, après la guerre, avec pignon sur les plus grands hôpitaux, des interventions à 100 livres, 200 livres et plus, exactement ce qu'il fallait pour redorer le blason Chamarel. Hélas! vingt fois hélas! Une égratignure à laquelle il n'avait pas prêté attention s'était infectée avec une rapidité incroyable. Fournier l'avait amputé de la main gauche pour éviter un empoisonnement général.

Eric avait vingt-quatre ans et ne les paraissait pas, avec un visage à peu près sans barbe. A quinze ans, on le prenait pour une fille, il était encore plus joli que beau mais, peu à peu, d'année en année, il s'était virilisé et, durant ses six mois à Salonique, avec cette conclusion cauchemardesque, ses traits s'étaient durcis. Ses yeux clairs conservaient une innocence chaleureuse; on se demandait si l'un n'était pas un peu plus foncé que l'autre. Le gauche? Le droit? Sa mère avait les mêmes yeux limpides et changeants. Cela faisait dix ans qu'il l'avait quittée, amoureux d'elle pour toujours.

Avant de rejoindre le capitaine Bullwark pour le dîner, Chamarel retira sa chemisette kaki et son pantalon pour se faire asperger avec quelques seaux d'eau de mer par le pionnier qui lui servait d'ordonnance. Ses rapports avec le capitaine (le capitaine! pour commander ce sabot!) n'étaient pas excellents. Il n'arrivait pas à s'habituer à sa laideur agressive. C'était un métis, de père anglais, de mère indienne. Une intouchable, la mère; tout ce que le père avait dû pouvoir toucher, pensait Chamarel. A Maurice, il ne lui aurait pas adressé la parole et il répugnait à s'asseoir en face de lui, aux repas. Il avait une peau grêlée, violacée, avec des cratères bizarres au fond desquels on voyait du bleu ou du vert. Que lui reprocher? Il se tenait comme un gentleman, il en faisait même trop, habillé comme s'il se rendait à Buckingham, une tunique boutonnée jusque sous le menton. Des galons comme un amiral. C'est drôle, pensait Chamarel, ce pauvre métis qui joue au grand seigneur des mers. Pour Eric, Bullwark restait un *caqueux*, un inférieur. Mais quelles dents superbes ! Des dents de fauve dont il entretenait la blancheur en les frottant avec un bâtonnet de filaos. Au début, Eric avait cru qu'il fumait un petit cigare. Il ne fumait pas du tout, et il interdisait que l'on fumât chez lui, pendant ou après les repas, ce qui ne dérangeait pas du tout Chamarel. Il ne lui arrivait que rarement d'allumer une cigarette. Les repas étaient servis par deux Indiens en turban. Une très belle vaisselle. Un cérémonial effarant sur ce bateau qui filait à peine quatre ou cinq nœuds. En 1826, affirmait Bullwark, un frère aîné du *Mohandas* avait rallié Bombay, de Rotterdam par le cap de Bonne-Espérance en 26 jours.

Un des serveurs enturbannés vint prévenir Chamarel que le capitaine souhaitait qu'il le rejoignît sur la dunette. Il observait avec sa longue-vue un petit voilier dont la présence, si loin des côtes, l'étonnait, une embarcation typiquement africaine qui dérivait avec un bout de voile enroulé autour du mât.

— Vous voyez la même chose que moi ?

Il passa la longue-vue à l'aspirant dont il appréhendait la réponse. S'il confirmait ce qu'il avait découvert, il lui faudrait stopper et mettre un canot à la mer.

— Il me semble qu'un homme est allongé au fond de la barque, dit Chamarel.

— Mort ?

— Apparemment mal en point, *sir.*

Le capitaine donna l'ordre d'arrêter le moteur. On descendit l'un des trois canots de sauvetage, le plus petit, avec Chamarel et un marin. Ils ramenèrent la barque contre la coque du *Mohandas.* L'homme qui se trouvait à bord était inconscient, mais vivant. Il gisait dans des vomissures et gémissait. On le monta sur le pont, non sans mal, car il était grand et costaud. On ne voyait qu'une moitié de son visage, l'autre était dissimulée par un masque de cuir et de velours noir.

— C'est le Faucon, dit le capitaine Bullwark, avec un grand sourire.

Il ne regrettait plus d'avoir perdu du temps. Le hasard lui livrait un Allemand devenu légendaire pendant les premières années de la guerre, quand on le créditait de tous les coups que la

15

Kriegsmarine portait à la *Navy* dans l'océan Indien et dans le Pacifique. On l'avait vu sur l'*Emden* lors du bombardement de Madras, sur le *Graf von Spee* quand il avait coulé deux navires de guerre anglais à Coronel, et encore sur le *Koenigsberg* quand il défiait toute une escadre dans les marais de la rivière Rufiji en Afrique orientale.

Le Faucon !

— Je l'ai connu, dit Chamarel. Quand j'ai quitté Maurice, à quatorze ans, je l'ai aperçu alors qu'il sortait du port au gouvernail de son voilier, un bateau magnifique...

— Le *See Adler*, dit Bullwark.

— On l'appelait le Masque.

Chamarel se souvenait de ce visage de corsaire à peine entrevu alors que sa mère en larmes le couvrait de baisers. Le Masque l'avait regardée, elle était si belle, tout le monde l'admirait. Le petit Eric était heureux, en général, que l'on trouve sa mère jolie, mais le Masque... Ce regard posé sur elle... Du moins s'en était-il persuadé, quand on avait commencé à parler des exploits du Faucon dans la presse anglaise, pendant la guerre. Je l'ai vu, il a vu ma mère. Il ressassait, ça devenait quelque chose d'important dont il ne parlait à personne. Le Masque... On l'appelait aussi le Prussien à Maurice. Tout le monde savait qu'il était allemand, mais cela n'avait pas encore d'importance quand Eric était parti en 1908. Personne ne voulait croire à une guerre. Il s'embarquait, lui, pour conquérir la Toison d'or, afin de la rapporter à sa mère.

Ranimé par la douleur après avoir vomi à se déchirer, le Faucon reperdit connaissance. Qu'avait-il vu ? Chamarel n'eut aucune peine à rendre son diagnostic : un ventre de bois impossible à déprimer, les vomissements. Il s'agissait d'une violente crise d'appendicite. A moins que déjà... Une péritonite ? Dans ce cas, le Faucon était perdu. On avait un peu de glace à bord. L'aspirant en fit casser quelques pains et mit les morceaux dans une serviette qu'il plaça sur le ventre du Faucon.

— Est-ce qu'il tiendra jusqu'à Port-Louis ? demanda le capitaine Bullwark.

— Il faudrait opérer.

Chamarel souleva son moignon. Il avait tout ce qu'il fallait dans sa trousse, et du chloroforme pour une anesthésie mais... avec une seule main ? La bonne, heureusement, la droite. Il pourrait se faire aider par Lucien, un créole, son ordonnance, formé au lazaret à des tâches d'infirmier, très intelligent, très adroit; il pourrait réussir, pensait parfois Chamarel, s'il recevait la formation nécessaire. Chamarel l'avait emmené en ajoutant son nom à la liste des rapatriés, bien qu'il ne fût pas du tout malade, lui. La guerre facilitait ce genre de tours de passe-passe. Lucien lui en était reconnaissant.

— Il faut essayer.

Le capitaine Bullwark n'avait pas fait remettre le moteur en marche. La mer, une chance, restait d'huile. Avec l'aide de l'infirmier et du capitaine, Chamarel allongea le Faucon sur une table. Lucien soutenait la tête qui dépassait d'un côté; les jambes pendouillaient de l'autre. Chamarel demanda au capitaine de tenir la lampe, une lampe à acétylène comme à Salonique. Il lui semblait qu'il se retrouvait là-bas et que le major Fournier l'observait.

— Vas-y, mon petit Français de Maurice.

Il versa du chloroforme sur un tampon d'ouate que l'infirmier appliqua sous le nez du Faucon, déjà *endormi*. Où inciser? Chamarel adressa une courte prière au Seigneur Jésus, comme lorsqu'il était enfant; il n'avait jamais cessé de prier, il l'avait promis à sa mère, mais cette fois il y mettait une ardeur et une innocence inhabituelles. Il eut la chance de tomber tout de suite sur l'appendice, extrêmement gonflé, violacé, sur le point d'éclater. Le petit Jésus l'avait entendu et guidait sa main. Très ému, il déposa le bistouri, le *couteau* pour parler comme Fournier auquel il pensait autant qu'à Jésus, et reprit l'appendice à l'infirmier qui l'avait prestement récupéré. Il voulait le montrer au capitaine, dont, soudain, il se sentait plus proche.

— *Jolly good job*, bougonna Bullwark.

Du beau travail. Le compliment du caqueux flattait Chamarel.

Quand l'infirmier eut recousu le Faucon, le capitaine fixa la lampe à sa place habituelle contre la paroi de la cabine, en lattes de bois sombre, et réajusta sa casquette qu'il avait quittée pendant l'intervention de Chamarel pour marquer, peut-être, qu'il se tenait à ses ordres. L'aspirant l'avait interprété ainsi et il s'était senti touché. Bullwark lui tendit un gobelet d'étain rempli de rhum. Il en présenta un autre à l'infirmier, qui le refusa. C'était un lascar d'origine indienne, musulman, il ne buvait pas d'alcool.

— Allah est grand, grommela Bullwark.

Chamarel vida son gobelet d'un trait. En débarquant à Salonique il ignorait encore le goût du whisky. A Oxford il lui arrivait de déguster lentement une chope de bière. Le major Fournier l'avait mis au vin. Quel type merveilleux ! Il serait content de moi, pensait Chamarel. Il se passait quelque chose en lui, il avait chaud, il aurait voulu que Fournier sache ce qu'il avait fait, que sa mère aussi le sache, sa mère surtout.

Quand le Faucon fut allongé sur la couchette du capitaine, Chamarel suivit Bullwark jusqu'à la dunette.

— Prenez votre gobelet.

Bullwark emportait la bouteille. Des matelots avaient allumé une lampe posée sur une planche contre la coque. Des poissons volants éblouis par cette lumière comme des phalènes par un réverbère se jetaient contre la coque et retombaient assommés sur la planche, où il ne restait qu'à les ramasser. La nuit était superbe, on respirait un air plus sain et vivifiant depuis que le moteur avait remis le *Mohandas* sur sa route.

— Fatigué ?

Non, Chamarel n'avait pas sommeil, il n'aurait pu dormir dans sa couchette. Il gagna l'avant du bateau, comme pour se rapprocher de chez lui. Comment allait-il retrouver sa mère quittée depuis dix ans ? Il l'adorait. Il la voyait toujours dans ses robes noires qu'elle portait depuis la mort de son mari. Très joueur, Clément de Chamarel avait dû vendre leur maison de Curepipe et les terres qui en dépendaient. Il avait fini par se brûler la cervelle. Eric ne gardait qu'un souvenir confus de lui.

Pendant quelque temps, Eric et sa mère avaient vécu chez l'oncle Poincelet, richissime. On s'efforçait d'oublier leur pauvreté. Quand l'oncle regagna la Normandie, il leur laissa un bungalow qu'il possédait près du champ de courses. Il avait la passion des chevaux. Eric aussi. Il rêvait de devenir jockey.

— On nous attend.

Bullwark avait rejoint l'aspirant à la proue. Avec son émetteur de radio qui portait à une cinquantaine de milles il avait réussi à entrer en contact avec Port-Louis. Il connaissait le colonel Lesterton, un ancien commissaire de police, chargé de la défense des côtes au début de la guerre quand on ne savait pas encore de quel côté le Japon s'engagerait.

— Vous serez sûrement décoré. Il faut préparer un rapport.

Il remplit le gobelet de l'aspirant et, accoudé à son côté, lui raconta sa vie, ce que Chamarel trouvait tout à fait normal et, surtout, très intéressant. Etrange, étrange, un caqueux avait aussi une *vie*... Bullwark n'était pas marié. Il habitait sur son bateau, que son père anglais lui avait permis d'acheter.

— *A good man*, dit Bullwark.

Un brave homme. Il l'envoyait à l'école anglaise, à Bombay, quand il était sous-chef de gare.

— On me repoussait, comme l'huile refuse l'eau.

De sa mère morte il possédait une petite photo jaunie ; en revanche, il en avait une fort belle de son père, prise dans un studio d'art. A Bombay, il descendait peu à terre, les Blancs le snobaient, les Indiens le récusaient. Il passait ses soirées en tête à tête avec sa bouteille de rhum.

— Nous arriverons vers quelle heure, capitaine ?

Tout en écoutant les confidences de Bullwark, qu'il trouvait surprenantes mais, tout compte fait, intéressantes et même émouvantes, Chamarel contemplait son moignon. Il avait ses diplômes de médecin, il pourrait exercer. Mais... Dans ses lettres, toutes conservées et qui occupaient une bonne place dans sa cantine, la mère d'Eric parlait d'une lointaine cousine, charmante, qui allait avoir dix-sept ans, Idelette d'Arenges. Il ne se souvenait pas d'elle ; elle allait sur ses sept ans quand il était parti. Sur une carte postale, il avait vu la signature d'Idelette, des lettres bien formées, qui prenaient leurs aises parmi les signatures des autres, celle de sa mère, celles du père et de la mère d'Idelette. La carte avait été écrite lors d'une réunion des « amis des poilus » qui collectaient de l'argent pour envoyer du tabac aux soldats. Idelette aurait une dot appréciable, son père dirigeait un cabinet d'assurances, c'était moins aléatoire que le sucre. Encore que le sucre, pendant la guerre... (Ah ! si ton père...)

— Vous êtes impatient de retrouver votre pays, jeune homme ? Allez vous allonger quelques heures.

Bullwark ramena l'aspirant à sa cabine, une main paternellement posée sur son épaule, et Chamarel acceptait cette familiarité, elle le rassurait. Le caqueux avait été témoin de cette opération réussie dans des conditions peu communes. Car tout allait au mieux, le Faucon dormait presque paisiblement.

II

Le 6 octobre 1918
à l'île Maurice

Le jour se levait alors que le *Mohandas* s'amarrait avec des grincements au grand quai de Port-Louis vers lequel on l'avait dirigé après avoir tiré la chaîne qui barrait l'accès du port. Habituellement, le vieux rafiot se casait comme il pouvait au dock du commerce.

Le colonel Lesterton faisait les cent pas, sa badine sous le bras, un homme très athlétique, avec un torse formidable sur des jambes fines de cavalier prises dans un pantalon noir à bande rouge, aussi étroit que ceux des officiers de la garde royale, à Buckingham. On l'avait réveillé pour lui annoncer que le Faucon se trouvait à bord du *Mohandas*. La nouvelle paraissait trop belle pour être vraie. Incapable de se rendormir, il s'était rendu à son bureau, sur la Place d'Armes. L'Amirauté, disaient les gens, les uns par flatterie, les autres par dérision.

Le Faucon, il le savait, avait été capturé lorsque le *Koenigsberg* fut contraint d'amener son pavillon. Il manquait de munitions et de charbon. Interné à Dar-es-Salam, le Faucon s'était évadé grâce à des complicités africaines ; pour se rendre où ? On avait changé le commandant du camp et puis... On pensait que le Faucon avait laissé sa peau dans le désert ou dans la jungle. Personne ne s'en réjouissait, on avait pour lui une estime admirative, qui marquait les articles de la presse anglaise.

Lesterton le connaissait bien : ils étaient à peu près du même âge, ils avaient vingt-quatre ou vingt-cinq ans quand ils s'étaient rencontrés au golf de Port-Louis, où le Faucon n'avait fait que de rares apparitions. Le golf ne l'intéressait guère, il n'aimait que la mer et son voilier, le *See Adler*, sur lequel il partait seul. Pardon, il emmenait une Chinoise très jolie. A Maurice, il vivait entouré de filles, la Chinoise qu'il conservait, et de très jeunes Indiennes,

23

qu'il renouvelait ; elles ne devaient pas avoir plus de quinze ans, se souvenait Lesterton, avec une grimace.

Lesterton, les filles... Il était arrivé à Maurice en sortant de Sandhurst, appelé par l'attaché militaire du Gouverneur, un oncle. Après le rappel de l'oncle, pour rester à Maurice, Lesterton avait réussi à se faire nommer commissaire de police. Personne ne connaissait mieux que lui les gens qui comptaient, les Blancs, anglais ou français, plus quelques Indiens enrichis. Il vivait dans une vieille demeure superbe, dévaluée parce qu'elle se trouvait enclavée dans l'ancien quartier des esclaves, ce qui ne le gênait en rien. Il ne recevait personne. Il cultivait des roses et se flattait d'avoir créé une espèce nouvelle avec des pétales blancs à l'intérieur et roses à l'extérieur. Il n'avait pas remis les pieds en Angleterre depuis vingt ans. Les Français de Maurice le prenaient sinon pour un des leurs, du moins pour un pas-tout-à-fait anglais. Il parlait le français presque sans accent.

Le Faucon s'appelait Dietr von Buckowitz. L'un des plus gros sucriers de l'île, Louis Girard, l'avait ramené des Etats-Unis vers... A la fin du siècle ? Fils cadet d'un hobereau prussien, Dietr terminait des études d'ingénieur agronome à Chicago ; c'était nouveau. Louis Girard l'avait rencontré à l'Exposition Agricole de Chicago. Donc en... ? On aurait pu s'étonner qu'un jeune Allemand aussi brillant s'exilât à Maurice. En prévision d'une guerre, avec un rôle à jouer éventuellement ? Difficile de le penser, se disait Lesterton, pourtant très troublé. Il savait par ailleurs qu'on ne résistait pas à Louis Girard, une force de la nature, à l'affût de tout ce qui pouvait améliorer le rendement de son *habitation*, c'était le nom que l'on donnait encore à Maurice aux propriétés sucrières découpées pour les fils de famille qui consentaient à s'y installer avec La Bourdonnais[1] afin de créer une escale solide et cossue sur la route des Indes. En quelques années, Dietr von B. — ce fut son premier surnom, on disait Fonnebé —, réussit à doubler le rendement de la Grande Plaine. Fabuleux ! Il n'avait eu aucune peine à convaincre Louis Girard de construire une raffinerie moderne qui utilisait la vapeur, avec un chimiste qualifié pour doser les opérations de raffinage. On l'avait édifiée à l'embouchure de la rivière des Pirates, un peu

---

1. L'un des premiers gouverneurs de l'île, celui qui établit ses bases économiques et sociales en assurant sa prospérité.

trop près de la Savone, une demeure historique que Louis Girard avait rachetée aux Goupille après les avoir ruinés (comme quelques autres, notamment Clément de Chamarel).

Etait-ce bien Dietr que le *Mohandas* avait recueilli ? Lesterton contrôlait mal son impatience, qui faisait remonter à la surface des souvenirs complexes. La beauté de Dietr, à vingt-cinq ans ! Louis Girard l'avait installé chez lui à la Savone, où il ne recevait personne. Girard méprisait les Français de Maurice, les *dodos*, bons à rien, imbus de préjugés consternants, et qui l'avaient tous ignoré, pas seulement lorsqu'il avait débarqué dans l'île, il n'avait pas un sou en poche, rien de plus normal qu'on ne s'aperçût pas de son existence, mais quand il avait commencé à prospérer... Quand il marquait sa place à table, avec ses griffes... Et même quand il avait eu plus d'argent que la plupart d'entre eux. Pour eux, il restait quantité négligeable et, pis que cela, méprisable. Il ne sortait pas du Gotha mauricien, il venait de rien, il n'était rien. De toute évidence, il voulait Dietr pour gendre. Sa fille Adélaïde était malheureusement trop jeune encore : fille unique, sa mère, Clémence, née Goupille, était morte en la mettant au monde. Qui en était responsable, et même *coupable*? Le monstre ! Louis Girard ! Il avait acheté Clémence en même temps que la Savone. Il avait trois fois son âge, plus de cinquante ans, et elle, un printemps, une merveille, très fragile. Cette brute l'avait tuée.

Dietr aurait certainement épousé Adélaïde après quelques années s'il n'y avait pas eu l'accident, l'explosion du réservoir du premier tracteur utilisé à Maurice, qui avait défiguré l'ingénieur allemand. Il avait quitté la Savone pour se retirer à Eucalyptus, où il habitait une grande case dont il avait fait, comment dit-on en français ?... un bordel, un vrai bordel. Le mot faisait sourire Lesterton. Grâce au ciel, on jasait moins sur lui. Dietr ! Si beau. Si incroyablement beau. Et si naturellement, sans ostentation, à croire qu'il ignorait qu'il était beau. Une femme aussi superbe aurait... Pas lui. Il voyait bien entendu qu'il suscitait des admirations, et bien autre chose. Ça glissait, comme de l'eau sur les plumes. Il préférait son bateau à tout, estimait Lesterton. Il faisait de longs voyages, notamment aux Seychelles, que personne ne fréquentait. On avait compris un peu tard qu'il préparait des relais où les croiseurs allemands pouvaient faire du charbon, fourni par les Japonais.

A la déclaration de guerre, alors que l'on s'apprêtait à l'interner, on constata que Dietr avait pris le large avec le *See Adler*.

— C'est bien lui !

Sitôt le *Mohandas* arrimé et la passerelle en place, Lesterton s'était précipité à bord, où le capitaine Bullwark l'avait piloté vers sa cabine. Effrayant. Dietr gardait clos l'œil intact. L'autre... Il n'avait plus de masque. Autrefois, avec son masque de cuir... Ma foi, le romantisme ! L'homme au masque de fer. Ce qu'on voyait était superbe. Un œil ! Un œil ! Maintenant, bien entendu, on était happé par tout ce qu'il y avait d'horrible, la peau brûlée, *volcanisée*, du luisant, comme de la lave vitrifiée, du spongieux, du violacé, avec une touffe de poils, tel un arbuste dérisoire au milieu d'une traînée de lave. Pourquoi ces comparaisons avec un volcan ? se demandait Lesterton. Elles s'imposaient, alors qu'il n'avait jamais approché d'un volcan. La dévastation. Le feu. L'horreur. Du sourcil disparu restaient trois poils noirs près du nez. Le nez presque convenable, *regardable*, même le côté que le masque cachait. L'autre côté du visage mangé par une barbe hirsute, roussâtre. Dietr était très blond, la blondeur hanséatique. Ses cheveux avaient foncé.

— Il serait mort sans l'intervention de M. Chamarel, dit le capitaine en désignant l'aspirant.

Il faisait déjà chaud dans la cabine, avec des odeurs complexes de sueur, de vomi. On avait bien lavé le Faucon, on lui avait passé une chemise de coton blanc. A plusieurs reprises il avait réclamé à boire. Mais pas un mot jusque-là. Il ne dormait pas, Bullwark en était sûr. Lesterton avait retenu la main de l'aspirant :

— Vous êtes le fils de Madame de Chamarel ? Mme Edmée de Chamarel ?

Il le trouvait charmant, voire mignon, moins beau que Dietr à son âge, un peu efféminé peut-être. Il portait une chaînette d'or autour du cou, à laquelle il accrochait un pouce. Sa chemisette n'était pas très réglementaire. Eric s'affolait, pourquoi le colonel Lesterton parlait-il de sa mère ? Il ne lui était rien arrivé ?

— Rien, absolument rien, elle sera sûrement heureuse de vous revoir.

Pendant un instant, Eric avait eu le pressentiment qu'elle était morte. Du haut du pont, tandis que le bâtiment s'arrimait, il

26

l'avait cherchée des yeux. Personne ou presque sur le quai, que Lesterton avait fait dégager et garder. Il retenait Chamarel dans la cabine où l'on étouffait. L'aspirant racontait son intervention, avec modestie, en soulignant l'aide reçue de son infirmier et du capitaine Bullwark. Lesterton, pensait-il, méprisait sûrement Bullwark, un métis, et il éprouvait bizarrement le besoin de le requalifier. L'intervention de la nuit lui avait ouvert les yeux. La vie du Faucon dépendait d'une décision du caqueux. A Oxford, un dentiste thaïlandais lui avait plombé une molaire ; on le lui avait recommandé parce qu'il utilisait une roulette à 3 000 tours, américaine, très nouvelle. Pourquoi y penser ? Des tas de choses se mélangeaient en changeant de signification. Et maman ? Il parlait vite, en pensant encore plus vite.

— Nous avons fait de notre mieux mais il faudrait rapidement transporter le Faucon à l'hôpital, dit-il.

— J'attends une ambulance, répondit Lesterton.

Elle ne tarda pas à arriver, conduite par une femme en uniforme, la comtesse de Kergoust, responsable bénévole du Service de Santé de l'île Maurice. Le colonel Lesterton, en la convoquant par téléphone, lui avait annoncé une surprise.

— Je ne puis vous en dire davantage, major.

Elle avait le grade de major. Lesterton prononçait à l'anglaise : *maidjerr*, et toujours en saupoudrant le mot d'une ironie à peine perceptible. Les femmes ne l'intéressaient pas, ce qui ne l'empêchait pas d'admirer la comtesse pour diverses raisons, et d'abord pour sa beauté qu'il égalait à celle de la Vénus de Milo, non qu'elle lui ressemblât, il la trouvait aussi parfaite, dans un style cependant plus féminin. En marbre, bien entendu, pour lui. Quelle femme extraordinaire, pensait-il en la voyant gravir la passerelle. Quel âge avait-elle ? Quarante ? Incroyable, incroyable. D'une jeunesse ! L'uniforme peut-être ? Elle portait une blouse blanche à manches courtes sur des jodhpurs beige clair, un casque colonial sur la tête, comme celui des officiers du Corps des Volontaires, avec l'écusson royal sur le devant, le lion et la licorne au-dessus de la devise : Honni soit qui mal y pense. Un ruban vert pâle fixé derrière le casque flottait dans son sillage. Après avoir nommé le capitaine Bullwark et l'aspirant Chamarel, qui se tenaient à côté de lui, Lesterton entraîna la comtesse vers la cabine du capitaine en se régalant à l'avance de la surprise qu'elle ne manquerait pas de ressentir en découvrant le Faucon :

elle aurait pu devenir sa femme, elle était la fille du redoutable Louis Girard.

— Vous le reconnaissez ?

La comtesse demeurait sur le seuil, pétrifiée. Lesterton, qui jouissait de son étonnement, humait aussi avec grand plaisir son parfum fortement musqué ; il avait du nez.

— Dietr...

Le premier amour d'une gamine, à peine une adolescente. Elle s'éveillait. Et ce garçon splendide, blond comme un guerrier scandinave, qui débarquait à la Savone, où elle subissait la tyrannie de Miss, une Anglaise, que Louis Girard avait fait venir pour qu'elle enseigne à Adélaïde tout ce qu'une jeune fille doit apprendre. Elle n'avait rien vu d'aussi beau que Dietr. Son père ? Certes, elle était amoureuse de son père, mais pas de la même façon, bien entendu. Son père se confondait avec le Bon Dieu. Elle montait à cheval avec lui depuis toujours. Avant d'aller au couvent, c'est-à-dire jusqu'à huit ans, elle se baignait avec lui, pas seulement dans la mer, dans la baignoire aussi, à la maison.

— Pourquoi je n'ai pas ça, papa ?

— Les filles n'en ont pas besoin, elles ne sont pas toujours pressées comme les hommes, les hommes n'ont pas le temps de s'asseoir sur un pot pour faire pipi, alors ils ont ça, ils font pipi contre un arbre.

C'était ce genre de choses auxquelles Miss avait mis fin. Au couvent, Adélaïde en avait appris d'autres, qu'elle gardait secrètes. Quand Dietr lui était apparu (oui, une apparition), elle n'ignorait plus à quoi servait ce qu'elle n'avait pas, mais bouche cousue, ça venait de chuchotements, de confidences au lit, avec des baisers encore chastes, pas tellement, comment savoir jusqu'où l'on allait au couvent ? La comtesse avait tout oublié. Restait l'éblouissement du premier amour, et si malheureux par surcroît, un amour tragique à cause de l'explosion. Oh ! elle serait devenue la femme de Dietr défiguré, et avec bonheur, elle l'aurait épousé comme elle se serait donnée au prince charmant frappé par la lèpre. Elle lui en avait voulu de quitter la Savone, pour la fuir, pour l'épargner. Elle l'avait détesté ensuite, à cause de son harem. La Chinoise, les autres...

— Dietr ! Dietr...

Elle s'avançait pour s'emparer de la main du Faucon, qu'elle baisa. Est-ce qu'il avait repris conscience ? Quelque chose filtrait entre les cils de sa paupière intacte.

— Dietr...

Elle lui demande pardon, pensait Chamarel. De quoi ? Il dévorait la comtesse des yeux. Quelle beauté, jamais il n'avait vu de femme aussi belle. Sa mère ? Il ne pouvait pas désirer sa mère, alors que la comtesse... A Salonique, après une soirée chaude à la popote, il avait été dépucelé par une petite paysanne prostituée par son père. Dans une oliveraie. Elle avait relevé sa jupe après s'être allongée. L'horreur, le péché, il n'avait pas recommencé, c'était trop sale, c'était mal, en y pensant, il touchait sa croix sous sa chemisette. Par moments, il se demandait si Dieu ne lui avait pas pris une main pour le punir d'avoir été dans l'oliveraie. Pourtant, pendant le voyage, le souvenir s'était raffiné ; parfois, il rêvait du plaisir éprouvé ; ça prenait de l'importance. Avec une femme comme la comtesse, ça devait être fantastique ! A sa surprise il exigea (parfaitement !) que le Faucon fût au plus vite transféré à l'hôpital. Il fallait absolument que la comtesse le regardât, qu'elle prît conscience de son existence. Il débordait de reconnaissance quand Lesterton évoqua son intervention :

— Avec une seule main, *maidjerr*, il l'a sauvé.

— C'est magnifique, monsieur.

Jamais Chamarel n'avait entendu quelque chose d'aussi mélodieux. Est-ce que la comtesse allait se trouver mal ? L'odeur des peaux pourries et des pionniers dysentériques avait pris possession de tout le bateau. Lesterton soutenait la comtesse au coude pour la ramener sur le pont, où elle s'appuya contre le bastingage. Chamarel voulait chercher une chaise. On emportait déjà le Faucon sur un brancard, que la comtesse suivit jusqu'à l'ambulance, sans difficulté ; elle avait récupéré. Lesterton rappela que Dietr était prisonnier.

— J'irai l'interroger tout à l'heure.

— Il est encore très faible, dit Chamarel. Il faut absolument le ménager !

Il cherchait à plaire à la comtesse d'une façon ou d'une autre, il la regardait comme un caniche envoûté. Elle ne le voyait donc pas ? Il avait sauvé un homme dont elle venait de baiser la main, elle lui devait au moins un peu d'attention ! La comtesse ! La comtesse ! Quelle comtesse ? La comtesse de Kergoust ? Que la lumière soit ! Le pauvre Eric était foudroyé. Pourtant, dès l'instant qu'il l'avait aperçue, il l'avait reconnue, et cela bien qu'il ne l'eût jamais rencontrée. Pouvait-il l'admettre ? Il eût fallu qu'il s'écarte, qu'il s'éloigne, qu'il n'échange pas un mot avec elle. La fille du monstre qui avait ruiné, englouti les Chamarel, poussé le père d'Eric au suicide, encore que ça... N'était-il pas responsable du malheur des siens ? Dans ses lettres, la mère d'Eric parlait constamment d'elle, la comtesse, elle ne la nommait que rarement, le plus souvent elle s'en tenait au pronom, elle, elle. Elle la haïssait depuis toujours. Miroir, miroir, dis-moi... Elle croyait être la plus belle en débarquant à dix-huit ans. Et *elle*... On ne la voyait nulle part, Louis Girard la cloîtrait à la Savone. On ne parlait que d'*elle*. Cette jalousie-là, Eric ne pouvait pas la percevoir. Tout ce dont sa mère débitait la comtesse, il l'attribuait à l'impitoyable férocité du père, Louis Girard.

Edmée de Chamarel avait été éduquée au couvent des Oiseaux. En Normandie, on prévoyait qu'elle épouserait le fils du marquis de F. Les mauvaises langues de Maurice affirmaient que ce brillant garçon, un don juan par hérédité, avait obtenu ce qu'il voulait sans lui mettre la bague au doigt ; un ragot qu'Eric, bien entendu, n'avait jamais recueilli. On allait même jusqu'à prétendre, lorsqu'elle avait débarqué, qu'elle avait séjourné dans une clinique suisse, discrète et cossue, où elle avait mis au monde un bébé dont elle ignorait le sexe, aussitôt adopté par de riches Américains, ou Irlandais. Que savait Clément de Chamarel, son mari ? Qu'avait-il compris ? Il avait quinze ans de plus qu'elle, très brillant, amusant et, hélas ! on le sait, joueur. Son ami Poincelet comptait sur le mariage pour le stabiliser. Pendant quelque temps, il n'avait plus touché une carte, ou mis les pieds chez le Chinois et puis... Après son suicide, les mauvaises langues, les mêmes, laissaient entendre que la *faute* de la jolie Edmée, très coquette, de plus en plus coquette, y était pour quelque chose. Tout cela ignoré d'Eric. Oh ! s'il était resté à Maurice, s'il y avait grandi en fréquentant le tennis et le Cercle, il eût probablement fini par recueillir quelques-unes des méchancetés qui se chuchotaient sur sa mère bien-aimée. En voyant s'éloigner la comtesse de Kergoust, il se demandait s'il ne l'avait pas trahie. Pourquoi Lesterton avait-il demandé s'il était le fils d'Edmée de Chamarel ? Quoi de plus normal que la question, en vérité, mais le ton ? Bizarre.

La comtesse surveillait l'installation du Faucon dans l'ambulance. Chamarel s'énervait. N'aurait-il pas dû l'accompagner pendant ce transfert, pour rester avec « son » malade ? Il dégringola la passerelle pour courir vers l'ambulance. La comtesse s'était installée au volant. Le moteur tournait.

— Adélaïde !

Chamarel n'en revenait pas. Il osait appeler cette femme par son prénom, comme si elle était une amie, ou une parente. Les Chamarel cousinaient d'assez loin avec les Goupille, la famille maternelle de la comtesse ; et de plus loin encore avec les Kergoust, par des femmes, des grand-mères. La mère d'Eric l'expliquait dans sa correspondance.

— Adélaïde ! Adélaïde !

L'ambulance démarrait. Eric trottait à côté de la comtesse, qui appuyait son bras à la portière dont elle avait baissé la vitre.

— Je vous appelle Adélaïde, puisque nous sommes cousins.

Est-ce qu'elle l'entendait ? Elle souriait en regardant devant elle.

— Ma mère était cousine par alliance de la vôtre.

— Je n'ai malheureusement pas connu ma mère, dit la comtesse avec indifférence. Ni la vôtre.

Bien entendu elle avait retenu le nom, Chamarel. Elle savait que son père avait absorbé l'habitation des Chamarel, l'une des plus anciennes de Maurice. Un cadet Chamarel accompagnait La Bourdonnais.

L'ambulance arrivait au bout du quai, où elle dut encore ralentir pour s'ouvrir un passage dans la foule massée sur la Place d'Armes et contenue par les soldats du Corps des Volontaires requis par Lesterton. Eric se souvint tout à coup que, dans sa cantine, il avait une lettre pour la comtesse de Kergoust. Le major Campbell la lui avait confiée à Salonique.

— Je ne pourrai sans doute pas la remettre en mains propres, avait-il balbutié, embarrassé.

Il se trouvait stupide en expliquant à Campbell que sa mère considérait la comtesse comme la personne la plus dangereuse de l'île.

— Vraiment ?

Le major Campbell avait soigné la comtesse pendant près de deux ans, après un accouchement difficile. La mère d'Eric en parlait souvent, en ajoutant que cette méchante femme aurait dû mourir, un avis que le docteur ne partageait pas. Pour lui, la comtesse constituait un cas clinique, très freudien, dont il parlait souvent avec Fournier, le Français. En termes extraordinairement crus ! Fournier utilisait un vocabulaire rabelaisien, mais sans choquer, ses rires faisaient passer les pires horreurs.

— J'ai une lettre pour vous, Adélaïde !

Elle ne l'entendait plus. Tant pis. Tant mieux. Je la reverrai, se disait-il en regagnant le *Mohandas*. Il marchait sur des nuages.

Lesterton confia le détachement des rapatriés à l'infirmier Lucien chargé de le conduire à la gare où deux wagons les attendaient, et renvoya Chamarel à sa mère. Pourquoi s'intéresse-t-il tellement à ma mère ? se demanda encore Chamarel, de plus en plus troublé.

— Je passerai à l'hôpital d'abord.

— Inutile, décida Lesterton.

Il invita Chamarel à rédiger son rapport. Il le trouvait de plus en plus charmant, d'une innocence touchante, sa bouche de fille, de très jolies dents, ses moues, docile et arrogant, sa façon d'accrocher le pouce à sa chaînette qui sautait sur les poils de sa poitrine. Surprenante toison. Pouvait-on lui reprocher de ne pas boutonner sa chemisette ? La guerre était finie pour lui. Que deviendrait-il à Maurice avec sa mère, sa pauvre mère ? Il ne se doutait pas de ce qui l'attendait, ce gentil garçon. Qu'est-ce qu'il pourrait faire ? Qui consulterait un médecin manchot ? S'il comptait sur sa *cousine* Adélaïde...

— Saluez bien Madame votre mère, dit encore Lesterton.

Chamarel, en prenant congé du capitaine Bullwark, hésitait à l'embrasser comme il en avait envie. Surprenant comme, en peu de temps, on s'attache à quelqu'un qui n'est pas de votre condition. S'en étonnait-il vraiment ? Il se sentait déboussolé. Et encore cette allusion à *mother*... En réalité, le colonel Lesterton expédiait Chamarel chez lui pour ne pas l'avoir à son côté à l'hôpital, où il comptait retrouver la comtesse au chevet du Faucon. Elle était repartie pour assister à la fin de la messe à la cathédrale. Elle aurait pu m'attendre, bougonna Lesterton, pour lui-même. Anglican, complètement agnostique, Lesterton suivait trois offices par an, à Noël, à Pâques et le jour anniversaire de Sa Majesté. Il n'échappait pas non plus aux services imposés par les grandes victoires. La comtesse, elle, devait se montrer chaque dimanche à son banc. L'hypocrisie catholique, ricanait Lesterton, pour lui. Il surmontait mal l'antipathie injustifiée, il en convenait, que la comtesse lui inspirait, née de tout le mal qu'il avait toujours pensé de son père, le terrible Girard. Celui-ci s'était enrichi, grâce à une spéculation monstrueuse sur la quinine, pendant une épidémie de choléra. Il avait tout raflé, il fallait passer par lui pour en avoir. Lesterton le savait par de vieux rapports étudiés quand il dirigeait le Commissariat. Au Commissariat, il avait le sentiment d'être le maître de l'île avant Dieu, et cela marquait toujours sa façon de diriger la défense militaire. On lui devait la sécurité, l'ordre et des prix raisonnables pour le riz car il avait fait comprendre aux Chinois qu'il saurait contenir les spéculations. De son temps, personne n'aurait accaparé la quinine. Qui avait conscience du rôle qu'il jouait? Pas même le Gouverneur, surtout pas lui, qui se croyait indispensable, le pauvre. Par moments, Lesterton souffrait de n'être qu'une éminence grise. La comtesse ne lui rendait pas justice. Lesterton supportait mal sa hauteur mondaine. En lui donnant du *maidjerr* il rappelait qu'elle restait sous ses ordres. Elle en profitait pour ne jamais lui tendre la main, qu'il n'avait pas grande envie de presser, prétendait-il. Par quoi une femme si parfaitement (et magnifiquement) féminine pouvait-elle rappeler un homme aussi brutal, aussi souvent grossier que son père? Pas le physique, bien entendu, encore que les yeux toujours flamboyants, le regard perçant... La force, oui, la force, cette créature d'apparence si fragile résistait à tout. Si elle savait ce que je sais d'elle, pensait Lesterton. Un haussement d'épaules.

On avait installé le Faucon, au premier étage de l'hôpital, dans une chambre très convenable dont la fenêtre était condamnée; la porte demeurait ouverte sur le couloir surveillé par une sentinelle en armes. Une infirmière achevait de bander le visage de Dietr dont on ne voyait plus que la moitié épargnée. Il somnolait, on lui avait administré un calmant à base de laudanum (quelques gouttes). Pas de température, presque pas, précisa l'infirmière.

— Il est solide.

— C'est extraordinaire, ce qui lui est arrivé, murmura Lesterton, et surtout ce qu'il a fait.

D'où venait-il? Sans doute de Madagascar. Se dirigeait-il vers Maurice? Il avait navigué sans instruments. Il n'avait plus de vivres à bord, sa provision d'eau était épuisée; on avait trouvé une outre en peau de chèvre dans son bateau, achetée (ou volée?)

à un pêcheur probablement, qui ne s'écartait jamais de la côte. Une fois, Dietr avait invité Lesterton sur son voilier, le *See Adler*, qu'il venait d'acquérir. C'était quand ? Cinq ou six ans avant la guerre ? Dietr restait torse nu sur son lit. Il faisait chaud. Qu'est-ce qui nous sépare ? se demandait Lesterton. Il s'était assis sur une chaise avancée par l'infirmière, une forte créole, très carrée, qui soulevait le Faucon sans difficulté pour glisser un oreiller sous sa tête.

— Il ouvre les yeux, souffla l'infirmière.

L'œil, corrigea Lesterton, pour lui ; il se parlait beaucoup parce que peu de gens le comprenaient. Si Dietr n'avait pas été défiguré, s'il avait épousé la fille de Louis Girard, serait-il resté allemand ? Au Commissariat, quand Dietr vivait à Eucalyptus avec son harem, Lesterton recevait à intervalles irréguliers la même lettre anonyme qui accusait le Masque de faire disparaître des « petites filles ». Lesterton n'avait pas eu grand mal à découvrir le corbeau, qui n'était autre que l'institutrice d'Adélaïde Girard, une très jolie Anglaise qu'on appelait Miss. D'excellente famille. Amoureuse de Dietr ? Certainement. On chuchotait qu'elle était la maîtresse de Louis Girard. Pourquoi pas ? Veuf, increvablement jeune... On ne savait pas, en fait. *Ça aurait pu*, comme on disait chez les Français. A la fin de sa vie, Miss était devenue hideuse, gonflée de gin, complètement folle, se comportant, après la mort de Louis Girard, comme si elle avait été, secrètement, sa femme. Ah ! ces Girard ! Sans parler des autres grandes familles de Maurice. Que d'histoires, que de romans à écrire. La palme revenait à la comtesse de Kergoust !

— Il ouvre l'œil, répéta l'infirmière.

Pas de correction à faire, cette fois. Le Faucon reprenait conscience :

— *Wo bin Ich ?*

Où suis-je ? Il sait bien où il se trouve, pensait Lesterton. Il m'a vu, et reconnu.

— *Where am I ?*

Le Faucon tentait de se soulever. L'infirmière lui expliquait doucement qu'il était à l'hôpital de Port-Louis, qu'il n'avait rien à craindre et qu'il était sauvé. Lesterton prit la main de Dietr :

— Vous me reconnaissez, Dietr ?

Il lui parlait en anglais.

— *War*, dit le Faucon.

C'était une question, Lesterton le comprit.

— Elle va finir, Dietr.

Il n'osait pas ajouter qu'elle était perdue pour l'Allemagne, et c'était cela que, de toute évidence, le Faucon redoutait d'entendre : il eût donné ce qui lui restait de vie pour apprendre le contraire. Lesterton pressait sa main en se demandant comment il réagirait si, ranimé sur un lit d'hôpital, il apprenait que son pays était vaincu, réaction très inhabituelle (se mettre à la place d'un autre) qui traduisait une forte émotion. Qu'est-ce qui nous sépare ? se demandait Lesterton. L'infirmière empêchait Buckowitz de boire trop goulûment le verre qu'elle portait à ses lèvres. Il écarta sa main pour s'adresser à Lesterton :

— Sandy...

Qui, à Maurice, connaissait le prénom du colonel Lesterton ? Le révérend Sommerby et Tom Harrisson, un ancien jockey, ses partenaires habituels au golf... Qui d'autre ? Dietr s'en souvenait. Il ne l'avait utilisé que lors de leur seule sortie en mer sur le *See Adler*.

— *You remember Hi-Han, Sandy?*

La Chinoise d'Eucalyptus, que Lesterton avait tenté de *cuisiner*, en pure perte. Après la disparition de Dietr, on l'avait surveillée. Comment vivait-elle ? Elle n'avait jamais manqué d'argent. D'où venait-il ? Elle ne recevait pas de courrier ; du moins pas officiellement, mais que pouvait-on savoir ? Des messages ? Par des Chinois voyageurs ? Ils sont extraordinaires, ces Chinois. Quel type, Dietr, cet Allemand blond qui s'inquiétait d'une concubine chinoise. Lesterton savait que son frère aîné, héritier du château de la famille, en Prusse, avait deux fils. Dietr, lui, n'avait pas de rejetons, pas de métis. Incroyable, il pensait à la Chinoise en reprenant conscience. Et Adélaïde, la comtesse qui avait baisé sa main ? L'avait-il vue ? Reconnue ?

— Je préviendrai Hi-Han que vous êtes ici, dit Lesterton. Elle pourra vous rendre visite quand vous irez mieux.

Buckowitz reprit une gorgée d'eau.

— Il faut le laisser se reposer, *sir*, décida l'infirmière.

Le colonel Lesterton se fit conduire au bureau ; il se demandait comment le Quartier Général de Dar-es-Salam réagissait à ses câbles. Pour lui, et n'était-ce pas curieux, dans les dossiers qu'il récupérait dans ses archives mentales, le Faucon avait moins d'importance que son vieil ami Dietr. Avait-il oui ou non été mêlé à la tragédie de la Mare-aux-Songes qui laissait à l'ancien commissaire un souvenir des plus complexes? Une ténébreuse affaire. Il lisait beaucoup, il possédait (entre autres) les œuvres complètes de Balzac, en français bien entendu, et son *living room*, que peu de Mauriciens pouvaient se flatter de connaître, reconstituait le décor dans lequel Conan Doyle installait Sherlock Holmes. Sans seringue pour les piqûres de morphine! Mais avec un violon, dont parfois Lesterton tirait des sons déprimants.

Une ténébreuse affaire... Elle avait commencé par un scandale mondain. On avait appris, sans trop de surprise étant donné de précédents écarts, que la comtesse de Kergoust, pas la chère Adélaïde, la précédente, la femme de Gaëtan de Kergoust (le sixième comte, père du *régnant*, Hubert, dit Bubu) s'était enfuie avec un gamin d'une vingtaine d'années, l'âge de son fils, un Anglais. Lesterton prétendait oublier son nom. Une famille des plus honorables. Les amants étaient partis sur un petit voilier acheté par la dame. Gladys, née de Chazelles. Chazelles et Kergoust *cousinaient* comme la plupart des Français de Maurice. Gladys était charmante mais tout de même, à son âge, la quarantaine! Elle avait emporté l'argent de sa dot. Sa dot! Des bijoux, tous ses bijoux Chazelles et, en plus, le fameux collier de perles que le corsaire Kergoust, le fondateur de la dynastie (anobli par Louis XV) avait détaché du cou d'une infante d'Espagne capturée avec son galion en haute mer alors qu'on la conduisait en Afrique pour la donner à un roi maure. L'Histoire! La grande histoire Kergoust. L'infante était tombée amoureuse du corsaire. Il avait rapporté son lit à Maurice, un superbe lit à baldaquin dans lequel les Kergoust venaient au monde.

A peine avait-on eu le temps de commenter la fugue de Gladys de Kergoust que l'on retrouvait son époux, le comte Gaëtan, abattu par une décharge de chevrotines en pleine tête. A la Mare-aux-Songes. Il avait basculé dans les joncs. Suicide? On y avait pensé; il ne manquait pas de bonnes raisons pour mettre fin à une vie bizarre, c'était le moins que l'on pût dire. A quelques pas, on avait trouvé un second corps, celui d'un braconnier indien qui, lui, avait reçu une balle en plein cœur. Une balle entrée par le dos, ce qui éliminait l'explication officiellement retenue pour le double meurtre: les deux hommes s'était entre-tués! Grotesque. Mais... Mais...

En vérité, tout était d'une simplicité biblique. Gaëtan de Kergoust retrouvait une femme dans le pavillon de chasse de son ami Oudinot, un endroit extraordinaire, magnifique, qu'on appelait Bombay. Allez savoir pourquoi ! Qu'est-ce que vous faites demain ? Je vais tirer un cerf à Bombay. Il y en avait près de 1 000 sur la chasse d'Oudinot, une des plus somptueuses de Maurice ; elle avait appartenu à un vieux marquis de Gonzenac, ruiné par les femmes, celui-là. Ces histoires de la gentry mauricienne ! Et les noms, pas seulement ceux des familles, dont beaucoup sonnaient magnifiquement, les endroits aussi, les lieux, l'anse de Trou-aux-Biches, le cap Malheureux, le Point de Mire, la montagne du Chat et du Rat, la montagne des Trois-Mamelles, le Sombre, la passe de la Bête-à-Millepieds, la pointe des deux Cocos — une géographie poétique qui donnait à rêver. Jamais des Anglais n'auraient trouvé tout ça.

La femme que Gaëtan de Kergoust retrouvait à Bombay ? Il ne pouvait évidemment s'agir que de la somptueuse Adélaïde Girard. A l'époque elle devait avoir vingt-cinq ou vingt-six ans. On s'étonnait qu'elle ne se mariât pas. Elle avait eu tous les hommes convenables à ses pieds, on pourrait dire à ses trousses. Le premier parti de Maurice, avec une fortune... Elle était folle de ce Gaëtan, qui avait vingt ans de plus qu'elle et dont, bien entendu, son père, Louis Girard, n'aurait jamais voulu entendre parler. A ses yeux, Gaëtan de Kergoust incarnait le *dodo* parfait, prétentieux, bon à rien. Pour le commissaire Lesterton, à l'époque, il ne faisait aucun doute que Louis Girard avait tué le comte après l'avoir surpris avec sa fille. Un personnage, ce comte, très grand et mince, d'une élégance dégingandée de cowboy. Sa mère était américaine, Janet Lindsett, l'héritière d'un roi du coton, qui s'était entichée d'un Kergoust à Londres, le comte Mortimer, numéro 5 de la lignée. Elle avait lâché un lord pour jouer à la souveraine avec lui à Maurice, où elle avait édifié la Nouvelle Hollande, réplique de la résidence du général Washington à Mount Vernon, avec six piliers de véranda seulement, au lieu de huit. Une fois la demeure construite, cette personne, très excentrique — elle n'hésitait pas à descendre de cheval, à se déshabiller devant son palefrenier pour se jeter toute nue dans la mer —, avait quitté Maurice avec l'architecte, un Américain comme elle. Elle avait dû laisser son fils à son époux. Et pas mal d'argent en plus. Pas antipathique, le comte Gaëtan. Le plus beau sourire de l'océan Indien, disait-on. Toutes les femmes pâmées quand il apparaissait au bal du Gouverneur. La sienne, la belle Gladys, il l'avait pour ainsi dire *donnée* à son ami indien, Maveri Rajah, l'héritier des thés Rajah, fabuleusement riche. Une histoire incroyable, comme il n'en arrivait qu'à Maurice à ces gens qui croyaient encore incarner Dieu sur terre, comme leurs ancêtres dans la France féodale.

Dans cette île où rien ne restait jamais caché, une seule personne était au courant de la liaison entre Gaëtan de Kergoust et Adélaïde Girard : Henri Oudinot, très curieux personnage, très attachant, magnifiquement intelligent. Il avait convaincu Lesterton qu'il fallait enterrer l'affaire. L'assassin n'avait-il pas été puni ? La justice de Dieu. En effet, au lendemain du double meurtre, Louis Girard, frappé d'apoplexie, avait rendu l'âme entre les bras de sa fille repentante. Repentante ? Vraiment ? On ne savait pas, mais quelle importance ? Moins d'un an après, elle épousait le fils de Gaëtan, le comte Hubert. Incroyable. À défaut du père, le fils ! Elle avait sept ans de plus que lui mais, il fallait en convenir, cela ne se voyait pas. Le comte Hubert ! Bubu ! Un gros garçon qui ne pensait qu'à manger. Le meilleur fusil de Maurice.

Le comte Gaëtan et le braconnier se sont entre-tués. Le comte a surpris le braconnier. Il a épaulé. Le braconnier a tiré en même temps. Idiot, cela n'avait aucun sens. Que fallait-il faire ? Qu'est-ce qu'on aurait découvert, en cherchant ce qu'il est convenu d'appeler la vérité ? Personne n'avait intérêt à mettre Louis Girard en cause. En éclaboussant les Kergoust et tout le clan français, le scandale eût affaibli l'autorité britannique, sans parler de l'honorable famille anglaise dont le fils, enlevé par l'incendiaire Gladys, naviguait alors au cœur d'un typhon ; on avait cru le voilier des deux amants perdu corps et âmes.

En même temps qu'à l'intérêt général, Lesterton avait alors beaucoup pensé à Dietr von Buckowitz. Très vite, il avait compris que Dietr accompagnait Louis Girard, son patron, quand il s'était rendu à Bombay pour surprendre sa fille avec Gaëtan de Kergoust. Bien qu'il n'eût pas fait procéder à des autopsies, Lesterton était convaincu à l'époque que Dietr avait abattu le braconnier indien pour supprimer un témoin, hypothèse confirmée par la suite, quand il apprit que la veuve du braconnier avait reçu une petite somme d'argent. De qui ? Lesterton avait d'abord pensé à Oudinot, qui, plutôt confus, avait admis qu'il n'y avait jamais songé. Alors ? Louis Girard étant mort, Dietr seul... Et, très curieusement, en le retrouvant à l'hôpital, Lesterton avait eu soudain très envie de l'interroger à ce sujet. Il ne pouvait en être question. Quand il était commissaire de police, Lesterton ruminait souvent plusieurs affaires à la fois, sans en confondre les éléments. Il conservait cette habitude.

Près du bureau, sur la Place d'Armes dégagée, il aperçut le *joli* Chamarel juché sur un fiacre avec ses cantines, qui s'éloignait du quai pour retrouver sa mère, près du champ de courses. Pauvre gosse, il allait avoir une drôle de surprise. Lesterton demanda à son chauffeur de s'arrêter devant le fiacre et descendit pour faire part à Chamarel d'une idée qui venait de lui passer par la tête. La guerre allait se terminer. On démobiliserait les Volontaires, on récupérerait les bonshommes du Bataillon Doré, pas seulement les dysentériques, et ceux-là, il faudrait les surveiller pendant quelque temps. Bref, on aurait besoin d'un médecin, essentiellement pour des tâches administratives, mais quoi... Pour Chamarel, manchot...

— La solde de lieutenant, dit-il à Chamarel en lui soumettant cette possibilité.

Presque malgré lui, il parla même d'un logement de fonction, à l'hôpital. Il n'osait pas insister sur cet avantage qu'il mentionnait parce qu'il connaissait les conditions dans lesquelles vivait la mère, au bungalow du champ de courses. En l'écoutant, Chamarel ne pouvait dissimuler une inquiétude croissante. Sa mère, dans ses lettres, lui cachait quelque chose, il en était sûr.

— Je vous vois en fin d'après-midi, dit Lesterton. Apportez-moi votre rapport.

La comtesse de Kergoust arriva très en retard à la cathédrale. Depuis sa guérison, elle se faisait un devoir de se montrer chaque dimanche à la grand-messe avec sa petite fille Pascaline. On l'avait crue perdue après l'accouchement ; on n'oubliait pas que sa mère, Clémence Goupille, était morte en la mettant au monde. Elle avait survécu, allongée pendant deux ans, paralysée, sans parler, seule une main lui obéissant difficilement ; elle se faisait comprendre en traçant des mots, souvent de simples lettres, une sorte d'alphabet de la survie. Durant cette longue maladie, elle avait été soignée par le Dr Campbell, un Anglais, très critiqué par les Français de l'île, à commencer par le mari de la comtesse, le comte Hubert. Assez rapidement on avait rendu hommage à son dévouement et à sa compétence, sauf quand l'idée saugrenue lui était venue de porter la comtesse dans la mer. Avant sa maladie, enceinte jusqu'au cou elle prenait un bain tous les matins. Elle était l'une des rares femmes, sinon la seule parmi toutes celles qui comptaient, à savoir nager. C'était mal vu ! Se montrer en maillot. Et parfois, on le cancanait, en chemise ! La chemise plaquée sur le corps ! De la soie chinoise ! Le comportement de la comtesse animait les conversations de salon. Pendant la durée de sa grossesse, elle n'avait pas cessé de monter à cheval. Et la façon dont elle traitait son mari, le comte Hubert, dit Bubu, un surnom qui lui allait comme un gant... Trop gros, presque chauve à vingt ans. Si le Seigneur compte nos cheveux tous les soirs il n'a guère de travail avec moi, soupirait-il parfois gentiment. Adélaïde avait sept ans de plus que lui, mais il fallait en convenir, cela ne choquait pas ; le plus vieux, c'était lui. Elle l'avait acheté avec la Nouvelle Hollande, tout de suite après la mort de son père. Le deuil ? Les délais de bienséance ? Il est vrai qu'elle n'avait plus de temps à perdre pour *pondre* (expression consacrée) l'héritier qu'elle devait à la lignée. Jusque-là, c'était la tradition Kergoust, les épouses commençaient par un garçon. Elle ? Rien, zéro. Un an, deux ans... Encore un an. Dites donc, à son âge ? La trentaine. Vous êtes gentille, la trentaine et... Non, non, elle n'a pas plus de trente ans. Trop vieille pour avoir des enfants ? Elle était partie pour Londres, consulter un gynécologue. Vous pourriez, vous ? Vous montrer à un homme ? Elle avait fait une cure à Spa. Au retour, comme elle avait voyagé seule, laissant son mari à la Nouvelle Hollande, on avait compté les mois en apprenant qu'elle était enceinte. Dix. Rien à dire. Absolument certaine d'avoir un fils, naturellement. Et patatras, une fille. La déception se trouvait à l'origine de sa maladie, très bizarre, un choc nerveux. Elle n'avait pas regardé son enfant. Durant sa maladie, quand la petite s'approchait de son lit... Des fureurs ! Elle lançait sur elle tout ce qu'elle pouvait attraper avec sa main droite. Pour immobilisée qu'elle fût, elle arrivait à terroriser tout le monde, le pauvre Bubu en premier. Si elle mourait, il disposerait de sa fortune. Il y pensait probablement. Pas facile à admettre, n'est-ce pas, d'autant plus que ce Kergoust, sans doute le dernier, n'était pas le plus mauvais, un garçon plutôt gentil ; s'il n'avait pas inventé la poudre, il ne manquait pas de bon sens, serviable, très égoïste comme tous les Kergoust, égocentrique, Moi, moi, moi, à table les meilleurs morceaux pour lui, et quel appétit, à six ans il avait mangé un poulet entier. Plus d'une fois au début de leur mariage, la comtesse s'était demandé de quoi il tirait l'assurance d'être Kergoust. C'était quoi, un Kergoust ?

Les Kergoust alimentaient la chronique mauricienne. Que penser de la guérison de la comtesse ? On parlait de miracle, encore que... La fille de Louis Girard, bénéficiant d'un miracle ?

Le Dr Campbell venait de quitter l'île Maurice, c'était la guerre, on le mobilisait aux Indes. Il avait demandé que l'on continue le traitement de bains de mer. Un ami de la comtesse, Henri Oudinot (très lié aussi avec le Dr Campbell) la portait dans l'eau. En chemise ! Tout le monde le savait, mais avec Oudinot elle ne risquait rien. Les bains la décontractaient. Elle faisait des progrès, elle se *récupérait*, un bras qui se pliait, une jambe. Elle supportait la présence de sa petite fille. Elle acceptait ses baisers. Ce jour-là, Pascaline barbotait dans la mer tout près d'Adélaïde, soutenue par Oudinot, quand on avait vu (cru voir, affirmaient les sceptiques) l'aileron noir d'un requin aventuré dans les basses eaux. Un petit requin ? Pas de requin du tout ? Pascaline, prise de panique, avait appelé sa mère à son secours et, miracle ! miracle !

la comtesse avait pour ainsi dire retrouvé vie ; oubliant Oudinot, elle s'était jetée vers Pascaline et l'avait ramenée sur la plage. Le pauvre Oudinot, lui, avait bu la tasse.

La comtesse portait alors au cou, comme un pendentif, un clou du cercueil du Père Laval, le saint des Noirs, dont on demandait la béatification officielle. Le miracle s'expliquait.

Pascaline attendait impatiemment sa mère avec sa nénène Jézabel sur le banc Girard, au premier rang devant l'autel. Les Kergoust n'avaient pas de banc à la cathédrale. A la Nouvelle Hollande, ils avaient leur chapelle, construite pour le culte réformé par des Hollandais, les premiers occupants de l'île. Elle avait été exorcisée, bénie et agrandie, mais ne servait plus que pour des occasions exceptionnelles, baptêmes, mariages, et les décès, hélas !

De son vivant, Louis Girard n'avait mis qu'une fois les pieds à la cathédrale, lorsque sa reconstruction fut achevée après un incendie. Louis Girard avait généreusement contribué aux frais, alors que la plupart des autres planteurs, pour assidus qu'ils fussent aux messes, ne donnaient pas de quoi assainir les fondations. On disait à l'archevêché que Louis Girard savait utiliser son argent.

Aucune autre femme que la comtesse de Kergoust n'aurait pu se présenter à la grand-messe en jodhpurs ; elle se trouvait en service commandé. Son apparition n'en souleva pas moins une rumeur. Elle avait franchi avec difficulté la barrière de fidèles agglutinés entre les battants de la porte qu'on ne pouvait fermer tellement il y avait de monde. Le banc Girard, devant l'autel, restait pourtant libre aux trois quarts, avec Pascaline serrée contre la vieille Jézabel, sa nénène après avoir été celle de son père. Avant de s'asseoir, la comtesse pria longuement, le visage dans ses mains gantées. Elle pensait à Louis Girard : est-il content de moi ? M'a-t-il pardonné ? La messe confirmait la légitimité Kergoust de Pascaline. Une fille, certes mais... Plus Kergoust que son père ! La comtesse pensait : plus *héritier*, plus *mâle*, plus responsable que le pauvre Bubu. Le pauvre Bubu, il devenait ça, c'était tout ce qui restait pour lui en elle, une sorte de pitié mêlée de gentillesse, avec du mépris indulgent : après tout, il n'était pas responsable de sa médiocrité. Et pourtant à Paris où il vivait depuis deux ans, il *réussissait* ; on le disait. Il présidait l'Office du Sucre, un emploi magnifiquement rétribué, mais purement honorifique, encore que, pour ce qui était de l'honneur... Il servait en fait de potiche aux sucriers indiens rassemblés et représentés par le patriarche Sandrat Singh, qui savait parfaitement exploiter une certaine tension entre la France et l'Angleterre, provoquée et entretenue par les besoins de sucre. Seul à Maurice, Bubu ne l'avait pas compris, quoique... La comtesse admettait qu'il avait assez de malice pour jouer les innocents lorsqu'il y trouvait son intérêt, ce qui était le cas. Pourquoi l'avait-elle épousé ? Pour écarter des souvenirs dérangeants, elle simplifiait : elle avait obéi aux dernières volontés de Louis Girard. De toute façon, la couronne Kergoust, pour le pauvre Bubu... Le sang Girard ranimait le sang Kergoust.

Le dimanche, Pascaline consentait à s'habiller en petite fille modèle. Elle portait une robe blanche enrichie par un col de dentelle espagnole, des chaussettes blanches à mi-mollet et des chaussures vernies noires. On avait fêté son sixième anniversaire à Pâques. On la trouvait grande pour son âge, étonnamment précoce. Ravissante, très blonde, des yeux bleus, le bleu Kergoust, une jolie peau rose et bien vivante. Elle tenait de sa mère son petit nez parisien, adorable. On avait le sentiment qu'elle comprenait toujours tout ce qui se disait autour d'elle, tant elle se montrait attentive et intéressée. Tout le monde observait plus ou moins discrètement le couple, finalement attendrissant, qu'elle formait avec sa mère, sur ce banc prestigieux, *interdit*, tout près du prêtre et des huit enfants de chœur, et sous la protection du Crucifié. Calée dans l'encoignure, la comtesse se sentait chez elle. Elle entretenait avec le Bon Dieu à peu près les mêmes rapports qu'avec Louis Girard quand, petite fille, elle redoutait d'être grondée tout en sachant qu'elle ne craignait rien. Le rite dominical conférait à Pascaline, adorable réincarnation de Louis Girard, la légitimité Kergoust ; c'était un peu comme une onction renouvelée et confirmée qui faisait d'elle l'héritière du corsaire malouin. Les autres Kergoust ne comptaient plus. Pascaline aurait la noblesse et l'argent.

On célébrait les noces d'or d'un couple de serviteurs noirs, la femme très imposante dans une robe de taffetas mauve et vert, l'homme dans un complet trop petit qu'on lui prêtait. Des catéchumènes mimaient les noces de Cana, miracle que la comtesse n'appréciait guère : encore du vin pour des ivrognes qui n'avaient que trop bu déjà ! Elle enveloppait les épaules de Pascaline avec

44

son bras, en suivant la messe sur son missel. Elle savourait la curiosité dont elle était l'objet. D'une certaine façon, Pascaline la protégeait. Elle n'oubliait pas les ragots qui circulaient après la naissance de la fillette ; elle l'avait refusée, elle ne voulait pas la voir, trop déçue de n'avoir pu *pondre* un garçon ; le verbe lui faisait horreur. Eh bien, bonnes gens, voyez comme Pascaline m'aime et comme je l'aime. Elle interprétait, assez consciemment, le rôle d'une mère comblée pour un public qu'elle méprisait. Entre les représentations du dimanche, ses relations avec sa fille étaient moins chaleureuses. Elle la voyait peu. Ses multiples activités l'éloignaient souvent de la Nouvelle Hollande dès le matin. Lorsqu'elle rentrait, le soir, Pascaline était déjà couchée ou bien c'était l'heure de la mettre au lit. Depuis quelque temps, elle avait engagé une institutrice, moins efficace que sa Miss, une jeune fille d'excellente famille, les Bénazet (ruinés par Louis Girard), qui lui apprenait (enfin !) à lire. Il devenait urgent de la confier à son arrière-grand-tante, la mère supérieure de la Congrégation du Sacré-Cœur, une Kergoust de la cinquième cuvée qu'on appelait la Grande Mahaut (même au couvent, derrière son dos). En prononçant ses vœux, après un gros chagrin d'amour (son fiancé avait péri dans un naufrage), elle était devenue sœur Eusthate.

Pascaline, une sauvageonne, bien qu'elle adorât la Grande Mahaut, qu'elle appelait Ma-O, trépignait quand on parlait de la mettre en pension. A six ans... La comtesse avait deux bonnes années de plus quand on l'avait confiée à la Mère. Elle ne se serait jamais rebellée comme Pascaline qui, lorsqu'on la contrariait, menaçait de se sauver, de se cacher dans les montagnes et même de se jeter du haut du Saut-de-la-Biche. Son père avait eu la fâcheuse inspiration de lui raconter l'histoire d'une biche qui s'était précipitée dans le vide, de là-haut, parce qu'on venait de tuer son seigneur bien-aimé, un grand cerf blanc. L'absurdité de ces fables. Tout comme l'histoire des noces de Cana. Aucun sens. Les pauvres rêvent de tout avoir pour rien. Le bonheur, c'est moins simple, pensait la comtesse. Elle baissait le front ; le bonheur, pour elle, c'était trop tard ; elle prétendait s'en convaincre, mais elle avait beau se répéter qu'à son âge la vie d'une femme est terminée, elle n'en croyait rien. L'effet qu'elle venait de produire sur le petit Chamarel l'eût rassurée sur son charme si elle en avait douté. Ce gamin qui trottait à côté de l'ambulance :

— Adélaïde, Adélaïde, nous sommes cousins, j'ai une lettre pour vous.

Une lettre pour vous ? Ou bien avait-il dit : je vous écrirai ? Un joli visage de fille, qu'allait-il devenir, le pauvre, avec sa main en moins ? La comtesse se reprochait de l'avoir traité de trop haut. Un soldat, il avait fait son devoir, en payant cher, sans parler de cette opération en haute mer, avec une main, une seule main. Il avait sauvé Dietr. Tout en formant avec ses lèvres les mots que prononçait le prêtre, la comtesse pensait à ses amours innocentes avec Dietr, les premiers battements de cœur, et elle revoyait le pauvre Faucon sur le lit d'hôpital où elle l'avait abandonné à l'infirmière. Est-ce qu'il l'avait reconnue ? S'il demandait à la voir ? Elle en avait fini avec les hommes, elle avait Pascaline. Elle vivait sur une île déserte. Où était Oliver ?

Le Dr Oliver Campbell avait traversé son existence comme un météore raie le ciel ; on voit encore sa lumière quand elle s'est effacée du firmament. Réalité ou rêve ? Au premier regard elle avait compris qu'elle l'attendait depuis toujours. Elle avait exigé qu'il pratiquât son accouchement. Quelle folie ! Moi si laide, déformée, monstrueuse. Il fallait qu'elle le retînt auprès d'elle, absolument. Pendant sa maladie... Elle ne conservait aucun souvenir précis des deux années passées au lit sauf... Quoi ? Parfois, une impression de lumière. A l'aube les fleurs se tournent vers le soleil. Elle recevait des rayons. Après sa guérison, quand on la croyait sauvée, elle se sentait perdue, Oliver avait disparu, plus de lumière. Pourquoi vivre ? Elle ne pouvait se confier à personne, pas même à son ami Oudinot. Elle partageait beaucoup de choses avec le cher Henri (Hennery, disait Oliver, à l'anglaise) mais... Elle espérait du moins qu'il recevrait des nouvelles de son ami Campbell ; ils étaient très liés. Rien, le silence, Campbell ne répondait pas aux lettres d'Oudinot, qui laissait entendre qu'on le poussait dans les bras d'une héritière anglaise, la nièce d'un vice-gouverneur de l'Inde, un parti inespéré pour lui, relevait Henri avec une sorte de gourmandise amicale ; ça l'enchantait, lui, que Campbell, un si remarquable médecin, obtînt par un mariage avantageux la fortune que la naissance lui avait refusée. La comtesse avait alors cessé de parler de Campbell, tout en attendant une lettre qui n'arrivait pas. Oudinot ne recevait rien non plus. Il fallait oublier, tirer un trait sur une espérance si vague, si ténue. Absurde, par surcroît, puisqu'elle était mariée ; le pauvre Bubu avait fait les frais de sa déception. Elle ne le supportait plus, pas question de reprendre des habitudes conjugales. Fort heureusement, il ne demandait rien, occupé ailleurs, par ses petites négresses et par une gamine, assez jolie, Muguette de Chazelles, qui avait une sœur folle. Elle ne possédait pas un sou.

Si Campbell s'était marié avec son héritière, la comtesse l'eût appris par le *Times* qu'elle recevait irrégulièrement par paquets d'une dizaine d'exemplaires, avril avant mars, août avant juillet, à la bonne fortune du *shipping*. C'était sa lecture, il n'arrivait plus de livres. La guerre rendait l'éloignement de l'île insupportable. Dans la cathédrale, pendant la messe, on était hors du monde, oublié par le monde. La comtesse se sentait parfois aussi perdue qu'une abeille rescapée d'un typhon qui ne retrouve plus trace de sa ruche.

Devait-elle prier pour Dietr ? L'inclure dans les affligés, les blessés, qui avaient besoin de l'aide du Seigneur ? Elle n'était pas vraiment croyante, elle conservait des habitudes religieuses ; elle refusait de suivre Oudinot quand il tentait de l'entraîner dans une réflexion sur le divin. Dietr était allemand. L'ennemi. On ne pactise pas. Bien entendu, il fallait soigner Dietr. Elle ne lui avait jamais pardonné sa Chinoise ni ses petites Indiennes.

La comtesse s'était rendue à pied de l'hôpital à la cathédrale. Son chauffeur l'attendait à la sortie avec la grosse torpédo commandée par le comte Hubert, une Delaunay-Belleville. On l'avait livrée après le *miracle*. La comtesse l'eût fait renvoyer si on avait accepté de la charger sur un cargo. Furieuse ! Tant d'argent pour une automobile ! Louis Girard ne croyait pas aux automobiles, des jouets pour des excentriques. La comtesse s'indignait que Bubu eût profité de sa maladie pour s'offrir, à ses frais, quelque chose d'aussi coûteux, d'autant qu'il disposait déjà d'une Speedwell, acquise par Louis Girard lors d'un voyage à Londres. Pas assez impressionnante pour un Kergoust ! Bubu exigeait mieux, il voulait le plus beau jouet. Depuis qu'elle avait récupéré la Delaunay-Belleville, la comtesse changeait d'avis. Elle aimait la conduire, elle savourait l'admiration qu'elle suscitait quand elle tenait le volant, et qui confirmait un sentiment de supériorité méritée, *naturelle*.

Le chauffeur, Poon, un Malabar, portait une livrée Kergoust fantaisiste, une tunique bleue à liséré rouge, sur une culotte blanche bouffante à la cheville, à l'indienne. Il marchait nu-pieds, on voyait un bracelet d'argent autour d'une cheville. Louis

Girard, qui l'avait recueilli très jeune, dans la rue, lors d'une épidémie, affirmait qu'il était fils de prince. Agé d'une soixantaine d'années maintenant, il occupait une place particulière dans la domesticité de la Nouvelle Hollande, c'était le seul du clan Girard de la Savone qui eût réussi à s'imposer aux kergoustiens de la Nouvelle Hollande, des Noirs, tous affublés de surnoms bibliques auxquels ils tenaient comme à des brevets de noblesse.

— Je conduirai, décida la comtesse.

Elle prit Pascaline à côté d'elle, Poon s'installant à l'arrière avec la vieille Jézabel, en robe de sortie mauve ; elle avait grande allure. Ses parents esclaves venaient d'être émancipés quand elle était née. Pour elle, la cathédrale était la maison du Père Laval. Elle l'avait vu dans son cercueil, alors qu'elle avait sept ou huit ans ; elle ignorait son âge exact. Elle avait posé un instant son livre de catéchisme sur les mains jointes du Père. Quand elle souffrait d'indigestion, quand elle avait ses douleurs, elle plaçait le livre sur les points sensibles, le mal passait.

On ne roulait pas facilement dans les rues de Port-Louis, un dimanche, vers midi. La comtesse permettait à Pascaline de presser le klaxon et la petite fille s'amusait beaucoup. Des gamins et des chiens couraient devant la voiture. La comtesse pensait à son père : s'il nous voyait, du haut du ciel ? Hypothèse innocente, qui la faisait sourire. Pascaline ne lui ressemblait pas beaucoup, à part son petit nez, le cou aussi, elle aurait un long cou de cygne comme elle, le front bombé, beaucoup de points communs en somme, qu'on négligeait, parce qu'elle était blonde. Et les yeux bleus ! Kergoust, les yeux bleus. A part ça, elle n'avait rien de Bubu ; elle serait sûrement plus grande que lui. Pas question de la gaver comme il l'avait été. Elle courait comme un garçon dans l'eau, un vrai poisson. Rien non plus de l'angélisme de sa grand-mère Clémence, dont on parlait parfois à la comtesse. On se gardait de lui dire que Clémence Goupille avait été surnommée Iphigénie quand on avait appris qu'elle épousait Louis Girard. On la livrait au monstre pour sauver ce qui pouvait l'être du patrimoine Goupille. Ses parents auraient voulu ramener Adélaïde en France, après la mort de sa mère en couches. Que ferait le monstre d'une petite fille aussi fragile ? Il avait répondu avec sa férocité habituelle :

— Un grand garçon.

Suis-je devenu ça ? se demandait parfois la comtesse. Elle

menait ses affaires comme un homme, une façon pour elle d'oublier les hommes, auxquels, dans l'ensemble, elle se sentait supérieure. La Grande Plaine produisait plus de sucre que jamais, entre 12 et 15 % de tout ce qui était exporté. Depuis le début de la guerre, les prix avaient beaucoup monté. Poussée par Oudinot, la comtesse de Kergoust avait proposé la création d'un Fonds Spécial pour le Développement de l'Ile (le FSDI) alimenté par une contribution des sucriers d'une quarantaine de roupies par tonne vendue. Le Fonds finançait une crèche, il avait entrepris la chlorination des eaux du port afin de réduire les risques d'épidémies. On asphaltait les routes. Un grand projet avait été mis à l'étude : la construction d'une centrale électrique. L'électricité à Maurice, Oudinot en parlait avec des trémolos émouvants. Lutter contre la pauvreté, contre la maladie, réduire la mortalité infantile, oui, oui, c'est entendu, pensait la comtesse, mais pourquoi font-*ils* tous tant d'enfants ? *Ils*, les pauvres, les Indiens. Un planteur anglais avait *importé* une trentaine d'Indiens après l'abolition de l'esclavage, pour ne pas payer aux Noirs affranchis les salaires de Blancs qu'ils réclamaient. Résultat : ils étaient des dizaines, des centaines de milliers moins de cent ans après. C'était plus que préoccupant, estimait la comtesse en roulant à travers les faubourgs surpeuplés, avec des cases de quelques mètres carrés, à toit de paille, dans lesquelles vivaient des familles de douze, de quinze. Que faire ? Bientôt on ne pourrait plus *les* nourrir.

Du haut de Belle-Vue, on découvrait la baie dans une lumière éblouissante. Sur les pentes de la montagne, des Indiens en *doti*, des enfants surtout, des femmes aussi, en *sari* clair, remontaient dans des paniers d'osier la terre arrachée à leurs champs par un récent orage. Leurs champs ! Ces gens arrivent à faire pousser du sucre sur des pierres, grommelait Louis Girard, avec admiration ; il avait commencé comme eux, et il le rappelait souvent en montrant ses énormes mains, ses paluches, disait-il.

Le petit col de Belle-Vue franchi, on redescendait vers la Nouvelle Hollande, le Versailles des Kergoust, ou plutôt leur Maison Blanche.

— Regarde, Pascaline.

La comtesse avait arrêté la voiture dans la descente de Belle-Vue. On avait asphalté la route avec les fonds du FSDI sans que la comtesse eût à le demander. On découvrait Baie Bleue et le récif ourlé par l'écume qui courait le long du corail. Comme un troupeau de chevaux blancs, disait Pascaline. Elle voulait emmener sa mère sur le récif, où Poon lui avait fait découvrir le jardin de Shiva, un cratère de volcan à fleur d'eau où se rassemblaient toutes les espèces de poissons. Poon prétendait que la baleine de Jonas avait un palais dans le jardin. La comtesse ne voulait plus que Pascaline s'y rende.

— Vous verrez, maman, si vous venez avec nous...

— Tu n'iras pas.

J'y retournerai, pensait la petite. Sa mère lui montrait la Nouvelle Hollande dans les palmiers et dans les bougainvillées :

— C'est à toi, Pascaline.

— A papa aussi, dit Pascaline, en boudant.

Une ombre passa sur le visage de la comtesse. Pascaline lui appartenait, à elle seule. Tout était à elle, à la Nouvelle Hollande. Bubu ne comptait pas. Un peu comme le Saint-Esprit, il lui avait fait un enfant sans la marquer. Il ne restait pas trace de lui, même si, lorsqu'on lui parlait de Bubu, la comtesse se félicitait de sa réussite à Paris. Quand elle se souvenait des hommes de sa vie, elle le négligeait ; il n'avait pas compté. Mais gentil, oui, un gentil garçon dans le fond.

C'était bien d'avoir la Nouvelle Hollande ; pourtant la comtesse ne s'y sentait pas tout à fait chez elle. Elle restait en territoire conquis. La reine Victoria en visite officielle en Inde, installée pour quelques jours au Taj Mahal, devait éprouver les mêmes réserves que la comtesse à la Nouvelle Hollande : magnifique, imposant, mais sa maison, c'était Buckingham. La comtesse demeurait attachée à la Savone où elle ne mettait plus les pieds que rarement. Sa mère était née là, et la mère de sa mère, et tous les Goupille auxquels elle se persuadait que rien ne la rattachait. Elle les retrouvait à la Savone. D'où venait son père ? Elle ne savait rien de lui. Il ne lui avait jamais parlé de sa famille. Le passé, le présent, il était tout, l'avenir aussi, et il survivait dans la mémoire de sa fille comme il avait vécu avec elle, absolument seul, donc irremplaçable. S'il avait eu une famille, Adélaïde se serait sentie moins cruellement orpheline. Elle se voulait Girard à 1 000 %. Pascaline serait Kergoust, mais pas comme Bubu et les siens, comme Louis Girard eût mérité de l'être.

Après le suicide de son père, Eric de Chamarel avait vécu pendant près de deux ans dans la magnifique demeure de l'oncle Poincelet, près de Curepipe. Bien qu'il fût déjà grand, il n'en gardait pour ainsi dire aucun souvenir, sa nostalgie se cristallisait sur le bungalow du champ de courses où il s'était installé avec sa mère après le départ de l'oncle pour la France. Les deux familles, les Poincelet et les Chamarel, étaient originaires de Normandie. Les Poincelet, qui remontaient au Conquérant, avaient renoncé à la particule lors de la Révolution, la branche mauricienne du moins. Les Poincelet de Falaise, eux, restaient *de*. Les Chamarel dataient d'un magistrat, anobli par Colbert.

Pour sa mère — Eric ne pouvait l'oublier —, l'installation dans le bungalow marquait une déchéance ; elle n'en sortait pour ainsi dire jamais. Elle ne pardonnait pas à l'oncle Poincelet de ne pas l'avoir ramenée en France avec son fils. Il avait tenté de la *recaser*, mais comme elle refusait tout ce qu'il suggérait, il avait fini par se convaincre qu'il ne pouvait plus rien pour elle. Qu'elle se débrouille ! Il laissait un petit capital géré par la Banque Oudinot.

Pour Eric, le bungalow, c'était le bonheur. Le campement, disait l'oncle Poincelet quand il en parlait. Il s'y installait pendant les courses ; pour un homme seul, qui ne s'intéressait qu'aux chevaux, c'était un pied-à-terre agréable, confortable, avec une douche, une petite cuisine, un salon, une chambre, deux petites pièces mansardées, qui étaient revenues à Eric. La grosse branche d'un flamboyant traversait celle dans laquelle il dormait. Quand il fleurissait, la moitié du toit disparaissait sous un prodigieux bouquet rouge violacé. A Oxford, Eric croyait parfois le respirer quand il avait un gros cafard. Il regrettait les chevaux. En se levant très tôt pour refaire les litières ou pour promener l'un ou l'autre des pur-sang en pension aux écuries, il méritait parfois un galop sur la piste. Ah ! s'il avait pu devenir jockey ! Impossible, impossible, il était déjà trop grand à treize ans, et trop lourd. Sa mère avait décidé qu'il serait médecin. Il formait avec elle un couple émouvant, qu'on regardait à l'église quand elle allait encore à la messe avec lui ; puis elle se montra de moins en moins dévote, à la désolation d'Eric, très pieux (il servait encore la messe la veille de son embarquement). Quand elle sortait du bungalow, Edmée de Chamarel s'habillait de noir. Je porte le deuil de mes illusions, expliquait-elle. Une fois l'an, la veille de la Toussaint, Eric l'accompagnait sur la tombe de Clément de Chamarel, enterré à l'écart, sans bénédiction.

Eric pensait peu à lui, et plutôt avec embarras ; son père ne lui avait jamais manqué. Il vivait pour sa mère, il travaillait pour elle à l'école, le meilleur en tout. Il avait décroché en se jouant la bourse qui lui permettait de poursuivre ses études en Angleterre. Quel déchirement quand il avait dû quitter sa mère, persuadé qu'on la lui prendrait dès qu'il serait loin. Avant de gagner Londres, il avait passé chez l'oncle Poincelet, à Falaise ; il retournait chez lui pendant les vacances. L'oncle le présentait à des relations *utiles*, des gens riches, avec des filles à marier. Il perdait son temps avec Eric. Maman, maman, maman. Il continuait à vivre avec sa mère grâce aux lettres interminables qu'elle lui envoyait. Elle ne changeait pas. Eric avait les mêmes fossettes qu'elle. On ne pouvait lui causer plus grande joie qu'en détaillant ses ressemblances avec elle, le front bombé, de petites oreilles. Il ignorait les jeunes filles en fleurs, seul le travail comptait pour lui ; il fallait qu'il réussisse absolument, pour elle, pour *mother*, *mother darling*. A Oxford, il pensait moitié anglais, moitié français. Une seule femme trouvait grâce à ses yeux, *mother darling*, que la séparation parait de toutes les grâces. Il lui rendrait au centuple les sacrifices qu'elle consentait pour lui. Pour compléter la bourse anglaise, elle avait vendu ses bijoux. Il avait obtenu son B. H. (*Bachelor of chirurgy*) presque négligemment, le plus jeune et le plus brillant de la promotion ; il expliquait modestement que la guerre facilitait les choses en éliminant des concurrents.

Il consacrait à sa mère le temps pris sur son travail, lui écrivant aussi de longues lettres. Il ramait un peu et faisait du cross-country. On voulait le faire jouer au rugby ; il étonnait par sa résistance, par sa vélocité ; ce garçon, avec ses airs de fille, se montrait increvable. On l'invitait ; quand il acceptait de passer un week-end chez un camarade, il gagnait toutes les sympathies, des amitiés, des affections, il plaisait aux filles et à leur mère ; il ne s'en apercevait pas, du moins il n'en montrait rien. Tout pour *mother*, et voilà, il revenait manchot! Malgré tout, l'intervention réussie sur le *Mohandas* le rassurait, et aussi la proposition si amicale du colonel Lesterton. Oh! il ne s'agissait pas de quelque chose de très reluisant, mais pour commencer... La solde de lieutenant. Un appartement de fonction? Il faudrait voir. Eric avait tellement rêvé de son bungalow qu'il n'envisageait pas de s'installer ailleurs.

Moins rutilant qu'il ne le pensait, ce bungalow, très petit, tout avait rétréci, s'était dégradé, l'entonnoir de fer-blanc renversé qui entourait la branche du flamboyant déviée par la mansarde craquait sous la rouille, qui teintait les bardeaux du toit. Eric hésitait à faire descendre du fiacre ses deux cantines. Où allait-il s'installer? Les cantines tiendraient à peine dans sa mansarde. Il demanda au cocher de l'attendre et grimpa les marches pourries de la varangue où la table était mise pour le petit déjeuner. Il reconnaissait les tasses du vieux et noble service de porcelaine bleu que les jésuites faisaient fabriquer en Chine et que la Compagnie des Indes vendait en France, la théière sous un couffin recouvert de perles blanches dont beaucoup étaient tombées. Quelle heure est-il? Midi, presque midi. Une vieille négresse avec un tablier bleu sur un boubou informe apportait deux œufs qui grésillaient dans une poêle sur une tranche de jambon.

— Missié Eric!

Paulette! Elle ne devait pas avoir loin de quatre-vingts ans. Pas du tout étonnée, elle riait, comme autrefois, quand Eric revenait de l'école.

— Missié Eric a faim? Missié Eric a déjeuné?

Avec sa poêle à la main, elle s'appuya contre la porte, pour la repousser légèrement :

— Vos œufs sont prêts, Ma'me Edmée, Missié Eric est là.

Nénène Paulette! Elle n'avait pas tellement changé depuis qu'Eric s'endormait sur ses genoux en écoutant ses histoires, un petit visage très noir, la peau comme du cuir, lisse et brillante, des yeux malins. Tout ce qui restait des splendeurs Chamarel. Mme de Chamarel lui donnait dix roupies par mois, une livre. Elle se nourrissait de miettes. Je suis un vieux poussin avec des os de tourterelle, disait-elle en souriant. Après chaque bouchée avalée, elle soupirait : c'est une bénédiction.

La porte s'ouvrait en grinçant sur ses gonds.

— *Mother*!

Eric restait pétrifié devant sa mère, méconnaissable. Lorsqu'il était parti, elle prenait du poids, elle s'en plaignait, elle ne tenait plus dans ses robes, une raison supplémentaire de ne pas se montrer. Elle aimait bien manger, elle était gourmande, son visage s'arrondissait, sa poitrine se gonflait, une superbe femme, superbe, superbe, mais pour qui l'avait vue à dix-huit ans, quand elle avait débarqué à Maurice, si fragile, transparente, une taille de guêpe mise en évidence... Chamarel va la casser! On s'inquiétait, tout en se communiquant les derniers ragots sur l'aventure avec le marquis de F. dont jamais rien n'était parvenu aux oreilles d'Eric, heureusement. Pour lui, sa mère restait cette jeune fille qu'il n'avait pas connue. Et maintenant, c'était une grosse femme, énorme, monstrueuse en fait, elle pesait plus de cent kilos, une tour; Eric eut envie de pleurer.

— Mon enfant!

Elle l'avait pris dans ses bras et le serrait contre sa poitrine. Elle sortait du lit avec un caraco de coton blanc par-dessus une chemise de nuit rose, les cheveux ramenés en pelote sur le haut du crâne, elle n'en avait plus tellement, à moitié gris, elle les fixait avec des épingles mal enfoncées, qu'elle laissait voir. Elle sentait le sommeil, et, pis, le négligé.

— Faut manger vos œufs, Ma'me Edmée, ils vont être froids, vous seriez chagrine, dit Paulette.

— Mon petit, mon tout petit!

Elle tenait Eric par les épaules et le regardait à travers ses larmes.

— Tu me trouves changée?

Pour avancer vers la table, elle poussa le pied gauche, sur lequel elle porta son poids avant de ramener le pied droit; elle se déplaçait en titubant. Si elle tombait? Paulette ne pourrait pas la relever. Chamarel imaginait sa mère par terre, Paulette à genoux à côté d'elle poussant des cris, personne pour l'entendre, lui, Eric, à Oxford ou à Salonique... Il comprenait pourquoi Lesterton avait parlé d'elle d'une voix si bizarre. Qu'est-ce que l'on racontait sur sa pauvre mère en ville? Sa gorge se serrait, il se haïssait, il avait honte de sa mère. «Je suis là», disait-il à dix ans, en passant son bras autour de sa taille. Comment avait-elle vécu depuis son départ? Il croyait tout savoir, parce qu'elle racontait tout, pensait-il. Des lettres de dix pages et plus. Elle brodait pour des Indiens enrichis, elle faisait de la dentelle au point d'Alençon, trois mois de travail pour un rond de dix centimètres de diamètre. Elle donnait le compte de ses dépenses en expliquant qu'elle avait vendu une *chinoiserie* de l'oncle Poincelet, un bronze ou un rouleau provenant du sac du palais impérial de Pékin, des babioles pour l'oncle, auxquelles il n'attachait aucune importance. Elle mentait ? Elle fabulait ? Tout ce qu'elle racontait sur l'autre, *elle*, la comtesse de Kergoust ? Eric comprenait pourquoi sa mère haïssait Adélaïde. Une formidable jalousie. La pauvre, elle avait tout perdu, tout. Il la regardait manger ses œufs, des larmes coulaient encore mais elle oubliait la présence d'Eric, ou plus exactement, à ce moment précis, il comptait moins pour elle que le bout de jambon barbouillé de jaune d'œuf qu'elle mettait dans sa bouche. Elle sentait le regard de son fils. Tout en savourant ce qu'elle mâchait, elle s'empara du moignon pour le baiser.

— Tu ne veux pas une tasse de thé, mon tout petit ? Paulette, fais du thé.

Obèse. L'obésité. Une maladie. Est-ce que ça commençait quand je suis parti ? Chamarel examinait sa mère par-dessous ses longs cils de fille. La thyroïde. Insuffisance thyroïdienne. Les sourcils déplumés vers la fin de l'arc. Sa façon de manger, l'avant-bras gauche sur la table, devant l'assiette, comme si elle craignait qu'on la retirât. Une névrose des organes. Eric pensait au major Fournier, le patron de l'antenne française à Salonique, qu'il admirait beaucoup. Il aimait aussi le major Campbell, son chef. Les deux hommes s'étaient retrouvés à Salonique avec bonheur, ils s'étaient connus à Paris, à la Salpêtrière, au service créé par le Pr Charcot. Freud avait passé par là, avant eux ; très freudiens tous les deux. Campbell envisageait de s'établir à Londres comme psychiatre pour embêter son père, disait-il, le célèbre Dr Balfour, qui avait fauté avec sa secrétaire et n'avait pas reconnu l'enfant. Campbell en parlait avec une feinte indifférence, on sentait bien qu'il ne pardonnait pas. Et les ricanements de Fournier quand il appelait Campbell «cher petit bâtard»... Quel magnifique tandem. Au lazaret, Chamarel se plaignait d'être en enfer. C'était le paradis. Il souleva son moignon :

— *Mother*, j'ai opéré cette nuit. Une appendicite.

Est-ce qu'elle m'entend ? Eric racontait sa nuit, il parla du capitaine Bullwark, du colonel Lesterton. La comtesse de Kergoust? Il songeait à l'évoquer, comme il aurait piqué un malade pour mesurer sa sensibilité; il renonça. Elle souriait, elle reprenait le moignon, elle le portait contre sa joue. Les grosses sont des insatisfaites, disait Fournier. Il ramenait tout à la sexualité. Une femme *en manque* compense en mangeant le plaisir qu'elle ne prend pas au lit. Effrayant. Chamarel *entendait* Fournier. Sous-baisées, les femmes sous-baisées, disait-il. Eric sentait ses pommettes le brûler. Quand Fournier parlait de ça, la conversation entre lui et Campbell portait généralement sur la comtesse de Kergoust que Campbell avait soignée pendant deux ans, après un accouchement difficile. Elle s'était *bloquée* parce qu'elle avait eu une fille, alors qu'elle voulait un garçon, pour reprendre le nom et le titre des Kergoust. Sous-baisée aussi, la comtesse, affirmait Fournier. Il était vulgaire, c'était un obsédé, mais quel chirurgien! Chamarel en avait appris davantage avec lui en quelques jours que pendant ses deux stages à l'hôpital de Chelsea. Fournier le trouvait doué. Quel avenir maintenant? Un médecin de l'administration qui fait de la paperasse...

Et ça! La mère ramassait des miettes sur la nappe et les prenait entre les dents. Qu'est-il arrivé? Si j'étais resté avec elle? Je me serais occupé de chevaux, pensait Eric, j'aurais été plus heureux. Pourquoi avait-il perdu sa main? Une punition? Dieu? Dieu voulait-il qu'il rentre afin de prendre soin de sa mère? Je la sauverai, se promettait Eric.

— Paulette prépare une rougaille pour le déjeuner, mon tout petit. Tu aimais tellement ça.

— Je ne peux pas rester, *mother*.

Il s'était redressé presque brutalement; il fallait qu'il s'en aille. Il apercevait le cocher de son fiacre qui approchait, sans doute pour demander s'il devait décharger les cantines.

— Missié Eric ne déjeune pas?

Il détestait Paulette, qui gavait sa malheureuse mère. Je la chasserai, j'arrangerai tout, se promettait Eric, en embrassant sa mère, qui épluchait une banane.

— Je dois voir le colonel Lesterton et faire mon rapport, *mother*. Il me propose un poste très intéressant.

— Si tu pars, je n'ai pas besoin de m'habiller, soupira sa mère.

Elle se recoucherait? Voilà donc une vie. La main d'Eric lui faisait mal, la main qui lui manquait, la main coupée. J'ai vingt-quatre ans, bientôt vingt-cinq. La guerre du moins n'avait pas interrompu ses études, alors que tant d'autres garçons de sa génération...

— Il fait très chaud, monsieur l'officier. On reste ?

Le cocher demandait un verre d'eau. Eric entra dans la cuisine, un capharnaüm, de la vaisselle sale, des casseroles n'importe où, le sucre (comme autrefois) dans un ballon de verre placé dans une cuvette remplie d'eau pour le préserver des fourmis. Par la petite fenêtre on apercevait quelques poules dans un enclos de tiges de bambou. Une poule avait volé jusqu'à la cuisine, elle semblait couver sur le *pira*, la chaise basse de Paulette. Paulette versa du soda verdâtre dans un verre :

— Pour votre paltoquet.

Le cocher, qui attendait au bas de la varangue. Après lui avoir passé le verre, Eric jeta un coup d'œil dans la chambre de sa mère, déjà allongée. Il l'abandonnait ? Au pied du lit, une bouteille de cognac. Elle buvait. Il le savait. Son haleine. Elle boit parce qu'elle est sous-baisée. Terrible. Il avait dit : elle boit, et Fournier avait ajouté : parce qu'elle est... Selon Fournier, la comtesse, cette merveille, était également sous-baisée. Toujours tout ramener à ça. Quand j'opère une femme d'un kyste ou d'un fibrome, racontait Fournier, j'écarte, j'ouvre, je regarde, c'est le travail, je m'en fous, le sexe n'a qu'un intérêt médical pour moi, mais si à travers un trou de serrure je vois la même femme se déshabiller et s'asseoir sur son bidet, je redeviens un petit garçon qui ne sait rien et qui cherche à découvrir. Un soir, Fournier (ou peut-être Campbell ?) avait parlé du roi d'Argos dont les trois filles se prenaient pour des génisses. On avait chargé trois vigoureux jeunes gens de les ramener à la raison en les couvrant, un verbe de Fournier qui en utilisait bien d'autres : sauter une femme, l'enjamber, la mettre en perce, la pilonner, la perforer, la mettre au fichier... Campbell riait.

— Si tu avais bourré ta comtesse, disait Fournier à Campbell, elle aurait été guérie tout de suite.

Campbell laissait entendre que l'envie ne lui en manquait pas. Mais l'éthique médicale ? Et l'assistance à personne en danger, demandait Fournier en ricanant. Après la guerre, affirmait-il, il ferait fortune en créant une agence qui fournirait des mâles aux femmes en détresse. Il imaginait des cas : une malheureuse bloquée dans un chalet par des avalanches, une autre isolée par des inondations. On montait des expéditions pour les secourir. Des conversations absurdes pour meubler les soirées interminables au lazaret. S'en souvenir aidait Chamarel à reprendre espoir pour sa mère. Un rapprochement entre elle et la comtesse. Les mêmes causes produisent des effets différents ? Son admiration pour la comtesse se dépréciait, ou, plus exactement, s'encanaillait. Il la voyait au lit ou mieux encore, dans la mer, avec sa chemise de nuit plaquée sur le corps. Extraordinairement désirable, disait Campbell, à la popote. *Sous-baisée.* Chamarel s'enhardissait : à votre service, madame la comtesse. Si sa première et seule expérience *amoureuse* dans l'oliveraie de Salonique l'avait déprimé, lui laissant un sentiment de culpabilité, le souvenir s'était décanté pendant le long voyage en mer. Le plaisir restait, il le retrouvait parfois quand, malgré lui, la main complétait les préparatifs de l'imagination. Enjamber, bourrer, perforer, sauter la comtesse de Kergoust. C'était évidemment impossible. La vulgarité de Fournier, la communication que Campbell préparait pour l'Académie sur la comtesse l'aidaient à dégager sa mère de l'horreur, elle devenait un cas médical. Guérissable ? A qui demander conseil ? Il ne pouvait plus se confier à Campbell, qui l'impressionnait tant à Salonique. Après avoir déposé ses cantines au Cercle il se rendit à l'hôpital. Quand pourrait-il disposer du logement de fonction ? Serait-il possible d'y installer sa mère ? Honteux de l'avoir reniée fût-ce pendant quelques minutes, il se promettait de faire tout pour elle, et plus.

On entendait le téléphone grésiller dans le hall alors que la comtesse rangeait la voiture devant le perron. On avait relié la Nouvelle Hollande au standard du Gouverneur depuis qu'elle dirigeait le Service de Santé. On comptait une trentaine de postes dans l'île. La comtesse éprouvait toujours une certaine angoisse en décrochant, c'était l'instrument du destin.

— Adélaïde ? C'est vous ? Ici Eric.

Le petit Chamarel ! Quel toupet ! Il appelait de l'hôpital. Est-ce que Dietr... Pas du tout, il allait très bien.

— Dans quelques jours il sera sur pied, Adélaïde. J'ai une lettre pour vous. Est-ce que je peux vous voir pour vous la donner ?

— Une lettre ?

— Qui est-ce, maman ?

Pascaline se serrait contre sa mère. On n'allait pas la lui prendre ? Elle avait décelé quelque chose d'inhabituel dans son regard. En même temps que la comtesse se reprochait d'avoir oublié Dietr dont elle voyait le visage ravagé, elle se souvenait des fossettes piquées dans les joues de Chamarel. Quel âge avait-il ? Si gentiment innocent, il devait être chaud dans les bras comme un petit enfant. Chamarel servait de catalyseur à une réaction passionnelle préparée par la solitude dans le cœur et dans le corps de la comtesse.

— Je peux venir à bicyclette, dit Chamarel. Voulez-vous demain ? C'est une lettre du Dr Campbell, le médecin-chef du lazaret de Salonique, j'étais sous ses ordres. Il vous connaissait, il m'a dit qu'il vous a soignée, je lui ai répondu que vous étiez guérie, je le savais par ma mère. Ma mère est une cousine de la vôtre, elle me parlait beaucoup de vous dans ses lettres. Adélaïde, vous m'entendez ?

La comtesse respirait avec difficulté, ses jambes mollissaient, elle s'affaissa sur une chaise basse devant la console de marbre rose sur laquelle le téléphone était placé dans le hall. Une lettre d'Oliver ! Depuis tant d'années qu'elle l'attendait, elle ne l'espérait plus, mais que pouvait-elle espérer ? Cet homme qui était tout pour elle n'était rien d'autre qu'une illusion, le rêve d'une nuit interminable. Il se souvenait d'elle ! De la malade qu'il avait sauvée ? Non, de moi, de moi, et j'étais si monstrueusement déformée quand il m'a connue. Elle se battait afin de rester belle pour lui, elle se le disait. Elle n'entendait plus Chamarel qui parlait, qui parlait... Ce petit imbécile avait une lettre d'Oliver !

— Où êtes-vous, Eric ?

— A l'hôpital.

— J'arrive !

Pascaline s'accrocha à sa mère :

— Vous ne pouvez pas partir, maman, c'est dimanche. Vous devez rester avec moi.

La comtesse la souleva pour la couvrir de baisers, elle l'embrassait sur la bouche, à la stupeur d'Oudinot qui entrait dans le hall. On avait entendu le moteur de sa voiture dans la cour.

— Tu déjeuneras avec ton parrain, Pascaline, je ne serai pas longue, le temps d'un aller et retour à l'hôpital.

— Que se passe-t-il ? demanda Oudinot.

Pour qui le voyait pour la première fois il n'était pas facile de dissimuler un étonnement peu poli : qu'est-ce qu'il a, ce bonhomme ? Non seulement Oudinot était chauve, il n'avait ni cils ni sourcils, et pas un poil de barbe. J'ai eu beaucoup de mal à m'y habituer, avouait Oudinot avec humour. Tu es nu partout dans le visage, lui avait dit Pascaline, toute petite. Elle demandait pourquoi il ne s'achetait pas des cheveux. On l'avait beaucoup tourmenté pendant ses années de collège à Port-Louis. A Cambridge en revanche, la paix. Le célèbre botaniste Robert (Augustus) Clarke l'avait envoyé à son médecin. Diagnostic : une pelade décalvante totale. *Defluvium capitis.* Son corps refusait certaines cellules. Un jour, peut-être. Si jamais ses cheveux repoussaient — c'était peu probable — ils seraient blancs. On voulait retenir Oudinot à Cambridge après ses études, afin qu'il enseignât les religions orientales. Il avait préféré rentrer à Maurice pour remplacer son père, Anselme Oudinot, non pas à la banque qu'il avait fondée[1], mais au Barreau, où il avait brillé jusqu'en 1847,

---

1. La Banque Oudinot, dont la banque Morgan détenait 51 % depuis le tournant du siècle.

jusqu'au 15 juillet 1847 très précisément, quand, pour la dernière fois, on avait rendu la justice en français.

— C'est le petit Chamarel qui a téléphoné, Henri, expliqua la comtesse, vous ne le connaissez pas, c'est un gamin, on l'a envoyé en Angleterre pour qu'il devienne médecin. Vous connaissez sûrement sa mère en revanche, vous avez dû entendre parler d'elle ?

— Il a opéré Buckowitz sur le *Mohandas*.

— Vous êtes au courant ?

— On ne parle que de ça à Port-Louis. Dietr ! Vous l'avez vu ?

La comtesse cacha ses yeux derrière sa main :

— C'est affreux, Henri.

— Sans le masque ? Il était si beau, n'est-ce pas ?

La comtesse n'était pas d'humeur à interpréter les intonations d'Oudinot.

— Chamarel a une lettre pour moi, dit-elle. Devinez de qui ? D'Oliver !

— De Campbell ?

— Eric...

Elle se reprit :

— Le petit Chamarel travaillait avec lui au lazaret de... Je ne sais plus où, une ville grecque, ou turque.

— Pas turque, Adélaïde. Nous sommes en guerre avec les Turcs. A Salonique, peut-être ?

Oudinot commençait ses journées en reportant sur les cartes les opérations qui se poursuivaient sur les divers fronts de la guerre, d'après les indications des communiqués publiés par *Le Cernéen*.

— Peut-être Salonique, oui, oui, c'est Salonique. Il a connu Oliver à Salonique, n'est-ce pas extraordinaire ?

Extraordinaire, elle l'avait dit avec une emphase mondaine qui ne lui était pas habituelle. Elle est troublée, pensait Oudinot. Quelle étrange personne, il n'arriverait jamais à la comprendre. Elle avait fait la connaissance de Campbell alors qu'elle était enceinte. C'est grâce à lui, d'ailleurs, qu'ils s'étaient rencontrés, parce qu'elle avait tenu à assister à un procès où il plaidait. Campbell comparaissait comme témoin. Tout le monde avait été frappé par la façon dont elle le regardait pendant sa déposition. Une sorte de gourmandise. De la voracité ? Les mauvaises langues le prétendaient. En fait, elle avait été éblouie, elle semblait fascinée. Et elle avait exigé qu'il l'accouchât ! Un homme, et un Anglais, anglican par surcroît, pour surveiller la naissance de l'héritier Kergoust ! Tout le monde attendait un petit mâle, évidemment. La tête de la Grande Mahaut en voyant arriver Campbell ! Qui l'avait mise à la porte de la chambre.

Pascaline trépignait :

— Je ne veux pas, maman, je ne veux pas...

La comtesse leva la main, pour la menacer d'une gifle.

— Calme-toi.

Pourquoi ce petit imbécile ne m'a-t-il pas remis la lettre ce matin ? C'est ma faute, admit la comtesse. Elle n'écoutait pas ce qu'il disait en trottant à côté de l'ambulance. Elle se souvenait de ses fossettes.

— Tu n'es pas belle, Pascaline, quand tu cries.

— Si vous partez, il faut que Parrain m'emmène au jardin de Shiva.

— Tu sais que ton Parrain n'aime pas ramer.

— Il n'aura pas besoin de ramer, dit Pascaline.

La comtesse n'entendait plus rien, elle préférait ignorer ce qui allait se passer dès qu'elle aurait le dos tourné. Pour manœuvrer la barque, Pascaline mobiliserait Absalon, un gamin du kraal, un petit Noir, d'une douzaine d'années.

— Ne vous laissez pas faire, dit-elle à Oudinot. Vous avez plus de pouvoir que moi.

Pascaline avait disparu. Puisque sa mère ne restait pas avec elle, pourquoi garderait-elle sa robe et ses souliers vernis ? Elle avait filé vers sa chambre pour se mettre en Chinoise, une tunique blanche sur un pantalon noir. Oudinot, en vérité, la préférait ainsi. Il adorait Pascaline, c'était sa fille. Il soutenait sa mère dans l'eau quand le requin... Le requin, il ne l'avait pas vu, Absalon s'avançait en frappant dans l'eau avec une pelle. Et tout à coup... Adélaïde, inerte encore, il maintenait sa tête hors de l'eau avec une main sous la nuque... Oh ! elle avait fait quelques progrès déjà. Et voici que... Un miracle, il n'y avait pas d'autre mot. Elle s'était dégagée, pour se porter au secours de Pascaline en train de se noyer. Très étonnant. Cette fille qu'elle aurait voulu étouffer entre ses cuisses, lors de sa naissance. Elle lui donnait la vie une seconde fois, et, du coup, se trouvait guérie. Tout cela avait encore rapproché Oudinot de la comtesse, en tout bien tout honneur si l'on peut dire. Lors de son retour de Cambridge, on prévoyait qu'il allait épouser l'héritière Girard parce que son père, Louis Girard, convoitait le domaine de Bombay, une chasse somptueuse, avec les quatre plans d'eau de la Mare-aux-Songes, qui auraient facilité l'irrigation de certaines parcelles de la Grande Plaine. Qui aurait misé une roupie sur ce mariage ? La carpe et le lapin. Oudinot ne s'était jamais intéressé à une autre femme, on avait fini par en comprendre la raison. Lui aussi, d'ailleurs. Qu'est-ce qui l'avait rapproché d'Adélaïde ? Il rapportait d'Angleterre une malle bourrée de livres introuvables à Maurice, tout ce qui se lisait à Londres et à Paris. Adélaïde dévorait, dévorait. Elle connaissait autant de poèmes qu'Oudinot, ils se renvoyaient les vers de Racine ou de Baudelaire comme des balles de tennis. Avec qui d'autre de tels échanges ? Avec Gaëtan, Gaëtan de Kergoust.

Oudinot ressentait toujours un certain trouble quand il pensait à Gaëtan. Dans la mesure où un garçon de dix ans son cadet pouvait devenir l'ami de Gaëtan, Oudinot l'avait été, et tout à fait par hasard. Gaëtan l'avait pris pour partenaire de double par défi, après l'avoir vu seul sur un banc du tennis : à seize ans, il avait déjà une tête de vieux. Ils avaient remporté le championnat du club. Sous la douche, Gaëtan avait dit :

— Tu es bien baraqué, petit.

Pouvait-il imaginer l'importance que ce compliment allait prendre pour Oudinot ? Le lendemain, il avait apporté à Gaëtan des vers qu'il écrivait. Quelqu'un s'intéressait à lui ! De Cambridge, il lui envoyait de longues lettres dont il ne se souvenait pas sans embarras. A l'époque, il ignorait ce qui l'attirait vers Gaëtan. Curieux. Que pouvait-il attendre d'un don juan couvert de femmes ? Par la suite, des années après le meurtre de Gaëtan, Oudinot s'était lié avec son fils, le comte Hubert, pendant une longue absence d'Adélaïde. Ses sentiments pour lui étaient anodins, rien de commun avec ceux qu'il avait, pendant un temps, nourris pour son père, et dont la force laissait des traces bizarres. Le gentil (et souvent très méchant) Bubu n'avait pas hérité du charme extraordinaire de son père, ni de sa beauté virile. Un gros bébé, qui ne pensait qu'à manger, Bubu n'était que cela, encore que... Les gens les plus simples réservent d'étonnantes surprises, Oudinot avait fini par le comprendre. Que peut penser Bubu de moi ? se demandait-il parfois. Et Adélaïde ? Quels étaient ses sentiments pour lui ? Assez bizarrement, il se sentait de la famille quand il arrivait à la Nouvelle Hollande, ce qui ne l'empêchait pas d'observer les mœurs des kergoustiens avec une lucidité plutôt féroce.

Après le départ de la comtesse, Oudinot s'attabla avec Pascaline devant un homard grillé, arrosé de beurre fondu, servi par Jézabel. La petite fille ne tenait pas en place.

— Je n'ai plus faim, dit-elle, et Parrain non plus. Parrain n'a jamais faim.

Elle entraîna Oudinot vers le kraal, elle ne voulait pas de dessert, elle voulait Absalon. Elle disait Ablalon, comme lorsqu'elle commençait à parler. Absalon avait douze ans. Il était né en février 1906, quelques mois après le mariage du comte Hubert avec Adélaïde Girard. Le comte était son père ; disons qu'il l'avait fait à une jolie négresse du kraal, qu'on appelait Saülette à l'époque. Depuis, elle avait quitté la Nouvelle Hollande et elle était devenue l'une des pensionnaires du Petit Trianon, avec un autre nom, Paulina.

Absalon paraissait plus que son âge, déjà grand, généralement torse nu, des épaules carrées, de longues jambes serrées dans un pantalon de coton blanc qui s'arrêtait aux mollets. Lors de certaines réceptions, Oudinot l'avait vu dans une vieille livrée Kergoust (bleue à liséré rouge), ramassant le crottin des attelages devant le perron. On ne lui demandait plus de faire ce genre de choses depuis un certain temps. Sombre de peau mais pas noir, d'un brun doré chaud, des lèvres assez charnues, pas des lèvres de nègre, les cheveux noirs et frisés, pas crépus, des yeux noirs aussi, avec moins de blanc autour des pupilles que les autres garçons ou filles du kraal. Pascaline avait fait de lui son esclave. Il s'était beaucoup occupé d'elle pendant la maladie de sa mère, il la soutenait quand elle avait fait ses premiers pas, il se trouvait dans les parages au moment du *miracle*, il s'était avancé dans l'eau en tapant avec une pelle pour effrayer le requin, si requin il y avait eu ; lui, il disait *la bête*. Bien entendu, Pascaline ignorait qu'Absalon était son demi-frère, et lui-même, le brave garçon, s'il savait quelque chose, c'était sans le savoir tout en le sachant. Le comte — il disait Missié Marquis, comme tout le monde au kraal — ne pouvait pas être son père. N'empêche qu'au kraal il n'était pas un enfant comme les autres, très protégé par sa grand-mère Jézabel. Sans Jézabel, on l'eût éloigné après sa naissance, on l'eût échangé avec un autre gamin conçu dans des conditions analogues. Jézabel ne l'avait pas permis. Absalon était arrivé peu après le mariage du comte Hubert. La comtesse avait besoin de Jézabel pour s'imposer à la Nouvelle Hollande ; ou alors il eût fallu qu'elle se débarrassât de lui avec l'ensemble des Noirs du kraal. A sa place, Louis Girard l'eût fait sans hésiter. Elle n'avait pas accepté la mort du père, elle venait de vivre une année dramatique ; elle avait subi Jézabel. Elle ne le regrettait pas. Elle s'était *kergoustifiée* au contact de Jézabel qui vivait comme ses grands-parents esclaves pour ses maîtres et leur *habitation*. La liberté imposait de mieux servir, de se dévouer totalement. Elle aurait donné son sang pour la comtesse, mais si on lui avait pris Absalon, si on l'avait *vendu*... Elle pensait *vendu*, cette habitude lui restait des temps *margauses*, les temps amers de l'esclavage. On ne pouvait plus la traiter comme sa grand-mère sur les genoux de laquelle elle avait grandi. La comtesse avait compris qu'à la Nouvelle Hollande Jézabel maintenait tout ce qui tombait en poussière sur Bubu. Elle serait morte pour sa foi Kergoust comme une chrétienne dans les arènes et, par une osmose finalement assez rapide, elle avait converti sa maîtresse à cette religion. Le *miracle* avait encore rapproché les deux femmes. Jézabel ne doutait pas que la comtesse dût sa guérison à une intervention du Père Laval auprès du Seigneur Tout-Puissant puisqu'elle portait au cou, en guise de pendentif, un clou de son cercueil. Son autorité sur les Noirs du kraal n'était pas contestée, et la comtesse l'appréciait. Jézabel organisait le travail et les loisirs, chacun recevait son dû par elle ; et s'en contentait.

Restait Absalon. La comtesse détournait les yeux quand il lui arrivait de l'apercevoir, pas souvent, car dès son plus jeune âge Jézabel lui avait fait comprendre qu'il devait échapper aux regards de Madame la comtesse. Elle ne voyait pas sans inquiétude Mademoiselle Pascaline entraîner Monsieur Henri vers le kraal. Madame la comtesse ne devait faire qu'un aller-retour jusqu'à l'hôpital. Si les enfants emmenaient Monsieur Henri sur le récif, jamais ils ne seraient de retour avant elle.

Comment avait réagi Oudinot en apprenant qu'Absalon était le fils de son ami Bubu ? Le fils ! Ça ne passait pas vraiment, pas encore, mais il évoluait. Un Blanc peut-il avoir un enfant noir ? En Angleterre, en France, partout, des fils de famille engrossent des servantes... C'est autre chose, Maupassant en avait fait des contes succulents. Campbell avait remarqué Absalon en le vaccinant, il avait été frappé par son désir d'apprendre.

— Je sais mes lettres, monsieur docteur.

Et de réciter, A, B, C..

— Dis B.

— Bé.

— Dis A. Et rapproche les sons, Bé, A, très vite, BéA ça donne ?

— BA, monsieur docteur.

Campbell avait apporté au gamin de vieux livres d'école que sa mère trimbalait dans une malle. Il avait songé à confier Absalon à sa mère, mais Pascaline exigeait qu'il reste à sa disposition. A cause de Campbell, Oudinot avait réfléchi à la situation si particulière d'Absalon, et, assez rapidement, il s'était intéressé à lui. Il le voyait avec autant de plaisir que Pascaline. Ses sentiments avaient été modifiés (bouleversés) par son aventure avec un jeune Indien, Orak, qui lui avait appris le plaisir. A plus de quarante ans ! Jusque-là, il ignorait, il cherchait, il titubait vers la révélation comme un aveugle, avec des peurs, avec des espoirs indéfinis, des impulsions incompréhensibles, des poussées vers quelque chose de mystérieux, des attentes, la nuit, pendant ses insomnies, avec parfois, alors qu'il dormait, un réveil douloureux après un éblouissement dont il se souvenait confusément. Son physique l'avait toujours isolé, il n'avait pas connu sa mère, son père ne l'embrassait pas. Avait-il honte de moi ? se demandait parfois Oudinot, malgré lui.

Orak avait quinze ans. Oudinot l'avait emmené à Londres, où il avait passé plusieurs mois avec lui dans un meublé, à Hampstead, sans déranger personne, sans choquer. Avec une fille du même âge, il eût été signalé à la police. C'était le bonheur. Il apprenait à lire et à écrire à Orak, très intelligent aussi. Moins qu'Absalon ? Il dessinait des singes dans ses cahiers, des singes superbes, Oudinot s'en persuadait en se reprochant d'avoir tout jeté quand Orak l'avait quitté. Même le petit mot laissé sur la table : *Merci, mon bon maître.* La veille du retour. J'aurais dû ajourner mon départ. Pendant longtemps, Oudinot avait ruminé ce remords. Orak serait revenu ? Où était-il ? Quand un navire entrait au port, il rôdait autour du quai. Jamais aucune nouvelle d'Orak. Son frère jumeau avait été mêlé à une navrante et méchante histoire, un commerçant chinois assassiné. Oudinot avait réussi à lui épargner la corde, à lui et à ses complices. Le frère, il s'appelait Parseram, ressemblait à Orak comme une goutte d'eau à une autre, et pourtant... Rien, jamais, Parseram laissait Oudinot indifférent, à se demander si Orak était vraiment aussi merveilleux qu'il en était arrivé à le croire. En plaidant pour Parseram (et ses trois complices), Oudinot avait le sentiment de payer une dette. Il se reprochait d'avoir *acheté* Orak à ses parents : il leur avait versé un dédommagement lorsqu'il l'avait emmené avec lui. De la même façon, le roi de France achetait les Suisses qu'on expédiait à Maurice. Le rapprochement lui avait inspiré un début de poème ;

J'ai mis·ma conscience
à sécher sur la fenêtre

Il allait rarement au-delà des deux premiers vers, fini le temps des sonnets qu'il apportait à Gaëtan. Est-ce que Gaëtan avait fait des enfants au kraal ? Un fils noir. Un Noir. Le mot marquait la relégation dans une catégorie inférieure, proche de l'animal encore. Un beau Noir n'était pas beau comme un Blanc. Un Noir intelligent s'occupait convenablement de tâches subalternes. Tous ses principes vacillaient depuis que Campbell lui avait fait découvrir Absalon. A cause d'Orak aussi. Mais l'influence de Campbell... Campbell était sensible à la condition particulière d'Absalon parce que son père ne l'avait pas reconnu, lui non plus.

Le jardin de Shiva, ainsi appelé par Poon qui l'avait fait découvrir à Absalon, se trouvait au milieu du récif qui fermait Baie Bleue, ne laissant qu'une passe par laquelle le corsaire Kergoust avait réussi à se faufiler pour échapper à deux frégates anglaises qui le poursuivaient depuis les Seychelles. La quille de son bateau raclait le fond sablonneux, alors qu'il le faisait haler par les esclaves destinés aux marchés de Sumatra. Ils s'incrusteraient avec lui à Maurice. La dynastie Kergoust avait pris racine dans le kraal, édifié par des Hollandais qui venaient chercher des bois précieux. On en trouvait à meilleur compte en Amérique du Sud. L'*opergrad* des Hollandais avait laissé au corsaire sa fille Saskia.

Vue de la mer, la Nouvelle Hollande paraissait encore plus royale dans les palmiers et les cocotiers. Oudinot était installé à l'avant de la barque, qu'Absalon dirigeait à la voile. Pascaline donnait des coups de pagaie. Absalon lui montra un nuage qui lui rappelait le sacrifice d'Isaac :

— Tu vois la barbe d'Abraham ? Son couteau ?

— Et le bélier ? demanda Pascaline.

Elle connaissait bien l'histoire, et toutes les autres de la Bible, Adam et Eve au paradis, le meurtre d'Abel, le Déluge, Jonas et la baleine, qu'Absalon racontait souvent ; elle le reprenait quand il oubliait un détail. Il était très pieux. Avant de savoir lire, il récitait le catéchisme du Père Laval en suivant les mots du bout de l'index. Le curé de Port-Breton dont il servait les messes voulait faire de lui un prêtre, le rêve de sa grand-mère Jézabel. L'évêque comptait ouvrir un séminaire à Port-Louis.

Un curé ? Absalon vaut mieux que ça, pensait Oudinot qui n'estimait guère les prêtres de Maurice qu'il connaissait. On le voyait peu à l'église. La dernière fois qu'il avait dit ses prières, c'était lors du baptême de Pascaline. Il se méfiait des églises qui, pensait-il, conservaient Dieu dans un musée. Les prêtres, dans l'ensemble, n'étaient rien de plus que des gardiens de musée.

On gagnait le jardin de Shiva par un chenal bouillonnant entre les coraux par où s'écoulait la marée (très faible). Absalon tendit une pagaie à Oudinot en l'invitant à souquer. Ce passage délicat franchi, on se trouvait dans une sorte de grande vasque, un bassin tranquille, transparent, presque lisse, avec des coraux somptueux de toutes les couleurs. Certains faisaient penser à des bouquets, d'autres à des chevelures, ou encore aux toits emboîtés d'une pagode. On voyait de fausses fougères, de faux nénuphars, de la fausse lavande, et à travers ces merveilles, tout autour, un grouillement de poissons hautains, indifférents, gros ou minuscules, aussi royalement colorés que les coraux ; un aquarium de rêve.

Pascaline se dégagea de ses vêtements et se laissa couler dans l'eau. Si blanche. Nue. Cette fente innocente. Oudinot, malgré lui, éprouvait un sentiment de culpabilité. De péché, plus exactement. Il n'aurait pas dû. Quoi ? Voir ça ? En vérité, la gêne venait de la présence d'Absalon. Il avait plongé en conservant son pantalon. Si Adélaïde... Ou la Grande Mahaut !

— On va donner à manger à la marraine, avait dit Pascaline.

Elle parlait d'une murène à laquelle Absalon et elle présentaient des coquillages dépiautés. Pascaline la caressait. Une sirène blonde, un jeune dieu sombre, un enfant noir de Neptune. Pour Oudinot, un beau Noir devenait beau, normalement beau, beau comme un Blanc. Intelligent ? Intelligent comme un Blanc aussi ? Les deux enfants nageaient sous l'eau en se donnant la main. Frère et sœur, et tout les séparait, grommelait Oudinot, qui n'avait rien vu de plus innocent, de plus merveilleux. Et c'était à Bubu qu'on devait ça ? Oudinot se sentait inutile et misérable, condamné à la solitude à perpétuité. Avoir un fils ! Aurait-il pu adopter Orak ? Aurait-il dû l'adopter ? Il y avait pensé trop tard, après l'avoir perdu. Mais aurait-il *osé* ? Souvent, il s'accusait de lâcheté. A son insu, les remords préparaient une espérance. Au retour, alors qu'Absalon laissait filer la pirogue sous le vent dans un courant qui ramenait vers l'embouchure de Rivière Bleue, Oudinot demanda ce qu'il voudrait devenir. Il craignait qu'il réponde : prêtre.

— Docteur, souffla Absalon.

Il avait une petite tache sombre dans le blanc de l'œil gauche. Comme Bubu ! Une sorte de grain de beauté, mais minuscule. Je voudrais devenir docteur ! Rien que ça ! Oudinot en avait le souffle coupé. Pourquoi pas ? Pourquoi pas ? Un combat permanent se livrait entre les préjugés hérités et les arguments de la raison et de la morale. Il progressait comme les crabes, trois pas en avant, deux en arrière. Un transfert se poursuivait, dont il n'avait pas conscience, entre Orak et Absalon, même si le rapprochement était, pour lui, impensable. Il se persuadait que jamais, pour Absalon, un désir physique... Le fils de Bubu! Il avait perdu Orak parce qu'il avait honte de l'aimer. Il aimait Absalon, *autrement* certes, mais de plus en plus, et là, sur le lagon, ce besoin impérieux d'avoir un... Un fils? Absalon ne pourrait jamais... Les arguments se bousculaient. Si je l'aidais à réaliser son ambition? J'ai poursuivi mes études jusqu'à trente ans. Pourquoi lui... Un Noir. Le fils de Bubu. Si Absalon devenait mon fils? Oudinot s'enthousiasmait: j'existerai, je survivrai par mon fils Absalon, comme Dieu survit par sa créature, l'homme. Sois mon fils! Comme Dieu il insufflerait la vie dans l'argile d'Absalon. Par les narines, naturellement, se disait-il avec humour en s'efforçant de retrouver son calme. Vainement, le lyrisme l'emportait, alimenté par le souvenir des deux enfants dans le jardin de Shiva, main dans la main. Il aimait bien Pascaline, mais Absalon! Fais-moi survivre, mon fils, travaille avec moi pour cet avenir dont je rêve, un monde nouveau, une vraie justice, la peur vaincue par l'éducation, par l'instruction, grâce à la machine à vapeur aussi. Après avoir sauté à terre, il embrassa Absalon en le remerciant.

— De quoi, Monsieur Henri?

Après avoir amarré la pirogue, Absalon montra une chenille à Pascaline; elle rampait sur une feuille de lilas sauvage:

— Tu vois? Elle projette la tête en avant, son cou s'allonge, on dirait qu'il est vide, n'est-ce pas? comme un tuyau, et maintenant, regarde bien, tout ce qu'il y a derrière coule dans ce tuyau.

— Elle a combien de petites pattes?

Un oiseau s'envola d'entre les joncs.

— Un martin-pêcheur, dit Pascaline.

— Comment sont ses ailes? demanda Absalon.

— Blanches.

— Et son bec?

— Très long.

— Comment est le bec de la poule sultane?

— Rouge.

Pascaline prit la main d'Oudinot:

— Absalon voit des étoiles filantes tous les soirs, parrain.

Oudinot rêvait: si un jour il m'appelait père?

A l'hôpital, Eric de Chamarel attendait la comtesse de **Ker**-**goust** avec une impatience qu'il se reprochait en pensant à sa mère. Si elle se doutait qu'il était reparti très vite pour téléphoner à cette femme... Si elle l'avait entendu lui parler... Voulez-vous, Adélaïde, que je vous apporte la lettre du major Campbell ? Je pourrais venir à vélo. Un mendiant, un misérable mendiant, noble Adélaïde, grandiose Adélaïde, faites-moi l'aumône d'un regard, d'un sourire, un petit mot, s'il vous plaît, sinon, sinon... Il se montait, le petit Chamarel, il s'excitait contre la comtesse, pour qui se prenait-elle, sous-baisée elle aussi ! Comment avait-elle réagi ? J'arrive ! J'arrive ! La lettre du major Campbell avait donc une telle importance pour elle ? Ma chère, Campbell est loin, très loin, mais moi, je suis là, pour vous perforer, vous enjamber, pour *limer*, Fournier disait limer en enfonçant l'index de la main droite dans un cercle (un trou !) formé par le pouce et l'index de la main gauche. Il disait aussi trouer. Enfoncer. Défoncer. Labourer. Des verbes effarants. Avant de connaître Fournier, l'innocent Eric, quand il parlait de son sexe, quand il y pensait, lui donnait son nom médical, sexe, ou phallus ; en vérité, il évitait de le nommer, sauf pour les études, les cours, les examens. Fournier appelait ça la queue, la bite ou inventait des mots idiots, aussitôt oubliés, jamais les mêmes ; il reprenait le nom de l'épée de Roland, ou d'un autre, il disait aussi le glapharnaüm, ce qui n'avait aucun sens, montrer son glapharnaüm, le sortir. Le gladiatorus aussi. Pourquoi se souvenir de tout cela ? Lorsqu'il s'était aventuré sur la petite paysanne, dans l'oliveraie, elle s'était emparé de son glapharnaüm pour le guider. Elle bougeait à peine, elle poussait de petits grognements, des gémissements plutôt, ensuite elle rabattait sa jupe et elle se relevait en tendant la main. Dix dinars, pas plus, avait dit Campbell. C'était Campbell qui avait emmené Eric à l'oliveraie, pas Fournier. Est-ce que Fournier fréquentait l'endroit ?

Enfin *elle* ! Adélaïde, en robe blanche, non plus en uniforme, très jeune fille en fleur, avec un chapeau de paille à large bord entouré d'un ruban bleu. Chamarel se précipita pour ouvrir la portière de sa formidable voiture et pour l'aider à descendre. Il rougissait, honteux d'avoir osé, en l'attendant, se souvenir des horreurs de Fournier et d'imaginer, entre elle et lui, des choses comme celles qui se passaient dans l'oliveraie. Il se reprochait aussi, à cause de sa mère, de ressentir tant de bonheur en touchant la main de la comtesse.

La lettre... Il s'était promis de la faire attendre. Vous voulez la lettre, ma jolie, alors, soyez gentille, souriez, demandez-la poliment au gentil Eric. Il la ferait manœuvrer comme un caniche blanc. Le caniche, c'était lui. Il cherchait dans ses poches, il s'affolait, la lettre, la lettre, où l'avait-il mise... S'il l'avait perdue ? En s'énervant, il s'en voulait de s'énerver, il refusait de se laisser intimider par... Elle, elle. Si elle avait besoin... Une expression de Fournier. Toutes les femmes ont besoin. Chamarel pensait à sa mère déformée. Pourquoi ? Pourquoi celle-là, la comtesse, absolument merveilleuse et pourquoi sa pauvre mère...

La comtesse prit la lettre et la mit dans son sac, sans l'ouvrir.

— Comment va votre malade, Eric ?

Au téléphone, déjà, elle l'avait appelé Eric.

— Le Faucon ?

Il n'avait pas été le voir.

— Eh bien...

Elle repartait ? Comment la retenir ?

— Le major Campbell parlait souvent...

De vous ? Chamarel n'osait pas le dire. Exigerait-elle de savoir ce qu'il disait d'elle ? Qu'elle était un cas médical ? Sous-baisée ?

— ... de l'île Maurice. Il en rêvait. En me confiant la lettre, il a dit qu'il aurait dû vous écrire depuis longtemps.

— Vraiment ?

— Il savait que vous étiez guérie. Vous avez été très malade, Adélaïde ?

Elle leva la main : s'il vous plaît, ne parlons pas de ce passé. Chamarel bredouillait que sa mère serait tellement heureuse si Adélaïde acceptait... De dîner au bungalow ? Tu deviens fou, Chamarel ? Adélaïde savait sûrement, comme Lesterton, dans quel état se trouvait sa mère. Chamarel la haïssait, pour deux minutes, et Lesterton aussi. S'ils méprisaient sa pauvre mère, ces... ces...

— Vous partez, Adélaïde ?

— On m'attend.

— Le major Campbell est un merveilleux médecin, j'ai beaucoup appris à Salonique avec lui. Vous savez, Adélaïde, la guerre, c'est affreux, on taille, on coupe, les blessés arrivent sur des camions, on n'a rien, rien de ce qu'il faudrait, mais je n'aurais pas pu, cette nuit, si je n'avais pas... et vous avez vu, le Faucon, j'ai tout de même...

Il parlait de plus en plus vite, d'une voix saccadée et fiévreuse en cherchant quelque chose à dire qui retiendrait la comtesse encore quelques instants :

— Vous savez naturellement que le major Campbell est le fils du grand psychiatre de Londres, le Dr Balfour, qui est conseiller de la Couronne. Le major ne porte pas son nom mais... Le Dr Balfour est un grand ami du Dr Freud, de Vienne, vous avez entendu parler de lui ? (Tais-toi, idiot, cesse de dire des imbécillités, lui parler de Freud, à elle, dont Campbell disait qu'elle constituait un cas typique pour Freud, avec un amour refoulé pour son père, le terrible Louis Girard qui avait ruiné les Chamarel et tant d'autres. Elle, Adélaïde, est-elle aussi dure que lui en affaires ?

Elle souriait, au volant de sa voiture.

— Il faudra venir me raconter tout cela, Eric.

Plus expérimenté, Chamarel eût remarqué qu'elle parlait d'une voix blanche. Elle était bouleversée. Cette lettre dans son sac. Pouvait-elle *expédier* le petit Chamarel ? Plutôt gentil, et même charmant avec ses airs de fille. Le messager du bonheur. Elle était sûre que la lettre de Campbell, son cher, cher Oliver, allait comme par enchantement transformer sa vie. Elle ne se sentait plus seule au monde. L'admiration si visible d'Eric lui faisait du bien aussi. Si ce gamin la trouvait belle, elle pourrait encore plaire à Oliver. Elle le savait, elle n'en doutait pas, n'empêche qu'une confirmation aussi évidente... Le pauvre petit avait dû être bien étonné en retrouvant sa mère. La comtesse n'avait pas vu Edmée de Chamarel depuis plus de dix ans mais elle n'ignorait pas sa disgrâce. Elle buvait. Comme Miss, qui vidait près d'une bouteille de gin par jour, la pauvre folle. La comtesse se souvenait de l'état auquel l'alcool l'avait réduite. Elle avait assisté à ses derniers instants. Et il était présent aussi ! Oliver !

— Au revoir, Eric. Appelez-moi.

Il avait de très beaux yeux, et des cils ! Si longs ! Comme ceux d'une jeune fille. Elle le voyait dans le rétroviseur. Elle ne pouvait entendre ce qu'il se jurait intérieurement : je l'aurai, je la pilonnerai, je la perforerai... Il se le promettait pour ne pas pleurer en se souvenant de sa mère, aussi belle, quand il était parti. Il fallait qu'elle paie ça, la comtesse. Payer quoi ? Payer pour quoi ?

La comtesse ne repartit pas immédiatement pour la Nouvelle Hollande, elle s'arrêta à la Congrégation pour s'entretenir de Pascaline avec la Grande Mahaut. La lettre d'Oliver, elle le devinait, allait apporter des changements dans sa vie. Elle avait le temps de la lire tranquillement, tout le monde était à vêpres. Elle gagna le fond du parc et s'installa sur un banc en grosses planches qui encerclait le tronc-bonbonne d'un baobab ; elle se souvenait d'avoir dévoré *Marion de Lorme*, là, avec la crainte d'être surprise ; le drame de Victor Hugo était interdit.

Dear countess. Chère comtesse. Lorsqu'il était venu à la Nouvelle Hollande, pour l'accouchement, elle lui avait demandé de l'appeler Adélaïde. Folle, j'étais complètement folle. Elle ne le connaissait pas. Elle avait exigé sa présence. La Grande Mahaut ne cachait pas sa contrariété. Un médecin, un homme pour accoucher ! Le vieux Dr Jollygood, à la rigueur. Campbell n'avait que trente ans, un peu plus ? Très jeune, trop jeune. Sa première initiative : mettre la Mère Supérieure à la porte. La comtesse souriait en y pensant. Les souvenirs se superposaient aux phrases de la lettre.

Dear countess. La suite en français. *La guerre m'a éloigné de votre île sans effacer le souvenir des jours heureux que j'y ai vécus.* J'étais si laide quand il m'a vue, complètement déformée. Si grosse ! Si grosse ! Jézabel lui avait demandé si elle voyait ses pieds. Naturellement ! Hé ! non, elle ne voyait plus ses pieds, cachés par son énorme ventre. *Les jours heureux que j'y ai vécus.* Il avait ajouté : *it was paradise.* C'était le paradis. *J'ai appris avec bonheur par un jeune médecin originaire de Maurice, Eric de Chamarel, que vous étiez guérie. Je n'en ai pas été surpris. L'amitié qui vous liait à Henri Oudinot, auquel je vous avais confié, créait un climat favorable pour le «déclic» que je prévoyais pour un jour de plus en plus proche. Peut-être était-ce tout simplement ma présence qui le retardait. Le médecin inspire toujours une certaine peur, n'est-ce pas ?*

Peur ! Peur de vous, Oliver ! Peur de toi, mon amour. Il m'aime ! *It was paradise. La guerre m'a éloigné.* La guerre ! Rien d'autre ! Sans la guerre, il ne serait jamais parti. L'héritière dont Oudinot avait parlé ? Pourquoi ne l'a-t-il pas épousée alors qu'on la poussait dans ses bras ? *Paradise* ! Il pensait à moi. Il pense toujours à moi. La comtesse conservait des impressions de sa maladie, très bizarres, un désert brûlant, des montagnes bleues barrant l'horizon, une lumière, deux lumières, les yeux de Campbell penché sur elle ; elle s'en persuadait. Les yeux d'un ange. L'ange de l'Annonciation. Marie, mon enfant, vous allez avoir un fils conçu par le Saint-Esprit. Est-ce que la Vierge a vu l'ange Gabriel, est-ce qu'elle l'a touché ? Ou est-ce qu'elle rêvait ? Questions posées par Pascaline à la cathédrale. A six ans ! L'ange apporte une grande nouvelle à Marie, il faut donc vérifier qu'on ne rêve pas, que ce qu'on entend et voit est vrai. Toucher. Lors de son accouchement la comtesse attendait que le docteur... Il demandait à Jézabel de faire les touchers. Les doigts de cette vieille négresse, noirs sur le dessus, blancs (décolorés) à l'intérieur. La main d'Oliver sur elle... Jamais elle n'avait eu envie du contact d'un homme comme d'Oliver.

La comtesse ne situait pas très bien Salonique ; elle n'avait pas consulté son atlas en apprenant qu'on rapatriait des pionniers de là-bas. En Grèce. Loin ? Combien de temps pour y aller ? Tout cela, très imprécis. Il vit. Il pense à moi. Elle ne parvenait pas à se maîtriser.

Alors même que je me réjouissais de votre rétablissement, j'ai appris que vous êtes cruellement éprouvée par la mort du comte de Kergoust. Campbell avait joint à sa lettre une nécrologie du *Times,* parce que, expliquait-il, le journal ne parvient peut-être pas régulièrement à Maurice. Très élogieuse. Le comte de Kergoust, qui comptait sept victoires homologuées, rentrait de patrouille avec un réservoir presque vide et ses munitions épuisées quand un Spa l'avait surpris avec la complicité du soleil. Il avait tenté de le semer au ras des arbres par des esquives de lièvre qui tente d'échapper à un chien. En vain, malheureusement ; il avait été abattu. Il n'était pas mort quand on l'avait sorti des débris de son appareil. Le Prince de Galles, en inspection au front, s'était rendu au chevet du comte pour épingler le D.S.O. [1] sur sa poitrine.

La comtesse connaissait l'article ; il avait provoqué un quiproquo consternant à Maurice, où il avait été repris dans *Le Cernéen* par un journaliste malveillant qui profitait d'une confusion impossible. Bubu dans un avion de combat, tombé au champ d'honneur, qui pouvait le croire ? Il s'agissait de son frère cadet, Honorin, qui s'était embarqué comme mousse, à quatorze ans. L'Indien, disait le comte Hubert quand, très rarement, il parlait de lui. Personne n'ignorait à Maurice qu'Honorin était le fils de Maveri Rajah, le roi du thé Rajah. Encore une histoire Kergoust, absolument incroyable. Maveri était l'amant de la mère de Bubu avec la bénédiction de son père, le comte Gaëtan. Quand Honorin avait disparu, tout le monde pensait qu'il allait à Bombay rejoindre Maveri Rajah, l'un des hommes les plus riches de l'Inde. Et sans enfant ! Eh bien, non, Honorin n'avait pas mis les pieds en Inde. Après une dizaine d'années, il avait reparu à San Francisco, il avait épousé la fille d'un Chinois marié à une cantatrice italienne. Mon frère indien fait des enfants chinois, raillait Bubu. On avait appris qu'Honorin avait deux fils. Le comte de Kergoust, s'il vous plaît ! Parce que le cadet Kergoust renonçait à ses droits sur la Nouvelle Hollande, on admettait qu'il utilise le titre, du moins à l'étranger.

Pour Campbell, il ne pouvait exister qu'un seul comte de Kergoust, l'époux d'Adélaïde. Il disait Adl'aïd. Elle l'entendait. Elle souriait. Il pense que je suis libre, c'est pour cela qu'il m'envoie l'article du *Times*. Plus rien ne nous sépare. Vous pouvez m'aimer comme je vous aime. Les mots de la lettre de Campbell formaient une joyeuse sarabande, elle les détachait les uns des autres, les replaçait à sa convenance, et puis, patatras ils se transformaient, les roses se fanaient, ils changeaient de sens, ils ne signifiaient plus rien, Campbell avait écrit une lettre de politesse en se félicitant d'avoir préparé une guérison difficile. N'aurait-il pas dû (s'il m'aimait) s'informer plus tôt de mon état ? Il n'avait pas écrit à son ami Oudinot, dont les lettres n'avaient pas dû lui parvenir puisqu'il avait appris par Chamarel qu'elle était guérie.

Chère Adélaïde, je reste, bien fidèlement, votre Oliver. La lettre se

_____

1. Distinguished Service Order, décoration créée par la reine Victoria en 1886.

terminait ainsi. Adélaïde, Adélaïde, plus de comtesse, de *countess. De tout cœur. Votre.* Elle picorait encore. *Paradise. Jours heureux. Bonheur. La guerre m'a éloigné.* Il m'attend, je dois le rejoindre. Il faut que la Grande Mahaut se charge de Pascaline. Elle ne demande que ça, la vieille. Je divorcerai. Bubu la harcelait pour obtenir sa liberté, pressé d'épouser une petite harpie, Muguette de Chazelles. Il aurait dû se marier avec sa sœur aînée, Marlyse, Adélaïde ne l'ignorait pas. Les Chazelles étaient ruinés. Le vieux Chazelles mort fou. Et Marlyse, la malheureuse... Dans une maison de santé. Enfermée jusqu'à la fin de sa vie pour éviter la prison. Elle avait étranglé l'un de ses trois garçons, avant de l'apporter à Bubu après la naissance de Pascaline : tu vois, avec moi tu aurais eu *un* Kergoust. On l'avait raconté à la comtesse. Elle ne voyait personne et pourtant elle finissait toujours par tout savoir. Partir ! Partir ! Elle ne supportait plus Maurice tout à coup. Se libérer. Sa fortune lui permettrait d'aider Campbell à s'établir, si c'était ça qu'il cherchait avec l'héritière. Oudinot le disait. Moi aussi, je suis riche. Très riche, plus riche que jamais avec les bénéfices de la guerre.

Divorcer. La Grande Mahaut s'y opposerait. Et après ? On ne vit plus au Moyen Age. Elle craquait de partout, la pauvre Mahaut, elle radotait, elle aurait dû vivre au Grand Siècle, servir de conscience à des princes débauchés, elle aurait rappelé le Roy à ses devoirs, quelle importance que Bubu et moi... La comtesse se remontait pour un affrontement qu'elle prévoyait douloureux. Elle n'oubliait pas qu'avant la naissance de Pascaline, la Grande Mahaut lui avait confié la Nouvelle Hollande, sans le préciser, simplement en lui montrant le fief Kergoust du haut de Belle-Vue. Elle adorait son petit-neveu Bubu mais, pour assumer la succession, il ne faisait pas le poids, elle le savait. Prenez le relais, avait-elle laissé entendre à Adélaïde. Pour l'enfant, pour le fils que vous allez mettre au monde. L'apparition de Pascaline ne l'avait pas déçue, au contraire, elle se retrouvait dans la fillette. On la brimait quand elle était petite, oh ! sans songer à la donner à manger aux cochons comme les Chinois ; le Bon Dieu prenait soin d'elle, malgré tout. Mais pourquoi Pascaline ne posséderait-elle pas les mêmes droits (entendez privilèges) qu'un Kergoust mâle ? La famille royale ignorait la loi salique. La reine Victoria avait régné magnifiquement, devenant impératrice des Indes.

Lorsque Mahaut cajolait Pascaline en l'appelant ma petite reine, elle pensait à Victoria.

A quatre-vingts ans, tout en demeurant superbement droite, la Grande Mahaut paraissait par moments prête à se rompre. Elle s'affaissait, elle somnolait. En sursautant, elle remarquait qu'elle avait *tiré une paresse*. Elle utilisait un vocabulaire particulier, avec de nombreux mots tombés en désuétude. « Coisez-vous », taisez-vous, cela venait de « se tenir coi ». Détrappez ! Desservez. Dresser une chemise, la repasser. Une fois le temps, c'était de temps en temps. Insipide, pour insupportable. Tu es insipide, Pascaline. Ou ceci, pour Pascaline : elle vous cuscute jusqu'à ce qu'elle ait obtenu ce qu'elle veut. Pour dire que l'on pouvait faire confiance à Bubu, elle le déclarait responsable. Il faut sauter la rue, pour la traverser. L'automobile de la comtesse faisait un drôle de tapage. Pour elle, la femme du gouverneur était la gouvernante. Tout cela n'empêchait personne de bien la comprendre. Elle conservait une autorité papale (infaillible !) sur les sœurs de la Congrégation, sans parler des jolies pensionnaires du Collège, plus ou moins riches, mais *nées* pour la plupart. En revanche, devant Monseigneur l'Evêque, voire devant un jeune curé... Pour elle, l'homme n'avait pas de sexe mais tous les droits. Encore ne fallait-il pas qu'il conte des lanternes !

Elle avait pris le voile à seize ans en apprenant que son cousin Yves de Saint-Ageste avait péri lors du naufrage de *La Roquebrune*. Parfois, le visage de Bubu se substituait aux vieilles images d'Yves de Saint-Ageste. Elle priait tous les jours pour lui. Il réussissait à Paris, quel bonheur. Elle le savait, qu'il finirait par faire quelque chose, il avait du bon sens, il s'adaptait et, surtout, il n'était jamais sorti du lit sans avoir dit ses prières du matin.

La Grande Mahaut nourrissait aussi un (petit) faible pour Oudinot. Il était le parrain de Pascaline, une bonne idée de Bubu (qui en avait parfois, vous voyez bien). Oudinot ne se marierait jamais, c'était certain, il n'aurait pas d'enfants par conséquent. A qui laisserait-il la Mare-aux-Songes et sa chasse ? Il se tenait près de la Grande Mahaut le jour du baptême ; elle remplaçait la marraine, une gamine qui avait attrapé la rougeole. Tant mieux ! Quel bonheur pour la Grande Mahaut de porter Pascaline sur les fonts baptismaux. L'héritière ! Oudinot récitait ses prières parfaitement, plus vite que l'abbé de Courtrai délégué par Monseigneur. On l'avait envoyé à Rome juste avant la guerre. On le retenait au Vatican. Pour faire de lui un évêque? Un cardinal plus tard? S'il était anglais, peut-être, sans doute. Pour la Grande Mahaut, l'Ile demeurait française depuis que le corsaire Kergoust l'avait donnée à Louis XV. Encore fallait-il qu'elle appartienne à des catholiques. Il y en avait de moins en moins.

Quels étaient les sentiments d'Oudinot pour Adélaïde? Durant l'absence d'Adélaïde (sa cure, quelle idée, mais enfin...), Oudinot et Bubu ne se quittaient pas. Que voulait ce garçon? Pourquoi ne se mariait-il pas? Que lui trouvait Bubu? Ils étaient si différents. La Grande Mahaut avait fini par accepter Oudinot et son physique particulier. Il conservait (parfois) de l'autorité sur Pascaline. Il n'était pas possible de laisser cette petite à la Nouvelle Hollande avec une institutrice qui ne savait pas se faire respecter. Sans parler de... Absalon. La Grande Mahaut évitait de mentionner son nom, fût-ce pour elle seule. Quelle épine dans son cœur. Jamais on n'aurait dû... Jamais. Quelle folie de l'avoir gardé à la Nouvelle Hollande.

— Quel bon vent vous amène, ma petite fille?

Habituellement, la Grande Mahaut passait le dimanche à la Nouvelle Hollande. Adélaïde la cherchait après la messe. Elle s'était excusée, parce qu'elle était de service.

— Vous vous souvenez de Dietr, ma Mère? Notre intendant, à la Grande Plaine.

— L'Allemand?

La Grande Mahaut ne comprenait toujours pas pourquoi son cher Bubu, après la disparition de Buckowitz, n'avait pas assuré sa succession. On avait fait confiance à l'adjoint de Dietr, un Indien, marié avec une Suissesse à laquelle il avait fait deux grosses jumelles qu'on voulait inscrire au Collège ; cela posait des problèmes.

— Il est à l'hôpital, ma Mère.

— Tiens, dit la Mère, il n'est donc plus dangereux?

— La guerre va finir. Il faudra que j'aille en Angleterre, dit la comtesse.

— Bientôt?

— D'un jour à l'autre, peut-être. Les prix du sucre baisseront certainement. Il faudra revoir les contrats.

— Vous allez partir, ma petite fille. Et Pascaline?

— Justement, ma Mère. Je suis venue vous parler d'elle. Elle est de plus en plus difficile. Je ne m'occupe pas d'elle comme il le faudrait. Je suis trop prise.

— Donnez-la-moi.

— Vous savez bien que...

— Elle fera un caprice, mais cela passera.

Après une longue hésitation, la Mère Supérieure fit allusion à l'*autre*, Absalon. Le problème, c'était lui. Pascaline ne voulait pas le quitter.

— Il est question de l'envoyer au petit séminaire à La Réunion, dit la comtesse.

— Vraiment ?

— Le curé de Port-Breton pense qu'il pourrait faire un excellent prêtre.

La Mère n'ignorait pas que l'évêque, Mgr Murphy, espérait ouvrir un séminaire à Port-Louis. Des prêtres noirs... Bien sûr, bien sûr... Elle se souvenait des Rois Mages. Balthazar avait adoré l'Enfant Jésus alors que le roi Hérode, pas noir, lui, mais juif il est vrai, ne songeait qu'à l'exterminer. Que la volonté du Seigneur...

— Les frais d'établissement ?

— Ce n'est pas un problème, ma Mère. Je crois d'ailleurs qu'Henri Oudinot ne demanderait pas mieux... Il s'intéresse à lui.

La comtesse ne put s'empêcher d'ajouter que le Dr Campbell avait été étonné par l'intelligence d'Absalon. En parlant de lui avec la Mère, toujours sans le nommer, elle avait prise sur la religieuse, elle n'en était pas fâchée. Ramenée à l'essentiel, la situation d'Absalon bafouait la morale religieuse.

— Est-ce que je peux vous emmener, ma Mère ? On dînerait plus tôt, avec Pascaline. Henri Oudinot vous raccompagnerait.

— Il faut que je sois couchée à neuf heures, dit la Mère.

Elle était ravie, elle aimait la voiture et puis un dimanche sans voir Pascaline, c'était trop triste. Elle tirait sur ses doigts. Un prêtre français, l'abbé Hanon, curé de Vaumoise, guérissait les douleurs par correspondance, la Mère l'avait lu dans *Le Cernéen*.

— Vous lisez le journal, ma Mère ?

— Quand on me le prête.

Elle avait été frappée par une histoire de coq qui avait pondu un œuf.

— C'est impossible, ma Mère.

Puisque c'était *imprimé* ! Que sait de la vie cette femme qui a formé tant de fillettes à l'affronter ? La comtesse conservait un souvenir mitigé des années de pension. La meilleure en tout ; elle restait marquée par l'exigence de briller. Mais comme elle s'ennuyait loin de Louis Girard... Certains jours son père lui manquait encore. Que penserait-il d'Oliver ? La comtesse ne fit aucune allusion à un divorce quand la Grande Mahaut lui demanda des nouvelles de son cher Bubu.

Pascaline attendait sur le perron. Oudinot l'avait ramenée depuis un bon quart d'heure. Elle tenait sur un doigt un martin apprivoisé qu'elle avait retiré de la gueule d'un chat ; il ne pouvait plus voler, il sautillait derrière Pascaline quand elle le déposait.

— C'est *une* oiseau, expliqua-t-elle à la Mère. Elle va pondre. Un martin s'est posé sur elle, je l'ai vu.

— Qu'est-ce que tu racontes ?

— Comme le coq sur la poule, Ma-O. Le martin est resté moins longtemps. Chez les grandes personnes, c'est plus long, maman ?

La tête de Mahaut ! La comtesse pouffait, intérieurement, en se souvenant des étreintes conjugales du pauvre Bubu, si rapides. Il retombait sur le dos, épuisé, soufflant comme s'il avait accompli le treizième travail d'Hercule. La comtesse parla de lui pour apaiser Mahaut. Elle demanda à Oudinot s'il était exact qu'il allait prendre la direction du Crédit Colonial comme ces messieurs de la Place d'Armes [1] le chuchotaient.

— On le dit, on le dit.

La lettre de Campbell intéressait Oudinot davantage. Un mot de politesse, dit la comtesse.

— Rien pour moi ?

— Rien, affirma la comtesse.

Elle souriait, en regardant Oudinot bien en face. Elle ne voulait rien partager, avec personne. Oliver ne pensait qu'à elle, c'était merveilleux. Elle envoya Pascaline se changer, si le déjeuner du dimanche n'avait pas eu lieu en raison des circonstances, la Grande Mahaut n'en avait pas moins le droit de voir sa petite reine Victoria en robe blanche et souliers vernis. Tu es salée, avait remarqué la religieuse en embrassant Pascaline. La comtesse préférait ignorer l'emploi du temps de l'après-midi. Tout allait se régler. Pascaline au collège. L'*autre* au petit séminaire. Et

---

1. Les courtiers du sucre avaient leur bureau sur la Place d'Armes.

moi... Lors de son précédent voyage à Londres, elle était descendue au Brown's Hotel, dans Piccadilly, on y était merveilleusement bien. Non, mon cher Henri, Oliver ne parle pas de vous, c'est à moi qu'il a écrit, à moi.

— Vous avez l'air bien joyeuse, remarqua la Grande Mahaut.

Oudinot observait son amie. Il se passait quelque chose, de toute évidence. Seul avec elle, il aurait pu parler d'Absalon.

— Avez-vous commencé à lire le récit que je vous ai passé l'autre jour, Adélaïde ?

Oudinot parlait d'un gros bouquin dont un camarade de Cambridge lui avait fait cadeau. Mobilisé dans la *Navy*, il avait été débarqué à Port-Louis parce qu'il souffrait d'une attaque de fièvre. Informé de sa présence, Oudinot lui avait rendu visite. Le livre se trouvait à son chevet. *A Mother's Plight*. Le calvaire d'une mère. On en avait parlé dans le *Times*, c'était le succès littéraire de l'année, un succès de curiosité surtout, semblait-il : on ne connaissait pas l'auteur. Qui se cachait sous la signature : Elvira ? Une femme. Le prénom avait éveillé l'attention d'Oudinot. La mère de Campbell s'appelait Elvira. Une simple coïncidence ou bien... Après le départ d'Oliver pour l'Inde, Oudinot rendait régulièrement visite à sa mère. Elle s'accrochait à lui, elle exigeait qu'il vienne savourer son gigot à la menthe, elle le préparait pour le samedi puisqu'il n'était pas libre le dimanche.

— Je m'appelle Campbell, c'est mon nom de jeune fille, Hennery.

Oudinot ne pouvait oublier la confidence, faite alors qu'Oliver venait de s'embarquer. Il savait qu'Oliver était le fils naturel du Dr Balfour, le célèbre psychiatre. Il avait suffi de la lecture d'une dizaine de pages de *A Mother's Plight* pour confirmer le pressentiment d'Oudinot : Elvira, l'auteur, était bel et bien la mère de Campbell. Elle racontait sa vie, une discrétion touchante pour commencer, l'idylle avec un professeur marié, l'abandon, c'était de plus en plus appuyé, la longue bataille pour élever l'enfant dont elle voulait faire un grand médecin. Comme son père ? Ce n'était pas précisé, le père était professeur, on ignorait de quoi, il faisait des recherches, lesquelles ? En revanche, on apprenait tout sur les difficultés de la mère, établie où ? A Genève, comme par hasard. C'était là qu'Oliver avait grandi. Elle décrivait avec minutie le décor *middle-class* suffocant de réalisme de la maison qu'elle habitait avec Oliver, la table ronde en acajou, branlante sur un pied, l'horloge à balancier de cuivre, le portrait à l'huile du taureau de l'oncle Haverlock, un fermier dont Oliver devait hériter.

Grâce à Oudinot, Elvira, la mère, la vraie, avait pu quitter l'île Maurice en 1915 en emportant ses meubles. Elle y tenait! A l'époque Oliver se trouvait quelque part sur la Somme. Elle ne supportait plus de vivre si loin de lui, au soleil, quand il grelottait. Elle comptait s'installer chez le fermier. Le bougre avait embauché une gouvernante. Elvira n'allait pas se laisser souffler l'héritage d'Oliver par une intrigante. Quel personnage, cette femme! Soutenue par l'amour de son fils? Elle tirait son miel des sacrifices qu'elle consentait pour lui.

La comtesse avait commencé la lecture de *A Mother's Plight*, un livre bien ennuyeux, bien lourd, jugeait-elle.

— Vous le trouvez vraiment intéressant?

Il était arrivé plus d'une fois qu'Oudinot ait prêté un livre à son amie avec une arrière-pensée. En lui passant *Les nourritures terrestres*, il se confessait. Je suis comme Gide. Elle l'avait compris. Mais ça?

— C'est le succès du récit qui est étonnant, donc intéressant, expliqua Oudinot. Une femme dont personne ne sait rien, qui n'a rien publié, jamais, donne son Journal à un petit imprimeur du Nord de l'Angleterre...

— Ce n'est pas vraiment un Journal.

— C'est très sincère.

— On ne sait pas grand-chose du professeur dont elle parle tout le temps. On ignore ce qu'il fait ou ce qu'il enseigne, on ne sait pas s'il habite Londres ou Oxford. Comment est-il devenu l'amant de sa secrétaire? Lui avait-il promis le mariage?

Elle a tout lu, pensait Oudinot. Alors? La scène? L'accouchement? Le fils de la narratrice termine ses études de médecine quand on l'appelle au chevet d'une *contessa*, une Italienne très belle qui va mettre un enfant au monde dans un château isolé. Elle attend un garçon. Elle supporte mal la souffrance, elle crie, elle proteste. Le bébé se présente mal.

— Vous allez avoir une ravissante petite fille, dit le jeune homme pour la calmer.

Aussitôt la *contessa* serre les cuisses, comme pour empêcher l'enfant de sortir, comme pour l'étouffer. Le réflexe d'Adélaïde lors de la naissance de Pascaline. Campbell l'avait confiée à Oudi-

84

not : c'était l'une des causes de l'étrange maladie de leur amie. Sa déception était aggravée par la responsabilité — non formulée, précisait Campbell — qu'elle s'attribuait dans la mort de son père. Il avait laissé à Oudinot l'étude sur l'hystérie [1] publiée par Freud et Breuer.

— Il faut que je rende le livre, dit Oudinot. Dans quelques jours.

Ce n'était pas vrai. Pouvait-il demander à Adélaïde, pour relancer, si elle avait fait un rapprochement entre elle et la *contessa* ? La comtesse, en fait, était tombée sur la scène qui la concernait. Que savait-elle de la naissance de Pascaline ? A peu près tout, mais elle ne voulait pas en prendre connaissance. Elle enfouissait tout dans les oubliettes de sa mémoire. L'idée qu'elle ait refusé Pascaline ne pouvait plus s'épanouir en elle. Pourquoi eût-elle préféré un garçon alors qu'elle se sentait, elle, supérieure à la plupart des hommes qu'elle rencontrait ?

— Vous pouvez emporter votre bouquin ce soir, dit la comtesse. Je le trouve illisible.

Elle fit servir un *tea dinner*, très confortable, avec du poisson et des viandes froides. Pascaline adorait la mayonnaise ; elle était affamée. La Grande Mahaut mangeait comme quatre. Elle avait toutes ses dents. Sa vue commençait à baisser.

— Ton papa n'a pas fini de nous étonner, dit-elle à Pascaline.

— Il reviendra après la guerre, Mahaut ?

Pascaline disait Ma-O, la prononciation affectueuse ; on allait (hélas !) entendre l'autre : Ma-O-O qui sonnait comme un défi, comme une protestation.

— Je ne veux pas aller chez Ma-O-O !

Pourquoi la religieuse parlait-elle de l'emmener ? Il n'était pas question qu'elle parte immédiatement.

— Je veux rester ici.

— Ma chérie, tu feras ce qu'on décidera.

— Je veux...

— On ne dit pas je veux, à ton âge. Ne sois pas sotte, Pascaline. C'est pour ton bien. J'étais une petite sauvageonne comme toi, quand je suis devenue pensionnaire chez Mahaut. Il le fallait. Je l'ai compris parce que je voulais devenir une grande personne. Ne fais pas la grimace, ne boude pas.

---

1. *Studien über Hysteria.*

85

La comtesse restait souriante ; sa voix n'en traduisait pas moins une irritation grandissante. Elle redoutait un éclat de Pascaline.

— Tu dois devenir une petite princesse, ma Pascaline. Mange. Qu'est-ce que tu veux ?

— Je veux rester ici avec Ablalon.

La foudre ! Dans le silence qui s'établit, Pascaline ajouta :

— Avec Ablalon, mon grand frère.

On comprit assez vite qu'elle voulait simplement préciser qu'elle aimait Absalon comme un frère et que, sur le fond, elle ne savait rien.

— Pascaline, ma chérie, sois raisonnable, dit la comtesse. Tu vas t'excuser auprès de Grande Mahaut d'avoir hurlé et tu finiras sagement ce que tu as dans ton assiette.

— Je ne veux pas manger avec Ma-O-O, je ne veux plus la voir.

Elle défiait sa mère.

— Je partirai d'ici ! Je partirai avec Ablalon. Nous irons dans la montagne. Il me construira une cabane.

Jézabel, qui surveillait le service, s'approcha de Pascaline :

— Mademoiselle Pascaline, s'il vous plaît...

— Si on vient nous chercher, cria Pascaline, je sauterai comme la biche.

La Grande Mahaut se signa.

— Jézabel, emmène la petite au lit, dit la comtesse. Tu fermeras la porte à clé.

La Grande Mahaut plaida :

— Je l'accompagne, nous allons prier ensemble.

La comtesse l'eût envoyée au diable. Elle allait dire : vous, la vieille, fichez-nous la paix. Elle se contint difficilement :

— S'il vous plaît, laissez-moi faire, ma Mère.

— Je vous déteste, je vous déteste.

Pascaline se débattait quand Jézabel l'entraîna.

— Elle est restée trop longtemps au soleil.

La comtesse jeta à Oudinot un coup d'œil qui signifiait : tout est de votre faute. Il se demandait comment Pascaline réagirait si elle apprenait la vérité sur Absalon. Elle se sentirait probablement humiliée. Pas plus que sa mère ne pouvait accepter un beau-fils noir, Pascaline ne voudrait d'un frère coloré ; un vrai. Cela jouait dans les projets qu'Oudinot formait pour Absalon. Je vais leur donner une leçon, à tous, et d'abord à cette vieille

86

chouette de Mahaut, sûre et certaine d'avoir une place retenue au paradis à la droite du Seigneur, et qui pâlissait d'épouvante parce que *sa* Pascaline aimait bien le charmant Absalon. Un nègre! Oudinot ne pouvait détacher son regard d'une excroissance de l'articulation métacarpienne du poignet de la Mère.

Le *tea-dinner* se trouva abrégé. Oudinot ramena la Mère Supérieure à son couvent. Elle parlait des martyrs d'Afrique, la journée leur était consacrée. Hunéric, roi des Vandales, ayant décidé la ruine de la foi catholique, envoya en exil dans les déserts d'Afrique 49 176 croyants.

— 49 176 exactement, ma Mère?

— Les évêques, les diacres, tous les prêtres et de simples fidèles.

Comment a-t-on établi ces comptes? On les transmettait de génération en génération, c'était imprimé dans le livre des Saints, cela datait du VIe ou du VIIe siècle.

— Beaucoup d'entre eux, dit la Mère, étaient malades, ou diminués par l'âge. L'évêque Félix, qui était paralysé, fut attaché de travers sur un mulet.

La plupart des saints, Oudinot ne l'avait pas découvert sans étonnement, étaient des fils de bonne famille, nés riches, ils avaient fait des études. L'intelligentsia [1]. Il pensait encore à Absalon, je deviendrai un saint, se disait-il en se moquant de lui-même.

— Attaché comme un fagot, cela vous fait rire, Henri?

— Pas du tout, ma Mère.

Elle parla de la mule du Père Laval. Le mulet de l'évêque, la mule... L'enchaînement venait naturellement pour elle. Assis sur la mule, le Père grimpait un chemin de montagne qui aboutissait à un précipice. Elle est tracassée par la menace de Pascaline, se dit Oudinot.

— La mule ne pouvait plus avancer, elle ne pouvait pas non plus se retourner pour rebrousser chemin.

— Alors?

Oudinot attendait un miracle : un ange prenait le Père dans les bras pour le déposer au bas du précipice.

— La mule a reculé, dit la Mère.

Pascaline aussi reculerait.

----

1. A l'époque déjà de gauche.

Il faisait encore jour lorsque la comtesse avait tendu son front à baiser à la Grande Mahaut, avant de l'aider à s'installer à côté d'Henri Oudinot. Bon vent ! Elle avait envie d'être seule avec sa lettre ; et peur, en même temps. Elle fit quelques pas autour de la maison. Dans le ciel, les derniers nuages achevaient de se consumer en allumant la mer. Près de la chapelle des Hollandais, la comtesse jeta un regard embarrassé aux tombes des ancêtres, éparpillées sous des lilas sauvages, avec un ébénier gigantesque dans lequel, c'était la légende, un jésuite portugais avait gravé une croix. Il avait posé pied sur l'île (qui s'appelait Cyrné sur la carte) avant les Hollandais. Avec trois compagnons, il avait remonté Rivière Bleue, on venait de l'apprendre par le journal que l'un d'eux avait laissé. C'était en 1617. L'ébénier aurait trois cents ans ?

Quarante ans, j'ai quarante ans. La comtesse regagna sa chambre. Les six lampes étaient allumées, elle en fit éteindre trois avant de renvoyer sa femme de chambre, Sansonnette. Le bain était prêt, elle se déshabillerait seule. Elle regrettait (un peu) que Jézabel soit rentrée chez elle, au Kraal, très éprouvée par la scène faite par Pascaline ; elle redoutait de fâcheuses conséquences pour Absalon.

La comtesse prit une cigarette turque, à bout doré, dans un coffret en bois de santal, très orné de sculptures indiennes ; il rappelait la présence de Maveri Rajah à la Nouvelle Hollande. La comtesse avait cessé de fumer en constatant que ses dents perdaient leur éclat ; de temps en temps elle éprouvait le besoin de porter une cigarette à sa bouche, de l'allumer, de souffler de la fumée. Des gestes. Des attitudes. Pour qui ? Pour elle, en représentation devant elle-même ; elle avait souvent le sentiment de jouer à vivre.

Un divan remplaçait le lit à baldaquin auquel elle avait renoncé lorsque son mari était parti pour Paris. Depuis la naissance de Pascaline, elle ne le partageait plus avec lui. Avant lui, son père y dormait. Elle se souvenait des caresses du père, souvent. Les étreintes du fils ? Rien. Elle avait reçu Campbell au chevet du lit à baldaquin. Elle relut sa lettre, assise sur le divan. Très énervée. Elle plaça un disque sur un phonographe à pavillon qu'Oudinot lui avait offert. « Mon cœur soupire la nuit le jour, qui peut me dire si... » Insupportable.

Le parfum rêve d'être fleur
La fleur rêve d'être parfum

Deux vers détachés d'un poème indien dont l'auteur, un tisserand, avait vécu au XVe siècle, affirmait Oudinot. Sans Oudinot, que deviendrais-je ? A qui pourrais-je parler ? Et pourtant, de plus en plus souvent, la comtesse trouvait sa présence irritante. Cette idée de vouloir s'occuper d'Absalon. Elle connaissait ses goûts. Elle savait que son valet de chambre, Joséphin... Quelle horreur. Non, non, il ne pensait pas à ça, avec Absalon. Mais si jamais... En quoi est-ce que cela me concerne ? conclut la comtesse. Du moment qu'Absalon quittait la Nouvelle Hollande... La comtesse avait oublié la colère (et le désespoir) de Pascaline. La femme, en elle, l'emportait sur la mère. Cela tenait sans doute aux conditions particulières de son accouchement : elle n'avait pas la conviction instinctive que Pascaline sortait d'elle, même quand elle la couvrait de baisers passionnés. Le jeu de la vie ; elle se composait, en certaines circonstances, un personnage de mère, pour les autres.

Elle écrasa sa cigarette, qui ne lui procurait aucune satisfaction ; une cigarette turque ; allemande en fait ; le tabac s'était éventé. Dietr fumait ces cigarettes quand elle l'avait connu. Aimé ? Cela ne signifiait rien, elle n'aimait qu'Oliver.

La première rencontre. Elle l'avait croisé dans l'allée des *green oaks* qui mène à la Savone. Il arrivait à moto pour examiner Miss, cette pauvre chose, imbibée de gin, qui se prenait pour la veuve de Louis Girard. Elle avait été frappée d'insolation dans un champ de cannes. Perdue, cela se voyait tout de suite, et tant mieux, elle était folle. La comtesse repartait à cheval. On lui reprochait de monter, à quelques jours de la naissance de l'héritier. Tout le monde attendait un garçon. Elle aurait dû rebrousser chemin, retourner à la Savone pour la consultation. Impossible !

Sanglée comme elle l'était dans une robe-redingote avec des armatures féroces, tellement déformée, ridicule, et lui, lui...

Quelques jours après, elle l'avait revu au tribunal. A la demande d'Oudinot, il déposait pour un Indien qui accusait l'un des planteurs les plus importants, personne d'autre que Sir Duclézio, de l'avoir lésé lors des pesées de cannes. Un tricheur, Sir Duclézio! C'était monstrueux, et pourtant... Un archange descendu sur terre défendait forcément ce qui était juste.

— Si je l'avais connu à vingt ans...

A la Savone, sous les *green oaks*, si elle n'avait pas eu son gros ventre... Le regard. Il la trouvait belle. Tout de suite, elle se serait donnée avec fureur, immédiatement, là, par terre, si... Avec ce ventre, avec ce ventre... Elle souffrait du temps perdu, de l'occasion manquée. Après tout cela, elle s'était comportée comme une véritable idiote, en exigeant qu'il l'accouche. Il serait obligé de la toucher, elle sentirait ses mains sur elle.

Le temps perdu, le temps perdu. Un martèlement. La comtesse se déshabillait en frissonnant. On entrait dans la salle de bain avec l'impression de pénétrer dans une grotte éclairée par une lampe à pétrole; les murs couverts de panneaux d'acajou. On s'habituait à la pénombre. Une immense baignoire en fonte émaillée reposait sur quatre pattes griffues, qui tenaient du sphinx et du lion. Le chauffe-eau fonctionnait au bois. La comtesse désirait son bain à peine tiède. Elle s'attardait dans l'eau, à rêvasser.

Un bilan déprimant? Elle ne pouvait regretter son premier amour pour Dietr qu'elle venait de revoir. Rien n'avait commencé avec lui. Il n'en allait pas de même pour Gaëtan, le père de Bubu, qui l'avait marquée, conditionnée d'une certaine façon. Don Juan, il avait toutes les femmes qu'il voulait. La sienne, Gladys, il la laissait à Maveri, son ami Indien. On ne parlait que de ça, cet attelage à trois, quand Gaëtan avait demandé à son ami Oudinot d'arranger une rencontre avec Adélaïde Girard, la beauté imprenable. Oudinot pensait qu'à Paris Gaëtan serait un grand homme, mais si loin de tout... Que devient une terre jamais labourée, jamais hersée? Par admiration, par reconnaissance surtout, il n'oubliait pas les parties de tennis, Oudinot avait organisé une chasse chez lui, à Bombay, au-dessus de la Mare-aux-Songes. Louis Girard guignait les plans d'eau de la Mare-aux-Songes. Il venait avec sa fille. Oudinot avait demandé à Gaëtan d'amener son fils, Bubu, âgé de dix-sept ou dix-huit ans à l'époque, et le meilleur fusil de l'île ; il allait s'embarquer pour Cambridge grâce à une bourse anglaise décrochée de justesse. Ainsi, Adélaïde avait fait la connaissance le même jour de son amant et de son mari, le père et le fils. En vérité, Gaëtan n'avait jamais été son amant *complètement*, elle ne lui avait pas appartenu alors même qu'elle était à lui. Bubu avait été le premier à la pénétrer. A Bombay, elle ne voyait pas Bubu, un gamin ; elle n'avait d'yeux que pour Gaëtan. Quand Oudinot lui avait annoncé qu'il serait là, elle s'était promis de le faire souffrir. Don Juan ? Le plus beau sourire de l'océan Indien ? Pas pour elle ! Elle se réjouissait de lui rabattre son... Son quoi ? Son caquet, s'il vous plaît.

Elle avait sombré corps et biens. Il tranchait sur tous les autres hommes qui l'assiégeaient quand le Gouverneur donnait son bal. La seule mondanité à laquelle elle participait. En la ramenant à la Savone, Louis Girard passait avec elle la revue des prétendants. Aucun ne l'intéressait, ils étaient tous ridicules, ou stupides, trop petits, trop gras, insupportables après une danse. Elle cherchait un homme comme son père à vingt ans. A l'opposé de Gaëtan de Kergoust ! Celui-ci, Louis Girard ne l'avait pas supporté à table, pendant le déjeuner de chasse. Avant d'être occupée (passagèrement) par les Hollandais, l'île Maurice appartenait à un oiseau bizarre, un peu dindon, un peu pigeon, vaguement pingouin aussi, avec un bec recourbé de rapace, le *raphus cuculatus*, qui vivait si bien, sans prédateurs à craindre, ni renards, ni serpents pour gober ses œufs, que ses ailes s'étaient atrophiées ; il ne volait plus et piétait avec beaucoup de mollesse. Tout lui tombait rôti dans le bec. Les Hollandais avaient exterminé toute la colonie, ils étaient incapables d'échapper aux chiens. Il ne restait d'eux qu'un surnom, les dodos. Louis Girard l'utilisait pour les Français de l'Ile. Ils vivaient trop bien. Tout s'était atrophié chez eux. Ils ne conservaient rien des qualités qui avaient permis à leurs pères de faire de Maurice une terre prospère et heureuse.

Pour Louis Girard, Gaëtan (ce prénom !) de Kergoust, en dépit de son allure de yankee désinvolte, était le type parfait du dodo. Il cacha mal son irritation quand Henri Oudinot l'installa sur une chute [1], avec Adélaïde. Il tirait bien. A table, Louis Girard l'aurait étranglée après avoir vu sa fille suspendue à ses lèvres. Quel âge

---

1. Mot expliqué p.

avait-il ? Plus de quarante ! Un vieux ! Il avait mangé une fortune en prétendant faire du thé, tout le monde le savait. Puant de prétention. Cocu par surcroît. Personne n'ignorait que le second de ses fils n'était pas de lui, mais d'un Indien, l'héritier du thé Rajah, richissime, oui, mais tout de même... Et copains comme cochons, le Gaëtan et l'Indien, ma femme vous plaît, cher ami ? Je vous en prie, elle est à vous. Et Adélaïde pâmée devant ça ! Jamais elle n'avait regardé un homme avec ces yeux-là. Elle n'allait pas s'amouracher de ce don Juan fatigué, elle qui pouvait choisir qui elle voulait, et il ne serait que temps. La plus belle fille de Maurice, et la plus riche, saperlotte ! Et elle allait coiffer Sainte-Catherine.

Si Adélaïde n'avait prêté aucune attention au gamin, le fils de Gaëtan, qu'Oudinot appelait Bubu, il avait en revanche tapé dans l'œil de son père, qui partageait une chute avec lui. Quel fusil ! Et, surtout, quel appétit !

— Vous aimez la poésie ?

Louis Girard entendait avec un agacement croissant le dodo dire des vers à sa fille, qui enchaînait avec la suite.

— La poésie ? Je préfère ça.

Bubu avait repris du poupeton, un pâté de lièvre préparé à la Nouvelle Hollande. Magnifique ! Tandis que le comte Gaëtan charmait Adélaïde, Louis Girard songeait à la marier avec son fils. La différence d'âge ? Six ou sept ans ? Et après ? Adélaïde n'avait jamais été plus jeune, plus jeune fille, elle restait le printemps, alors que Bubu — Bubu, c'est rigolo —, alors que ce bon garçon, bien enveloppé, *entrelardé*, avec l'amorce d'un double menton, pas énormément de cheveux... Il faisait nettement plus que ses dix-sept ou dix-huit ans, et quand il aurait passé un ou deux ans en Angleterre... Evidemment, mieux vaudrait ne pas attendre trop longtemps. Un comte de Kergoust pour Adélaïde, avec la Nouvelle Hollande... La Nouvelle Hollande, elle ne tarderait pas à l'avoir, le Gaëtan-de-mes-fesses ne pourrait pas la conserver. Mais le titre ?

— Ça te plairait, Adélaïde, de devenir la comtesse de Kergoust ?

Question posée après la chasse, dans l'allée des intendants qui menait à la Savone. Louis Girard disait les *green oaks*. Il utilisait quelques mots anglais pour donner à croire qu'il parlait cette langue, qu'il comprenait assez bien.

Comtesse ? Comtesse de Kergoust ? Sur la chute, Gaëtan (déjà elle l'appelait Gaëtan, il l'appelait Adélaïde), Gaëtan lui avait confié qu'il voulait divorcer. Il avait expliqué la liaison de sa femme avec son ami Maveri comme la chose la plus naturelle, la plus simple, un peu romantique peut-être, l'amour, l'amour... Pourquoi empêcher deux êtres qui s'aiment d'être heureux ? En a-t-on le droit en vertu de conventions sociales absurdes ? Une conviction... Un charme... Oh ! elle n'était pas dupe quand il prétendait que c'était elle qu'il attendait depuis toujours. A combien de femmes l'avez-vous dit ? Il protestait : un don Juan, lui ? Pour qui ? Avec qui ? Il mentait, mais si merveilleusement, les banalités usées redevenaient du velours dans sa bouche.

— Il faut que je vous revoie. Il faut que je puisse vous parler.

— Impossible. Impossible.

— Je vous attendrai à la Cascade des Singes.

— Je ne viendrai pas.

— Tous les jours. Après le déjeuner.

L'heure la plus chaude. Une folie. Il faudrait qu'elle aille une fois au rendez-vous pour lui demander de ne plus jamais revenir. Qu'est-ce que son père pensait de lui ?

— Ça te plairait de devenir la comtesse de Kergoust ?

Elle avait failli parler, grâce au ciel, quelque chose l'en avait empêchée. Son père songeait au fils de Gaëtan, qu'elle n'avait pas regardé.

— Dans deux ou trois ans, ça fera un excellent mari pour toi.

Elle riait, comme une Japonaise embarrassée, incapable de parler. Le père ? Gaëtan ? Le Dodo ?

— Avant qu'on le revoie, celui-là ! Qu'est-ce qu'il t'a raconté ?

Mon père, mon père. Comme elle lui avait menti ! Et pendant si longtemps ! Jusque-là, elle lui racontait tout. Qu'avait-elle à cacher ? Le seul homme de sa vie, c'était lui. Elle le revoyait avec son étalon, un jour qu'il lui résistait, en ruant, alors qu'il mettait le pied à l'étrier. Il l'avait frappé du poing, au front, et ce formidable cheval avait ployé les genoux, comme pour une révérence. Et tout à coup Gaëtan... D'un instant à l'autre. Qui se doutait de quelque chose ? Oudinot ? Pas tout de suite, pas tout de suite. Longtemps après.

La comtesse n'arrivait pas à trouver le sommeil, ce qui arrivait fréquemment. Elle revivait les souvenirs qui la brûlaient. Pour se rendre à la Cascade des Singes, elle avait sellé elle-même son cheval. Les garçons d'écurie faisaient la sieste. Gaëtan l'attendait. Il l'avait portée dans la Cascade, qui sentait le soufre. Elle fronçait son petit nez parisien pour retrouver l'odeur de l'eau. Il l'avait déshabillée ; elle laissait faire, elle était à lui. Il ne l'avait pas prise.

— Quand nous serons mari et femme.

Jamais elle ne lui avait vraiment appartenu. Ils se voyaient rarement, des mois passaient entre deux rendez-vous. Adélaïde tremblait que son père apprenne quelque chose. Gaëtan lui avait prêté un roman qui scandalisait tout Paris, *Les demi-vierges* de Marcel Prévost. L'héroïne, du meilleur monde, n'accordait à son amant que le *superflu* d'elle-même parce qu'elle devait demeurer *intacte* pour son mariage avec un richissime banquier. Gaëtan se contentait du superflu parce qu'il voulait Adélaïde intacte dans le lit conjugal. Quelle délicatesse ! Le temps passait, des mois, plusieurs années. Adélaïde retrouvait Gaëtan avec une impatience grandissante. Elle faisait ce qu'il attendait d'elle, avec bonheur. Il l'épuisait en la caressant. Et le jour était venu, il allait pouvoir l'épouser : Gladys s'était enfuie avec un jeune amant de l'âge de Bubu. En voilier ! Elle emportait l'argent de sa dot et les perles de l'infante, un collier somptueux, pas perdu, heureusement ; on l'avait craint. Gladys, repentie, l'avait confié à une banque de la City. Pour Pascaline, avait-elle expliqué à Oudinot.

Ensuite, le drame qu'Adélaïde voulait oublier.

Sortie de la baignoire, la comtesse s'installa devant sa coiffeuse avec un peignoir sur les épaules. Elle passait doucement la paume des mains sur les pointes de ses seins. Miroir, miroir... J'ai quarante ans. C'était l'âge de Gladys quand elle s'était enfuie avec Walter, un camarade d'école de Bubu. Pauvre Bubu, il adorait sa mère. Parfois, Adélaïde se demandait si elle connaissait son époux. Sa réussite à Paris l'étonnait. C'est entendu, en acceptant de présider l'Office du Sucre, il se vendait aux Indiens ; aux caqueux, pour parler comme la Grande Mahaut. Il y trouvait son compte. Et s'il prenait vraiment la direction d'une banque ?

Quels sont ses sentiments pour moi ? se demandait la comtesse une fois de plus. Que savait-il de sa liaison avec son père ? Rien, se répétait-elle. Loin d'en être sûre. Pourtant... L'aurait-il épousée s'il s'était douté de quelque chose ? On ne lui avait pas demandé son avis, la Grande Mahaut avait tout réglé. Le sort de la Nouvelle Hollande et de la famille se trouvait en jeu. Comment savoir ce que Bubu pensait ? Ce qu'il se passait dans son cœur et dans sa tête ? L'innocent Bubu. Je ne le connais pas, parce que je n'ai pas cherché à le connaître, admettait la comtesse. Devenait-il plus intéressant parce qu'il *réussissait*? Elle avait prié Oudinot de s'occuper de leur divorce. Puisqu'il réclamait sa liberté... Il se *dépatouillerait* avec la Grande Mahaut.

La comtesse se parlait intérieurement, elle voyait ses lèvres bouger dans la glace. Elle se rapprochait de son reflet. Un cercle mauve entourait ses prunelles ; du mauve se délayait dans le vert et le brun des prunelles. Miroir, miroir, réponds-moi, la plus belle, c'est toujours moi ?

La comtesse passait toujours beaucoup de temps à sa toilette. Elle se massait doucement la peau du visage avec une crème préparée par Jézabel et composée de beurre de coco, de benjoin, d'amandes, d'essence de lilas, quoi d'autre ? des quantités de choses odorantes et onctueuses, une recette secrète que Jézabel tenait de sa grand-mère esclave. Les Mille et Une Nuits. La reine de Saba.

Que tu es belle ma compagne
Tes yeux sont des colombes
Derrière ton voile.

La comtesse connaissait encore par cœur le *Cantique des Cantiques* qu'elle avait lu dans la bible de Miss, en anglais. Elle le traduisait avec Miss, sans en parler, bien entendu, au Collège. Si Mahaut l'avait appris ! Pourtant, que pouvait-on découvrir de mal dans un texte biblique ? Interdit ! Tout ce qui est interdit ! Pourquoi interdire ! Il est interdit d'interdire, susurrait Gaëtan, au début de leur liaison, quand elle hésitait à le rendre heureux comme il le demandait. Pas longtemps. Je l'aimais donc ? Une complicité. Se seraient-ils supportés s'ils avaient vécu ensemble ? Avec Campbell : toujours, toujours. C'était un homme. Un homme, comme son père. Avec son père elle était une petite fille. Avec Campbell elle deviendrait une femme. Une vraie femme, avec un homme sur elle, dans elle. La lance de l'amant. Une gamine, à l'école avait apporté une page arrachée ou recopiée du *Kamasutra*. La lance rompue. Dix lances. Vingt lances. Oliver, mon amour ! Il la désirait dans l'eau. Elle s'en souvenait. Il la soutenait aux épaules, elle, inconsciente, inerte, paralysée, et tout à coup... Il l'avait ramenée contre lui, sa nuque contre son ventre. La lance. Perce-moi de ta lance, ô mon bien-aimé, tu as pris mon cœur par un seul de tes regards, que mon bien-aimé entre dans mon jardin, qu'il en savoure les fruits exquis. Elle se souvenait des attouchements de Gaëtan. Absolument pas des étreintes de Bubu. Elle demeurait *intacte* pour Campbell.

III

La nuit du 6 au 7 octobre 1918
à Salonique

Tandis que le soleil se levait sur l'île Maurice, le major Campbell regagnait sa chambre vers minuit après une soirée chaude à la popote. On fêtait le départ du major Fournier, le patron de l'antenne française au lazaret. Veinard ! Il avait obtenu d'être rapatrié. Dans deux jours, ou trois au plus, il serait à Paris.

Campbell ne réveillait personne. Il habitait chez un pope, dans le haut de la ville, et pour monter jusqu'à sa chambre, au premier étage, il prenait un escalier extérieur. On avait fait une flambée dans un grand poêle de faïence blanche. Inutile d'allumer la lampe, les volets n'étaient pas tirés et il y avait une belle lune. Campbell versa de l'eau, hélas froide, dans sa cuvette et lava longuement son sexe en lui parlant amicalement : mon pauvre vieux, qu'est-ce que je t'ai encore demandé. Il s'était arrêté chez une paysanne qui prenait dix dinars. Tristesse et désolation. Son père ronflait dans un réduit. Amen. Après avoir lampé une longue goulée de raki, Campbell sortit sur le balcon (très étroit) pour pisser dans la rue. Il détestait utiliser le pot de chambre, il se sentait horriblement gêné quand son ordonnance le vidait. Le plaisir de bien pisser, une très forte envie ; ça ramonait ; non qu'il redoutât une contamination vénérienne, il utilisait des préservatifs. C'était bon de pisser. Il se sentait agréablement ivre. Il avait bu pour oublier. Pour oublier qu'on l'oubliait. Il demandait son rappel. Il l'implorait mais on se foutait apparemment du major Campbell, un vieux con de trente-cinq ans, qui avait à peu près tout raté. Il n'en croyait pas un mot, naturellement. En pleine forme, complètement changé par la guerre, se répétait-il. Il emmerdait le monde entier plus les autres, tout le reste. Mais qu'est-ce qu'il deviendrait après la guerre ? Extraordinaire la façon dont les choses s'enclenchent. A la mobilisation, son avenir s'annonçait des plus brillants. Grâce à la protection de Sir Arthur (le Dr Balfour), conseiller de la Couronne (et son père !), on l'avait mis à la disposition du vice-roi de l'Inde avec la responsabilité

d'un service sanitaire à créer pour les unités fébrilement consti-
tuées avant embarquement vers l'Egypte et vers l'Europe. En
même temps, on voulait le marier à la nièce de Lord Northing-
ton, sa seule héritière, une charmante gourde de dix-huit ans qui
s'appelait Ivy, le lierre, je meurs où je m'attache ; assez jolie.
Pourquoi avait-il pris la fuite ?

— Moi, ricanait Fournier, je suis marié, cocu et très content.

Quel obsédé. A la Salpêtrière, quand Campbell l'avait connu
(en 1907, déjà onze ans !), il soulevait la robe des infirmières qui
s'aventuraient à la permanence. Pourquoi ? Et pour faire quoi ? Il
en parlait ! Il en parlait ! Etait-il vraiment marié ? Extraordinaire,
cet exhibitionnisme verbal. Mais drôle, très drôle souvent, encore
que... La vulgarité. Ça allait dans une popote, à Salonique, avec
des bonshommes privés de femmes, réduits à parler de cul et de
ça.

— Seul le premier *coup* est intéressant, soutenait Fournier. Tu
as très envie d'une femme, tu crois au miracle. Il n'y a jamais de
miracle, on devrait le savoir. Un coup c'est un coup, la même
chose, la même chose. Après, hein ? qu'est-ce qui reste ?

Et de raconter l'histoire de l'officier russe qui, après avoir vidé
une coupe de champagne, la laisse tomber sur le parquet en
espérant qu'un jour une coupe ne se cassera pas. Qu'est-ce que je
vais devenir sans Fournier ? se demandait Campbell. Depuis
l'écroulement des Bulgares qui avaient craqué sous les coups de
boutoir de Franchet d'Espérey, l'activité du Lazaret ne s'était pas
seulement ralentie, elle avait complètement changé. Le lazaret
s'était transformé en dépôt où transitaient des dysentériques.
Sans intérêt aucun, pour Campbell. Il avait ressorti de sa cantine
ses notes rapportées de l'île Maurice. *Le cas de la comtesse de K.* Il
comptait en tirer une communication pour l'Académie de médecine. Le titre amusait Fournier. Le cas de K. Le genre de jeu de
mots qui l'excitait. Ils parlaient constamment de la comtesse de
Kergoust, Fournier et lui, surtout après l'arrivée du petit Chamarel.

Une personne extraordinaire, cette comtesse. On la croyait
froide quand on la voyait pour la première fois. Elle brûlait. Un
volcan sous la glace. Avec son gros benêt de mari... Elle devait
compter les mouches, au plafond. Campbell se souvenait de ses
confidences, lors de l'accouchement. Le spécialiste consulté à
Londres (elle se désolait de ne pas avoir d'enfant) l'avait question-

née sur ses rapports avec le comte. Bubu ! Oh ! il était gentil, bien gentil. Fréquents, les rapports ? Est-ce que ça dure longtemps. Elle rapportait la consultation à Campbell pour lui faire comprendre qu'entre le comte et elle... Zéro ou tout comme. Le spécialiste lui avait conseillé de prendre un amant. Elle minaudait, en le répétant. Un amant. Cher docteur, vous entendez, je dois prendre un amant. Bien entendu, c'était lui qu'elle voulait. Le plus étonnant, c'était que, même dans son état, enceinte de neuf mois, elle avait quelque chose d'incroyablement sensuel. Dans la mer, quand Campbell lui donnait ses bains, elle l'excitait, il aurait pu parfaitement, dans l'eau...

En se déshabillant, il parlait encore à son sexe : celle-là te plaisait, hein ? Une bonne affaire ? Le miracle, dont parlait Fournier ? Comment savoir ? La comtesse était hystérique, à moitié folle, complètement folle, elle voulait empêcher sa fille de naître, elle l'aurait étouffée entre ses cuisses s'il n'était pas intervenu à temps. Déçue parce qu'elle voulait un fils, pour la lignée Kergoust. De quoi ? De quoi ? Les gens sont idiots, abrutis par des notions héritées du passé, qui n'ont plus de sens. Le mariage ! Quand Saint Paul définissait les bases morales du mariage chrétien en imposant la fidélité absolue, on se mariait pour dix ans. La durée de vie était de trente ans, en moyenne. Elle dépassait maintenant les cinquante ans. Que peut-il se passer entre un bonhomme et une bonne femme qui dorment ensemble depuis vingt ans, ou plus ? Pourquoi Sir Arthur l'avait-il fabriqué en trompant sa femme avec sa mère ? Le besoin de changement. Sa femme ne le faisait plus bander. Campbell rougit en pensant à sa mère. Elle, elle le faisait... A tout prix changer le cours de ses pensées. Pas facile.

Chamarel, le petit Chamarel, était-il arrivé à Maurice ? Pourquoi lui avoir confié cette lettre, pour la comtesse ? Un bon garçon, Chamarel. De Chamarel. La noblesse. Quelle farce. Ça correspondait pourtant à quelque chose, dans le processus de l'Evolution darwinienne. Quand l'homme s'est séparé du singe, la rupture n'a pas été immédiate pour tous les *mutants*. Les plus avancés ont forcément pris la direction (la responsabilité) des autres. Ils sont devenus des chefs, des rois, des grands prêtres. Des « oints ». Pour préserver leur avance, il fallait bien qu'ils demeurent au-dessus de la base. Des nobles. Meilleurs, plus intelligents. Pas de mésalliances, les mésalliances se traduisaient par des rechutes vers le niveau singe. Autrefois, autrefois. Maintenant tout cela n'avait plus de sens.

Une main en moins, tout à coup, le petit Chamarel. Assis sur son lit, Campbell regardait les siennes. Quelle main ? Fournier lui avait coupé la gauche, au gamin, parce qu'il risquait un empoisonnement général. S'il fallait couper ? Est-ce que je préférerais mourir ? Pendant l'offensive de Franchet d'Espérey, Fournier lui avait mis un bistouri entre les mains.

— Je ne suis pas chirurgien !

Des camions bringuebalants déversaient des blessés, et encore des blessés. Comme des betteraves sur l'aire de réception des sucreries du Nord. De pauvres types de vingt ans, cassés, abîmés, souillés, foutus pour toujours. Pourquoi ? Si j'avais épousé Ivy, je serais au golf de Bombay ou au polo. Pas possible, ça, non, pas possible. Il oscillait entre deux ambitions. Une carrière brillante pour humilier son père. Voyez, Sir Arthur, ce que votre bâtard a été capable de faire, tout seul, sans vous. Ou alors... Servir les hommes, tous, les plus humbles, les mal foutus, mal armés. Il se souvenait des gosses qu'il vaccinait à Maurice dans les villages indiens. Ils vivaient à dix et plus dans une case à toit de paille, sur de la terre battue, nourris de quelques poignées de riz ; on les faisait travailler au sucre à dix ans. Il se souvenait d'un petit Noir auquel il avait appris à lire. Pas tellement noir, un gosse superbe, intelligent ; il pigeait tout de suite. Le fils du comte de Kergoust ! Inimaginable. Mais quoi ? Moi aussi, mon père... Il se reprochait d'être injuste envers Sir Arthur. Si sa mère n'avait pas refusé son aide par orgueil, avec un entêtement presque maniaque... Sa mère ! Elvira ! Le sommeil ne venait pas.

Campbell était tombé sur son derrière en recevant le livre de sa mère dans un colis, numéroté comme les lettres qu'elle lui adressait. Il venait d'être expédié à Salonique, après une permission passée avec sa mère, dans la ferme de l'oncle Gully Haverlock. Magnifique, merveilleux, très bien chauffé, on mangeait admirablement, on entendait le vent, jamais le canon, on respirait les embruns du firth de Solvay. Pourquoi ne pas devenir médecin de campagne ? La paix de ce coin d'Angleterre. La guerre n'existait plus et, assez vite, ça n'était plus supportable. Tous ces types qui crevaient ailleurs, et là... Des moutons, les cloches de l'église. Elvira recevait le *Times*. Pour les nouvelles médicales ? Elle épluchait le courrier de Buckingham, les duchesses, les princes. Elle ne soufflait mot de son livre, déjà imprimé par un artisan de la région qui, un soir, à la ferme, avait entendu Elvira lire des pages de son journal à l'oncle Haverlock, qu'il fallait bien distraire. Elvira avait obtenu le renvoi de sa gouvernante, une intrigante. Le petit imprimeur du coin n'avait tiré que deux cents exemplaires du bouquin, sous le titre *Journal d'une mère*. On les vendait pendant les *charities*, au bénéfice des blessés. Un critique de Londres avait rapporté un exemplaire et sorti une chronique dithyrambique. Tout avait commencé ainsi. Un éditeur de Londres avait alors passé un accord avec l'imprimeur, on avait changé le titre, et la presse avait monté la mayonnaise. Qui est la mystérieuse Elvira ? On ne le savait toujours pas.

Etrange lecture pour Campbell, d'abord plus irritante qu'émouvante. Sa mère confiait à un Journal ce qu'elle ne lui disait pas... Pourquoi ? Parce qu'elle se sentait coupable ? Honteuse ? Parce qu'elle jugeait qu'il ne l'aurait pas comprise ? Il croyait occuper son cœur et son esprit. Etre tout pour elle. Quand il dormait, elle changeait, elle écrivait. En pensant qu'un jour peut-être elle serait publiée ? Si elle ne nourrissait pas cette ambition, pourquoi, pourquoi ?

Elle ne disait pas grand-chose de Sir Arthur, elle ne lui donnait pas de nom. *The professor*. On ne le voyait pas, elle ne le décrivait pas. On ne l'entendait pas, il ne disait rien, n'empêche qu'il occupait toute la place. Il s'imposait par son absence. Par omission. J'ai vécu à côté de ma mère, je ne savais rien ; je ne comptais pas, en tout cas, moins que lui. Dans le récit, il s'appelait Maurice. Très gentil, attentif, il travaillait bien, il voulait faire plaisir à sa mère. A maman. Insignifiant, insipide. Lui, l'autre, elle l'avait aimé. Elle l'aimait toujours ? Elle se trahissait en ne parlant pas de lui. Le calvaire d'une mère ? Non, la complainte d'une amante délaissée. *Sous-baisée*. L'expression de Fournier s'imposait à Campbell bien malgré lui, en le torturant. Il voyait sa mère dans les bras de ce... Qui la repoussait !

Pendant plusieurs semaines Campbell n'avait pas soufflé mot du livre dans ses lettres. Il avait des excuses. Fournier lui avait mis un bistouri entre les mains. Il opérait, pas tout, non, pas n'importe quoi. Des amputations. Le couteau, la scie. Monstrueux. Nécessaire ? Des charcutages à la chaîne. Et on se sent presque fier, ricanait Fournier. Qui dirige le monde ? Sur le front de la Somme, dans un poste de secours établi dans une église démolie, Campbell avait reçu la visite éclair du Prince de Galles. Une autre fois, dans une gare, il avait aperçu le Président Poincaré. Tout le monde voulait pendre le Kaiser. D'où ces gens tiennent-ils leur pouvoir de vie ou de mort ? La guerre ! Je mobilise. Une offensive. Tant de divisions par kilomètre de front. Tant de canons en plus. La fatigue plongeait parfois Campbell dans un désespoir qui amusait Fournier. Bouffer, baiser, le reste, des conneries et vive la République ! Durant les passages de déprime, Campbell rêvait d'une existence *oubliée*. Dans le Nord de l'Angleterre ? Pourquoi pas à l'île Maurice ? Il respirait les parfums sucrés du vesou, il nageait dans l'eau bleue du lagon de la Nouvelle Hollande, il se souvenait du corps de la belle comtesse plus nue que nue dans la soie de la chemise collée contre sa peau. Des seins ! Elle l'excitait, il aurait pu la posséder dans l'eau. Coït thérapeutique, ricanait Fournier. Il avait laissé à Campbell un sexe d'homme en porphyre acheté à un antiquaire de Vérone. (On l'avait détaché sur le front italien après le désastre de Caporetto.) La racine du genre humain ! Il chantonnait :

Quand les filles ont la jaunisse
Le remède est bien certain
Tu leur passes entre les cuisses
La racine du genre humain.

Le refrain revenait comme un leitmotiv quand Campbell pensait à Fournier. De quoi peuvent parler des hommes en manque de femmes pendant une guerre ? Toutes les souris qui se tortillent dans leur lit, toutes seules, alors que...

Le sexe en porphyre, trouvé dans une tombe étrusque, datait d'avant Jésus-Christ, affirmait Fournier. Un godemichet. Est-ce que ça aurait apaisé Adl'aïd. ? Il disait Adl'aïd, en appuyant sur Ad. Il se reprochait de l'avoir abandonnée, mais que pouvait-il faire ? N'empêche qu'il se souvenait d'un soulagement. Elle l'accaparait ; d'une certaine façon, elle le possédait. S'il était resté à Maurice, si la guerre n'avait pas éclaté... C'était quoi, l'amour ? Il lui arrivait de se le demander. Pourquoi n'avait-il pas réussi à s'intéresser à Ivy ? S'il l'avait épousée... Elle apportait tout. Il n'avait tout de même pas fui Ivy parce qu'il avait l'esprit ailleurs, à Maurice ? Si l'on peut appeler ça l'esprit ! Elle progressait, Adl'aïd, quand il l'avait confiée à Oudinot. Les bains lui faisaient du bien. Elle se dénouait. Un cas d'auto-punition parfait. Elle se reprochait d'avoir tué son père, un sacré personnage à en juger par tout ce qui se racontait sur lui. Ecrasant. Comment l'aurait-elle tué ? Voilà ce qu'il s'agissait évidemment de découvrir pour arriver à la *purger* de sa culpabilité. Est-ce qu'Oudinot y était parvenu ? De la quintessence de Freud. Et l'hystérie ? Elle était hystérique, incontestablement. Son exigence de plaire. Ses sautes d'humeur. Qu'est-ce que ça signifie, hystérique ? Elle avait les moyens de soigner ses nerfs. Campbell n'avait pas demandé un sou. Comment se faire connaître des gens qui peuvent payer ? Ces femmes riches qui se sentent abandonnées par leur compagnon, et plus encore par leur charme. Il ne m'aime plus. En clair : il ne me désire plus, je ne lui fais plus d'effet. Les autres, Madame ? Prenez-en un autre, changez ! La fidélité, quelle idiotie. Infligée aux femmes par les Eglises, comme les douleurs de l'enfantement. Tu accoucheras dans la douleur ! Pourquoi donc ? C'est normal, c'est naturel. On souffre parce qu'on s'attend à souffrir. On leur farcit la tête avec ça, la peur de souffrir. Une guenon qui met bas a mal, sûrement, mais beaucoup moins, ça lui tombe dessus, après elle n'y pense plus, on ne lui en parle pas, on ne lui lit pas la Bible : tu mettras bas dans la douleur. Est-ce qu'une guenon est *désirable*? Elle se laisse approcher quand elle se trouve en état de procréer, pas tout le temps. Campbell ramenait toujours tout à l'Evolution selon Darwin, son saint patron.

Pourquoi n'avait-il jamais écrit à Adl'aïd, avant de confier une lettre à Chamarel, et pourquoi cette lettre, puisque, jusque-là... Campbell se reprochait aussi de ne pas avoir correspondu avec Oudinot, son cher Hennery, qui l'avait si bien accueilli à Maurice. Pendant longtemps, jusqu'à ce que sa mère le rejoigne, il avait habité chez lui. Oudinot lui laissait une chambre où il recevait de temps en temps (hygiène oblige) une jolie pensionnaire du Petit Trianon, une négresse qui avait vécu à la Nouvelle Hollande. Le comte Hubert lui avait fait un enfant, Campbell l'avait appris par Oudinot quand, déjà, il avait remarqué le gamin. On lui demandait de balayer la cour et de ramasser le crottin de cheval. Un fils du comte ! Oudinot trouvait cela presque normal, il ne s'en indignait pas, du moins avant que Campbell attire son attention sur cette situation. Et sur l'intelligence, sur la beauté du gamin. Oudinot, si sensible aux jeunes garçons, n'avait rien remarqué. A l'époque, il était tourneboulé par ce jeune Indien, qu'il avait emmené à Londres.

Pourquoi Adl'aïd avait-elle épousé le comte Hubert, surnommé Bubu ? Pas méchant garçon, probablement moins anodin que sa rondeur physique le donnait à croire. Un faux bon gros. S'il avait du cœur, aurait-il laissé au kraal, avec des Noirs, ce magnifique garçon dont tout le monde savait qu'il était le père ? S'était-il souvenu de lui au moment de mourir ? Car ce *mou* était mort en héros. Campbell s'interrogeait : avait-il bien fait d'envoyer l'article du *Times* à la comtesse ? Les aristocrates doivent se faire tuer, soutenait Fournier, en se sacrifiant pour les autres ils justifient leurs privilèges. Ils les ont tous perdus ! Pas du tout, estimait Fournier, en naissant ils ont, instinctivement, conscience d'une supériorité qui leur donne quantité d'avantages. La preuve : le fils de Sir Arthur ; non seulement il hériterait de toute la fortune, mais déjà à trente ans il pouvait s'établir à Chelsea, les bonnes femmes couraient chez lui pour vider leur cœur et leur bourse. L'aristocratie médicale. En être ou pas. C'est vrai pour tout. Le chemin à parcourir n'est pas le même pour un fils de famille et pour un fils de personne, ne parlons pas d'un bâtard. L'ivresse nourrissait les ruminations désabusées de Campbell. Il n'avait pas beaucoup dormi quand Jim, son ordonnance, apporta son *breakfast* à huit heures tapant, comme d'habitude.

— *Good morning, Sir.*

Des œufs ! Ça n'arrivait pas souvent.

— Le journal, *Sir*, et une lettre de Mrs. Campbell.

Jim connaissait bien l'écriture d'Elvira Campbell, et, comme elle numérotait ses lettres et ses colis, il ne pouvait s'y tromper. Il voulut refermer la fenêtre ; il ne faisait pas trop chaud.

— Les œufs vont refroidir, *Sir*.

— Mangez-les, Jim.

La gueule de bois. Campbell sortit sur le balcon. Le bateau de Fournier avait quitté le port. On voyait plusieurs fumées au large. Une belle ville, Salonique, pathétique. Elle avait été ravagée par de formidables incendies l'année précédente. L'église Saint-Demetrius était détruite, encore que... Les cloches continuaient à sonner. La cathédrale Sainte-Sophie avait été convertie en mosquée. Quand ? Fournier retenait ce genre de détails. Au VIIe siècle, les Sarrasins avaient vendu tous les habitants comme esclaves. Campbell avait du mal à le croire. Sorti sur le balcon, il tendait l'oreille pour entendre le muezzin de Sainte-Sophie. Jim jeta le couvre-lit sur ses épaules. Campbell ne lui prêtait d'habitude que peu d'attention, un petit bonhomme incolore, inodore, pas très intelligent ; il cirait admirablement les chaussures. Préoccupé par son avenir, il lui demanda ce qu'il comptait faire lorsque la guerre prendrait fin.

— Dans la vie civile, *Sir* ?

— Qu'est-ce que vous faisiez *avant* ?

Des chapeaux melons. *Bowler hats*. Il travaillait pour un chapelier.

— Vous vous y remettrez, Jim, on aura toujours besoin de ça.

— Je ne crois pas, *Sir*.

Il souriait plutôt niaisement,

— Je ne retournerai pas en Angleterre, *Sir*. Je resterai ici. Je vais me marier.

— Vraiment ?

Campbell cachait mal sa stupeur ; ce pauvre type avait trouvé une femme !

— Compliments, Jim.

— Je me plais ici, *Sir*. J'aime le soleil. La terre sent bon.

— D'où êtes-vous ?

— De Manchester, *Sir*, de la banlieue, du côté d'Eastham, près de la mer ; elle n'a pas la même couleur qu'ici.

Après une hésitation :

— Il faudrait que je me marie le plus tôt possible, *Sir*. Nous attendons un enfant.

Il se tenait à côté de Campbell, un peu en retrait, sur le balcon. Les hauteurs de Kalamarc s'estompaient dans la brume.

— Vous voyez l'oliveraie, *Sir*. Ma fiancée habite dans la petite maison avec son père.

Ma fiancée ! La pute que Campbell et d'autres sautaient pour dix dinars.

— Le père est vieux, *Sir*, il ne peut plus travailler la terre. Je m'y mettrai. On fera de l'huile.

Il fallait une autorisation pour se marier.

— D'accord, Jim, je transmettrai votre demande. Où avez-vous connu votre...

Hésitation :

— ... votre fiancée ?

— Au lazaret, *Sir*, elle travaillait à la maintenance mais avec tous ces hommes autour d'elle... Son vieux l'a rappelée à la maison. On ne plaisante pas ici avec ces choses.

Pauvre type, ai-je le droit d'appuyer sa demande ? Campbell remâchait les réflexions de Fournier sur les aristocrates. Pour une petite paysanne grecque contrainte de se prostituer, un soldat britannique était un seigneur. Il ouvrit le *Times*, la lettre de sa mère pouvait attendre, il l'avait lue tant de fois... Et puisqu'elle écrivait *autre chose*, pour elle, dans son Journal... Il n'avait pas supporté son livre, dont le succès allait en grandissant. Un de ces jours on identifierait Elvira. J'aurai l'air de quoi ? se demandait Campbell.

Quoi ? Le *Times* consacrait une nécrologie de trois colonnes au célèbre psychiatre Arthur Balfour. Mon père. Ce n'est pas mon père. Il est mort. Et après, je m'en moque. Campbell pensa surtout à sa mère. Il regarda la date du journal : le 25 septembre, puis le cachet de la lettre de sa mère : postée le 26. Est-ce qu'elle savait déjà ? Avant d'ouvrir la lettre, il parcourut rapidement l'article du *Times*. Sir Arthur était mort d'un arrêt du cœur. Parce qu'il avait lu *A Mother's Plight* ? Cela traversa l'esprit de Campbell. Le livre se vendait depuis des mois. Une bonne âme l'avait peut-être signalé à Sir Arthur ? Lequel n'était absolument pas compromis. Qui pouvait faire un rapprochement ? Le *Times* rappelait l'âge de sir Arthur : quatre-vingt-un ans. On peut mourir à quatre-vingt-un ans sans raison particulière. Campbell calculait : 81 moins 36. Son père avait quarante-cinq ans quand... Et elle ? Sa mère ? Vingt ans de moins. Elle travaillait avec lui depuis cinq ans. Elle l'avait avoué à son fils lorsqu'elle jugea qu'elle lui devait la vérité. Une partie de la vérité. Des apparences. Le reste, l'important, elle le confiait à son Journal. Et si elle le rédigeait pour remplir un vide polaire ? Quand je m'endormais, qu'est-ce qui commençait pour elle ? Campbell possédait une photographie de sa mère (il pensait : Elvira) prise dans un studio d'art à l'époque de sa liaison. Pour dîner à la Nouvelle Hollande, avec le comte Hubert, elle avait sorti de sa malle une robe achetée pour *lui*. Probablement payée par lui. Elle avait mis un collier d'ambre, qu'il lui avait donné ; elle l'avait dit à son fils. Elle n'en soufflait mot dans le livre. Elle laissait entendre que *the professor* avait suggéré un avortement. Ça aurait mieux valu ? Grimace de Campbell... c'était lui qui se trouvait dans le ventre.

Sa mère avait écrit sa lettre avant de savoir que son *amant* était mort. Amant. Ça n'a pas de sens ; pensait Campbell. Il avait eu, lui, une importance énorme pour elle ; mais elle, pour lui ? Des indications du livre d'Elvira prenaient tout à coup une signification étrange. *The professor*. Elle était éblouie. Soit. C'était normal. Mais après la séparation ? Après l'abandon ? Elle n'avait eu personne d'autre dans sa vie. Pas même moi, grommelait Campbell. C'était injuste, c'était absurde ; eût-il supporté, au demeurant, que sa mère reprenne un amant ? Il avait sa femme, *lui*, Balfour, ses enfants, deux fils et une fille. La célébrité. La fortune. Elvira faisait des traductions, elle dactylographiait des communications médicales. Tant la ligne. Elle pouvait faire mieux, beaucoup mieux, elle savait des quantités de choses. Les diplômes. Les castes. Mensonges, impostures. Pourquoi le brave Jim avait-il besoin d'une autorisation du colonel pour épouser sa putain paysanne ? Sir Arthur symbolisait les conventions absurdes qui aboutissent aux guerres. Les gens qui sont nés dans l'establishment ; les gens qui savent. Ceux qui ne savent pas parce qu'ils n'ont pas de diplômes. Sans parler de l'argent. Si Elvira avait eu de l'argent on se serait bousculé pour reconnaître son enfant. Moi ! Qui serais-je si j'avais eu une mère riche ? se demandait Campbell. *Fatalitas*. Le destin. Fallait-il que tout se passe comme ça pour que je devienne moi ? Question plus cruelle : quelle importance que je sois moi ? Il se promettait, mais cela restait confus, de répondre avantageusement. En apprenant (à vingt et un ans !) que Sir Arthur était son père, il avait d'abord été intimidé par sa notoriété, pour ne pas parler de gloire. L'égal de Freud ! De Charcot ! Il l'admirait en partant pour Maurice et, en même temps, il le défiait en préparant une thèse sur le rôle de la mémoire dans l'Evolution de l'espèce humaine. Qui *pensait* Darwin ? Le nom de Sir Arthur ne figurait pas encore dans l'*Encyclopaedia Britannica*. Le mien y sera, se promettait Campbell. Pas derrière Balfour. Fils du précédent. *Shit* ! Merde. Il n'avait rien fait à Maurice, en fin de compte. La thèse restait en rade, et ses notes sur Adl'aïd... *Le cas de K*, ricanait Fournier. Il voguait vers Paris, ce voyou. Un obsédé. Les femmes ! Les femmes ! Quand on en parle tellement...

— Jim, mon père est mort. Je viens de le lire.

— *Sorry, Sir.*

— *Don't mind.*

Désolé. Ne vous en faites pas, mon vieux. Campbell rouvrit le journal pour montrer l'article à son ordonnance :

— Vous voyez, Jim, il s'appelait Balfour.

Le brave Jim ne comprit pas immédiatement. Il hochait la tête avec perplexité..

— Vous connaissez mon nom ?

— Je vois, *Sir*.

— Il n'était rien pour moi.

En vérité, Campbell en voulait à son père de disparaître alors qu'il pouvait lui être utile pour se reclasser dans la vie, à un honnête niveau. Jamais je ne lui aurais demandé quoi que ce soit, se disait-il. Tout à coup ce père qui n'était rien pour lui devenait le symbole de toutes les impostures sociales. Conseiller de la Couronne. A Berlin, il eût été le conseiller du Kaiser. Le complot permanent des riches, des repus, de tous ceux que le Christ appelait les pharisiens, et qui s'efforcent d'immobiliser la vérité pour retarder l'Evolution, l'Emancipation de tous les hommes, y compris les petits Indiens de Maurice, y compris le petit Noir du kraal, le fils du comte, le comte Bubu ! Mais ils n'empêcheront pas Oliver Campbell..., etc, etc. Il était remonté, et très injuste envers son père qui ne lui avait jamais manqué. Sir Arthur n'abusait pas des privilèges acquis ; il avait grande conscience de ses responsabilités sociales, précisait le *Times*. Moi, si je claquais, serais-je signalé dans la rubrique nécrologique du *Times* ? On passerait peut-être son nom avec les « morts des suites des combats ». Parce qu'il était major. S'il était deuxième classe comme Jim... Un simple infirmier. Une fourmi dans la fourmilière. Il fallait que ça change.

— Vous êtes heureux, Jim ?

Comme l'ordonnance, interloquée, ne comprenait visiblement pas le sens de la question, Campbell précisa :

— Vous êtes content de vivre ? Vous trouvez que la vie est belle ?

— Magnifique, *Sir*.

Campbell pensait à sa *fiancée*, la paysanne, sur son grabat, la jupe relevée. Quand il faisait beau, cela se passait dehors, sous les étoiles, c'était mieux, on n'entendait pas le vieux ronfler. Comment était-elle, cette fille ? Le visage ? Dans les ruminations de Campbell, celui de la comtesse éclipsait les autres. Il n'avait jamais été amoureux ; il le devenait, vaguement, d'un souvenir, d'un reflet.

IV

Lundi 7 octobre 1918,
à Paris

Le comte de Kergoust quittait toujours son lit à regret. Les Kergoust sont de grands dormeurs ; il respectait la tradition. Il dormait en chemise de nuit comme son père, son grand-père et les autres. Le corsaire aussi ? Quand il rejoignait l'infante dans le lit à baldaquin ? Pour fier qu'il fût de descendre d'un corsaire célèbre, le comte n'avait jamais eu la curiosité de se renseigner sur lui. Comment, au demeurant ? Il n'avait rien laissé d'écrit. On se souvenait du nom de son bateau, l'*Alcyon*, peint en bleu, d'où les noms de Baie Bleue et de Rivière Bleue. La sirène de la proue figurait dans le grand salon, entre le portrait du corsaire et celui de son épouse hollandaise, tous deux *imaginés* par un peintre de Londres (ou d'Amsterdam ?) auquel l'Américaine (entendez Janet Lindsett, épouse du comte Mortimer) les avait commandés. Pour son palais, il fallait la lignée complète des ancêtres. La sirène de l'*Alcyon* avait des seins pointus.

La Nouvelle Hollande. Maurice... Dieu que tout cela paraissait loin. Le comte était arrivé en France alors que la bataille de Verdun commençait. Le Fort de Vaux venait de tomber, une mauvaise nouvelle qui avait éveillé une panique chez le comte. Qu'est-ce que je suis venu chercher ici ? L'atmosphère lugubre l'écrasait. La guerre était perdue, les Boches arriveraient à Paris avec lui. Il avait encore dans la tête les échos des discussions, au Cercle, à Port-Louis. Pinet soutenait que la guerre ne pouvait durer plus de quelques semaines ; après la première bataille (il disait : la première affaire sérieuse), on manquerait de munitions. Ah ! il était bien difficile, si loin de la France, de mesurer exactement ce qui se trouvait en cause.

Si le comte s'était rapidement adapté à l'état de guerre, il le devait à l'Intendant Mestal, Armand Mestal, qui l'avait accueilli à Marseille. Il était monté à bord du courrier des Messageries, le *Commandant Liévin*, pour le prendre en charge. Merveilleux Mestal, un père pour Bubu. C'était un ancien mandataire des

Halles chargé du ravitaillement de la France en sucre. Les Anglais, Mestal disait les Englishes, monopolisaient le sucre de Maurice et répartissaient ce qu'ils voulaient en oubliant complètement que la guerre privait la France de la plus grande partie de sa production betteravière. Mestal avait des rapports suivis avec les gens du Deuxième Bureau et avec la Direction des Affaires indiennes du Quay d'Orsay ; il ne s'en cachait pas. La France et l'Angleterre se battaient ensemble contre les barbares allemands, mais après la guerre ? Le comte servait de pion dans une partie complexe. On le poussait à la direction du Crédit Colonial avec l'intention de ranimer l'agence de Port-Louis qui, bien gérée, pourrait soutenir ce que Mestal appelait des actions de compensation aux interventions financières des Englishes en Indochine et dans nos comptoirs des Indes.

Que comprenait le comte ? Il prospérait. S'il avait accepté à contrecœur la présidence de l'Office du Sucre créé par le patriache Singh pour rassembler et défendre les sucriers indiens (et d'abord les Singh, bien entendu), il ne regrettait plus de s'être laissé convaincre par sa bien-aimée Muguette. Muguette de Chazelles, ravissante, n'avait pas vingt ans. Bubu comptait l'épouser, dès que sa femme lui accorderait le divorce. Elle n'habitait pas avec lui, à l'agacement du comte, parfois à son désespoir. Elle le menait par le bout du nez, en compliquant ses relations avec les Singh. A l'Office, le comte était flanqué par le fils du patriache, Gupta Singh. Elle ne pouvait pas le souffrir. Or, le comte le voyait beaucoup, même hors des bureaux ; il l'invitait aux dîners d'affaires, chez Maxim's, aux soirées au Perroquet, sa boîte de nuit préférée. C'est à peine si Muguette lui adressait la parole. On pouvait comprendre son attitude. A la veille de la guerre, quand Muguette avait perdu son père — un vieux fou, pensait le comte —, qui avait ruiné sa famille par des spéculations plus qu'hasardeuses, les Singh s'étaient installés à Rosebelle, la magnifique demeure des Chazelles, une des plus anciennes de l'île, avec un jardin somptueux dessiné par... Comment s'appelait-il ? Un Le Nôtre de Maurice. Les Singh avaient avancé beaucoup d'argent au vieux Chazelles, ils auraient pu l'exproprier depuis des années. Ils avaient attendu. Ils avaient aussi laissé à Muguette des bronzes chinois, des rouleaux, de magnifiques aquarelles sur soie, des quantités d'objets de grande valeur qui leur revenaient en principe. Elle ne voulait rien entendre. Les Singh sont des voleurs !

Et pourtant, c'était elle qui avait traîné Bubu à un dîner, chez eux, lorsque le patriache lui proposait la présidence de l'Office. Allez comprendre les femmes, soupirait le comte. La sienne, son épouse légitime, Adélaïde Girard, lui en avait fait voir des vertes et des pas mûres, avait-il confié à Mestal.

Mestal comptait sur l'Office pour accroître les livraisons de sucre de Maurice. Présidé par un Singh, l'Office n'aurait pas obtenu grand-chose à Paris, ça, le comte l'avait bien compris. La situation était celle prévue par le patriarche, très favorable. Quand on payait 19 shillings à Londres, pour 50 kilos, on pouvait facilement obtenir 2 ou 3 shillings de plus à Paris, surtout lorsque le comte de Kergoust signait les conventions. Son nom confirmait que l'île Maurice restait française. Certains hommes politiques soutenaient des Mauriciens *rétrocessionnistes*, qui demandaient le retour de l'île à la France.

L'hôtel Lequeu, siège de l'Office du Sucre, donnait sur le Parc Monceau. Le comte occupait le premier étage, au-dessus des bureaux. Parce qu'il avait pris du poids, un peu trop peut-être, il s'imposait quelques exercices chaque matin, avec des haltères. Il sortait sur le balcon, après avoir passé une grosse robe de chambre. Vers neuf heures du matin, le jour s'installait à travers une brume dont il fallait se méfier à cause d'une épidémie de grippe dite espagnole. Le comte ne s'éternisait pas sur le balcon, d'où l'on avait vue sur le Parc Monceau, par-delà un cèdre somptueux. Du temps de sa splendeur, la Grandmaison, pour laquelle le banquier Lequeu avait fait construire l'hôtel, ouvrait les grilles du jardin quand elle donnait une fête. Du coup, le Parc lui appartenait. On accrochait des lampions aux arbres, on allumait des feux de Bengale, on installait des buffets, une estrade pour un orchestre. Le duc de Morny venait toujours, l'Empereur jamais, hélas ! La Grandmaison, danseuse étoile, faisait de l'ombre à la Montijo.

Un métallurgiste allemand, le baron Sturm, avait racheté l'hôtel à la Grandmaison après 1871. Il n'y mettait que rarement les pieds. En revanche, son fils, un grand voyageur, s'y installait avec des gens souvent bizarres, des bonzes, des moines tibétains. En apposant les scellés, après la déclaration de guerre, le commissaire du quartier avait délogé six prêtres en robe safran, le crâne rasé, très jeunes et beaux. Quatre d'entre eux nés à Paris, et mobilisables ! Longtemps inoccupé, l'Hôtel Lequeu avait été mis à la disposition de l'Office parce que Mestal craignait qu'il n'émigre à Londres.

Avec le petit déjeuner, très copieux, Heinrich apportait les journaux du matin. C'était un Alsacien, un colosse avec de magnifiques cheveux blancs en brosse. Le baron Sturm l'avait pris à son service après lui avoir donné un coup de lance à Reichshoffen, où Heinrich avait chargé avec les cuirassiers. Le baron lui avait épargné la captivité en le faisant soigner par son chirurgien. Il s'occupait de tout, concierge, jardinier, il servait à table, superbe en habit, et il savait le français mieux que le baron, qui pourtant le parlait chez lui avec ses enfants, dans son château de Westphalie. Comme le Kaiser à Potsdam, avait ajouté Heinrich en le racontant au comte, très satisfait de lui. Dévoué comme un chien, infatigable à soixante-dix ans, il ne s'endormait pas avant que le comte soit rentré. Il l'accompagnait jusqu'à sa chambre, à travers l'hôtel désert, et assez impressionnant la nuit, éclairé au gaz parce que le fils du baron Sturm, quand il s'installait avec ses moines, ne se souciait pas de faire brancher l'électricité. Pour l'avoir en pleine guerre... Grâce à Mestal, peut-être, peut-être...

— Deux œufs, monsieur le comte ?

Tandis qu'Heinrich les faisait grésiller sur un réchaud, le comte ouvrait les journaux. Il s'intéressait surtout aux cours de la Bourse donnés par *Le Temps*, et sur lesquels il avait jeté un rapide coup d'œil avant de s'endormir. Tout allait bien, tout allait pour le mieux. Le comte avait beaucoup changé depuis son arrivée en France, plus rien d'un bébé joufflu, virilisé par le poids (une bonne dizaine de kilos de plus en deux ans), chauve à trente-trois ans ; il en paraissait facilement dix de plus. Pour lire, il posait un binocle sur son nez. Bourbonien, le nez ? Il se trouvait une ressemblance avec Louis XV, qui avait anobli le corsaire.

Réussir à Paris, c'est facile. Le comte le pensait mais ne l'aurait pas dit tout haut. Il ne connaissait Mestal que depuis quelques semaines lorsque l'Intendant, son père putatif, avait gribouillé sur un bout de papier le nom d'une petite entreprise chimique familiale dont les actions allaient être cotées en Bourse.

— Achète tout ce que tu peux. Si tu n'as pas d'argent, emprunies-en.

L'entreprise passait sous le contrôle des Usines du Rhône parce qu'elle produisait un gaz de combat des plus intéressants.

116

A qui emprunter ? Mestal avait présenté le comte au directeur du Crédit Colonial, Héron-Fosse, celui-là même qu'il allait remplacer. On lui avait consenti un prêt appréciable. Par surcroît, à l'étonnement de Mestal, le comte avait obtenu une forte avance des Singh (sans leur fournir d'explications, pas question de les mettre sur le coup !) qui espéraient sans doute le tenir plus serré. Ils se trompaient. L'affaire avait rapporté plus d'un million au comte. Et ce n'était qu'un début. On connaissait le comte de Kergoust à la Bourse, on l'observait, on suivait ses initiatives parce que, de toute évidence, il avait accès à certaines informations. Ses succès ne l'étonnaient pas, il tenait les dons qu'il se découvrait de sa grand-mère, l'Américaine. Le petit Bubu avait fait bien du chemin. Il pouvait dire sucre aux foutriquets de Maurice qui lui reprochaient de s'être vendu aux caqueux. Les chiffres qu'il cochait dans *Le Temps* lui donnaient le sentiment d'appartenir aux initiés qui règlent les affaires du monde. A Maurice, la naissance avait plus d'importance que l'argent. Même sans la Nouvelle Hollande et sans un sou en poche, là-bas il resterait le comte de Kergoust. A Paris, il n'en allait pas de même. Sans argent, l'honneur n'est qu'une maladie. Qui l'a dit [1] ? Et puis, à Maurice, que pouvait-on faire avec son argent, même quand on en avait beaucoup ? A Paris, tout devenait possible, absolument tout.

Après avoir mangé ses œufs et bu une tasse de thé, le comte se trempa dans l'eau très chaude dont Heinrich avait rempli la baignoire, en forme de cygne, celle de la Grandmaison. Le comte y avait vu une *indication*. Maurice s'était appelée l'île des Cygnes, avant d'être à la France. Presque tout le mobilier venait de la Grandmaison, notamment le lit, avec un baldaquin garni de mousseline. Le comte ne s'y glissait jamais sans imaginer Muguette derrière les voiles. Après le bain, assez rapide, il se remettait à table. Il mangeait une cuisse de poulet, du jambon, en buvant du café noir. Pour finir, un verre de xérès. Puis il faisait encore quelques exercices, cette fois avec l'un de ses fusils, un Purday, il mettait en joue, il suivait un cerf et clac ! Un claquement de la langue. Il avait *épaté* Mestal par son adresse au tir (au moins autant que Louis Girard en son temps, à Bombay, chez Oudinot). En arrivant de Maurice, il apportait un chèque de un

---

1. Racine, *Les Plaideurs.*

million de francs pour l'œuvre du paquet de tabac pour les poilus, ceux que Mestal appelait drôlement les pisse-debout. Un second chèque, un an après, aussi important mais *approvisionné* par le comte lui-même et par des Mauriciens de Paris, lui avait valu la Légion d'honneur plus une invitation à tirer des faisans à Rambouillet, où Mestas l'accompagnait. Quel coup de fusil, fichtre !

— Quelle heure, Heinrich ?

Le comte attendait Mestal. Il demanda à Heinrich de sortir son uniforme de capitaine du Corps des Volontaires mauriciens.

— Tu as déplacé les boutons ?

— Service, monsieur le comte.

Pas facile de boucler la culotte, à la ceinture, et la vareuse. Bigre ! il fallait commander une nouvelle tenue, très vite. Mestal devait emmener le comte au camp du Tremblay où l'Intendance mettait aux enchères publiques (façon de parler) un lot de voitures dont quelques-unes sortaient de l'usine ; on les avait déclassées. Pas bonnes pour le service armé, expliquait Mestal en rigolant, mais pour toi, Bubu... Il tutoyait le comte depuis leur rencontre, une familiarité paternelle que le comte commençait à trouver pesante. Quelle erreur de lui avoir révélé son surnom, Bubu.

— Le ceinturon, avec l'étui, Heinrich.

— Service, monsieur le comte.

En laissant deux boutons déboutonnés sur le devant, sous la boucle du ceinturon. Il faudra que ça tienne ! Le comte se regardait dans la glace du boudoir qui précédait sa chambre, il se trouvait plutôt bien. Il appela sa secrétaire, Juliette, casée dans l'office où la femme de chambre de la Grandmaison recevait des cuisines les soupers que sa maîtresse savourait au lit, en galante compagnie. Le comte, lui, n'avait jamais ramené une femme, pas même avant que sa bien-aimée Muguette de Chazelles vienne le rejoindre.

— Vous me rappellerez demain que je dois commander un uniforme neuf, Juliette.

— Bien, Monsieur.

Elle ne disait jamais *monsieur le comte.* Une protégée de Mestal. Veuve de guerre. Elle arrivait au début avec de grands voiles. Pourtant elle n'était pas vraiment veuve. *Ils* n'étaient pas mariés. *Ils* n'avaient pas eu le temps. Mais le temps de faire un enfant. *Il* était professeur ; un normalien. Elle préparait une licence d'anglais. Elle élevait l'enfant, un garçon, en traduisant des romans anglais. Son travail à l'Office ne la gênait pas pour continuer. Le comte lui dictait quelques lettres. Elle lisait la presse anglaise pour lui et cochait ce qui concernait le sucre ou l'île Maurice. Elle répondait au téléphone, en général des appels personnels. Depuis quelques mois, elle ne venait plus en noir. Elle avait, semblait-il, des bontés pour Mestal. Après l'avoir compris, le comte l'avait appelée alors qu'il était dans son bain. A la Nouvelle Hollande, ça le prenait parfois, quand il demandait à l'une ou l'autre des petites femmes de chambre de lui frotter le dos. En l'apercevant dans la baignoire, Juliette s'était excusée :

— Je croyais avoir entendu sonner.

Une pimbêche. De toute façon, il valait mieux qu'il ne se passe rien avec elle, parce que Muguette l'aurait deviné. Jalouse comme une tigresse. De quel droit ? Muguette avait d'abord habité à Neuilly chez la cousine d'une cousine, et puis le comte l'avait installée au Ritz. Pour sa majorité ? S'il espérait l'avoir à sa merci... Quand nous serons mariés, mon cher Bubu. Si nous le sommes un jour. Elle parlait parfois d'un mariage religieux. Le comte ne désespérait pas d'obtenir le divorce d'Adélaïde mais... Tout serait arrangé si elle était morte après la naissance de Pascaline.

Muguette s'était mis en tête d'ouvrir une boutique de mode, comme à Port-Louis. Elle vendrait des colliers, des kimonos, la crème de Jézabel. Elle avait donné un des pots emportés par le comte à un ancien chimiste d'ourbigant pour faire analyser cette crème mystérieuse qui émerveillait ses amies.

— Je ne veux dépendre de personne.

La petite garce ! Elle n'avait pas quinze ans quand elle s'était jetée à la tête du comte, jusqu'à lui mettre la main à la braguette un soir qu'il la ramenait à son père ; c'était après le baptême de Pascaline. Cette jolie petite main. Parfois, lorsque le comte frisait l'apoplexie, elle consentait à s'en servir. En regardant ailleurs, l'air absolument écœuré. Après quoi elle se versait de l'eau de Cologne sur la main, et tout cela avec des piques sur la bestialité des hommes. Elle voulait se garder pour l'homme de sa vie. Puisque c'est moi, râlait le comte. Il voyait rouge quand elle parlait de sa boutique. Une comtesse de Kergoust vendant des crèmes ! Je ne le suis pas encore. Il ravalait ses protestations.

Il pria Juliette d'appeler le Ritz.

— Bien, Monsieur. La chambre 63 ?

— La chambre 63.

Il n'en disait pas davantage. Le téléphone, accroché au mur, se trouvait dans le recoin occupé par la secrétaire qui s'éloignait discrètement après avoir obtenu la communication.

— Muguette, mon petit loup. Quoi ? Je te réveille ? Mais il est dix heures !

Et elle parlait de tenir boutique ! Si elle travaillait du matin au soir, comme Juliette. Avec un enfant à élever par surcroît.

— Je ne pourrai pas déjeuner avec toi, Muguette.

— Ne me parlez pas toujours de manger !

— J'ai un déjeuner d'affaires, avec probablement une surprise pour toi, c'est-à-dire pour nous.

Pourquoi attendre ? Mestal avait fait état d'un coupé Panhard à l'état de neuf.

— Je me fiche de vos automobiles, Bubu. Je veux dormir.

Il l'imaginait au lit, dans une chemise transparente. Ah ! quand elle serait à lui... Si drôle ! Si merveilleuse ! Elle séduisait tout le monde. Son petit nez relevé, si spirituel. Ses yeux, avec ses longs cils. Le cou, personne n'avait un cou pareil, jamais un cou aussi gracieux n'avait supporté plus charmante frimousse.

— N'oublie pas, mon petit loup, que nous dînons chez Maxim's ce soir, avec Gupta et...

Un Anglais du ministère des Finances ; le comte oubliait son nom. C'était sans importance, Muguette refusait cette corvée.

— Je déteste Gupta, et vous le savez.

— Ecoute, Muguette, il faut que tu comprennes. Je t'ai expliqué qu'à l'Office... D'ailleurs, il est charmant.

— Sauf quand il vous fait remarquer grossièrement que vous ne pourriez pas mettre votre cravate, celle de Cambridge, en Angleterre.

— Il l'a dit en riant, Muguette. Tu ne le trouves pas beau ? Les femmes, en général...

— Vous m'ennuyez avec votre Gupta.

Raccroché. Le comte se pencha sur la machine à écrire de sa secrétaire. Elle terminait la traduction d'un récit qui connaissait un grand succès en Angleterre : *Le calvaire d'une mère*. On annonça au comte que M. Mestal l'attendait. Ah ! Muguette, Muguette ! La diablesse, la drôlesse, que d'argent représentent ses charmantes fesses qui tellement me tentent. Où ai-je entendu ça ? Muguette l'obligeait à sortir le soir, elle voulait voir les pièces à la mode. L'*Anglais tel qu'on le parle* l'avait beaucoup fait rire, depuis, il lisait les chroniques de Tristan Bernard dans *Comoedia*. Réveillez-moi à sept heures ; si je ne suis pas debout à huit heures, laissez-moi dormir jusqu'à midi. Le genre de mots qui le mettaient en joie, mais le pauvre Heinrich, lui, quand le comte l'avait resservi...

On apporta un télégramme.

— Pour moi ? C'est pour les bureaux, sûrement.

Non, pour lui. De Port-Louis. Signé Henri Oudinot : Adélaïde accepte de divorcer !

— Appelez-moi l'hôtel Ritz, Juliette.

— La chambre 63, tout de suite, Monsieur.

La chambre 63 ne répondait pas.

— C'est impossible. Je viens de parler à...

Elle lui reprochait de l'avoir réveillée et elle était sortie ! Elle courait la rue Saint-Honoré, sûrement, pour trouver une boutique. Je veux être indépendante ! Non, mon petit loup, la comtesse de Kergoust ne vendra pas des pots de crème ou des colliers de corail. Il tiendrait *strong*, là-dessus. Ferme. Le comte utilisait quelques mauricismes éloquents : *see you* plus tard, ou changer d'*item*. Juliette s'y habituait.

— Je vous rappelle, Monsieur, que Mestal est en bas.

On ne pouvait le faire attendre. Pour se rendre au camp du Tremblay. Mestal portait un gros costume de chasse verdâtre, avec une ceinture cousue à la veste, des culottes aux genoux, bouclées sur des bas de laine kaki.

— Des brodequins réglementaires, c'est épatant.

Le Tigre avait à peu près la même tenue. Mestal parlait du Président Clemenceau comme d'un grand ami.

— Le torchon brûle entre lui et Raymond.

Il s'agissait du Président Poincaré. Mestal utilisait une voiture de fonction, une limousine Renault, conduite par un chauffeur en uniforme.

— Le fils du duc de...

Le camp du Tremblay, au-delà du Bois de Vincennes en pleine splendeur automnale, avait un surnom éloquent : le dépôt des planqués. On y trouve tous les fils de fabricants de grenades ou de nouilles immangeables, expliqua Mestal en riant. Le capitaine qui s'occupait de la revente des voitures déclassées portait un uniforme plus fantaisiste que celui du comte, ce qui n'était pas peu dire, couleur aubergine. Il avait fait laver la voiture destinée au comte, un coupé Panhard réquisitionné par un général qui l'avait pris à un constructeur d'avions. Lequel s'en était plaint.

— A qui de droit, dit le capitaine.

Réquisition annulée. Le constructeur ne voulait plus de son coupé.

— Il nous convient parfaitement, dit Mestal. N'est-ce pas, Bubu ?

— C'est la meilleure affaire qu'on ait jamais faite ici, répondit le capitaine.

On se devait de l'arroser. Mestal connaissait un coin superbe à La Varenne, où l'on mangeait des fritures succulentes. Le comte prit le menu et commanda pour tous. Du champagne comme s'il en pleuvait. Il avait conduit sa voiture avec bonheur. Sans permis ! Il n'en avait pas. A Maurice, on n'exigeait rien.

— On arrangera ça, dit Mestal. Tu es en uniforme, on ne te demandera rien. Je te donnerai une adresse pour passer le permis après cinq leçons. Ça coûte 100 francs. Comme tu sais conduire, tu donneras 200 francs et tu l'auras tout de suite.

Il baissa la voix en reprenant les indiscrétions déjà connues du comte sur la querelle qui opposait le Président de la République au Président du Conseil. Raymond et Georges. Il ne prétendait pas les connaître assez intimement pour les appeler par leur prénom, mais il valait mieux qu'on ne comprenne pas ce qu'il chuchotait. La serveuse. Le patron. D'autres personnes. Le bistrot était plein. Les gens apprécient de plus en plus la bonne chère, remarqua le capitaine.

Dans une lettre à Georges, Raymond lui avait reproché de «couper le jarret» des poilus en leur laissant entendre que la guerre se terminait. Pourquoi continuer à se faire tuer ?

— Vous imaginez la réaction du Tigre, hein ? L'accuser de saboter la victoire !

Le capitaine acquiesçait :

— Lui qui a dit : je fais la guerre, encore la guerre, rien que la guerre.

— Mais pourquoi est-ce que le Président Poincaré...

Mestal interrompit Bubu : Raymond ! Raymond ! Pourquoi Raymond avait-il écrit la lettre ?

— Il faut le connaître, c'est un malin qui cherche toujours à se couvrir. Si les choses tournaient mal tout à coup, il sortirait sa lettre ; rien n'est de ma faute, j'avais prévu, j'avais mis en garde.

Avant de boire du champagne, le capitaine demanda un verre d'eau pour avaler dix gouttes d'un médicament au gaïacol qu'il prenait préventivement contre la grippe espagnole.

— Moi, dit Mestal, je me badigeonne la gorge avant de me coucher avec de l'huile goménolée. Ça protège les amygdales.

Il conseilla au comte d'en faire autant. Après le déjeuner, il renvoya le chauffeur, qui avait pris son repas dans une petite salle où l'on servait des vins blancs au zinc. Il voulait rentrer avec son cher Bubu.

— J'ai une surprise pour toi.

On les arrêta à l'octroi de la Porte de Vincennes pour jauger le réservoir d'essence.

— Il faudra faire sauter ça après la guerre, dit Mestal.

— Bientôt, à votre avis ?

— Ça n'arrange pas tout le monde, dit Mestal. Les usines d'armement vont s'arrêter. Qu'est-ce qu'on fera ? Loucheur[1] est très préoccupé par la suite des événements. Les femmes qui travaillent trouvent cela très bien, elles font ce qu'elles veulent, et les cocus vont rentrer.

Les cocus ! Les poilus. Les fantabosses. Les sac-au-dos. Les pousse-cailloux. Les pisse-debout. Mestal devenait plus rouge, il avait sérieusement levé le coude pendant le déjeuner. Quel autre plaisir dans la vie compte davantage ? L'amour ? Plaisanterie. Sur ce point, Mestal et le comte étaient du même avis. Les tramways compliquaient la circulation, par endroits il était impossible de les doubler.

— Où est-ce qu'on va ?

— Prends les Boulevards jusqu'au carrefour Drouot.

Ils s'arrêtèrent rue Pillet-Will où se trouvait le Crédit Colonial. La surprise promise à Bubu :

— Viens voir ton bureau.

Le portier mit la casquette à la main en reconnaissant Mestal.

— M. Héron-Fosse est parti ?

— Samedi, monsieur Mestal.

---

1. Louis Loucheur, ministre des Armements. Son nom reste attaché à la loi Loucheur sur les habitations à bon marché.

— Avec ses cliques et ses claques?

— Il fera prendre le grand tableau de la salle du conseil.

— Très bien.

Le portrait du fondateur de la banque, le grand-père de Héron-Fosse, qui s'appelait Héron tout court.

— Tu sais ce que c'est, Fosse? Le caoutchouc d'Indochine. Héron, le grand-père, était adjudant dans la coloniale. Il a épousé une fille Fosse. On dit qu'il lui avait fait un enfant. Pour réussir, hein? Epouser la fille du patron, ça marche depuis toujours.

La banque n'était pas la plus importante de la rue, loin de là; elle n'avait que trois étages. Le concierge les grimpa quatre à quatre pour ouvrir le bureau, tandis que Mestal et le comte de Kergoust montaient par l'ascenseur, monumental, très bruyant.

— Voilà, mon cher Bubu, tu es chez toi.

Mestal poussait le comte vers un bureau en bois de teck laqué.

— Ça te plaît? C'est chinois.

Mestal s'attendrissait. Il s'attachait à son Bubu comme Pygmalion à sa statue. Avant d'être nommé président-directeur de la banque, le comte devait être coopté par les membres du conseil d'administration.

— Ça sera fait mardi, dit Mestal.

Il poussa une porte pour montrer à Bubu la salle où le conseil siégeait. Tout l'étage était réservé à la direction. Par une fenêtre restée ouverte (pour aérer, dit le concierge) on apercevait la coupole vert-de-grisée de l'Opéra.

— Tu es content, Bubu?

— Je ferai changer le bureau, dit le comte. Je veux du moderne.

Et d'ajouter:

— Ça fait vieux, ça, n'est-ce pas, Gustave?

Il appelait Mestal par son prénom pour la première fois. Bien qu'il n'y eût aucun point commun, ni au physique ni au moral, entre Mestal et son père, le comte éprouvait à son égard des sentiments assez proches de ceux qu'il nourrissait pour Gaëtan, le sixième comte de Kergoust. Beaucoup d'affection, de la crainte, de la méfiance, un certain mépris qui, pour son père, lui était venu assez tard, de l'admiration, moins d'envie, et par-dessus tout cela la certitude que Mestal, comme son père, ne le prenait pas au sérieux. Aux yeux de son père, il était un petit crétin. Pour Mestal? Mestal l'aimait mieux que son père. Le prestige de

124

la naissance jouait pour lui. Protecteur d'un comte. Même si le comte n'était pas un aigle... Bubu pigeait assez bien tout cela, globalement, sans démonter les rouages ; et il en profitait. Il avait conscience non de ce que d'autres appelaient des insuffisances mais d'ignorances parfois embarrassantes, ce qui ne l'empêchait pas d'avoir confiance en lui, avec de la modestie plutôt feinte. Que dirait mon père s'il me voyait ? En principe, son père le suivait du haut du ciel mais... Le comte préférait l'oublier. Au ciel ? En enfer ? S'il se retrouvait en sa présence il aurait des questions à lui poser, sur Adélaïde, et sur sa mère, la pauvre Gladys qu'il commençait à plaindre. Si son père avait été abattu par Louis Girard... La version officielle du meurtre était inacceptable. Mais pourquoi la contester ?

Gladys serait fière de moi. Quand il était petit, il appelait sa mère par son prénom. Il ne connaissait pas de plus grand bonheur que de se glisser dans sa salle de bain pendant l'heure qu'elle passait à sa toilette. Il avait récupéré ses brosses et ses limes, le miroir ovale grossissant dans lequel elle se regardait quand elle épilait ses sourcils. Il avait tout emporté à Paris et, chaque matin, en s'examinant dans la glace ovale, il la retrouvait, mais sans lui parler. Il n'arrivait pas à lui pardonner, même si elle avait retrouvé place dans son cœur depuis qu'elle avait déposé le collier de Pascaline à la Barclay's Bank. Après la guerre, on le récupérerait ; maintenant, c'était trop risqué. Il n'avait jamais reproché à Gladys sa liaison avec Maveri, qu'il appelait oncle Johnny, et qu'il adorait. Il apportait des cadeaux fabuleux. Un chemin de fer avec une vraie chaudière à vapeur, de la vraie vapeur, de la vraie fumée. Mavéri était de la famille. Indien ? Pas un caqueux en tout cas. Bubu était encore petit, c'était difficile à comprendre ; quand il comprit, oncle Johnny, depuis longtemps, était reparti pour l'Inde, à Calcutta. Bubu ne s'étonnait pas que son frère Honorin ait des cheveux et des yeux très noirs, la peau mate. Il jalousait Honorin, il lui semblait que Gladys le préférait à lui. La jalousie, c'est très vilain, répétait l'abbé qui assumait leur éducation religieuse. Terminé, ça, il n'avait plus de rival *vivant* à craindre. Tout est bien qui finit bien. La mort d'Honorin favorisait le pardon de Gladys. Mais s'il tenait le petit salaud qui avait enlevé Gladys... Le comte ne le nommait jamais, il avait été au collège avec lui, il le ramenait à la Nouvelle Hollande, ils lutinaient les petites du kraal. L'héroïsme d'Honorin, sa fin glorieuse, rejaillissaient sur les Kergoust. Le comte passa le bout de l'index sur le ruban de sa Légion d'honneur. Le septième comte de Kergoust, c'est moi. Faites attention, vous autres !

— Alors, Monsieur le Président, dit Mestal, vous ne regrettez pas d'être venu à Paris ?

— J'ai parfois le mal du pays, avoua le comte, très naturelle-ment.

— C'est loin, c'est loin.

— Ça passe, dit le comte. Je ne voudrais pas y retourner. On va m'envoyer les papiers pour le divorce, Gustave. J'aurai des enfants. J'aurai un fils. Les Kergoust reprendront racine en France, c'est notre pays. Bientôt, il n'y aura plus que des Indiens là-bas.

— Ça pourrait faire d'excellents petits Français, dit Mestal en riant.

— Maurice redeviendra française, Gustave ?

— Certains y pensent, mais, bien entendu, il y aura des choses plus importantes à régler quand la guerre sera gagnée.

— Bientôt ?

— Les Boches sont au bout du rouleau, cette fois. Tout à fait entre nous, hein ? Ils ont fait des ouvertures par la Suède, pour mettre fin aux combats. Bien entendu, on n'en a rien à foutre. Capitulation sans conditions.

— On pendra le Kaiser ?

— Mon vieux Bubu, tu ne peux pas croire que... Pour com-mencer, on foutra les Boches en République. Après, ils nous lais-seront tranquilles pendant quelques années.

— Sûrement, sûrement.

C'était magnifique de connaître un homme comme Mestal qui se trouvait dans le secret des dieux.

V

Le 9 octobre 1918
à l'île Maurice

Le conseil du Fonds se réunissait vers dix heures à la Société Générale de Banque. A l'ordre du jour, l'implantation de la centrale électrique. Sir Duclézio présidait. Ce vieux sacre[1], disait Louis Girard. Quel âge avait-il? Pas loin de quatre-vingts. En jaquette d'alpaga grise, un jabot de dentelles sous un col à manger de la tarte. Il avait baisé la main de la comtesse de Kergoust venue *en femme* pour une fois; tout le monde l'avait remarqué, certains avec agacement. En uniforme, sa présence tranchait moins sur les vestons. Elle portait une robe droite, vert Nil, avec une chaîne dorée en guise de ceinture. Un chapeau de paille blanc, à large bord. Dans le décolleté rectangulaire, un collier de pépites. Pour qui se met-elle en frais? se demandait Oudinot. Chaque fois qu'il se rendait à la Nouvelle Hollande, il tombait sur le petit Chamarel. Non, c'était à l'hôpital qu'il l'avait vu, avec elle, au chevet de Dietr, qui allait être transféré à Calcutta. Et Campbell? Oudinot lui avait vainement parlé de sa lettre. Elle n'entendait pas. Avec Pascaline, les choses s'arrangeaient. La Grande Mahaut allait bientôt la prendre en charge, c'était entendu. Elle ne voyait plus Absalon; on lui avait annoncé qu'il devait partir, appelé par le Bon Dieu, il deviendrait prêtre.

— Chère amie, avait dit Sir Duclézio à la comtesse en l'installant à sa droite, vous êtes un plaisir des yeux.

En bonne logique, il conviendrait (si cela devait se faire!) de construire la centrale près du port puisqu'elle consommerait du charbon importé. D'autres projets avaient été présentés. Romuald Hilaire proposait l'embouchure de la Rivière des Pirates, près de la Savone, la demeure des Goupille que Louis Girard leur avait achetée en même temps que leur fille Clémence. Hilaire espérait épouser Clémence. La vengeance se mange froide. Il observait la comtesse par-dessous ses lunettes.

---

1. Un oiseau de proie.

Elle souriait. Qui pouvait prendre cette proposition au sérieux ? Laurent Poincelet[1] parlait de quelques hectares qui jouxtaient le territoire de la Nouvelle Hollande, au-delà de Baie Bleue, très difficiles d'accès. Pour amener le charbon, il suffirait de draguer le chenal, soutenait-il. Absurde ; de la spéculation pour revaloriser des terres abandonnées, remarqua sèchement Oudinot. Il rappela que l'intérêt général primait les intérêts particuliers. L'électricité à Maurice ! Le progrès, la technique industrielle remportant les vraies victoires sur la misère, sur l'ignorance ; magnifique ! grandiose ! Il échangeait des sourires avec Adélaïde. Le projet de Poincelet abîmerait la vue qu'on avait du pavillon de sa chasse de Bombay. Depuis le début de la guerre, Oudinot n'y avait pour ainsi dire pas remis les pieds. L'Administration considérait les cerfs comme une réserve de viande sur pied. Quand les importations baissaient, on organisait une battue. Un massacre, grondait Oudinot. Mais si l'intérêt général l'exigeait...

La discussion se poursuivait dans un grand désordre. Sir Duclézio se lançait dans des digressions imprévues, contestant une décision du Gouverneur qui permettait à des médecins indiens de pratiquer à Maurice, puis réclamait un réajustement du prix du sucre de seconde catégorie. Il parla de la réouverture qu'il prétendait imminente de la filiale du Crédit Colonial. On n'arrivait pas à le ramener à l'ordre du jour. Vers midi, il mit fin à la séance. Il avait faim. Avant que le conseil ne fût ajourné, Oudinot obtint que la prochaine réunion fût présidée par la comtesse de Kergoust.

— Très bien, très bien, dit Sir Duclézio, en s'emparant de la main de la comtesse.

Une femme pour conduire les débats, du jamais vu. On vota à mains levées. Sir Duclézio leva les deux. L'unanimité était faite. La décision allait être très commentée par les journaux.

— Je ne serai sans doute pas là pour vous admirer dans vos nouvelles fonctions, dit Oudinot à la comtesse en la ramenant à sa voiture. J'ai rendez-vous chez Lesterton. Je pense qu'*ils* veulent m'envoyer à Londres.

Lesterton lui avait demandé, officieusement, au nom du Gouverneur, s'il acceptait de siéger à la section indienne de la Com-

---

1. Un neveu de l'oncle Poincelet, oublié à Maurice, employé de la Société Générale de Banque.

mission qui préparait le traité de paix. Pourquoi moi ? Pourquoi le Gouverneur songe-t-il à un Français pour une mission qui revenait de droit (semblait-il) à un Anglais ?

Depuis le début de la guerre, une fièvre rétrocessionniste agitait les Français de l'île. Française dans sa moelle, Maurice était devenue anglaise pendant les guerres napoléoniennes, une décision imposée par la force que l'alliance franco-anglaise et le sang versé en commun contre les Barbares rendaient de plus en plus insupportable. Les circonstances semblaient favorables à une révision d'un traité inapproprié, monstrueusement caduc. A Paris, des Mauriciens influents multipliaient les interventions auprès du gouvernement de Georges Clemenceau. A Maurice, le consul de France battait le rappel des fidèles en distribuant des médailles de la Reconnaissance française ; sans parler de quelques Légion d'honneur. Deux alliés engagés dans une lutte à mort pouvaient-ils se disputer une petite Alsace-Lorraine dans l'océan Indien ?

Les Anglais lâchaient les rênes. Le Gouverneur[1] avait prononcé son premier discours devant les députés en français, rappelant avec humour que le sang qui coulait dans ses veines était en grande partie français ; ses ancêtres étaient venus de Normandie avec le Conquérant.

— Le plus anglais des Français de Maurice est Henri Oudinot, lui avait dit Lesterton.

Comment l'entendre ? se demandait Oudinot. Quel est l'intérêt des Mauriciens ? Et d'abord, qui sont-ils ? Les Français seulement, descendants des cadets de grande noblesse installés dans l'île par la Compagnie des Indes ? Un sur vingt, un sur cinquante, un sur cent ? Ils avaient les terres et l'argent. Les Anglais, encore moins nombreux, disposaient du pouvoir et de l'appareil judiciaire. Mais les autres, tous les autres ?

Les Chinois se ressemblent tous. On le pense, on le dit, c'est idiot. *Les autres*. Tous différents. Indiens ou Noirs. Comme les Blancs. On n'en trouve pas deux pareils, ils ont tous une âme. Oudinot l'avait découvert et l'admettait grâce à Orak et à Absalon, qu'il *aimait*. L'amour. L'âme. Si ça se touchait ? L'amour donnerait l'âme ?

L'âme, du latin *anima*. Immatérielle de nature, immortelle

---

1. Sir Hesketh Bell, nommé en 1916.

dans sa destinée, Dieu la crée et l'unit au corps, et l'être qui naît de l'union étroite et mystérieuse dè deux substances si diverses s'appelle l'homme [1].

Les Noirs n'ont pas d'âme, soutenait un évêque anglican, membre de la Chambre des lords, quand le Parlement se comptait pour ou contre l'abolition de l'esclavage. *Hier!* Le père d'Oudinot avait participé à ces luttes.

Les Indiens ? Les Chinois ? Ont-ils une âme ? Sont-ils anglais ? Sont-ils français ? Pourquoi pas *mauriciens* ? Après son retour de Cambridge, Oudinot songeait à écrire un livre sur l'île Maurice. *Naissance d'une nation.* Quelle nation ? Il avait accès aux archives de l'Evêché, ce qui lui permettait de reconstituer les premières décennies de l'île, une sorte de province lointaine, féconde, un eldorado qui permettait à des féodaux de s'enrichir en exploitant les esclaves noirs comme leurs ancêtres faisaient travailler les serfs. Est-ce que cela donnait des droits politiques à leurs descendants ?

L'avenir de Maurice ne se trouvait pas dans son passé, Oudinot en était convaincu. La *rétrocession* confirmerait des privilèges abolis. Très français, Oudinot ne l'était pas comme *eux*, les dodos. Il s'habillait anglais, il parlait l'anglais aussi bien que le français, aussi *naturellement*, son accent oxfordien ne faisait sourire personne, au contraire. A Cambridge, on acceptait son physique. Au collège de Port-Louis, ses condisciples (*eux*) le martyrisaient et après des années, au Cercle ou ailleurs, il sentait souvent sur lui la moquerie des imbéciles. Cela le poussait vers les Anglais. L'humour est moins cruel que l'esprit. Et cet esprit-là, Seigneur !

Se désaltérer à deux sources. On peut aimer Swift, Dickens et Charles Morgan autant que Montaigne, Balzac et Paul Bourget. Quelle chance pour Maurice. Il serait plus facile de la préserver avec les Anglais, qui ne se trouvaient pas en position de force. Ils auront toujours besoin des Français, calculait Oudinot.

Les *autres* ? Oudinot ne pouvait imaginer Maurice sous la direction des Indiens, les plus nombreux, de loin, mais dont ne comptait qu'une petite minorité de riches. Encore que... Orak. Le visage d'Orak. L'âme. S'il avait une âme... S'il était beau, beau comme un Blanc est beau... Tellement plus beau que moi... Tout cela agitait Oudinot de plus en plus souvent et, parfois, il avait

---

1. Définition du Bescherelle dont Oudinot possédait l'édition de 1875.

conscience d'évoluer, selon le darwinisme cher à son ami Campbell. Changer et s'adapter pour survivre, *that is the question.*

Oudinot et Lesterton se voyaient rarement et, pourtant, se sentaient proches. Quand il leur arrivait de se rencontrer, ils poursuivaient une conversation. Leur homosexualité accentuait la *complicité* éveillée par le meurtre de Gaëtan de Kergoust. Pour cette affaire (ténébreuse, précisait chaque fois Lesterton, quand il en parlait), ils avaient conscience d'avoir composé avec la vérité dans l'intérêt général ; par *général,* l'un comme l'autre entendaient celui des Blancs, anglais et français. Les autres ? Pour les mêmes raisons (sexuelles), ni l'un ni l'autre ne les oubliaient, mais ils n'entraient pas dans les équations habituelles de leurs réflexions. En parlant d'Oudinot au Gouverneur, Lesterton n'avait pas fait mention de l'*affaire*[1]. Elle n'en pesait pas moins dans ses recommandations. Quand il le fallait, Oudinot savait transiger avec les principes. Lesterton s'avança vers la porte de son bureau pour l'accueillir. Il l'appelait par son prénom, à l'anglaise ; Oudinot lui donnait du colonel.

— Mon cher ami, le Gouverneur, ainsi que je le pensais, estime que vous êtes l'homme dont l'île Maurice a besoin pour faire entendre sa voix, là-bas, chez ces diplomates dont la plupart ignorent notre existence.

— C'est un grand honneur, dit Oudinot.

— Avez-vous pensé à ce que je vous ai dit ?

— Naturellement, colonel, et je n'ai pas dormi.

— Ce qui ne vous change pas tellement de vos habitudes, dit Lesterton en riant.

Après avoir installé Oudinot dans un fauteuil en face de son bureau, il remplit deux verres avec du Fernet-Branca, un apéritif amer, conseillé pour apaiser les maux d'estomac.

— On peut boire ça avant le coucher du soleil, dit-il, en apportant un verre à Oudinot.

— Vous en trouvez encore ?

— N'oubliez pas que j'étais commissaire de police.

Il prit un fauteuil en face d'Oudinot. L'entretien devait rester amical. Son torse impressionnait, une cariatide ; pour supporter quoi ? Après l'affaire, Oudinot l'avait invité chez lui ; il n'avait jamais *rendu.* Peu de gens pouvaient se vanter de connaître sa

---

1. Le Gouverneur l'ignorait, les faits dataient d'avant lui.

maison. Il n'avait pas non plus rapporté (ou renvoyé) le livre de Lord Douglas sur sa liaison avec Oscar Wilde, qu'Oudinot lui avait prêté. Je ne connaissais pas les mœurs de Wilde, osait écrire Douglas. Pourquoi lui ai-je passé ce livre ? se demandait Oudinot. A l'époque, il n'avait pas rencontré Orak. Oh ! il savait. Il commençait à se douter de quelque chose. Lesterton, lui, l'avait *compris* plus tôt, à vingt ans, sans doute au collège, ou à Sandhurst. A Cambridge, un soir en rentrant plus tard que d'habitude, Oudinot avait trouvé son compagnon de chambre en train de... Il faisait chaud, il avait rejeté sa couverture et le drap. Les volets n'étaient pas fermés. La lune éclairait comme en plein jour. Oudinot s'était d'abord porté vers lui, inquiété par ses râles :

— *Will you join ?*

Tu veux ? Comme moi ? Avec moi ? Quoi ? Quoi ? De quoi s'agissait-il ? Ce temps, ces années perdues. Penser que Lesterton s'était *exilé* à Maurice pour vivre librement sa vie (à peu près) alors que lui, Oudinot... Avec mon physique. Parfois, ça l'accablait. Etait-ce tellement important ?

— Puis-je informer le Gouverneur que vous êtes d'accord ? Il faudrait que vous partiez samedi, Henri.

— Dans quatre jours ?

— Vous pourriez attraper *le Mauritania* à Bombay et vous seriez à Southampton le 8 ou le 9 novembre.

Après un court silence, Lesterton ajouta :

— Votre passage est réservé.

— Vous prenez un risque, colonel.

— Calculé.

Lesterton remplit les verres.

— Je voudrais emmener quelqu'un, dit Oudinot.

Lesterton plissa les yeux, pour empêcher Oudinot d'y lire. Il n'oubliait pas qu'Oudinot s'était rendu à Londres avec un jeune Indien qui n'était jamais revenu. Oudinot (semblait-il) l'avait remplacé par un valet noir, plutôt voyant. Pouvait-il songer sérieusement à...

— Je vais avoir un fils, dit Oudinot.

Il savoura la perplexité de Lesterton.

— C'est un garçon de douze ans, de la Nouvelle Hollande. Il a grandi au kraal. Remarquablement intelligent. Il voudrait devenir médecin. J'ai décidé de l'aider. Vous avez dû entendre parler de lui, je suppose ? En principe, son père...

134

— Le comte de Kergoust, oui, naturellement, je suis au courant.

Pouvait-on soupçonner Oudinot de s'intéresser à ce garçon, fils de son ami Bubu, pour des raisons condamnées par la morale des bien-pensants ? Lesterton n'en laissait pas moins percer un certain trouble.

— Est-ce que le comte connaît vos intentions ? C'est votre ami.

— J'en ai parlé à la comtesse, dit Oudinot.

— Pour elle, évidemment... La présence du gamin à la Nouvelle Hollande ne simplifie pas les choses, c'est certain, mais si vous pensez à une adoption... Il porterait votre nom ? Cela mettra éventuellement fin à vos relations amicales avec la comtesse. Vous ne pourrez pas la revoir avec lui. Le comte ne vous pardonnera pas non plus de vous intéresser à ce garçon. Pourquoi celui-là ?

— Son intelligence a frappé le Dr Campbell. Il voudrait devenir médecin, je vous l'ai dit.

— Médecin ?

— Pourquoi pas, colonel ? S'il a ce qu'il faut dans la tête ?

L'adoption (éventuelle) d'Absalon posait des problèmes dont la solution exigerait du temps. Pour l'état civil, il s'appelait Domaine, Napoléon Domaine, né de père inconnu et de Saülette Domaine. La fille de la glorieuse Jézabel.

— Vous savez naturellement que...

Oui, Oudinot n'ignorait pas que Saülette, sous le nom de Paulina, était devenue l'une des pensionnaires vedettes du Petit Trianon. Pour Absalon, elle était morte, Jézabel le répétait : il faut prier pour elle. Il ne posait pas de questions. Savait-il quelque chose ? Son patronyme, Domaine, datait de l'abolition de l'esclavage quand on avait inscrit les Noirs sur les registres des municipalités ; jusque-là, ils figuraient seulement sur les livres des planteurs. Plusieurs familles du kraal s'appelaient Domaine, le nom marquait leur appartenance à l'habitation. Il y avait aussi des Lebleu au kraal, le bleu venait de l' *Alcyon*, le bateau du pirate Kergoust.

— Pour l'adoption, dit Lesterton, il faut le consentement de la mère. Celui de la grand-mère suffit pour un passeport.

Ils sont d'accord pour que je l'emmène, reprit Oudinot. Il se sentait heureux et angoissé, engagé dans une voie qu'il hésitait à prendre malgré tout et dont, soudain, il devenait impossible de se dégager. De son côté, Lesterton était soulagé. Si Oudinot avait demandé à partir avec son valet noir...

— Que pensez-vous de ma décision, colonel ?

Lesterton remplit encore les verres avant de répondre, puis, très doucement, il dit :

— Vous ne serez plus seul, Henri.

— Vous m'approuvez ?

Les deux hommes meublaient les silences avec des pensées qui se rejoignaient. L'homosexualité leur posait les mêmes problèmes.

— Je vous envie, dit Lesterton.

Très amicalement, presque affectueusement, en tout cas sans arrière-pensée, il ajouta :

— Je ne suis pas riche.

En clair : je n'ai pas les moyens de me payer une famille convenable. Oudinot comprit parfaitement ce qu'il voulait dire. Sa fortune *blanchirait* Absalon, les Indiens enrichis ne connaissaient plus de problèmes à Londres. Quelque chose se préparait dans l'île, devenue une sorte de creuset. *A melting pot.* Quel alliage se mettait au point ?

— Vous êtes content de votre marque de Fernet-Branca, colonel ?

La question surprit visiblement le colonel.

— Il n'y a pas de raison que vous en changiez, je suppose, du moins tant que vous trouverez celle-là. Un jour, il y a bien longtemps, j'étais encore à Cambridge, je me suis posé la question : pourquoi les hommes ont-ils changé de Dieu ? J'étais plongé dans la Bible, je passais mon temps avec Moïse. On ne manquait pas de dieux à l'époque.

Oudinot lança un clin d'œil amusé à Lesterton :

— On avait son Fernet-Branca.

— Moïse a eu la révélation du vrai dieu. En doutez-vous ?

— Je ne doute de rien, colonel. La plupart des contemporains de Moïse ne buvaient pas de Fernet-Branca. Ils ne buvaient que de l'eau, en fait. Moïse proposait quelque chose de meilleur, de nouveau, à des gens comme ceux qui grouillent dans les cases, ici. Je vous choque, colonel ? Dieu — je l'ai compris à Cambridge — aide depuis toujours les hommes à survivre. Selon les besoins des collectivités, il prend telle ou telle forme.

136

— La marque change ?

— Exactement. Ici, dans notre petite île, des groupes différents sont rassemblés, avec des dieux différents. Qu'est-ce que cela peut donner ? Je vous ennuie ?

— Pas du tout. Je me demande comment réagirait le révérend Sommerby si, en lui versant un Fernet-Branca...

— Quelque chose me troublait, à Cambridge, dit Oudinot. J'ai compris assez vite que Moïse, élevé à la cour de Pharaon, avait défini son dieu pour une clientèle très particulière, en fait, le premier prolétariat rassemblé par la construction des pyramides, des esclaves, des travailleurs indiens en quelque sorte...

— Dans quel dessein ?

— Pour les entraîner à la conquête du pouvoir, de toute évidence.

— Une révolution ?

— Par Adam, tous les hommes sortent des mains de Dieu. Tous les mêmes, tous égaux, c'est la logique.

— Vraiment ?

— J'avais bien compris ça, à Cambridge. Je l'ai soutenu dans ma thèse et on m'a félicité [1]. Mais les conséquences ? Quand Archimède comprend que la poussée de l'eau sur un corps immergé est égale au volume qu'il déplace, cela donne les bateaux. Moi, je commence seulement à entrevoir quelques suites pratiques pour ce que j'ai *révélé* à de sages universitaires, satisfaits par la forme et par une certaine originalité de ma pensée.

— Vous adoptez le jeune Domaine pour démontrer que vous avez raison, dit Lesterton.

— Pour apporter un commencement de preuve, dit Oudinot. (Il ajouta en riant :) Avant de vous parler, je n'en savais rien.

La conversation redevint moins éthérée quand Lesterton confirma la nomination imminente du comte de Kergoust à la direction du Crédit Colonial.

— Nos amis du Deuxième Bureau ont découvert ses dons financiers, dit Lesterton en souriant.

Ce fut la seule allusion au rétrocessionnisme. Lesterton emmena Oudinot chez le Gouverneur, avec lequel Oudinot par-

---

1. Dans sa thèse, Oudinot rapprochait la Genèse, le premier livre de la Bible, de l'Hymne au dieu Aton attribué à Akhenaton.

tagea un lunch spartiate qui lui convenait. Il repartit en serrant dans sa poche l'insigne très convoité de courrier spécial de Sa Majesté, avec un lévrier et la devise royale : Honni soit qui mal y pense. Oudinot la prenait à son compte, pour justifier la mission dont il venait d'être investi. Il avait fort bien compris que son rôle serait des plus limités. A Londres, les gens du Colonial Office le prendraient en charge. En le désignant, on rassurait les Français de Maurice. Le rétrocessionnisme ! Rendre quoi, et à qui ? Oudinot ruminait les conseils de Lesterton pour l'adoption d'Absalon : ne brusquez rien, attendez : dans un an, dans deux ans il sera plus facile de s'entendre avec la mère.

— Il va de soi que vous pourrez compter sur moi, avait dit Lesterton.

Ce torse-cariatide supportait beaucoup de choses. La vie de Lesterton avait un sens. La mienne ? se demandait Oudinot. Elle changera. Absalon sera mon fils. Avant de se rendre à la Nouvelle Hollande pour annoncer qu'il partait dans quelques jours et pour obtenir l'agrément de Jézabel (dont il ne doutait pas) pour emmener Absalon, Oudinot repassa chez lui. Une odeur de cigare. Joséphin avait encore puisé dans sa réserve. Et touché au cognac ! Il somnolait dans un grand fauteuil de cuir, couvert de cendres, le mégot mâchouillé du cigare dans un cendrier de cristal, à ses pieds. Un si beau visage. Il ronflotait. Vingt ans. Il en avait à peine seize quand Oudinot l'avait découvert sur le tilbury vers lequel Hector, son vieux domestique, le dirigeait alors qu'il revenait de Londres ; on était à la veille de la guerre, pas déclarée, mais inévitable. Le Kaiser s'apprêtait à envahir la Belgique. Pendant l'absence d'Oudinot, Hector avait perdu sa femme, Hermione. Avait-elle consolé le père d'Oudinot après son veuvage ? Elle était née dans la demeure, le couple faisait partie de la famille. Pendant que Monsieur Henri terminait ses études à Cambridge, Hector et Hermione géraient la maison. Leur maison, quasiment. Hector avait été épouvanté par l'apparition d'Orak. Oh ! il redoutait quelque chose. Monsieur Henri ne s'intéressait pas du tout aux femmes. S'il était *comme ça*, il fallait bien s'attendre à ce qu'un jour... Mais un Indien ! Un Indien qui pourrait devenir le maître du maître ! Monsieur Henri l'avait emmené à Londres et il n'était pas revenu. Pour le remplacer (éventuellement), Hector avait déniché Joséphin. Un neveu ? Il l'affirmait. Très plaisant, *joli*, rond, gai, déluré, il comprenait ce qu'on attendait de lui. Trop bien ! Il n'avait pas tardé à tirer parti de la situation, encore qu'au début Monsieur Henri semblait ne pas le voir. Pauvre Monsieur Henri, obsédé par son Indien, il rôdait près du port quand un bateau s'amarrait, il dormait au Cercle, il ne rentrait plus pour manger ; parfois il ramenait un adolescent affamé qui ressemblait vaguement à l'Indien. En le suivant, Hector l'avait vu entrer à Mariamen, le temple boudhiste, pour s'agenouiller devant un joueur de flûte, un portrait de l'*autre*. Lorsque, enfin, il *découvrit* Joséphin, le pauvre Hector ne s'en félicita pas longtemps. Il se trouva rapidement relégué dans la mansarde au-dessus des écuries vides depuis que les chevaux avaient été réquisitionnés. Il s'occupait du jardin. Joséphin faisait les achats, avec des grattes sur tout. Il n'aurait pas pris une roupie sur la table de chevet, mais il estimait avoir droit à un petit *chouia* sur tout ce qu'il rapportait du marché ou d'ailleurs, sur l'essence notamment, difficile à trouver. Il répara la moto que le Dr Campbell avait laissée à Monsieur Henri, et il l'utilisait, devenant une sorte de dieu sur roues. Il mettait, pour sortir, des gilets brodés de Monsieur Henri. Hector se postait sur le passage de son maître comme le fantôme de Banquo devant Macbeth. Oudinot ne le voyait plus. Sa disgrâce fut achevée quand Joséphin réussit à faire embaucher une jolie créole pour la cuisine, Carmen-Lily, plantureuse, avec des yeux étirés de Chinoise. Une *cousine*. Une nuit, parce que Joséphin tardait à répondre à son coup de sonnette, Oudinot avait grimpé l'escalier jusqu'à sa mansarde. Il gigotait sur Carmen-Lily. L'horreur. Ce garçon si mince, si élégant, englué dans cette masse... (En réalité, Carmen-Lily, du même âge que Joséphin, avait simplement ce qu'il fallait...) Oudinot n'avait pas pu les chasser. Elle était enceinte et, d'une certaine façon, cela valait mieux. Ils allaient se marier. Qu'est-ce que je ferais d'eux ? Pendant son absence, Oudinot comptait louer sa maison. Les amateurs ne manquaient pas.

Le retour imprévu de son maître ne troublait pas Joséphin :

— Tu as encore fumé un de mes cigares, voleur !

— Madame la comtesse a téléphoné, dit-il.

— Madame de Kergoust ?

— Elle vous attend, monsieur Henri. Mademoiselle Pascaline s'est sauvée.

— Qu'est-ce que tu racontes ?

Oudinot n'oubliait pas les menaces de la petite fille ; si on la séparait d'Absalon, elle partirait dans la montagne avec lui, il lui construirait une cabane et si on venait les chercher (les prendre, disait-elle avec un hoquet), elle se jetterait du haut du Saut de la Biche.

— Pascaline s'est sauvée ? Quand ?

— Cette nuit, Monsieur Henri. Elle n'est pas seule.

Partie avec Absalon ! Adélaïde l'ignorait ? Elle avait sans doute quitté la Nouvelle Hollande très tôt, sans prendre le temps d'embrasser sa fille. L'amour maternel ne l'étouffait pas. Elle ne s'affolait jamais quand Pascaline avait un peu de fièvre. Pendant sa rougeole, comme elle ne se souvenait plus si elle l'avait eue, elle n'allait pas la voir dans son lit. Pour les adultes c'est une maladie dangereuse !

En route pour la Nouvelle Hollande, Oudinot s'inquiétait davantage pour Absalon que pour Pascaline. Adélaïde lui imputerait la responsabilité de la fugue. Ne valait-il pas mieux qu'il soit avec elle ? Il la ramènerait saine et sauve. Oudinot voyait les deux enfants dans le jardin de Shiva, nus, si beaux, si chastes. Mais... Ce grand garçon avec cette petite fille blonde et lui... Noir ! Un Noir ! Tout ce qui pouvait être imaginé, tout ce qui, immédiatement, venait à l'esprit des gens. Pervers. Mauvais. Le Mal au Paradis terrestre. Le Serpent. Les serpents. *Quels sont ces serpents qui sifflent sur nos têtes.* Pas de serpents à l'île Maurice. Rien, rien, et pourtant ça sifflait, ça sifflait !

Oudinot roulait vite, *plein full*. Il faisait très chaud, le milieu de l'après-midi. La comtesse de Kergoust avait envoyé tout son monde dans les bois en promettant 100 roupies à qui ramènerait Pascaline.

— Qu'est-ce que nous allons devenir, Henri ?

On avait quelques renseignements. Pascaline était partie sitôt la nuit tombée, après avoir fait semblant de dormir. On n'avait pas accroché les contrevents, elle s'était sauvée par la fenêtre pour se faufiler jusqu'au kraal. Absalon était couché, il lisait le catéchisme du Père Laval, affirmait Jézabel qui, elle, se trouvait dans son premier sommeil ; et par surcroît elle avait mis trois gouttes de sirop de pavot dans sa tisane. Elle savait que les enfants avaient disparu lorsque la comtesse était partie en voiture pour assister à la réunion du Fonds ; elle n'avait rien dit, en espérant qu'on les aurait retrouvés pour le déjeuner.

140

— Quand Mademoiselle Pascaline aura faim, Absalon la ramènera.

Hélas ! Oudinot trouvait la comtesse plus énervée qu'angoissée. Personne ne la connaissait aussi bien que lui, mais que savait-il d'elle finalement ?

La Grande Mahaut revenait de la chambre de Pascaline en soupirant :

— Elle a emporté son pot.

Elle prit Oudinot à témoin :

— Vous voyez cette petite fille sur son pot avec l'autre à côté d'elle ?

L'autre. Le sale petit nègre. C'est votre petit-fils, ma Mère, songea Oudinot ; il corrigea : votre petit-neveu. Non, non, Absalon n'aurait plus affaire à ces gens-là, parmi lesquels, ma foi tant pis, la chère Adélaïde. Elle ne vous recevra pas avec lui, prévoyait Lesterton. Et après ? Oudinot se rapprocha de Jézabel pour la réconforter.

— Vous savez bien, dit-il plutôt sèchement à la comtesse, qui a entraîné qui.

— Il pouvait refuser. S'il arrive quelque chose à Pascaline !

La comtesse défiait Oudinot : votre Absalon. Elle ne prononçait pas le nom d'Absalon à haute voix, elle l'étouffait, mais on ne s'y trompait pas. Pourquoi Oudinot s'intéressait-il tellement à Absalon ? Elle le détestait soudain, elle regrettait qu'il fût là, tout était de sa faute, elle s'en voulait de l'avoir appelé à son secours. S'il désirait vraiment s'occuper d'Absalon, pourquoi ne l'avoir pas pris en charge plus tôt ? Pourquoi ne pas l'avoir débarrassée de lui depuis longtemps ? Elle n'ignorait pas qu'Absalon était l'enfant de Bubu mais refusait de l'admettre.

Elle avait appris la vérité par hasard en surprenant une conversation entre deux femmes de chambre ; c'était même ce qui l'avait incitée à consulter un gynécologue à Londres. Si Bubu était capable de faire un fils, quelque chose *clochait* peut-être chez elle ? Pas question d'emmener Bubu à Londres, elle ne le supportait plus. Quand il se glissait dans le lit conjugal, elle pensait à la négresse. On verrait bien, au retour, si... Elle avait fait chambre à part en revenant de sa cure à Spa, n'admettant le pauvre Bubu que pour ce qu'il appelait tristement des saillies conjugales, et, sitôt enceinte, elle avait bouclé sa porte. Tout cela se retrouvait dans l'aversion qu'Absalon lui inspirait. Oudinot l'avait compris. Elle lui confiait plus d'elle-même qu'à Bubu, leur amitié, depuis le départ, avait des teintes conjugales. En lui imputant la responsabilité de la fugue de Pascaline, par Absalon interposé, la comtesse le traitait en mari. Pourquoi dramatiser les choses ?

— Ma fille, dit la Grande Mahaut, vous avez toujours le clou ?

Un clou du cercueil du Père Laval que la religieuse avait dérobé lors de l'exhumation des cendres du saint des Noirs et qu'elle avait accroché au cou de la comtesse le jour du *miracle*. La comtesse le conservait dans un écrin. Elle le suspendit au crucifix au-dessus du divan sur lequel elle dormait. La Mère marmotta des *Ave Maria* ; tout le monde, Oudinot aussi, joignait les mains.

Oudinot remarqua avec agacement que la comtesse se précipita au-devant du petit Chamarel quand elle le vit descendre d'une bicyclette de femme près du perron.

— Qu'est-ce qu'il vient faire ici ?

— Je l'ai appelé, dit la comtesse.

Chamarel expliquait qu'il avait emprunté le vélo d'une jeune fille, Idelette d'Arenges.

— Une cousine, bredouilla-t-il en rougissant.

Dans les montées, il descendait de la selle, voilà pourquoi il avait mis plus de temps que prévu, expliqua-t-il. Pourquoi Adélaïde a-t-elle alerté ce gamin ? Oudinot se demandait si elle lui en voulait de partir pour Londres. Elle n'avait pas réagi très gentiment en apprenant que le Gouverneur songeait à l'envoyer à Londres, confidence faite sous le sceau du secret.

— Quelle chance de sortir de la ratière ! avait-elle dit.

La ratière ? Elle se sentait piégée ? Que peut faire un rat pris dans la ratière ? Manger le lard pour se consoler. Adélaïde songerait à croquer le lardon ? Le petit Chamarel tournait autour d'elle en frétillant comme un petit chien. Complètement fou d'elle. Et elle ! Contente, pour ne pas dire heureuse, elle ne l'envoyait pas promener, elle attachait de l'importance à ce qu'il disait, elle répondait à ses questions. Qu'attendait-elle de ce gamin ? Et Campbell ? La lettre de Campbell ? Une déception ? Oublié, Campbell ?

Jézabel s'approcha d'Oudinot pour lui annoncer que son garde-chasse de Bombay le demandait sur le perron. Alors que la comtesse voulait expédier Chamarel au Saut de la Biche, Oudinot put lui annoncer que les deux enfants étaient retrouvés et

142

qu'ils étaient en sécurité chez lui, dans son pavillon de chasse qu'on appelait Bombay.

Pour se rendre à Bombay, le plus sage était de repasser par Port-Louis afin de suivre la côte jusqu'à la Pointe-aux-Pirates et de remonter ensuite la voix royale aménagée par Louis Girard pour desservir les milliers d'hectares de canne de la Grande Plaine. Pour ce trajet, il fallait compter plus d'une heure, sinon une heure et demie. On gagnait la moitié de ce temps en coupant à travers la forêt par le chemin qui reliait Belle-Vue à la Mare-aux-Songes. Par temps sec, une automobile aussi robuste que la de Dion pouvait s'y risquer. Les averses récentes l'avaient-elles rendu impraticable ? Tant pis, la comtesse n'hésita pas. Elle prit le volant en faisant signe à Chamarel de s'installer à côté d'elle. Oudinot restait en disgrâce. La comtesse était visiblement agacée par la satisfaction qu'il affichait depuis l'arrivée du garde-chasse, Oji.

— Je vous avais bien dit, Adélaïde, qu'Absalon ramènerait Pascaline.

Elle réagissait par des haussements d'épaules. Installé à l'arrière avec Oji, Oudinot ne se souvenait pas sans embarras que le garde lui avait *procuré* Orak et négocié avec la famille un juste dédommagement quand Oudinot l'avait emmené à Londres. Je l'ai acheté ; cela restait. A quoi pensait Oji ? Impossible de lire sur son visage. C'était un Malabar (indien musulman) d'une soixantaine d'années qui, là-haut, à Bombay, vivait avec ses chiens et un singe (ou une guenon ?) dans une cahute derrière le pavillon de chasse.

On étouffait dans la forêt sous une végétation imperméable qui absorbait les ronronnements du moteur, sauf lorsque la comtesse l'emballait pour sortir d'un bourbier. La voiture s'enlisa plusieurs fois, les roues patinaient dans l'eau qui stagnait par endroits dans les ornières d'où s'envolaient des nuées de moustiques. La comtesse ralentit en arrivant à la Cascade des Singes.

— Je n'en peux plus.

Des gouttes de sueur perlaient sur les ailes de son nez. Elle pria Chamarel de tremper son mouchoir de dentelles dans l'eau de la cascade ; elle se tamponna le front et les tempes.

— Voulez-vous que je prenne le volant ? proposa Oudinot.

Adélaïde revivait sa première rencontre avec Gaëtan. Il l'avait reçue dans ses bras. Les deux chevaux attachés à l'arbre à pain.

Là ! Ensuite Gaëtan l'avait déshabillée, dans l'eau. Elle se souvenait (croyait se souvenir) d'une guenon qui regardait. Une voyeuse, avec un petit bouclé autour de son ventre gonflé ; elle *attendait* de nouveau. L'œil jaune et vert, tout rond de cette guenon. La bouche de Gaëtan sur sa poitrine ; ses mains, là, là... Ensuite sa bouche, et puis lui, lui, si doux, chaud, dans sa main, il la guidait, il gémissait pour avoir sa bouche à elle... Elle fermait les yeux, elle respirait par saccades.

— Vous ne voulez vraiment pas, Adélaïde, que...

Elle engagea la première vitesse, la de Dion repartit, dans une secousse. Que se passe-t-il ? A quoi pense-t-elle ? se demandait Oudinot. A qui ? Pour le dernier rendez-vous, qui allait lui être fatal, Gaëtan avait demandé à Oudinot de lui prêter le pavillon. Oji préparait le thé et des écrevisses merveilleuses — il en avait toujours, ça pullulait dans les ruisselets autour de la Mare-aux-Songes. Oudinot qui n'avait jamais faim se régalait avec les écrevisses d'Oji. Qu'avait vu Oji, cette nuit-là, quand Gaëtan de Kergoust avait été abattu ? Elle y pense aussi, forcément, se disait Oudinot en tentant de déchiffrer le visage durci d'Adélaïde. Vieilli ? En serrant les mâchoires, elle favorisait l'esquisse d'un second menton. Voyait-elle le chemin ? Ses yeux paraissaient presque clos.

— Il vaut mieux s'arrêter là, dit Oudinot, quand on aperçut la digue du dernier plan d'eau de la Mare-aux-Songes.

Plusieurs piliers, couverts de mousse, auraient dû être changés depuis la guerre.

— Nous passerons la digue à pied, Adélaïde, c'est plus prudent. Nous sommes à quinze minutes du pavillon.

Le soleil n'était plus assez haut pour éclairer directement la Mare-aux-Songes ; quelques rayons allumaient encore les ajoncs et les genêts de l'autre côté de la digue. On entendait des battements d'ailes. Une poule d'eau. La digue traversée, près d'un *multipliant* centenaire, la comtesse décida qu'elle n'irait pas plus loin. Elle ne pouvait pas savoir qu'on avait retrouvé le corps de Gaëtan sous le multipliant, exactement à l'endroit où elle s'arrêtait. A six pas, celui du braconnier indien, tombé à la renverse, la tête dans l'eau.

— Je suis épuisée, je vous attendrai ici, Henri. Vous voulez bien chercher Pascaline ?

Elle retenait Chamarel.

— Vous n'avez pas besoin d'Eric?

— Je dirai à Oji de vous apporter du thé, dit Oudinot.

Plutôt perplexe, Oudinot s'engagea dans le raidillon qui menait au pavillon de chasse. On s'accrochait à un gros fil de laiton comme à une rampe. Que peut faire un rat pris dans la ratière? A mi-chemin, Oudinot s'arrêta et, après une courte hésitation, revint sur ses pas.

Adélaïde toujours assise dans l'herbe, le dos contre le tronc du multipliant. Oudinot avait fait installer une plate-forme dans les branches basses. Combien de fois avait-il pris l'affût sur cette *chute*? Après son retour de Cambridge, avant de se lier avec Adélaïde, il se sentait seul, souvent misérable. Il se réfugiait à Bombay, au pavillon, où il passait des nuits blanches, à boire, à lire, à déclamer des poèmes, parfois les siens. Par grande lune on découvrait la côte ouest du Point de Mire jusqu'à Mahébourg. Des biches s'approchaient du pavillon pour lécher la rosée sur les panneaux de verre. Il descendait jusqu'à la Mare-aux-Songes, il se hissait sur la plate-forme du multipliant. Un cerf venait boire, entouré de favorites énamourées. Des ruts. Oudinot regardait, regardait. Il attendait. Quoi? Il ne savait pas encore, c'était avant Orak.

Adélaïde *savait*. Elle avait demandé à Chamarel de tremper encore son mouchoir dans l'eau. Il le rapportait. Il se penchait sur elle. Elle tirait sur le mouchoir pour l'attirer vers elle. Il avait les joues gonflées. La bouche remplie d'eau. Elle voulait boire. Boire à sa bouche. Elle n'en pouvait plus tout à coup d'attendre, d'attendre. Elle attirait Chamarel, à genoux devant elle, elle l'embrassait, l'embrassait à pleine bouche, en même temps, ouvrait son pantalon. La braguette. Elle s'emparait de lui, complètement folle, extasiée. Un homme!

Oudinot tremblait. Le rut. La biche. Le cerf. Adélaïde avait retiré de la lingerie de dessous sa robe, celle qu'elle portait à la banque, ce matin-là, vert nil. Elle aidait Chamarel à baisser son pantalon. Elle gémissait, les yeux clos: viens! viens! Il gigotait sur elle, comme Joséphin sur Carmen-Lily. Oudinot, effaré, surexcité, porta une main sur son sexe. Des larmes. Pourquoi? Il ne pleurait jamais. Devant la tombe de son père, il restait *sec*. Pourquoi ce désespoir? Jamais il n'avait désiré Adélaïde. Il la perdait pour toujours, mais quoi, que lui prenait-il, l'autre? Aurait-il réagi aussi douloureusement s'il l'avait surprise avec Campbell?

Campbell, c'était *normal*, le petit Chamarel c'était, c'était... Oudinot se sentait *cocufié* par un gamin qui jouait à l'homme. Elle ! Elle à la merci de ça ! En même temps il pensait à Orak. La différence d'âge entre Chamarel et Adélaïde était à peu près la même qu'entre Gladys de Kergoust, la mère de Bubu, et le jeune Walter avec qui elle s'était enfuie. Malheureuse Gladys. Elle avait tout perdu. Oudinot l'avait rencontrée en Angleterre, juste avant la guerre. Il ne la reconnaissait pas. Vieillie. Abandonnée. Adélaïde se substituait à Gladys. Le petit Chamarel la dépouillait de son argent, de sa beauté, et la laissait à son désespoir. Je paie cher, avait soufflé Gladys. Adélaïde aussi, un jour... Bientôt... Oudinot le souhaitait. Il la haïssait. Il n'en pouvait plus. Chamarel sur elle, immobile, comme anéanti, vidé. La main d'Adélaïde sur la nuque de Chamarel, caressant la nuque. Que disait-elle ? Il n'avait rien dit à Orak, la première fois, *après*. Jamais il n'avait songé à le remercier. S'il était là, s'il était là... Oudinot reprit le contrôle de sa main égarée. Pas ça, là, à cause d'*eux*, avec *eux*. Renoncement difficile, angoissant. Une impression de vide. Oudinot se demandait s'il parviendrait à se hisser jusqu'au pavillon. Si Oji l'observait ? Il voyait toujours tout, alors qu'on ignorait sa présence. Il savait, lui, ce qui s'était passé cette nuit-là, quand Louis Girard... Louis Girard a-t-il vu ce que je viens de voir ? Ce père de droit divin découvrant ça... Un homme sur sa fille. Un homme qu'il méprisait. Que penserait-il de Chamarel ? Sa fille devenue comme folle. Quelle saleté tout ça. Les mains d'Adélaïde sur la braguette de Chamarel. Jamais Oudinot ne pourrait oublier... Une araignée. Je ne la verrai plus, se promettait Oudinot. Il partait. Quelle chance. On étouffait à Maurice. Un cul-de-sac pour des ratés. Les hommes. Les femmes. Ces femmes qui... Encore ces images d'Adélaïde.

Construit sur de gros blocs de lave noire qui le soulevaient à la hauteur d'un massif de lilas sauvage, le pavillon, de forme octogonale, comptait quatre pans de verre et quatre pans d'acajou. Le père d'Oudinot l'avait fait dessiner par l'architecte américain de la Nouvelle Hollande. Une varangue circulaire permettait d'en faire le tour, avec des vues somptueuses dans toutes les directions. On ne voyait pas les plans d'eau de la Mare-aux-Songes cachés par la forêt. Ils doivent avoir fini, pensait Oudinot. La tête lui tournait encore.

En ouvrant la porte, il découvrit Pascaline sur son pot et Absalon derrière elle, avec un papier à la main, prêt à essuyer son petit derrière comme la femme de chambre. La tête de Mahaut devant ce charmant spectacle ! Et si elle avait vu les deux, là-bas, sous le multipliant... La lingerie d'Adélaïde par-dessus les moulins. Là où Gaëtan, le crâne fracassé... Cela faisait beaucoup d'images bizarres. Pascaline se releva en tendant les bras :

— Parrain !

Absalon remonta sur ses fesses le pantalon noir, en coton, qu'elle portait à la chinoise sous une blouse tunique, plus très blanche. Elle sautilla vers Oudinot à cloche-pied parce qu'elle s'était un peu tordu une cheville en remontant Rivière Bleue, ses chaussures à la main ; il fallait bien empêcher les chiens de retrouver les traces. La fatigue et la souffrance avaient vite réduit la résistance de la fillette ; et la faim bientôt. Le pain emporté avec son pot avait durci. Absalon avait trouvé deux œufs de cane sauvage à gober. Un petit monstre, elle aussi, digne de sa mère, pensait Oudinot. Il la soulevait dans ses bras. Elle l'embrassait :

— Maman est très fâchée ?

— Elle nous attend à la digue.

— Elle ne m'aime plus ?

— Elle est très fatiguée.

— J'ai été méchante, souffla Pascaline. Mais j'irai chez Ma-O-O, je l'ai promis à Ablalon.

Absalon la reprit :

— Absalon.

Il revenait avec le pot vidé et nettoyé, une pièce magnifique en porcelaine bleue des jésuites, vendue autrefois par la Compagnie des Indes.

— J'ai promis à Jésus d'être raisonnable, dit Pascaline. Je l'ai vu, Ablalon me l'a montré.

— Absalon, dit Absalon.

Elle tendait à son parrain une feuille de lilas sauvage dont les nervures figuraient un visage de Christ, très schématiquement. Oudinot ne l'avait jamais remarqué.

— Absalon me l'a montré quand nous avons fait la prière. Dis, parrain...

Elle embrassa longuement Oudinot.

— Tu ne veux pas partir pour toujours avec Absalon ?

Absalon, pris de panique, souffla :

— Pascaline, tu ne devais pas. C'était un secret.

Oudinot s'interrogeait : que lui ai-je dit ? Qu'a-t-il deviné ? Absalon avait peur, comme un Noir. Il ne fallait pas le dire. Se taire. Se cacher. Je le nettoierai de ses peurs, se promettait Oudinot. Il le trouvait superbe, touchant, trop innocent, merveilleusement innocent. Capable de faire un médecin ? On verrait bien. Pas curé, non, on ne ferait pas de lui un curé. L'Eglise n'a pas mis l'esclavage hors la loi. Quand il fut aboli à Maurice, en 1835 seulement, l'Evêché employait encore deux esclaves. Qui, dans le clergé de Maurice, se serait soucié des esclaves émancipés si un prêtre venu de France, le grandiose Père Laval, ne les avait pas pris en charge ? Envers et contre *eux*, les dodos rétrocessionnistes. Le Père Laval avait surgi au bon moment. Le *timing*, magnifique mot anglais, pas facile à traduire, peut-être par le proverbe : tout vient à point pour qui sait attendre ? Dix ans plus tôt, on aurait réexpédié l'agitateur-prêtre Laval vers sa Normandie, à fond de cale, les fers aux pieds. Et Jésus ? S'il s'en était pris aux pharisiens cent ans plus tôt, avant que l'occupation romaine ne limite leurs pouvoirs ? Le *timing*. Oudinot cherchait à se convaincre qu'en adoptant Absalon il prenait une décision exemplaire et capitale au bon moment.

— Tu veux devenir médecin, Absalon ?

— Monsieur Henri, j'ai dit ça...

— Je t'aiderai. Je vais partir dans quelques jours. Si tu veux venir avec moi...

En parlant, Oudinot détachait la montre enfouie dans un gousset de son gilet brodé, un gros oignon en or, attaché à une lourde chaîne en or, qu'il tenait de son père.

—Tu iras à l'école en France, ce sera plus facile, tu ne sais pas l'anglais. Tu travailleras beaucoup.

Absalon demeurait bouche bée.

— Regarde.

Oudinot montrait à Absalon un louis d'or double, de vingt livres, attaché à la chaîne de montre, et qui portait la date de 1715.

— C'est en 1715 qu'un Français, Guillaume d'Arcel, commandant d'une frégate qui s'appelait *Le Succès*, a jeté l'ancre là-bas, dans la baie, au large de Port-Louis. Il n'y avait rien. L'île était déserte. Un second bateau suivait *Le Succès*; il s'appelait *Le Chasseur*. Les deux bâtiments se sont couverts de flammes, ils ont hissé leur étendard brodé de fleurs de lys. Les équipages étaient rassemblés sur le pont. Ils ont crié : Vive le roi !

— Vive le roi ! cria Pascaline.

— C'était quel roi ?

— Louis XIV, dit Absalon.

— Le voilà, c'est son profil sur le louis d'or.

— C'était un bon roi, n'est-ce pas, monsieur Henri ?

Bubu l'a-t-il jamais regardé d'assez près pour remarquer la petite tache noire qu'il a, comme lui, dans le blanc de l'œil gauche ? se demandait Oudinot. Il se souvenait d'un début de poème que le double louis lui avait inspiré quand il l'avait découvert chez un antiquaire :

Un louis d'or voulait régner
Un homme en or qui s'appelait Louis.

Un homme en or qui s'appelait Louis, ou Henri ? Il s'attendrissait. Aurait-il parlé à Absalon s'il n'avait pas vu Adélaïde avec Chamarel ? Si vous adoptez le fils de son mari, la comtesse de Kergoust ne voudra plus vous voir, avait remarqué Lesterton. Tant mieux. Tant pis. La France de Louis XIV était devenue la France de la Liberté et de l'Emancipation. Le regard extraordinaire d'Absalon, plein d'espérance. Très ému, Oudinot donna la montre de son père à Absalon, avec la chaîne et avec le double louis. Il fallait qu'il fasse un geste, c'était un peu comme s'il l'armait chevalier, après une nuit de veille sous les étoiles.

— Pour moi ? Je ne peux pas, monsieur Henri, je ne dois pas, monsieur Henri.

— Tu veux bien venir avec moi ?

Incapable de répondre, Absalon opinait.

— Tu travailleras pour devenir médecin ?

— Il travaillera, dit Pascaline.

— Je t'appellerai Anselme, désormais, c'est le nom de mon père. Tu veux ?

Absalon tomba à genoux pour baiser la main d'Oudinot. Il bégayait, oui, oui, oui, monsieur Henri.

— Tu ne partiras pas pour toujours avec Absalon, parrain ?

Pascaline se fit porter par son parrain dans le raidillon. Dès

149

qu'elle aperçut sa mère, elle exigea d'être mise au sol pour courir vers elle ; oubliée la foulure qui la faisait boiter.

— Maman ! Maman ! Je vous promets que je ne le ferai plus. Je veux devenir une personne, comme vous. Parrain a donné sa montre à Ablalon. Il l'appelle maintenant Anselme. C'est le nom de son papa.

Oudinot appréhendait la reprise de contact ; à tort. Parfaitement ajustée et maîtresse d'elle-même, Adélaïde souriait, très mondaine, une tasse de thé à la main, qu'elle déposa sur le plateau présenté par Oji avant d'embrasser sa fille.

— Du calme, Pascaline, tu nous a causé bien du tracas.

— Je ne recommencerai pas, maman. Ablalon ne voulait pas.

— Nous en parlerons à la maison.

La comtesse donna la main à sa fille pour ramener tout le monde vers la voiture. Elle ignorait Chamarel, auquel Pascaline jeta un regard soupçonneux qui signifiait : qu'est-ce qu'il fait là, celui-là ?

— Vous voulez bien prendre le volant, Henri ?

Adélaïde s'installa à l'avant, Pascaline entre elle et Oudinot, serrée contre sa mère en fait, comme si elle cherchait à rentrer en elle. Cette gamine *refusée*, se disait Oudinot, qui veut absolument s'imposer à sa mère.

— Parrain va emmener Ablalon, pour le mettre dans une école.

— Tais-toi, Pascaline. Tu parles quand on te demande quelque chose.

— Ils partiront samedi.

— Vraiment ?

Adélaïde semblait stupéfaite, comme si l'imminence du départ donnait une réalité à des projets fumeux.

— Vous ne m'avez rien dit, Henri.

— J'ai essayé, Adélaïde. Je ne le sais que depuis ce matin.

Tout ce qui pouvait arriver dans une journée. Dans la forêt, il faisait presque nuit. Oudinot faillit écraser un singe, ce qui eût été de mauvais augure. Il vit avec soulagement le soleil flamboyer au bout de la dernière ligne droite. Il entrait dans la mer alors que la voiture sortait de la forêt. Quelle beauté ! La mer, comme un miroir ensanglanté, les cocotiers de la Pointe-aux-Piments se découpant sur le ciel rouge. Sublime. Oudinot engrangeait des images qui, il le savait, lui manqueraient bientôt. C'était beau,

Londres. C'était beau, l'Angleterre. Mais... Il savourait les parfums chauds du crépuscule, les fleurs fanées des bougainvillées, les fleurs blanches des frangipaniers. Comme Bubu avait du palais, il avait, lui, du nez. Une odeur inhabituelle s'évaporait du cou d'Adélaïde. De ses bras ?

— Maman, je vous aime, je vous aime.

Pascaline se serrait contre sa mère. Ses cheveux blonds sentaient l'innocence ; ceux d'Adélaïde, l'hypocrisie. Oudinot en arrivait à se demander s'il avait vu ce qu'il avait vu.

— Vous ne partez pas, Henri ? Pas tout de suite. Vous dînez avec moi ? Nous avons tellement à nous dire, n'est-ce pas ?

Adélaïde plaça sa main sur celle d'Oudinot, au volant alors qu'il arrêtait la voiture. Les domestiques étaient là, tous ceux qui, partis à la recherche de Pascaline, voulaient s'assurer qu'elle était retrouvée, saine et sauve. La Grande Mahaut s'empara d'elle et la tira vers la chambre de la comtesse, devant le crucifix, auquel la comtesse avait suspendu le clou du cercueil du Père Laval. Tout le monde suivait.

— Notre Père qui êtes aux cieux...

La mule a reculé, pensait Oudinot. En récitant le Notre-Père, il observait la Mère Supérieure ; elle priait, les mains jointes sur la tête de Pascaline. Quel visage ! Les yeux clos, un masque de gisant, taillé dans une pierre bistre, ravinée par des éternités de pluies. Epouse de Jésus-Christ. Cela venait à l'esprit d'Oudinot alors qu'après un regard vers Adélaïde il la revoyait avec Chamarel. La comtesse ne priait pas à voix haute, elle remuait les lèvres, on l'entendait respirer, une respiration comme raccourcie. Jamais la religieuse ne connaîtrait ça. Dans sa cellule, au couvent, se demandait Oudinot, quand elle avait vingt ans, comme moi, à Cambridge... Comment dormait-elle ? Lui arrivait-il de chercher à savoir ce qui la réveillait ? Attendait-elle, comme moi... Mais quoi ? Elle allait mourir, intacte. Pure ? Qu'est-ce que cela voulait dire ? Lors du baptême de Pascaline, quand Oudinot et la Grande Mahaut étaient devenus amis (et alliés), il avait été surpris par la déférence presque craintive, en tout cas excessive, qu'elle témoignait au petit abbé de Courtrai. Elle faisait trembler tout le monde et, devant un prêtre joufflu comme un bébé, et très innocent...

La prière dite, la Grande Mahaut emmena Pascaline dans sa

chambre. Elle boirait un bol de lait en mangeant des tartines, et au lit. Pour le reste...

— On verra demain.

La Grande Mahaut demandait qu'on la ramène au couvent au plus vite. Il n'était pas loin de huit heures. Elle se levait à quatre heures pour la première messe.

— Poon va vous reconduire, ma Mère, dit la comtesse. On attachera la bicyclette d'Eric sur le coffre, Poon le déposera à l'hôpital.

Elle ne voulait pas entendre la protestation étouffée de Chamarel.

— Votre mère vous attend, n'est-ce pas, Eric ?

— Je peux tout de même boire quelque chose, Adélaïde.

— Si vous voulez monter à pied à Belle-Vue en poussant votre bicyclette... Profitez donc de la voiture.

— Je vous verrai demain, Adélaïde ?

— Ce ne sera pas facile.

Oudinot ne pouvait s'empêcher d'admirer son amie, et de plaindre Chamarel, le gamin. Il se souvenait encore de Gladys de Kergoust, détruite par son jouvenceau. Adélaïde ne risquait rien de tel, elle s'était laissée aller un instant, mais c'était fini. Vraiment ? Elle donna sa main à baiser à Chamarel, qui la retenait.

— Merci d'être venu, Eric, dit-elle.

Elle arracha la main, presque brutalement. Parce que c'était difficile, pensa Oudinot. Moins forte qu'on ne pouvait le croire ? Elle tendit son front à la Grande Mahaut avant de se réfugier chez elle, pour se changer.

Les bergers qui élevèrent Œdipe éprouvaient pour lui les mêmes sentiments que Jézabel pour Absalon : elle l'adorait mais elle savait qu'elle le perdrait ; elle le souhaitait, puisqu'il était roi. Depuis la mort de son compagnon, le pauvre Jéroboam, piétiné par un cerf, un trente-six pouces, le plus beau que le comte de Kergoust eût tiré, Jézabel attendait de le rejoindre.

— Le Seigneur peut me rappeler quand il le voudra, je suis prête, monsieur Henri.

Le paradis des Noirs est-il le même que celui des Blancs ? Si, en même temps que son Jéroboam, elle retrouvait le comte Gaëtan ? Ou le comte Mortimer auquel sa mère plaisait beaucoup ? Au paradis, elle se reposerait. Le Seigneur arrangerait tout. Le céleste et le terrestre étaient cloisonnés dans son esprit ; pour tout ce qui touchait les réalités quotidiennes, Jézabel ne laissait rien dans le vague, mais pour ce qui relevait du Seigneur... Que Sa Volonté soit faite, amen.

Oudinot pénétrait pour la première fois dans une case du kraal, la plus grande, construite avec des rondins de teck et d'acajou pour le chef des Hollandais dont le corsaire Kergoust avait épousé la fille Saskia. La dynastie était partie de là. Qu'est-ce qui avait changé depuis plus de deux siècles ? Jézabel avait un évier avec une pompe pour l'eau. Les meubles provenaient du château, laissés pour compte, mis au rebut. Une broderie colorée et naïve fixée à un mur représentait Jésus avec un agneau dans les bras : le Seigneur est mon berger. Un paravent cachait un peu le lit de Jézabel, recouvert d'un grand châle indien, très beau. Un autre châle sur la table, qui boitait. Une fenêtre. Garnie de vitres depuis quand ? Pendant des années, les premiers colons masquèrent les ouvertures des habitations avec des tiges de bambou.

Si on lui avait demandé quels étaient ses sentiments pour Jézabel, Oudinot aurait répondu qu'il l'aimait bien, une négresse remarquable, nettement au-dessus des autres Noirs. L'idée ne lui serait pas venue de l'aligner, pour des comparaisons, sur quelques femmes qu'il connaissait; des vraies, des blanches. Dans sa case, en buvant avec elle, il découvrait qu'elle *vivait*, qu'elle menait une existence pareille à la sienne (du moins pour bien des choses), elle espérait, elle s'inquiétait, elle se sentait responsable, elle se dévouait, elle *voyait*, elle observait, elle jugeait peut-être? Que pensait-elle de lui? Du bien, forcément, puisqu'il était *bon* pour elle et pour Absalon. En lui enlevant Absalon, il en prenait conscience, il casserait tout, pour elle. Cette révélation, encore floue, donnait de l'importance au décor qu'il n'aurait pas regardé avant. Il lui arrivait d'entrer dans des cases d'Indiens où le père, la mère et dix ou douze enfants dormaient la nuit sur quelques mètres carrés. Il l'enregistrait comme il aurait retenu l'arrangement du nid d'une cigogne, ou du gîte d'un lièvre, curieux, intéressant, en se demandant comment dix ou douze personnes arrivaient à dormir ensemble en disposant de si peu de place. Si j'étais né ici, comme Absalon? Hypothèse non retenue, pas longtemps en tout cas, pas approfondie. De la même façon fugitive, quand elle imaginait le paradis, Jézabel mettait ensemble les Blancs et les Noirs, tout le monde avec Dieu, mais sans précisions.

Dans ses rapports avec Absalon, Oudinot s'en rendait compte malgré lui, il restait un roi qui anoblit un inférieur méritant, lequel lui devait tout. Que suis-je de plus qu'*eux*? Il ne s'interrogeait pas aussi clairement, une graine était déposée en lui, tombée, c'était une chance, sur une terre généreuse; elle germerait, elle donnerait un épi, qui rendrait cent, et plus. Même s'il ne devait s'en rendre compte que bien des années plus tard, il n'était plus le même en sortant de la case de Jézabel.

— C'est mon petit garçon, monsieur Henri, je ne le verrai plus. Mais, si je le gardais, ce serait du despotisme.

Elle le *donnait* à Oudinot, qui en avait le cœur serré. Elle avait une ribambelle d'autres petits-enfants, elle les aimait bien quand elle les embrassait, surtout tout petits. Absalon, c'était différent, elle changeait presque d'essence par lui, elle devenait (un peu) blanche, elle se rapprochait du comte Hubert, elle partageait quelque chose avec lui, oh! il ne lui devait rien, n'empêche qu'il existait un lien entre eux. Il s'était faufilé au kraal lorsque Saülette avait accouché quelques mois après son mariage. Il s'était penché sur le berceau de son fils, une grosse boîte de carton remplie de coussins, il avait regardé ses pieds, la plante, très claire. Absalon avait la peau plus sombre en naissant, le dessous des pieds paraissait blanc. *Missiémaquis*, au kraal on appelait ainsi le comte Hubert. Lorsque le corsaire Kergoust, tout juste anobli, avait soulevé dans ses bras le premier héritier, Wilfred, il avait prophétisé :

— Tu seras marquis, toi.

Cela avait donné le surnom *missiémaquis*. Jézabel signa d'une croix la lettre préparée par Oudinot pour la demande de passeport d'Absalon, et qu'il avait lue lentement.

— Je m'appelle Domaine, moi ?

— Joséphine Domaine, c'est votre nom à l'état civil.

Pour Absalon, Oudinot avait fait précéder le prénom Napoléon par celui de son propre père, qui serait transcrit sur le passeport.

Fallait-il parler de l'adoption éventuelle ? Pour Jézabel, Oudinot le comprenait, il restait un protecteur, une sorte de Bon Dieu blanc qui assurerait à son petit-fils un sort digne de lui. S'il avait parlé de devenir le père d'Absalon, elle n'aurait pas trouvé ça naturel. Pourquoi compliquer les choses ? On verrait par la suite. Lesterton avait raison, il valait mieux laisser filer deux ou trois années. Si je mourais ? Oudinot prendrait des dispositions adéquates. Il comptait placer Absalon dans un internat dont un officier de marine français lui avait parlé, l'Institution Perdrot, à Nice, fondée par un ancien jésuite pour accueillir des *sangs mêlés*, surtout des enfants faits par des Français à des Indochinoises ; quelques Africains aussi, avait dit l'officier. Il avait confié deux fils au jésuite, beaucoup plus intelligents, affirmait-il, qu'un autre garçon qu'il avait de son mariage, à Toulon, avec une aristocrate.

— Pour les chiens, c'est connu et admis, les corniauds prennent l'intelligence des deux côtés. La plupart des chiens de race sont idiots.

Institution Perdrot, à Nice, Oudinot l'avait retenue. Pourquoi ? Cela datait de son voyage d'avant-guerre, à Londres. Campbell lui avait parlé d'Absalon. Curieux. Comment ces choses se goupillent-elles ? Le temps de la maturation. C'est mystérieux, pensait Oudinot. Mystère accentué par l'éclairage de la case, assuré par une lampe à pétrole posée sur la table, qui réchauffait les rouges et les jaunes du châle. Jézabel avait débouché une bouteille de quinquina ; elle le préparait elle-même, pour elle-même,

— Mon pauvre Job'am aimait bien ça.

Au château, Oudinot ne l'avait jamais vue boire, ou manger. Elle servait. Elle devenait autre chose chez elle, elle savourait, et quand elle était jeune... Oudinot ne put s'empêcher de repenser à Adélaïde devant Chamarel. Le pantalon ouvert. Oudinot imaginait de plus en plus de choses, des frissons, il ajoutait des vertiges, des souvenirs, l'initiation par Orak, la main d'Orak sur lui, et bientôt sa bouche. Tout cela entrait dans ce moment de folie d'Adélaïde dont il avait été témoin et prenait tant d'importance, qu'après avoir effleuré du regard le lit de Jézabel il la voyait, comme Adélaïde, affolée, pâmée par... Le sexe d'un Noir ! Les temps d'Oudinot se creusaient, c'était presque douloureux, il n'osait plus regarder Absalon. Adélaïde parlait avec dégoût des petites négresses de Bubu. Il sent la négresse. Quelle différence ? Si ça comptait autant pour Jézabel dans sa jeunesse que pour Adélaïde ? A l'âge d'Adélaïde, si Jézabel s'était trouvée devant le petit Chamarel ? Tout cela remué très vite, comme les dés colorés d'un kaléidoscope.

Il ne fut pas question de Saülette, la mère d'Absalon. Bien entendu, Jézabel pensait à elle, et Oudinot craignait qu'elle n'en parle quand, lorsqu'il se leva pour repartir, elle l'accompagna sur la varangue. Elle voulait lui montrer ses cabinets, dont elle était fière, la preuve de sa supériorité sociale sur les autres habitants du kraal qui faisaient leurs besoins dans la nature. Absalon les utilisait, il avait sa clé. En le précisant, elle voulait rassurer Oudinot, lui faire comprendre que le garçon auquel il s'intéressait si généreusement n'était pas un *sauvage* et qu'il avait reçu une bonne éducation.

— Il vous fera honneur, Monsieur Henri.

Elle pleurait :

— C'est un malheur de laisser le petit partir, Monsieur Henri, vous le comprenez, mais ça me rend si heureuse.

Elle serrait Absalon contre elle. Il fallait lui acheter des vêtements.

— Est-ce qu'il pourra venir demain chez moi ?

Elle voulait d'abord l'emmener sur la tombe de son grand-père.

— Le pauvre Jéroboam sera content aussi, là-haut.

Fini pour Absalon les temps margauses, les temps amers.

L'adjectif, margause, reliait Jézabel à l'esclavage. Dans un souffle, elle dit à Absalon :

— Tu seras comme ton père.

Il *savait* donc. Oudinot était ému. Il comprenait que, pour devenir le père d'Absalon, il lui faudrait changer de cœur. En même temps, en effleurant d'un regard l'épaule nue du garçon, il se souvenait d'une confession de Gide, en voyage de noces en Italie. En se penchant à la fenêtre du compartiment qu'il occupait avec sa jeune femme dans un train (en Sicile ?) il avait été bouleversé, comme *piégé* par l'épaule et par le bras d'un adolescent du compartiment voisin. Jamais ! Jamais ! Jamais !

— Il faudra que le petit aille dire au revoir à Monsieur le curé, dit Jézabel.

L'abbé Leguern, de Port-Breton, qui lui avait appris un peu de latin et, surtout, l'orthographe. Il voulait faire de lui un prêtre, ce qui eût comblé Jézabel, mais si Monsieur Henri... Il était si riche, Monsieur Henri. Elle essuya ses larmes pour sourire. Après le départ d'Absalon, pourquoi continuerait-elle à vivre ? Plus personne n'aurait besoin d'elle. Le Seigneur la rappellerait.

Miroir, miroir... La comtesse sortait du bain avec des frissons. Qu'ai-je fait ? J'étais folle. Elle avait retenu Oudinot à dîner pour ne pas rester seule. Elle voulait aussi se rendre compte s'il avait *deviné.* Ce petit imbécile de Chamarel, les airs qu'il prenait. Non, non, il n'affichait rien. Elle se souriait dans la glace en passant de la crème sur son visage tandis que Sansonnette brossait ses cheveux. Encore enceinte. Qu'est-ce qu'elles ont, ces négresses ?

Pourquoi avoir renvoyé Chamarel ? Ne se trahissait-elle pas en le houspillant ? Le pauvre n'y comprenait rien. Elle riait devant le miroir. Sansonnette aussi. Idiote, idiote.

— Tu me tires les cheveux, fais attention.

Elle prit la brosse, la passa sur une mèche qui tombait aux épaules. Elle se coiffait à la George Sand depuis quelque temps, une raie au milieu, deux coquilles sur les oreilles.

— Sors ma robe blanche.

Qu'est-ce que j'ai ? Elle avait peur. De quoi ? Du bonheur ? D'avoir été heureuse comme jamais ? Cette explosion, cet anéantissement. Elle cherchait à se souvenir et, en même temps, elle craignait de s'en souvenir. Gaëtan la rendait folle. Avec Bubu, au début... Maladroit, rempli de bonne volonté, avec des inquiétudes charmantes, gentil, gentil, mais ça passait si vite et il restait à souffler, avant de s'endormir la tête sur elle. Lourd. Lourdaud. Ronfleur. Hagard, quand elle le réveillait en le repoussant. Qu'il dorme avec elle ou pas... Quand elle quittait Gaëtan, elle rêvait d'une nuit avec lui, dans un lit. Quelque chose se produirait, quand elle serait vraiment à lui. Ce qu'elle attendait de Campbell. Pauvre folle, pauvre folle, moi, si grosse, déformée. Et c'était arrivé, la foudre, avec ce gamin, charmant, ô très charmant mais tout de même... Pourquoi l'avait-elle pris à côté d'elle, dans la voiture ? Très frais, des fossettes touchantes, il était *joli*, et attendrissant, des yeux de mendiant, encore qu'exigeants. Faites-moi la charité d'un regard, Madame ! Donnez-moi un sourire ! En pesant sur les pédales, elle avait fait remonter sa robe au-dessus du genou. Pourquoi n'avait-elle pas changé de robe ? Elle plaisait au petit Chamarel. Elle l'avait remarqué. Elle l'avait lu dans ses yeux innocents. Madame, vous êtes trop belle pour vous inquiéter de quoi que ce soit, je vais m'occuper de tout. Le bréchet en avant comme un coq de combat, houspillant tout le monde, à commencer par Oudinot qui cherchait à la calmer. Il n'arrivera rien de grave, il ne peut rien arriver. Si, disait le petit coq, tout peut arriver. Il était drôle. Et son regard quand elle avait tiré la robe sur le genou découvert. S'il vous plaît ! La charité ! J'ai des droits sur vous ! Je suis un mendiant ! Vous devez avoir pitié de moi. Montrer le genou. Tout montrer.

Elle s'était rendu compte qu'il la désirait. Bien entendu, dès leur première rencontre elle avait mesuré l'impression qu'elle produisait sur lui. Ebloui ! Adélaïde, nous sommes cousins. Ce petit cabot qui gambadait à côté de l'ambulance : maîtresse, ne pars pas sans moi, ne m'oublie pas ! De toute évidence, elle l'avait *maillé*, mais quelle importance ? C'était amusant. Je peux encore plaire ! Comme si elle ne le savait pas. N'empêche qu'il avait réveillé quelque chose. En plus, la lettre de Campbell. Alors qu'elle voulait cacher son genou, il avait rapproché le sien. A ce moment-là, elle avait *vu*... son désir d'homme, dans son pantalon. En même temps, de la main elle avait effleuré son moignon et... Un court-circuit. Un (mauvais) contact, et l'accumulateur se vide de sa force, en un instant. Exactement ce qui s'était passé. Elle avait dû arrêter la voiture. Comme par hasard devant la Cascade des Singes.

— Je n'en peux plus.

La chaleur, avait dit Oudinot en proposant de prendre le volant. Pourquoi l'avait-elle emmené ? Pourquoi ne disparaissait-il pas ? Sur la digue de la Mare-aux-Songes, elle l'aurait poussé dans l'eau. Elle avait pris le bras de Chamarel pour traverser la digue, elle s'appuyait sur lui, son corps, elle gardait les paupières presque closes pour ne pas regarder là, là... Le désir.

Elle avait réussi à se débarrasser d'Oudinot, mais il ne tarderait pas à revenir. Pourquoi Chamarel ne la renversait-il pas sous le multipliant ? Qu'est-ce qu'il attendait ? Madame, faites-moi l'aumône d'un sourire, je suis heureux, comblé, quand je respire à côté de vous. Pauvre gamin, tu ne comprends donc rien ? Elle avait demandé à boire. Pas comme ça, pas dans *tes* mains. Elle le tutoyait ? Elle ne savait plus. Je veux boire de *ta* bouche. Ça, oui, elle s'en souvenait, elle l'avait dit. Folle, folle, complètement folle. Elle regardait ses mains qui tremblaient devant le miroir, autant que lorsqu'elle déboutonnait la braguette de Chamarel, si impatiente, elle n'arrivait pas à sortir le premier bouton de la boutonnière, et déjà, de toute l'âme de son corps réveillé, exigeant, elle lui appartenait.

Boire de ta bouche. Elle s'était souvenue d'un conte de Maupassant que Gaëtan lui avait prêté. Une jeune mariée que sa nuit de noces a laissée indifférente part en promenade avec son époux. Il fait chaud. Ils ont soif. Une source. Il s'allonge pour boire, pour *laper*; elle n'y arrive pas. Il lui donne de l'eau, de sa bouche dans la sienne. Il a envie d'elle, et stupeur, éblouissement, elle découvre le plaisir. Pour Adélaïde, plus que le plaisir qu'elle connaissait (croyait connaître), cette révélation prodigieuse, elle la devait au gamin.

Pour mettre fin au tremblement de ses mains, elle les massait avec la crème. L'imagination. Le sexe dont les mains s'étaient emparées. La douceur. La force. Elle n'en pouvait plus. Si Chamarel entrait dans sa chambre... Jamais plus. Même si elle ne faisait aucun rapprochement entre son coup de folie et la scandaleuse conduite de Gladys, partie avec un garçon de l'âge de son fils, les condamnations maintes fois répétées qu'elle portait sur la mère de Bubu lui dictaient la conduite à tenir. Elle ne reverrait pas Chamarel. Elle avait succombé pendant un moment de faiblesse. A oublier. D'ailleurs, elle le lui avait fait comprendre. Un sourire dans la glace : le pauvret. Une angoisse en même temps, confuse : si c'était elle qu'il fallait plaindre ? Elle bouscula Sansonnette, elle n'apportait pas la robe qu'elle désirait mettre. N'était-elle pas trop habillée, celle-là ? Elle remit un fourreau rouge orangé dont Oudinot lui avait fait compliment, c'était rare, il ne remarquait rien. Il se chargeait d'Absalon. Bon débarras, du moins pour l'immédiat. Avec des arrière-pensées ? Parfois Oudinot lui faisait pitié. Quelle existence. Un homme qui ne sera jamais un homme. Après avoir essayé un collier d'anneaux d'or, un peu lourd, elle opta pour un collier de grosses turquoises. Son rouge tenait mal.

— Il paraît que vous aimez les écrevisses, dit Adélaïde, en s'installant avec Oudinot à la petite table dressée dans sa chambre. Votre garde en a apportées.

Oji en avait confié un seau à Absalon, dont Adélaïde évitait de prononcer le nom. Elle s'y résigna pour évoquer les projets de son ami.

— Vous croyez vraiment qu'il peut faire des études ?

Elle sait qu'il est le fils de Bubu, pensait Oudinot. Et le ton pour dire ça : vous croyez que... *Il*. C'était qui pour elle, Absalon ? C'était quoi ? La conversation avec Jézabel, en le fortifiant dans ses résolutions, éloignait Oudinot de son amie. Son amie ! L'était-elle encore ? Cette femelle ! Par moments, quand il revoyait Chamarel sur Adélaïde, comme Joséphin sur Carmen-Lily, à gigoter, à souffler, à geindre... Il ajoutait des grincements de dents. L'atroce bestialité de tout cela. Il se souvenait d'un grand cerf presque blanc sur une biche qui ployait sous sa force et qui, après, naïvement reconnaissante, s'était retournée pour toucher du museau le mufle du cerf. Et moi ? Avec Joséphin, quelle honte. Il entendait Carmen-Lily respirer dans l'escalier.

— Vous voulez que je l'appelle, Monsieur Henri ?

Joséphin ne l'avait pas demandé deux fois. Quelle humiliation, cet amour-là. Avec Orak... Orak le rendait heureux comme il aurait servi une messe ou, plus sûrement, un culte bouddhique. Un rituel, une religion, rien de sale, le sexe respecté, pas *exploité.* La voracité d'Adélaïde quand elle...

Elle le félicitait :

— C'est magnifique, Henri, cette mission que le Gouverneur vous confie.

— Je vais me mettre tout le monde à dos, on m'accusera encore de trahir. Vous êtes du côté des rétrocessionnistes, vous, Adélaïde ?

Est-ce qu'elle l'entendait ?

— De toute façon, je ne pourrai pas faire grand-chose. On me désigne pour calmer les excités, pour démontrer qu'avec les Anglais tout le monde peut s'exprimer et se faire entendre.

Oudinot s'interrompit :

— Qui sont les Mauriciens, Adélaïde ? Vous savez combien sont les Indiens aujourd'hui ?

Le chiffre étonna la comtesse.

— Tant que cela ?

— Dans vingt ans il y en aura un million.

— Mais les Français ont fait Maurice, Henri !

— Comme les rois ont fait la France, Adélaïde. Ils ne règnent plus. De toute façon, aujourd'hui nous avons de nouveaux problèmes. Les hommes deviennent plus importants que les nations.

Bien que très attentive, Adélaïde ne suivait plus Oudinot ; elle revenait à cette révélation qui l'avait foudroyée, pour la nier, pour la refuser, mais c'était impossible, l'éblouissement restait qu'elle tentait de prolonger en retenant Chamarel contre elle, que ça ne finisse jamais ! Chamarel qui n'était rien pour elle et qui pendant ces instants devenait tout. Lui ? Seulement lui ? Un autre aurait pu ? N'importe qui ? C'était ce qui la troublait le plus. Elle aurait pu connaître ça depuis longtemps avec... Avec qui ? Avec Campbell sûrement, puisqu'elle l'aimait, elle s'en persuadait. Elle n'aimait pas le petit Chamarel, elle serait ridicule et odieuse comme Gladys si elle éprouvait quelque chose pour lui.

— Vous songez vraiment à adopter Absalon, Henri ?

Il se demandait comment elle réagirait si un jour il poussait Absalon vers elle : voici mon fils, Adélaïde, mon fils Anselme. En lui donnant le prénom de son père, il fortifiait des espérances puériles, l'île Maurice devenant une sorte de nouvel Israël avec un message pour le monde : voyez ce qu'il se passe chez nous, les Blancs, les Noirs, les Créoles, les Jaunes, les Cuivrés, tous des *prochains.*

— Il faut oublier le passé, Adélaïde, parce qu'on ne peut pas le partager. En revanche, on peut partager l'avenir avec tout le monde, n'est-ce pas ?

Absalon non seulement émancipé, mais riche. Depuis le début de la guerre, le portefeuille d'Oudinot avait plus que doublé de valeur. Les actions de Suez notamment. Il en possédait un gros paquet. La banque rapportait des bénéfices somptueux. Elle comptait parmi ses clients la plupart de ces Messieurs de la Place d'Armes, qui se régalaient avec des exportations de sucre.

— Votre fortune, Henri ? Vous la laisseriez à Absalon ?

— Pourquoi pas ?

Elle oubliait Chamarel, elle oubliait la folie de l'après-midi, ce miraculeux moment de volupté. Pour elle il allait presque de soi qu'Oudinot, sans famille, sans parents, sans femme, sans enfant, léguerait ses biens à Pascaline. Il était son parrain. Elle l'aimait comme un père. En dépit de son physique. Adélaïde aussi oubliait son physique ; en tout cas, elle avait surmonté ses hésitations initiales, pour ne pas parler de répulsion. Est-ce que ça ne comptait pas ? Elle avait du mal à sourire.

— Vous êtes l'homme le plus généreux qui se trouve sur terre, c'est absolument certain, Henri. Mais sur quelle planète vivez-vous ?

— Vous pensez que je ne dois pas...

— Je crois que vous ne pouvez pas, Henri.

— Qu'est-ce qui m'en empêcherait, s'il vous plaît ?

Il pensait : toi, ma garce, qu'est-ce qui t'a retenue quand tu t'es trouvée seule avec ton gamin ? Quel rapport ? Il s'énervait.

— Je n'en suis pas à l'adoption, dit-il, pas encore.

Son ton traduisait de l'agacement.

— Etes-vous sûr, Henri, qu'il pourra suivre des études difficiles ?

— On verra bien. Il part avec beaucoup de retard et personne ne devrait s'en féliciter.

Prends ça comme tu voudras, ma belle, pensait Oudinot. L'argent ! L'argent ! L'argent ! Rien d'autre ne comptait pour Adélaïde. Mais les devoirs de l'argent ? L'argent n'est pas maudit. L'argent n'est pas Mammon, c'est un dieu bienfaisant, qui prête ses forces aux actions les plus nobles. On l'a dévoyé. Il confère aux riches les responsabilités de Dieu.

— Vous lui donnerez vraiment le prénom de votre père ?

Il devinait ce qu'elle pensait : que dirait votre père s'il apprenait que...

— Ecoutez, Adélaïde...

Peu avant qu'il cesse de plaider parce que la justice se rendait en anglais, Me Anselme Oudinot avait été commis d'office à la défense d'un jeune Indien accusé de meurtre. Celui-ci se disait innocent. Naturellement, naturellement... L'affaire avait été rapidement instruite et jugée, le jeune Indien condamné à mort.

— Durant la nuit qui précéda son exécution, le Père Laval l'avait converti, dit Oudinot. Avant lui, aucun prêtre ne visitait les prisons. Mon père a fait sa connaissance lors de la pendaison, à laquelle il assistait par devoir professionnel. L'Indien a mis lui-même la corde autour de son cou. Il priait avec le Père Laval qui a dit à mon père : « Si cet enfant n'entre pas dans le Royaume, personne n'y mettra jamais les pieds. »

Un Indien (ou un Noir) au paradis ?

— Vous y pensez parfois, Adélaïde ? Je suppose que ça n'était

163

jamais venu à l'esprit de mon père. Il pratiquait comme tout le monde. On lui a donné l'absolution. Quand il m'a parlé de cette affaire il n'était plus avocat depuis plusieurs années. Elle le troublait toujours. Commis d'office, il n'avait pas dû aller très au fond des choses. On lui demandait d'être présent pour que les formes soient respectées, pour le fond, n'est-ce pas... Un Indien... Et voici ce prêtre qui dépose une graine dans l'esprit de mon père. Une graine de doute. Qui sera arrosée par un remords. Ai-je fait ce que j'aurais dû faire ? D'une certaine façon, le Père Laval est Dieu, en tout cas il est son représentant. C'est difficile à oublier. La graine germe. Elle donne quoi ? Une petite pousse de rien du tout, dont mon père ne peut rien faire, c'est trop tôt. Et que se passe-t-il ? Il repique cette pousse-là...

— Vous pensez vraiment, Henri, que votre père, par ce jardinage...

— Vous ne m'avez pas compris, dit Oudinot. Mon père ne voulait rien pour moi, c'est à moi de vouloir, pour lui, même s'il n'avait pas encore conscience de ce qu'il me transmettait.

Adélaïde se leva.

— Tout cela est un peu compliqué pour moi, Henri. Si vous partez samedi, nous n'aurons plus guère d'occasions de nous voir ?

— Je vous téléphonerai demain.

Ils s'attardèrent sur le perron. La lune éclairait la Nouvelle Hollande comme en plein jour.

— J'aime beaucoup votre robe, Adélaïde.

— Je l'ai mise pour vous.

— Nous ne pourrions pas nous fâcher, n'est-ce pas ?

— Pourquoi nous fâcher ?

— Je suis souvent insupportable, dit Oudinot.

Après une hésitation :

— Chamarel est un charmant garçon.

— Oui, si jeune, n'est-ce pas ?

Elle paraissait si détachée.

— Campbell vous a donné son adresse ?

— L'hôpital de Salonique, ça suffit. Il compte regagner Londres.

— Vous lui avez répondu ?

— Naturellement. Il sera toujours le bienvenu ici. Vous m'avez dit qu'il écrivait une thèse sur la mémoire.

164

— Le rôle de la mémoire dans l'Evolution. L'Evolution, c'est son dada, Darwin.

— L'homme descend du singe, dit Adélaïde en riant.

— C'est plus compliqué mais... Ma chère Adélaïde, la graine déposée dans l'esprit de mon père...

— ... et repiquée dans votre jardin mental...

— Exactement. Je reste fils de mon père, je reste presque mon père, et pourtant j'ai changé, je suis différent, il le faut. Ah ! si je pouvais faire comprendre ça !

— Vous m'écrirez, Henri ?

— Naturellement, je vous accablerai de lettres interminables.

— Vous rentrerez quand ?

— Je me demande si je reviendrai, Adélaïde. Moi aussi... (Il hésitait :) Moi aussi je voudrais sortir de la ratière.

Oudinot embrassa la comtesse.

— Si nous ne devions pas avoir le temps de nous revoir...,

Elle le retenait :

— Vous irez à Paris ? Vous verrez votre ami Bubu ?

— Je lui ai télégraphié, je vous l'ai dit, on lui fait parvenir tous les papiers pour votre divorce, mais je crains qu'à Paris on le renvoie ici, pour une procédure. A moins que les circonstances particulières... La guerre...

— Elle va se terminer ?

— Incessamment. Vous partirez ?

— Tout de suite, dit Adélaïde.

Elle aurait pris le bateau à la minute pour ne plus revoir Chamarel. Seule, dans sa chambre, elle le voulait, elle l'exigeait, que fait-il ? Où est-il ? Elle songeait à faire sortir la voiture pour le retrouver. Dans la bibliothèque constituée par l'Américaine (la grand-mère de Bubu, l'épouse du comte Mortimer), elle avait découvert une charmante collection de livres illustrés sur l'Amour, sur l'Amitié, sur la Jalousie, sur l'Hypocrisie, etc., douze volumes de petit format, luxueusement reliés. Elle reprit celui qui était consacré à l'Amour avec de nombreuses reproductions en couleurs, dont certaines très osées, des mosaïques d'une *maison*, comment dit-on, un *bordel* ? de Pompéi. Des faunes avec des sexes pointus comme ceux des chiens. Les textes en revanche n'avaient rien de particulièrement audacieux. Elle les connaissait presque par cœur :

— L'amour est la plus grande chose qui ait un nom dans la

langue humaine et la plus sainte, et la plus intelligible en son mystère infini. C'est lui qui, embrassant l'univers d'une éternelle étreinte...

Hélas! pas du tout éternelle.

— Toute beauté vient de lui.

Miroir, miroir... La comtesse se trouvait affreuse. Vraiment? Non, pas vraiment.

— C'est l'amour qui donne aux saules, aux jeunes filles et aux comètes leur longue chevelure traînante.

Absurde, absurde, idiot, tout était idiot, inutile.

— L'amour est parfois confondu avec la galanterie, mais la galanterie exclut la passion de l'âme. La galanterie est le premier abus de l'amour. Elle touche de près le libertinage, et le libertinage, c'est l'absence complète d'amour. Pris dans ce sens, l'amour finit par devenir quelque chose de suspect dont on n'ose plus prononcer le nom, une atteinte à la pudeur. Faire l'amour. Il fait l'amour à toutes les femmes.

Une femme? Une femme pourrait-elle faire l'amour à tous les hommes? Pas tous, non, mais n'importe lesquels, au hasard de la fortune? Elle avait fait ça, elle avait fait l'amour comme eux. Et c'était merveilleux. L'éblouissement. La fin de tout. Le commencement de tout, effrayant, magnifique. Est-ce *vrai*, est-ce que ça peut revenir? Je suis seule, seule, toujours seule, jusqu'à la fin de ma vie. Je me dessécherai. *Et nous, m'amour, allons nous mettre au lit.* Molière. Personne dans mon lit. Qu'est-ce que je vais devenir? Une pensée de Ninon de Lenclos dans le livre ouvert : *Il faut moins d'esprit pour conduire des armées que pour faire l'amour.* Elle, Ninon? Jusqu'à quel âge? Elle avait cinquante ans. Ou soixante? Ou plus? Et Voltaire adolescent à ses pieds. Une façon de parler, à ses pieds. J'ai quarante ans, moi, et j'ai perdu tellement de temps déjà, une éternité.

Miroir, miroir. Un cheveu blanc. *Les cheveux blancs et les lunettes sont des remèdes à l'amour.* Dans le livre. Absurde. Qu'est-ce qui m'a *livrée* à Chamarel, qui n'était rien, absolument rien pour moi? Résultat : ce déchaînement dont elle gardait une honte et une envie également brûlantes. Plus jamais? Que pense Eric de moi? Je ne le verrai plus. Demain, demain il faut que je le voie. Non, non. Je partirai. Dès que la guerre sera finie. Dès qu'on pourra voyager. Les plantations? Prem s'en occupera; c'était l'intendant formé par Dietr von Buckowitz, un Indien

166

marié avec une Suissesse. Plus tout à fait indien. Elle retrouverait Campbell. Avec lui, le bonheur, ce bonheur-là, serait normal, pas du tout scandaleux. Ils se marieraient. Elle restait morale, pas pour tout, pas à chaque instant, mais le fond demeurait solide. Elle n'avait défié son père qu'à vingt-sept ans. Jusque-là, son père était Dieu. La folie avec Chamarel aussi était exceptionnelle. Ça ne comptait plus. Elle se jetterait aux pieds de Campbell : pardonnez-moi, Oliver. Vous pardonner quoi ? Le libertinage, c'est l'absence complète de l'amour. Elle voulait le bonheur qu'elle venait de découvrir, mais convenablement. Faire l'amour avec n'importe quelle femme. Peut-être était-ce possible pour un homme. Pas pour une femme, pas moi, et pourtant Eric... Il lui avait révélé ça ! Le libertinage fait de l'amour quelque chose de suspect. Des chienneries, grommelait Louis Girard. Il trompait sa fille bien-aimée avec l'Anglaise, l'abominable Miss. Que ressentait-elle, celle-là ? L'amour sans amour. Deux corps, deux désirs et cela suffirait ? Un inconnu, un passant pourrait donner, et redonner ce qu'elle attendait de Campbell ? Arrête-toi, passant, entre dans ma demeure. Un vers de qui ?

L'amour. Elle rouvrait le livre :

— L'amour s'emploie particulièrement et absolument pour exprimer la passion d'un sexe pour l'autre. Amour naissant. Amour pur, délicat, fidèle, constant, vif, ardent, incurable, éternel, passager, volage, infidèle, parjure, déréglé, coupable, criminel, adultère, incestueux.

Chaque adjectif animait des images, le dernier, incestueux, apportait celle de Louis Girard dans la baignoire, recroquevillé en bouddha devant sa petite fille. Il l'avait maudite quand elle lui avait annoncé qu'elle rejoignait Gaëtan. Je l'ai tué. Elle l'avait dit à Oudinot, quand il l'avait retrouvée auprès de son père mort. Quelle vie, mon dieu, quelle vie. Le livre :

— Donner, inspirer de l'amour. Brûler, languir d'amour. Les liens, les nœuds, les chaînes de l'amour. Mariage d'amour, de raison. Où il n'y a pas d'amour, il n'y pas de femme, George Sand. Plus d'amour, partant plus de joie, La Fontaine. Ariane, ma sœur, de quel amour blessée... Racine. La chatte est en amour. La terre est en amour. Louis Girard le disait.

Pour Campbell, la culpabilité que la comtesse s'attribuait dans la mort de son père se trouvait à l'origine de sa maladie. Elle se punissait, elle se condamnait. Oudinot le lui avait rapporté. Mais je suis guérie! Pascaline, ô Pascaline. Tout se confondaít. Avait-elle vraiment tenté d'étouffer Pascaline à sa naissance, comme la *contessa* dans ce livre grotesque qu'Oudinot lui avait prêté uniquement pour lui rappeler son accouchement? Ce cher Henri voudrait refaire le monde mais... Quelque chose (de féminin?) le pousse, à insinuer, à médire... Mine de rien, pendant le dîner, il avait glissé à la comtesse que la mère de Chamarel, à moitié folle, était obèse et boulimique. Il l'avait sur les bras, le pauvre Eric. Un avertissement sans frais : chère amie, méfiez-vous, méfiez-vous de ce gamin, pas d'imprudences! Qu'est-ce qu'il avait deviné?

Tout repartait. En se déshabillant, la comtesse revivait, incomplètement, hélas! ce fol après-midi. Le passé se mêlait au présent pour aggraver ses remords et aussi pour magnifier la *révélation*. Elle se mit au lit sans parvenir à s'endormir. Eric. Eric. S'il parlait? S'il se vantait de l'avoir *culbutée* sur l'herbe? Il fallait qu'elle le voie au plus tôt, et qu'il jure sur ce qu'il avait de plus sacré...

En attendant de s'installer avec sa mère dans le logement de fonction mis à sa disposition par le colonel Lesterton, Chamarel avait pris une chambre au Cercle. Il dînait à la grande table sans entendre ce qui se disait autour de lui. Le menu. Le vin était hors de prix. Il buvait de l'eau. Il n'en voulait plus à Adélaïde de l'avoir *renvoyé*. Comme un malpropre, pensait-il, en quittant la Nouvelle Hollande avec la Grande Mahaut, qui marmottait des prières en égrenant son chapelet. Très gentille, très amicale. On se reverra bientôt. Elle n'avait rien deviné. Elle m'aurait jeté hors de la voiture si elle s'était doutée de quelque chose, pensait Chamarel, et cela le fit rire.

— Qu'est-ce que vous dites ? demanda un voisin.

Il parlait tout haut. Les têtes de ces types, s'ils savaient qu'il avait eu la comtesse de Kergoust, comme ça ! L'inaccessible beauté, la reine, l'impératrice. Et moi... *Veni, vidi, vici*. Et quelle victoire ! Totale. Ce déchaînement incroyable chez cette femme si composée, que l'on croyait tellement maîtresse d'elle-même. La comtesse l'intimidait, certes, et terriblement lors de leur première rencontre, et pourtant, pourtant... *Sous-baisée*, disait le major Fournier. Un jugement de médecin, et quel médecin, un type formidable, Fournier ; Campbell aussi. Hystérique, la comtesse est hystérique. Un cas typique, affirmait Fournier. Dans quelle aventure me suis-je fourvoyé ? se demandait Chamarel. La fureur amoureuse de cette femme. Encore ! Encore ! Elle dévorait sa bouche, elle se trémoussait alors que le plaisir le submergeait. Reste ! Reste ! Elle m'a violé, pensait Chamarel en souriant. En quittant la Nouvelle Hollande, plutôt dépité, il se promettait de faire comprendre à Adélaïde qu'il avait moins besoin d'elle qu'elle de lui. Vrai ? Il se voyait au lit avec elle, elle nue, à lui entièrement. Il fallait qu'il la revoie. Il se souvenait du pantalon jeté par-dessus les moulins. Les moulins... Si Oudinot était revenu, avec Pascaline, pendant que... Quelle histoire. Impossible à raconter, parce qu'il ne fallait pas qu'Idelette apprenne quelque chose.

Charmante Idelette. Elle était passée à l'hôpital avec sa mère pour prendre de ses nouvelles. Elles étaient allées au bungalow. La mère, naturellement, regardait le moignon. Idelette avait dix-sept ans, bientôt dix-huit, avait-elle précisé. Très jolie, et elle savait ce qu'elle voulait. Petite, rondelette, la mère ne se privait de rien, apparemment, solide sur ses jambes, décidée à ne pas perdre de temps, elle appréciait Chamarel comme un maquignon estime un poulain.

— Nous passions, nous avons voulu...

Idelette avait prêté son vélo à Chamarel, pour lui permettre de se rendre à la Nouvelle Hollande. Il avait expliqué qu'il avait apporté à la comtesse une lettre du major Campbell, le médecin anglais qui l'avait soignée après son accouchement. Pour Idelette, Chamarel l'avait perçu, la comtesse était *vieille*. Mais redoutable, une femme fatale. Qui l'avait dit ? La mère, la mère. Idelette lisait beaucoup. Un bon parti. Son père dirigeait un cabinet d'assurances. Elle venait à l'hôpital pour prendre livraison de son « fiancé », c'était évident. Et maintenant ?

Oudinot arriva au Cercle alors que Chamarel s'apprêtait à regagner sa chambre. Un peu honteux du mal qu'il avait dit de lui à la comtesse, Oudinot l'invita à prendre un cognac au bar. Une curiosité assez perverse le poussait à mesurer les effets que l'aventure de l'après-midi produisait sur le jeune homme. Adélaïde l'avait renvoyé parce qu'elle se trouvait en difficulté, Oudinot le comprenait bien. Embarrassée. Honteuse. Cela ne durerait pas. L'appétit vient en mangeant ; elle avait faim. Si elle s'entichait de lui ? Pouvait-elle attendre mieux dans la ratière ? Un garçon qui serait entièrement à sa merci ! Campbell ? Une belle histoire qu'elle se racontait. Il avait sa carrière, la seule chose qui comptait pour lui. Pourquoi reviendrait-il s'enterrer à Maurice ? Pour lui, Adélaïde était une malade qu'il avait bien soignée, et guérie.

— Vous avez vingt ans, Chamarel ?

— Vingt-quatre, Monsieur.

Il souleva son moignon avec un reproche dans les yeux.

— Appelez-moi Henri, je vous appellerai Eric. J'ai cinquante ans, moi. Ma vie est derrière moi.

— Vous ne vous êtes jamais marié ?

Il ne sait rien de moi, se dit Oudinot. Il faillit lui confier qu'il

170

allait avoir un fils, sottise qui lui fut épargnée parce que Duclézio junior annonça que la cagnotte dépassait 1 000 livres. On pariait sur la fin de la guerre, tel jour, à telle heure (la minute était précisée). Pour chaque prévision on versait une livre.

— Tout serait terminé si le Kaiser abdiquait, dit Sauerwein. Wilson ne veut pas traiter avec lui.

— Il a raison, dit Pinet. Il faut exiger une capitulation sans conditions.

— Il faudra surtout détruire la Ruhr et raser les usines Krupp, dit Sauerwein.

D'origine alsacienne, il connaissait bien les Allemands.

— Croyez-vous qu'on pendra le Kaiser ?

— On n'osera pas ?

— Pas trop vite, messieurs ! Hindenbourg a un plan. Les Allemands se replient en ordre. Ils se rétabliront sur le Rhin.

— Il y a des émeutes à Berlin.

— On disait cela en 14, pour Paris. Une nouvelle Commune, rappelez-vous !

Où suis-je ? se demandait Oudinot, attendri par un décor familier qu'il allait quitter. Pendant longtemps il avait eu sa chambre au Cercle parce qu'il ne supportait pas de se retrouver chez lui, dans sa grande maison. *Ils* (les habitués du Cercle) ne l'aimaient pas. Pinet, un colosse, s'était jeté sur lui parce qu'il avait défendu un Indien qui intentait un procès à Sir Duclézio. Pour le dégager, Bubu avait lâché un coup de fusil dont les traces demeuraient visibles dans les lattes d'acajou du plafond. Du gros plomb. Le comte venait de *toucher* son Purday, il s'en servait pour la première fois. Je n'ai rien de commun avec ces gens, pensait Oudinot. Si, un jour, il se présentait au Cercle avec le Dr Oudinot... Un Noir ? On ne le recevrait pas. Excusez-moi, il porte mon nom, c'est mon fils et il est riche. L'argent, l'argent. Oudinot se souvenait de la réaction d'Adélaïde. Intérieurement, il souhaitait bonne chance à Chamarel. Il alluma un cigarillo au-dessus du verre d'une lampe accrochée à une chaîne, comme sur les bateaux. Le Cercle ressemblait à une salle à manger des *Cunard Lines*. Dans huit jours je ne serai plus là. Heller s'approcha de lui :

— Vous étiez très lié avec le comte de Kergoust ?

— Assez, dit Oudinot. Vous parlez de Bubu ?

— Il prend la direction du Crédit Colonial, n'est-ce pas ? Si l'on rouvrait la succursale de Port-Louis...

A la demande de l'Administration, Heller avait fait du maïs, investissant même dans une sécherie. Le maïs sud-africain se vendait meilleur marché. Ruiné, alors que tout le monde s'enrichissait, il cherchait un appui pour caser son fils, tout à fait qualifié pour diriger la succursale. Cazaneuve parla de son projet pour la Centrale.

— La décision sera prise sans moi, dit Oudinot.

Il annonça sa nomination à la Commission de la Paix, communiquée aux journaux. Il y eut un silence. Pour la plupart, les présents portaient un ruban violet à la boutonnière, ils avaient été décorés de la médaille de la Reconnaissance française.

— Puisque vous êtes si bien avec le Gouverneur, dit Duclézio junior, vous devez savoir, Oudinot, si vraiment le vieux Sing Sandrat, va être anobli ?

— *Sir* Sandrat ! s'esclaffa Pinet.

— Les Anglais voudraient attirer l'Office du Sucre à Londres, expliqua Oudinot.

— Cela ne ferait pas l'affaire de votre ami Bubu, dit Marck en riant.

— Cela ne ferait l'affaire de personne, dit Oudinot. A Paris, l'Office a fait monter les prix du sucre.

— Si la guerre se termine, dit Cazaneuve, ils dégringoleront, *aio maman.*

Si ma fortune fondait ? Si la banque faisait des affaires moins brillantes ? Oudinot, pendant un instant, se voyait ruiné. Lui, il s'en tirerait, mais il avait désormais Absalon à sa charge. L'angoisse du pater familias. Que diront-ils tous quand ils *sauront* ? Moi, pensait Oudinot, je leur dis le sucre. S'il léguait ses biens à un vieux chien ou à un chat, on le trouverait excentrique, mais on s'inclinerait. En les laissant (éventuellement) à un Noir, je les insulte, ils se sentent défiés, méprisés, je leur dis : vous ne valez pas mieux que lui. Mais c'est la vérité !

— Allons boire le dernier verre chez moi, dit-il à Chamarel.

Il habitait en face du Cercle, une pelouse à traverser entre quelques baobabs.

— Si on faisait quelques pas d'abord ?

Oudinot entraîna Chamarel vers la Place d'Armes. La nuit était chaude, avec des parfums de vesou et d'amandes. Parfois un filet de cannelle, Chamarel ne distinguait que le vesou. Oudinot s'arrêta devant la statue de La Bourdonnais ; il se hissa sur le socle, pour tâter le mollet de bronze du plus important des gouverneurs de l'île.

— Mon aïeul est venu avec lui, dit Chamarel.

— Que cherchait-il en s'expatriant ?

— Ma foi...

Les grandes familles utilisaient leurs relations à la Cour pour caser des cadets difficiles sur les navires de la Compagnie des Indes. La Bourdonnais s'était embarqué très jeune pour Pondichéry. Il voulait conquérir l'Inde. Pour le Roy ou pour lui ? Que représentait Maurice pour un aventurier de son envergure ?

— Il a réagi comme Napoléon à l'île d'Elbe, il s'est fait construire un palais, il a tracé des routes.

— Vous pensez qu'il se sentait en disgrâce, Henri ?

— C'est loin de Versailles, non ? Aujourd'hui, nous avons le télégraphe, mais, en ce temps-là, qu'est-ce qui reliait La Bourdonnais et d'autres au roy de France, à 6 000 kilomètres ou davantage ?

— L'Esprit saint, dit Chamarel en riant.

En le ramenant chez lui, Oudinot raconta les débuts de la présence française à Maurice. L'île était déserte.

— On y a trouvé un naufragé, une sorte de Robinson. C'était il y a deux siècles, Eric, si près de nous, nous n'y prêtons pas attention parce que notre passé est ailleurs. Nous avons derrière nous les rois de France et ce qui a suivi. Ce qui s'est vécu ici n'entre pas dans notre chronologie mentale, et pourtant...

Les premiers colons creusaient des trous pour y dormir.

— Recouverts de branchages, c'était leur demeure. Il n'y avait rien, rien, on n'avait que ce qu'on apportait, les clous, une enclume ou deux.

— Les mousquets, dit Chamarel.

— Des canons aussi. L'île est devenue une étape sur la route des Indes. Savez-vous ce qu'on a construit d'abord ?

— Une église ?

— Non, un hôpital. Avec un grand jardin. Pour les malades du scorbut, il faut des fruits et des légumes. L'église a suivi. Deux jésuites étaient du premier voyage, des empêcheurs de danser en rond. Après la mort de mon père, je voulais devenir prêtre.

Oudinot passa une main sur son visage :

173

— Je n'étais pas apte, physiquement.

Il y avait de la lumière chez lui. On laissait des lampes brûler toute la nuit dans le grand salon. Après avoir rempli deux verres, Oudinot montra à Chamarel les souvenirs napoléoniens, qu'il tenait de son grand-père, le colonel de cavalerie Oudinot, un magnifique sabreur que l'Empereur avait décoré de la Légion d'honneur à Austerlitz. La croix se trouvait dans une vitrine, avec divers objets que l'Empereur, à Sainte-Hélène, avait offerts à son aumônier, Mgr Bonavita, qui allait s'établir à l'île Maurice. Une montre en or, avec chaîne et cordon, un nécessaire de voyage avec un petit gobelet d'or, un sucrier, une pince à sucre, un couteau avec un manche en os. Après la mort de Mgr Bonavita, on avait vendu aux enchères tout ce qu'il avait légué à un compatriote corse, Jean-Noël Santini, qui l'avait suivi de Sainte-Hélène (où il était huissier au cabinet de l'Empereur) jusqu'à Maurice. Pour quelle raison ? se demandait Oudinot. L'héritage à capter ? Le colonel avait tout racheté pour une somme dérisoire. Il restait des heures à regarder le gobelet, le sucrier, la montre. L'Empereur les avait touchés.

— Moi, avoua Oudinot, je n'ose pas.

Il souleva le dessus d'une vitrine :

— Voulez-vous prendre le gobelet, Eric ? Ou autre chose ?

Il retenait Eric parce qu'il craignait de sonner Joséphin. Plus jamais, plus jamais.

— Mon père a fait le malheur du sien parce qu'il refusait de devenir officier. Rien n'est plus important que la défense de l'innocence, me disait-il. Il m'a expliqué qu'Abraham fut le premier avocat. Il ajoutait en riant : non inscrit au barreau. Vous le saviez ? Abraham a plaidé pour les habitants de Sodome. Dieu voulait tous les anéantir. Tous ne sont pas coupables, Seigneur ! Dieu a dit alors à Abraham : trouve-moi cent innocents et j'épargne la cité. Et si je n'en découvre que cinquante, Seigneur ? Va pour cinquante ! Et vingt ? Et dix ? Il n'y en avait pas dix.

Jamais Oudinot n'était entré dans un tribunal sans penser à Abraham. Si Dieu existait ? Si Dieu le regardait ? En vérité, il comparaissait devant son père. Il souleva une des lampes pour montrer à Chamarel le portrait de son père signé par les deux premiers photographes qui avaient opéré à Maurice, Chambay et Lecorne. Le premier était dessinateur, le second lithographe. Après avoir agrandi le cliché au maximum, Lecorne l'avait retouché et rehaussé avec de la couleur, un peu de rouge aux lèvres, du bleu aux yeux.

— Mon père n'avait pas du tout les yeux bleus. Je ne le crois pas.

Il avait douze ans à la mort de son père. Ses rapports avec lui n'étaient pas simples.

— Mon physique, n'est-ce pas ? J'avais une drôle de tête déjà, et pour un enfant...

Pourquoi est-ce que je raconte tout cela à ce gamin ? se demandait Oudinot.

— Je me disais parfois : papa n'a pas l'air très content de moi. Oh ! il m'aimait beaucoup, il m'aimait bien. Il me protégeait. J'avais peur, je me sentais menacé, vous comprenez ? On se moquait beaucoup de moi. Mon père m'offrait un abri. Une mère m'aurait pris dans ses bras pour m'embrasser.

— Mon père s'est tué, vous le savez, je pense ? dit Eric. J'étais plus jeune que vous quand vous avez perdu le vôtre. Ensuite, je suis parti pour Oxford.

— Je sais, je sais, dit Oudinot, vous avez été très brillant. Qu'est-ce que vous allez faire ?

— Le colonel Lesterton me propose un poste d'officier de santé pour l'immédiat. Par la suite, j'ouvrirai un cabinet.

Parce qu'il avait évoqué devant Adélaïde l'histoire du jeune Indien qui hantait l'esprit de son père, Oudinot avait très fortement le sentiment de sa présence. Il lui arrivait souvent de passer une partie de la nuit avec son père. Il parlait au portrait, il lui semblait que son père le regardait et le jugeait. C'est pour vous, père, que j'adopterai Absalon. Est-ce que vous m'approuvez ? Oui, *fiston*. Tout petit, son père l'avait emmené au Palais, en le casant parmi le public, à côté d'Hermione, la défunte du pauvre Hector. Elle m'aimait, elle m'embrassait. Se glissait-elle parfois dans le lit de son père ? Quand il sonnait Joséphin, dans la nuit, Oudinot décrochait le portrait de son père et le retournait contre le mur. Jamais plus, père, jamais plus. Son père hochait la tête, c'est bien, fiston, tout est bien, je suis très content de toi, maintenant. Oudinot se sentait ému, pourtant il n'avait pas tellement bu, plutôt moins que d'habitude.

— Il faut que je rentre, dit Chamarel.

— Je vous raccompagne.

Arrivé au Cercle, Oudinot retint la main de Chamarel. Au

moment même où son père se disait fier de lui, il l'abandonnait. Pas question d'emmener son portrait avec lui.

— Dites-moi, Eric, vous habiterez où ?

— Le colonel Lesterton m'a proposé un logement de fonction.

— Prenez ma maison, Eric.

— Vous plaisantez, Henri, je ne pourrai pas vous payer un loyer convenable.

— On en parlera, venez, venez, je vais vous montrer...

Oudinot ramena Chamarel chez lui. S'il ne restait pas jusqu'à l'aube, il sonnerait Joséphin.

— On réglera les détails demain. Je voulais fermer la maison, renvoyer les domestiques. Le vieux Hector souhaite mourir là. Les deux autres... Ils seront payés pour six mois, vous verrez si vous désirez les garder. Hector, je lui fais une rente. Où est votre verre ? Il me reste pas mal de choses dans la cave, vous en profiterez. Je ne sais pas quand je reviendrai. Si je reviens.

Arrête, arrête, se disait Oudinot, tu finirais par lui donner ta maison. La stupeur qu'il lisait sur le visage de Chamarel l'amusait. Mon petit, je suis aussi surpris que toi. Alors qu'il ne pouvait pas le *renifler* quelques heures plus tôt (il l'avait dit à Adélaïde), il le trouvait charmant. Si elle m'entendait !

— Tu peux coucher ici, Eric. On se tutoie. Veux-tu être mon ami d'enfance ?

Et de remplir les verres. Chamarel attribuait l'excitation d'Oudinot à l'alcool.

— Si tu restes ici, avec mon père, je partirai tranquille. Je ne peux pas abandonner mon père, est-ce que tu me comprends, Eric ?

Oudinot clignait de l'œil vers le portrait.

— Il faut vraiment que je rentre, dit Chamarel.

Il était persuadé que son ami, complètement ivre, ne se souviendrait pas au réveil de tout ce qu'il disait.

— Il faut dormir, Henri.

— Tu peux dormir ici !

— Non, j'ai ma chambre au Cercle.

— Je t'accompagne, dit Oudinot.

— Pourquoi sortir, Henri ? Tu n'es pas fatigué ?

— J'ai quelqu'un à voir.

Oudinot avait entendu des craquements dans l'escalier qui

176

menait à la chambre de Joséphin. *Ils* me guettent. En le houspillant, Oudinot avait éveillé une inquiétude chez Joséphin. L'avait-il menacé de le mettre à la porte s'il volait d'autres cigares ? Avait-il fait allusion à son départ ? Il ne s'en souvenait plus. Il était parti très vite pour la Nouvelle Hollande en apprenant que Pascaline s'était sauvée avec Absalon. Avait-il laissé échapper quelque chose qui aurait permis à Joséphin de deviner ses intentions pour Absalon ? *Ils* ont peur, pensait Oudinot, et c'est très bien ; il n'allait pas les rassurer. C'était fini, fini, avec Joséphin. La porte refermée derrière lui, Oudinot, après avoir embrassé Chamarel sur les deux joues, partit d'un pas décidé vers le centre de la ville. Il était près de deux heures du matin. Chamarel se demandait s'il ne devait pas le suivre pour veiller sur lui. Quel type bizarre. Avec son physique, bien sûr. Comment s'appelle cette maladie ? Pas le moindre système pileux. Impuissance congénitale ? Pas forcément. Je verrai ça demain, se promit Chamarel. Le portier du Cercle fut long à se réveiller. Chamarel regrettait de ne pas avoir accepté l'invitation de son nouvel ami d'enfance. Il n'avait rien vu à la Mare-aux-Songes, il ne se doutait de rien. S'il me prêtait sa maison ? Chamarel pensait à un cabinet qu'il pourrait ouvrir si Idelette... Elle aurait une dot convenable. Et pourquoi Adélaïde ne l'aiderait-elle pas ? La plus grande fortune de l'île ! Il l'avait eue à sa merci, et comment. Il n'arrivait pas à s'endormir.

Oudinot ne voulait pas rentrer chez lui parce que, il en était sûr, Joséphin l'attendait, et ça, jamais plus, jamais plus... Aurait-il fini par succomber s'il n'avait pas vu un peu de lumière chez Rose, patronne du Petit Trianon ? Depuis la guerre, elle fermait à onze heures du soir. Parfois Oudinot montait chez elle par l'entrée de la rue de Bourbon. Elle lui réservait toujours une bouteille, et il pouvait parler aussi longtemps qu'il le désirait. Rose était aussi insomniaque que lui.

— Je vous attendais, dit-elle.

— Moi ?

Un journaliste du *Cernéen* était passé « en bas » avec le numéro du lendemain qui annonçait la nomination de Me Oudinot et son départ pour Londres.

— Je pensais que vous viendriez me dire au revoir.

Il n'y avait pas songé. Ses rapports avec Rose étaient bizarres. Il la méprisait et, pourtant... Elle tenait une maison, où des filles se prostituaient ; parmi elles, la mère d'Absalon que Bubu allait voir, pendant le long voyage d'Adélaïde en Europe. Et même après ! Même après ! Il ignorait son fils et fréquentait sa mère. Qu'il payait. Oudinot avait connu Rose en accompagnant Bubu, pas « en bas » où il n'avait jamais mis les pieds, mais chez elle, dans le petit appartement qu'elle occupait sous le toit. Oudinot ne se souvenait pas d'avoir vu la mère d'Absalon, ni au Petit Trianon, ni, avant la naissance du gamin, à la Petite Hollande. N'empêche qu'il pensait à elle en s'attablant devant une bouteille de Glenn Fiddish :

— Je la gardais pour vous, Henri, pour la victoire ; mais puisque vous partez...

Avant de remplir le verre d'Oudinot, elle rangea ses bijoux dans une boîte à chaussures, des bagues, des colliers, des diamants, un énorme saphir, des émeraudes. Vous êtes folle de garder ça chez vous ! Plus d'une fois, Oudinot avait proposé de lui

donner un coffre à la banque. Elle remontait parfois « d'en bas »
avec un marin qui lui plaisait. On vous retrouvera un matin avec
la gorge tranchée ! L'avertissement la faisait rire. Seule chez elle,
elle mettait un collier, puis un autre. De sa place à table, elle se
voyait dans un miroir de Venise somptueusement encadré. Elle
avait des meubles superbes qu'elle tenait du marquis de Gonzenac. Il avait bradé pour elle ce que la mère de Rose lui avait
laissé. La fille après la mère, il n'avait eu que deux femmes dans
sa vie. Certains feignaient de croire que Rose était sa fille. Paix à
ses cendres. Le père d'Oudinot lui avait racheté la chasse de
Bombay, pour une bouchée de pain.

A travers ses cils allongés
Ses yeux plus sombres que le jais

Rose avait inspiré un poème à Léoville Lhomme[1]. Elle riait
quand Oudinot le disait.

Elle est brune. Sa nuque a la couleur de l'or.

Elle portait parfois des saris somptueux, avec une distinction
de maharani. Pas cette nuit : elle avait gardé sa robe « d'en bas »,
verte, collante, très échancrée.

— Pourquoi est-ce qu'on ne se marierait pas, Henri ? Je suis
une femme indigne et vous me traitez avec beaucoup de politesse. Je pense que vous m'aimez bien, et moi, c'est bien simple,
je vous adore.

Tout cela dit en riant, mais... Qu'est-ce que je fais chez elle ? se
demandait Oudinot. Auprès d'Adélaïde, il cherchait une *moitié*;
il l'admirait, il l'estimait ; elle n'était pas maternelle et, bien
entendu, il ne la désirait pas. Il ne désirait pas non plus Rose,
cela va sans dire, n'empêche qu'elle était *de chair*, pour lui, et
elle, très maternelle, attentive, elle voulait le comprendre, elle
écoutait, elle souffrait avec lui, elle l'aidait à voir clair en lui. Adélaïde l'aurait jugé s'il lui avait confié ce qu'il avouait à Rose presque sans embarras. Il parla d'Absalon, d'abord par des allusions,
des périphrases. Elle devinait tout et, pour une fois, ne l'approu-
vait pas tout à fait. Une jalousie ? Pourquoi moi, n'ai-je pas eu la

---

1. Un poète mauricien, très parnassien (1857-1928).

même chance ? Si le vieux marquis l'avait *adoptée*... Elle l'eût sauvé de la ruine, au lieu d'y contribuer. En se penchant vers Oudinot, elle avait repris un collier, de grosses perles ; elle l'attacha derrière la nuque, et le laissa descendre entre ses seins, dans le décolleté. Elle remplissait le verre d'Oudinot, qui éveillait en elle un désir étrange : était-ce un homme ? Apparemment suspendue à ses lèvres, et donnant l'impression de ne pas perdre un mot de ce qu'il disait, elle pensait à son sexe. Il s'en servait. Il y avait eu l'Indien et sans doute d'autres. A quoi songeait-il quand il parlait d'adopter Absalon ? Ça ne pouvait pas être sérieux. Quelqu'un, un jour, lui dirait : La mère de votre fils, c'est bien la négresse du Petit Trianon ? Son ami, le Dr Campbell, pourrait lui sortir ça. Il l'appréciait, la petite Paulina. Rose ne s'en souvenait pas sans agacement. Elle avait fait des avances à Campbell, et il n'avait pas réagi. Comme s'il ne remarquait rien. Les hommes, les hommes... Le sexe d'Oudinot, sans un poil, soudain c'était une obsession, il fallait, il fallait !

Il voulait partir ?

— L'estomac, bougonna-t-il.

— Vous avez mal ? Attendez, j'ai quelque chose.

Elle versa un peu de poudre blanche dans un verre d'eau.

— Qu'est-ce que c'est ?

— Buvez.

C'était de la poudre de corne de rhinocéros ; un aphrodisiaque que les Chinois fatigués achetaient à prix d'or. Efficace ? Elle ne voulait pas qu'Oudinot reparte. Plus d'une fois, il avait fini la nuit sur son divan. Elle le voulait dans son lit. Il parlait de son père.

— Mon père m'approuve.

Il pleurait.

— Vous êtes malheureux ?

— Je ne veux pas rentrer chez moi, murmura-t-il. Vous comprenez pourquoi ?

Elle comprenait tout. Elle l'amena vers son lit, le fit asseoir, s'accroupit à ses pieds pour retirer ses chaussures, souleva ses jambes sur le lit, le repoussa en arrière sur le dos et tira sur son pantalon pour le retirer. Il se laissait faire, en gémissant maman, maman. La bouteille de Glenn Fiddish était aux trois quarts vide.

VI

Le 10 octobre 1918
à Paris

Le comte de Kergoust s'habituait à Heinrich, mon cuirassier, disait-il, il prenait le relais de Jézabel, sa nénène. L'idée ne lui venait pas qu'un homme de soixante-dix ans pût avoir sommeil, ou se sentir fatigué. Il trouvait normal qu'Heinrich surgisse quand il avait besoin de lui, le jour, la nuit, toujours respectueux.

— Service, Monsieur le comte.

Le comte admirait ses cheveux blancs :

— Je les lave tous les matins, Monsieur le comte, avec du savon de Marseille et ensuite je passe la brosse à chiendent.

Heinrich ajoutait en souriant :

— Comme pour le carrelage, Monsieur le comte.

Le comte grattait la touffe qu'il conservait sur la nuque, derrière les oreilles. Dans la glace, il admirait son crâne, magnifiquement important.

Les rapports du comte avec Juliette, sa secrétaire, devenaient plus familiers. Elle entrait dans sa chambre pour lui donner les journaux et le courrier alors qu'il sortait à peine du lit.

— Vous avez passé une bonne soirée au théâtre, Monsieur ?

Toujours pas de Monsieur le comte. Ça lui écorcherait la bouche, pensait Bubu, avec un agacement passager. Il avait emmené Muguette et Mestal au Grand Guignol. On donnait une pièce de M. de Lorde. Une femme jalouse vitriole son amant, qui, magnanime, refuse de paraître au procès.

— S'il se montrait aux jurés, avec son visage brûlé... Il est aveugle. Le vitriol a dévoré ses yeux.

— Je comprends, dit Juliette. Il l'aime toujours. C'est noble de pardonner.

— Attendez, Juliette. Elle est acquittée, c'est entendu. Son amant demande à la revoir.

— Elle refuse ? Elle ne peut pas refuser.

— Elle accepte. Attendez, attendez. Il la reçoit en robe de

chambre. Chez lui, il n'y a que peu de lumière. Il n'y voit plus, n'est-ce pas ? Elle a peur.

— Elle a des remords. Qu'est-ce qu'il lui demande ?

— Il voudrait l'embrasser une dernière fois.

— Seulement l'embrasser ?

— Elle s'assied près de lui sur le divan.

— Un divan ! Je pensais bien...

— Pas du tout, ma chère Juliette, ce n'est pas ça du tout. Dès qu'elle est près de lui, il se venge, et comment ! Il a voulu qu'elle soit libérée pour la punir lui-même. Il la maîtrise. Il a un flacon de vitriol à portée de la main. Il le vide sur son visage et dans les yeux, après avoir décrit tout ce qu'elle ressentirait.

— C'est horrible, dit Juliette, je n'ai pas envie de voir ça.

— C'est l'amour, dit le comte, avec un petit rire désinvolte.

Après le spectacle, le comte voulait se rendre au Perroquet, la boîte dans le vent. Mestal l'entraîna avec Muguette chez Emilienne de Voulenzon, une demi-mondaine de haut vol. Noblesse d'oreiller, disait Mestal, avec son plus gros rire. Il ajoutait : une païse. Ils étaient de Voulenzon, dans l'Orne. On n'a pas suivi le même chemin, ma bonne Emilienne et moi, disait-il. Elle avait au moins deux rois à son tableau, sans parler du Prince de Galles, mais celui-là... Du temps de sa splendeur (bien gérée), elle conservait un petit hôtel, avenue Victor-Hugo. Si elle n'était plus de la première fraîcheur, elle gardait le don, si précieux, d'attirer les gens dont on parlait, souvent des étrangers qu'il n'était pas mauvais de surveiller discrètement. Elle avait donné une soirée pour la Mata Hari. Le prince Ioussoupov, l'assassin de Raspoutine, venait chez elle, avec des amis russes.

— Raspoutine était monté comme un âne, avait glissé Mestal à Bubu. Quand il laissait tomber sa culotte sur ses bottes, les princesses se bousculaient pour voir son engin.

— Qu'est-ce que vous chuchotez, Gustave, sûrement des horreurs.

Muguette aimait bien Mestal. De plus en plus amoureux, de plus en plus impatient, le comte cherchait un hôtel comme celui d'Emilienne où il s'installerait après son mariage. Il roulait sur l'or. Le Crédit Colonial s'était vu attribuer une tranche appréciable d'un nouvel emprunt de la Défense nationale, 520 millions de capital nominal, à placer non seulement sur les marchés habituels (l'Extrême-Orient) mais aussi en Angleterre. Le comte avait fait punaiser l'affiche de lancement sur un mur de son bureau ; elle représentait un poilu qui, du haut des Vosges, voyait la cathédrale de Strasbourg. Pour la campagne anglaise, le comte avait retenu un slogan : *They fight! You lend!* Ils se battent, vous, prêtez votre argent ! Excellent, excellent, estimait Mestal. Le comte avait *piqué* le slogan aux Américains. Rien qu'à New York, en un jour, ils venaient de souscrire pour 1 milliard de dollars de bons.

Où et comment vivait Mestal ? Le comte ne savait rien de lui, bien qu'ils fussent des journées et des nuits ensemble. Où voyait-il la petite Juliette, et quand ? Il ne sortait jamais avec elle, qui, pourtant, rêvait de l'accompagner. Elle s'habillait mieux. Elle portait un collier de corail que Muguette avait laissé à Mestal.

— C'est très joli, avait remarqué le comte, innocemment.

— Un cadeau.

C'était dit pas du tout innocemment. Ça ne me concerne pas, pensait le comte ; sa curiosité n'en était pas moins émoustillée par moments. Chez Emilienne, Mestal s'était mis au piano, pour accompagner une grosse personne de l'Opéra, qui roucoulait : *Mon cœur soupire, la nuit, le jour.* Très vite, le comte s'était senti chez lui. Un excellent champagne millésimé. Des jolies femmes, la plus ravissante, de loin, étant Muguette, très entourée, très courtisée, ce qui ne déplaisait pas du tout au comte. Elle est à moi, bas les pattes. Un aviateur la harcelait, un as de l'escadrille des Cigognes (celle de Guynemer). Il marchait difficilement, appuyé sur une canne de bambou. Il avait été abattu par Richthoffen, l'as des as allemands qui, le lendemain, le croyant mort, était venu jeter une couronne de roses au-dessus du champ sur lequel il s'était écrasé. Il s'était approché du comte, au buffet :

— Je m'appelle Beaumont.

Vicomte de Beaumont, en fait.

— Kergoust, dit le comte.

— Vous êtes parent du pilote anglais qui...

— C'est mon frère, dit le comte.

— Vous êtes anglais aussi ?

— De l'île Maurice.

C'est quoi ? C'est où ? L'aviateur n'avait jamais entendu parler de l'île Maurice. Il regardait Muguette, accaparée par Emilienne. Ravissante. Plus que ravissante, elle avait, elle avait...

— Nous allons nous marier, dit le comte.

Beaumont avait ri, en montrant à peu près la même surprise que pour l'île Maurice.

— Si vous êtes jaloux, mon cher, ce n'est pas de moi qu'il faut vous méfier, pauvre de moi, pauvre de moi, ni d'aucun mâle ici, mais d'*elle*!

Il parlait d'Emilienne de Voulenzon. Au tour du comte de sourire; pourtant, il s'était rapproché d'Emilienne.

— Vous tombez bien, Bubu, avait dit Muguette. Vous ne savez pas ce qu'Emilienne demande? Que je me fasse couper les cheveux comme elle.

A la garçonne! Jamais! Sans laisser au comte le temps de protester, Muguette avait ajouté :

— Elle m'emmènera chez Poiret. Elle est sûre qu'il me prêtera des robes.

La comtesse de Kergoust se faisant prêter des robes! J'ai de quoi les payer, bon sang!

Plutôt troublé, le comte, en se souvenant de la soirée; il avait invité Emilienne et Beaumont à dîner chez Maxim's. Beaumont! le tutoyait.

— Si tu avais eu autant de jolies filles qu'Emilienne, mon vieux... Moi, elle me bat de loin.

Lesbos. On parlait beaucoup des lesbiennes, une sorte de mode, née de la guerre qui neutralisait tant d'hommes. Encore qu'à l'arrière... On ne voyait que des uniformes à Paris. Le comte en avait un neuf, en kaki clair, à l'anglaise. Il frétillait dans son bain en pensant à deux jolies filles nues, au lit. Excitant, excitant, mais... Quel âge avait Emilienne? Plus de cinquante, fini pour elle, ces trucs-là, non?

— Brosse-moi le dos, Heinrich.

— Service, Monsieur le comte.

Les mœurs parisiennes. Les médisances qui se chuchotaient chez Emilienne. Et ailleurs! Partout!

Juliette apporta une lettre d'Angleterre qui venait d'arriver alors que le comte s'apprêtait à sortir. De sa mère. Il jugeait sa mère moins cruellement depuis qu'il réussissait. Ses jalousies d'enfant s'effritaient. Si elle pouvait me voir... Et puis, Honorin était mort, il n'avait plus de rival. A la mobilisation, elle s'était engagée comme infirmière volontaire dans un hôpital, un grand hôtel de Brighton utilisé pour accueillir les premiers blessés. Comme elle n'avait pas de diplômes, on lui laissait des tâches

186

subalternes, pénibles, souvent rebutantes. On n'avait pas tardé à remarquer son efficacité. Après six mois, elle assurait l'accueil et la répartition des blessés, avec un dévouement sans limites, stimulée par les remords qui la rongeaient. Une infirmière l'avait alertée ; c'était en juillet, on venait d'amener son fils, Honorin le bien-aimé, l'Indien pour Bubu. Pas tout à fait mort. Il a ouvert les yeux, écrivait-elle, et je pense qu'il m'a reconnue.

Le comte lisait, et relisait :

« Je n'ai pas quitté son chevet. Parfois il pressait ma main. J'envoie sa médaille à sa femme, pour ses deux fils, mais j'ai demandé qu'on te remette le brevet avec la citation, signé par le général... Il a sa place à la Nouvelle Hollande, n'est-ce pas ? Rompu, criblé d'éclats, Honorin a lutté farouchement contre la mort, assise de l'autre côté du lit, et qui me toisait comme pour marquer que je m'occupais bien tardivement de mon fils. Mon cher enfant, mon cher Bubu, tu es le chef de la famille, il faut que tu me comprennes. Je me suis mariée à seize ans, ton père avait dix ans de plus que moi. J'étais une enfant, lui, un homme durement élevé, secrètement révolté contre l'ordre imposé par ta grand-tante Mahaut qui, inconsciemment, se vengeait d'une enfance difficile à laquelle elle avait échappé en prononçant ses vœux. Elle s'acharnait à extirper de Gaëtan tout ce qui venait de sa mère, qu'elle appelait l'Américaine et à laquelle elle ne pardonnait pas d'avoir divorcé en laissant son fils à son mari. Il tenait de sa mère une assurance qui le poussait aux extravagances. Janet Lindsett avait beaucoup d'argent ; Gaëtan n'avait que ce qu'elle laissait. Maveri Rajah, en revanche, était riche. Tu l'appelais oncle Johnny. C'est une confession bien douloureuse pour moi, mon cher Bubu, mais il faut que tu saches et que tu comprennes qu'il n'y avait rien de sale dans l'étrange aventure que nous avons vécue. Tu te souviens de notre bonne Jézabel, elle disait parfois qu'elle avait le cœur propre. Le mien l'est toujours resté, quoi qu'on ait pu me reprocher, hélas ! à juste titre.

« Je ne saurais te dire comment Maveri et Gaëtan se sont connus. Maveri venait à Maurice, à la demande de son père, le fondateur de la Rajah Tea & Co, pour étudier la culture du thé dans l'île, un projet qui resta sans suite pour la grande compagnie indienne, mais qui, hélas ! devait inciter Gaëtan... Tu connais aussi bien que moi sa tentative pour faire du thé. Le thé venait très bien, mais pour le vendre... On n'en était pas là quand, pour la première fois, j'ai dansé avec Maveri, au Bal du Gouverneur. Je relevais de couches, tu venais de naître, mon cher enfant. J'avais dix-sept ans. Maveri en avait vingt. La plus profonde amitié le liait à Gaëtan, ils se voyaient tous les jours, ils montaient à cheval, ils nageaient, ils jouaient au tennis. Tombé amoureux de moi, Maveri s'en est ouvert aussitôt à Gaëtan. Il voulait repartir pour son pays. Pour que nous soyons malheureux tous les trois ? Ton père l'a retenu. Je ne dirai rien contre lui, je ne l'ai pas rendu heureux. Etait-ce possible ? La conquête l'intéressait davantage que le bonheur. Le soir de notre mariage, avant de me rejoindre, il avait entraîné une de nos cousines dans la chapelle. Il s'en amusait, il me l'a raconté le lendemain. Il se retrouvait dans le Valmont des *Liaisons dangereuses.* Il m'a lu presque tout le livre, il le conservait au chevet de notre lit, nous ne devions pas être comme les autres, nous nous aimions mieux que les autres. Il se sentait en exil à Maurice, il rêvait de Paris, d'une grande vie folle et très libre ; à Paris ou à Londres il aurait pu donner sa mesure, pensait-il. Si Janet Lindsett n'était pas morte, il serait sans doute parti pour les Etat-Unis. Je le suivais, fascinée, dans un univers qu'il se construisait. Je tremble en l'écrivant, nous étions heureux à trois, je vivais dans une exaltation littéraire. Pourquoi se plier aux conventions bourgeoises ? Gaëtan commençait un roman inspiré par les amours de Byron, je n'étais plus sa femme, je devenais son héroïne.

« Maveri m'aimait, plus présent que Gaëtan, et souvent déconcerté, n'empêche que tout se passait dans une sorte de pureté ; le péché, le mal, c'étaient les autres. La fortune de Maveri métamorphosait la réalité. Quand j'ai vu ton frère Honorin à sa naissance, si différent de toi, les yeux si noirs, pas un instant je ne me suis souciée des autres, est-ce que Cléopâtre se serait inquiétée d'une sanction publique si un prince noir lui avait donné un fils ? J'étais inconsciente. Gaëtan ? Il ne montrait rien, pas même de l'indifférence pour ce fils qui portait son nom. J'avais dix-huit ans à la naissance d'Honorin. Nous partions sur le yacht de Maveri, nous allions à Singapour, à Hong-Kong, et jusqu'au Japon, où Maveri m'entraîna dans un temple, vers un miroir dans lequel, affirmait-il, on voyait Dieu. Il s'agenouilla devant mon image dans le miroir et m'appela dès lors

Déesse. Je tremblais souvent, un jour j'aurais à payer le prix d'un bonheur insolite.

« Tu étais jaloux d'Honorin, mon cher Bubu, à tort, je l'ai gardé moins longtemps que toi près de mon lit, je n'ai pas pu le nourrir, nous partions pour Macao, je l'ai laissé à sa nénène. Très jeune, Honorin s'est senti en situation fausse, à la Nouvelle Hollande. J'aurais dû permettre à Maveri de l'emmener lorsque son père l'a rappelé, en exigeant qu'il se marie. Il n'a pas eu d'autre enfant. Honorin se cramponnait à moi. Il a compris très tôt, ce qui ne t'étonnait pas tellement, pourquoi il était si différent de toi. Il ne m'en était que plus attaché, j'étais sa mère et son père, j'étais tout ; tu sais qu'il n'a pas cherché à rejoindre Maveri quand il s'est embarqué en cachette. Il aimait son père, je parle du tien, Bubu, il se montrait plus obéissant que toi, il travaillait très bien à l'école pour lui plaire mais... Est-ce que son père n'avait pas honte de lui ?

« Avant le départ de Maveri, ton père et moi faisions déjà chambre à part, le "partage" ne pouvait durer, il avait été surtout littéraire. En Amérique, nous aurions divorcé. Là-bas, nous prétendions donner une leçon de liberté. Cela s'est retourné contre moi. Quand je suis partie avec Walter, j'étais seule depuis si longtemps ; ma vie, comme de l'eau, s'échappait d'entre mes mains refermées. J'ai été punie, mon enfant ; je le méritais. Au chevet d'Honorin, je me suis crue pardonnée. J'ai tant souffert. J'ai retiré une photographie de son portefeuille, prise avant son départ de San Francisco. Sa femme et ses enfants sont beaux. Je ne les connaîtrai jamais, mais toi, peut-être... Moi, je survivrai pour faire vivre Honorin. Son âme reste en moi, elle me purifie. On m'a envoyée à New Drumont, dans le Berkshire, dans une maison de repos avec du lierre sur la façade ; je marche sur du gazon. Demain, je retournerai à l'hôpital, une île isolée par la souffrance. Les hommes sont fous. En passant à Londres, je m'arrêterai au Colonial Office (je ne suis qu'à une heure de Charing Cross). Je lirai à la bibliothèque les quelques numéros du *Cernéen* arrivés depuis un mois, peu importe qu'ils datent de juillet ou de mai, je suis là-bas, je recommence une vie dissipée, je prends ta main, mon cher Bubu, et celle d'Honorin, vous portez encore des robes, mes enfants, nous allons au bout de la Pointe-aux-Piments, il y a des nids de serins accrochés aux

189

branches des cocotiers, ah ! comme les oiseaux sont heureux et prudents, ils suspendent leurs petits dans le ciel. »

Le comte demeurait troublé par la lettre de sa mère quand il passa à la banque en fin de matinée. Embarrassé, dérangé par cette confession dont il connaissait l'essentiel, mais touché ; en lisant, il n'était pas loin de pleurer. Devait-il se rendre à Brighton pour voir Gladys ? Il la prendrait dans ses bras. Oublions tout, effaçons. Il en profiterait pour rendre visite à la pauvre Marlyse, la sœur aînée de Muguette, enfermée dans une maison de santé jusqu'à la fin de sa vie parce qu'elle avait étranglé l'un de ses trois garçons au cours d'une crise de démence. Elle avait un an de moins que le comte ; tout le monde, à Maurice, prévoyait qu'ils se marieraient.

Gladys, Maveri, mon père... Pourquoi en parler ? Pourquoi écrire : moi, ta mère, j'attelais à deux. Elle l'exprimait autrement, et c'était bouleversant, la façon dont elle le disait, mais, pour les autres, cela revenait à ça, et c'était bien ce qui se chuchotait, assez haut, souvent. Très jeune, Bubu l'entendait. Où couchait l'Indien à la Nouvelle Hollande ? Après la lecture de la lettre, la question s'imposait à l'esprit du comte ; jusque-là il avait refusé d'y songer. Oncle Johnny. Le petit Bubu le voyait toujours vêtu de blanc. Il baisait la main de Gladys. Il apportait une locomotive qui faisait de la vapeur. Sur le bateau, qui dormait avec qui ? Pas tous les trois dans le même lit ! Gladys laissait entendre que, si partage il y avait eu, il n'avait pas duré longtemps. Combien de temps ? De toute façon...

Gladys était malheureuse. Oh ! elle méritait un châtiment.

— Maman, toi qui ne mens jamais...

Savait-il qu'elle mentait constamment quand il exigeait une réponse à une question comme : est-ce que la cigogne apporte les enfants ? Toutes les femmes mentent. Un transfert s'opérait entre Gladys et Muguette. Est-ce que Muguette pourrait aimer un Indien ? Un caqueux, comme Gladys ? En allant la surprendre un après-midi au Ritz, il avait cru voir Gupta, avec son turban blanc, près de l'ascenseur. Une angoisse : s'il venait de la chambre de Muguette ? Elle n'était pas chez elle. D'ailleurs, avait-il vraiment aperçu Gupta ? Il devait être au bureau. Il y avait plein d'Indiens au Ritz, des généraux, des rajahs, tous avec des turbans comme pour la chasse au tigre. Muguette ne pouvait pas souffrir les Singh qu'elle accusait (à tort, à tort) de lui avoir volé Rosebelle, la demeure historique des Chazelles. Quelle corvée, un dîner avec Gupta, elle s'en plaignait. Elle ne disait pas trois mots. Et Gladys? Et Gladys? Elle, que racontait-elle sur Maveri après leur première rencontre?

Et mon père? Quelle histoire effarante. Il retenait Maveri : non, ne pars pas, ne te sauve pas parce que tu aimes Gladys, on serait malheureux tous les trois. C'était dans la lettre. Malheureux tous les trois. Faute d'écrire des romans, Gaëtan de Kergoust voulait les vivre, Bubu comprenait cela. Dans ses sentiments pour son père, la crainte l'emportait sur l'admiration. Quand il était petit, s'entend. Il évitait son père, il se sentait sinon méprisé, du moins très *dévalué* par lui. Il allait plus facilement vers oncle Johnny que vers son père, il ne craignait pas d'être moqué par lui comme par son père, parce qu'il était gros, ou trop crédule, plutôt peureux dans les bagarres de la cour de récréation.

Mon père, mon père. Que s'était-il passé entre son père et sa femme? Quand la nouvelle de son mariage avec Adélaïde s'était répandue, de bonnes âmes s'étaient empressées, bien entendu, d'*éclairer* Bubu. Qu'est-ce qu'il comprenait? Qu'est-ce qu'il entendait (voulait entendre) des ragots qui couraient? Il gardait tout pour lui. Comme pour oncle Johnny quand il était petit? A vingt ans, beaucoup de choses lui tombaient dessus. Le meurtre de son père. Un assassinat? Louis Girard? Il y avait aussi la Nouvelle Hollande hypothéquée, qu'on allait vendre aux enchères. Et Adélaïde le *voulait*, lui Bubu! Le ciel l'envoyait, cela ne faisait aucun doute pour la Grande Mahaut. La blonde Marlyse dont Bubu rêvait à Cambridge n'avait pas un sou de dot, son père s'était ruiné en spéculant. Que pouvait faire Bubu? S'incliner devant la raison d'Etat Kergoust. Mais si son père et Adélaïde... Si c'était vrai ce qui se racontait? Bubu se répétait que si elle n'était pas vierge il la chasserait sur-le-champ! Ce qu'il n'aurait jamais fait, bien entendu. Elle avait beaucoup saigné. Alors, les ragots? Vierge! Elle était vierge! Bubu aurait voulu le crier certains soirs, au Cercle. Il se sentait tellement soulagé qu'il aimait Adélaïde, dans les premiers temps. Mais la façon dont elle tenait la bride... Mon argent! Mon argent! Ça transpirait dans tout ce qu'elle disait et Bubu en souffrait de plus en plus parce que, *son* argent, il ne le voyait pas, ou si peu. Toujours mendier. Il n'en pouvait plus. Il en aurait envoyé à Gladys en apprenant que le petit salaud l'avait abandonnée. Pouvait-il en demander à Adélaïde pour elle ? Gladys l'avait blessé, humilié en partant avec le voyou, qu'il connaissait tellement bien. Il venait à la Nouvelle Hollande. Ah ! Gladys, Gladys. Quand il se serrait contre elle, enfant, en cherchant la consolation d'un chagrin qu'il ne comprenait pas très bien (l'oncle Johnny était si gentil), elle lui donnait un chocolat ou une praline. La souffrance guérie par la gourmandise.

— Vous n'êtes pas libre à déjeuner, Gustave ?

Mestal entrait dans le bureau.

— Hélas non ! Bubu. Demain, si tu veux.

Pas demain, le comte la voulait tout de suite, sa praline. Où la savourer ? Au Café de la Paix ? Chez Drouant ? Au bar du Chatham ? Aux Halles, dans un bistrot de Mestal ?

Il avait opté pour la Régence, après avoir descendu l'avenue de l'Opéra à pied. Une journée d'automne agréable. Les robes raccourcissaient. Il sortait son binocle pour admirer des jeunes filles qui montaient dans l'autobus. Dans une poche de son raglan en poil de chameau, très court, très *british*, il avait retrouvé un petit recueil de poèmes que lui avait dédicacé Emilienne. *Sous le masque.* Des poèmes d'Emilienne ? Elle a sûrement écrit la dédicace, raillait Beaumont.

Après avoir déposé Muguette au Ritz, le comte avait suivi Beaumont à son Cercle, avenue de l'Opéra. Rien de commun avec celui de Port-Louis, un palais comparé à une chaumière. La salle de jeu ne rappelait en rien l'antre enfumé du Chinois où Bubu avait laissé tant de plumes. Il avait juré de ne plus toucher une carte. La roulette ? Pas la moindre envie de miser. A Port-Louis, il jouait pour réparer les injustices du sort. Un Kergoust ne doit-il pas être riche par essence ? Sa fortune ne dépendait plus d'un hasard bienveillant. Moins servi par ses qualités que par ses défauts, le gentil Bubu comblait ses lacunes par une assurance héréditaire qui confinait à l'inconscience. Il s'épanouissait dans le climat *équatorial* de l'arrière, aussi à l'aise parmi les profiteurs qu'un enfant dans une pâtisserie. Pas du tout surpris par la facilité avec laquelle il gagnait de plus en plus d'argent. Qu'un Kergoust change en or tout ce qu'il touche, quoi de plus normal ? Lui, par surcroît, était le petit-fils d'une milliardaire américaine.

— Un homard, monsieur le comte ?

La nourriture ranimait de superbes souvenirs de Maurice. Les langoustes qu'on ramassait sur la plage après un cyclone ! Combien de livres pesait celle qu'on avait servie au baptême de Pascaline ? La question éveillait une certaine nostalgie. Quand le maître d'hôtel parlait d'un perdreau, le comte se souvenait de son chien, son vieux Braco qui, de son regard voilé, obscurci par le pus, l'avait supplié de le tuer de sa main parce qu'il ne pouvait plus l'accompagner à la chasse. Braco à l'arrêt. Les perdreaux piètent le matin, tôt, et c'est fou ce qu'ils avalent comme insectes.

— Je n'aime pas le perdreau faisandé.

Le comte tâtait la cuisse en racontant comment, avec ses deux Purday, il avait réussi le coup du roi. Une compagnie s'envolait. Pan ! Pan ! Deux perdreaux. Le temps de changer de fusil. Pan ! Pan ! Encore deux perdreaux, au-dessus de sa tête, ils tombaient à ses pieds. Et avec le premier Purday rechargé par le garde. Pan ! Pan ! Six perdreaux avec six cartouches.

— C'est quelque chose, monsieur le comte.

Le garde Absalon ? Il se débrouillait bien mieux que son grand-père, ce gamin, il allait beaucoup plus vite que le vieux Jéroboam. Ce gamin, ce gamin. Allez, à la trappe, avec l'oncle Johnny, avec tout ce qui dérangeait ou grattait. Le comte mangeait. D'être seul à table ne le dérangeait pas, finalement. Louis XIV mangeait seul, et Monsieur se tenait debout, devant lui. Qui le lui avait raconté ? Mestal, scandalisé, ça le choquait, les rois et le reste. Moi, il m'aime bien. Mestal était plutôt à gauche, pas tout à fait radical-socialiste, mais pas loin.

— Le socialisme submergera le monde.

Prophétie de Mestal, chez Emilienne. Il parlait avec un Russe blanc. A Moscou et à Saint-Pétersbourg, on n'arrivait plus à enterrer les morts du choléra, on alignait les cadavres dans les cours des hôpitaux, les chiens flairaient les visages. Un enterrement de pauvre, avec un corbillard tiré par un seul cheval, coûtait 300 roubles.

— C'est beaucoup ?

— Vous aviez une cuisinière pour 100 roubles par mois.

De sa table, le comte voyait la Comédie-Française, où Muguette l'avait traîné pour entendre *Phèdre*. Il s'était endormi.

— Et vous ronfliez ! affirmait Muguette.

Le comte aurait payé cher pour souper un soir avec Gaby Morlay, admirée dans une pièce de Bernstein, au Gymnase ; le Gymnase se trouvait un peu loin sur les Boulevards, quasiment dans le Paris populaire. Mais cette Morlay ! Chaque fois qu'il en parlait, Muguette lui faisait une scène. Allez la retrouver, votre Bécassine ! Jalouse comme une tigresse. En vertu de quoi, je vous le demande ? Chez Emilienne, Mestal avait débité une tirade de Chantecler :

Et si de tous les chants mon chant est le plus fier
C'est que je chante clair.

Quel génie, Rostand. En mauvaise santé, hélas ! Ah ! c'était merveilleux de vivre à Paris. Le comte sortit son carnet Kirby Beard pour inscrire : dîner chez Maxim's avec Emilienne de Voulenzon, après demain soir, donc le... Il nota aussi : 50 louis à B. Il s'agissait de Beaumont. En fourrant les 1 000 francs dans sa poche, au Cercle, l'aviateur avait dit à Bubu :
— Un petit manoir tout près de Paris, en Normandie, ça ne t'intéresse pas ?
Son père venait de mourir.

VII

En mer, octobre 1918
Sur le *Mohandas*

Le Mohandas emmenait Oudinot et Absalon (pardon, Anselme) à Bombay. Le départ de Port-Louis s'était fait dans une bousculade éprouvante. Le curé de Port-Breton avait alerté l'évêque, Mgr Murphy, qui venait d'obtenir des crédits pour la création d'un séminaire.

— Il ne faut pas laisser partir ce garçon, Monseigneur, avait expliqué le curé à l'évêque en lui rappelant (ou en lui apprenant) qu'Absalon était le fils du comte de Kergoust.

Le curé était ensuite intervenu auprès de Jézabel, très troublée ; elle espérait tellement qu'Absalon deviendrait prêtre. Il lui arrivait aussi de s'interroger sur les motivations de Monsieur Henri ; pas longtemps, elle se le reprochait, Monsieur Henri était si bon. S'il songeait vraiment, comme il le laissait entendre, à léguer sa fortune à Absalon ? Et peut-être son nom ? Il ne le précisait pas, mais...

— Je vous le confie, Monsieur Henri, je sais que vous vous occuperez de lui comme d'un fils.

Elle avait osé le dire, et il acquiesçait. Si je pouvais voir ça. Elle parlait fréquemment de sa mort. Le Seigneur peut me rappeler. Elle retrouverait son cher Job'am au paradis. Le même que celui des maîtres ? Si Absalon devenait le *fils* d'Oudinot, il irait forcément au paradis, lui. Le vrai. Les choses s'embrouillaient dans la tête de Jézabel. Le Seigneur lui permettrait peut-être d'attendre le retour d'Absalon. Absalon médecin ! Elle l'avait béni, agenouillé devant elle.

— Ne pleure pas, nénène, ne pleure pas, sanglotait Absalon.

Oudinot avait du mal à retenir ses larmes.

Son père l'aimait bien, mais cet amour-là, entre la vieille Jézabel et son petit garçon... Elle disait *gâsson*, son petit *gâsson*. Cette chaleur. Ce bonheur d'être tout l'un pour l'autre.

— Souviens-toi toujours de la parabole du bon serviteur, il

n'enterre pas, pour le cacher aux voleurs, le talent que le maître lui a donné, il le fait...

Jézabel ne trouvait pas le mot. Absalon avait complété :

— ... fructifier, il le fait fructifier pour rendre plusieurs talents, nénène. Je promets, nénène, je promets.

Sur le bateau, Oudinot y pensait souvent. C'est par l'enseignement de Dieu que se transmet la civilisation. Jamais il n'avait trouvé Absalon plus beau qu'à ce moment-là, quand il craignait que Jézabel, *travaillée* par le curé (qu'Oudinot détestait), le retienne. Les yeux brillants de chagrin et de bonne volonté. Grâce au ciel, depuis deux jours, Pascaline ne se trouvait plus à la Nouvelle Hollande. La Grande Mahaut l'avait récupérée. Tout en s'en félicitant, Oudinot ne pouvait s'empêcher de plaindre la petite fille. Les images des deux enfants nageant à travers le jardin de Shiva. Parfois, quand il se penchait sur l'arrière du *Mohandas*, Oudinot *voyait* Pascaline dans l'écume, une sirène. Il n'osait pas parler d'elle. Absalon (pardon, Anselme) avait le cœur gros. Il fallait qu'il oublie, se répétait Oudinot. Si elle lui manquait ? S'il éprouvait pour elle... Oudinot refusait d'y penser. Il sait qu'elle est sa petite sœur, donc... Rassuré pour autant ? Malgré lui, Oudinot admettait la supériorité blanche de Pascaline, mais en regimbant, ce qui, hélas ! ne changeait rien au fait qu'Absalon, même docteur, même riche, resterait noir. Un nègre.

On ne pouvait plus lui reprendre Absalon. Oudinot avait été soulagé quand le *Mohandas* s'était détaché du quai avec des hoquets et des frissons. J'aurai un fils noir. Pourquoi pas ? Moi aussi j'étais une sorte de nègre, un nègre blanc, si l'on veut, sans cheveux, sans cils, sans sourcils. Il fouillait dans ses souvenirs : est-ce que mon père me donnait la main dans la rue ? Il avait parfois le sentiment d'embarrasser son père. Il se promettait que lui, jamais, jamais... C'était merveilleux de sentir la main d'Anselme dans la sienne quand ils arpentaient le pont ensemble. Oudinot partageait une cabine avec un fonctionnaire qui assurait une liaison avec l'administration du vice-roi de l'Inde. Anselme dormait dans un hamac, dans l'entrepont, aucun problème ; il mangeait avec Oudinot à la table du capitaine Bullwark. Jézabel lui avait appris les bonnes manières, il savait tenir son couteau, sa fourchette. Oudinot le servait. Il apprendrait vite. Il observait, attentif à tout. Le capitaine Bullwark fondait pour lui, vouant du coup à Oudinot un véritable culte, comme s'il devenait le prophète des opprimés du monde entier. Quand Oudinot permettait à Anselme de rejoindre Bullwark à la passerelle, le capitaine lui passait le gouvernail après l'avoir coiffé de sa casquette blanche. Oudinot l'avait habillé en collégien, l'uniforme qu'il portait au lycée de Port-Louis, un spencer gris clair sur des pantalons gris foncé. Les pantalons n'étaient pas assez longs pour Anselme, et on n'avait pas eu le temps d'y remédier. On voyait ses chevilles. Ses chaussures lui faisaient mal. Sur la passerelle, avec la complicité du capitaine, il se mettait nu-pieds.

— Ne le gâtez pas, monsieur Oudinot.

La recommandation de Bullwark amusait Oudinot, en le comblant ; sa tâche n'était pas simple : tout donner à quelqu'un qui est né pour ne rien avoir, pour n'être rien. Oudinot s'interrogeait parfois : ai-je le droit de le transplanter dans ma vie ? Si la sienne, au kraal, était plus heureuse ? D'une certaine façon, il le sortait du paradis, et sans qu'il ait commis la moindre faute. Le serpent, avec la pomme, c'était lui Oudinot. Si la pomme était empoisonnée ?

— Anselme...

— Oui, Monsieur.

Pas Monsieur. Mais quoi ? Comment doit-il m'appeler ? Orak l'appelait *Sir*. Dans les familles anglaises d'un certain standing, les garçons donnent du *Sir* à leur père. Orak baragouinait un peu d'anglais au départ et Oudinot lui parlait en anglais ; pour lui, à Londres, c'était plus utile. Anselme était plus avancé en français, encore que... Un vocabulaire très réduit, avec la plupart des mots à rectifier. Sans parler de la prononciation. Mais quel élève ! Dès le matin, il venait s'accroupir auprès de la chaise longue sur laquelle Oudinot s'installait, pour recueillir tout ce qui tombait de sa bouche. Oudinot racontait le passé de Maurice, il parlait de l'Inde, du monde. La terre est ronde. Je le sais, disait Anselme. Qu'est-ce que cela signifiait pour lui ? Il l'avait appris, il le répétait, comme il répétait à Pascaline les histoires de la Bible, le paradis, le déluge, Jonas avalé par une baleine. Tout était à reprendre, à expliquer. A *normaliser*. Des quantités de petites roues à mettre en place, comme dans une montre. Jusque-là, Anselme avait retenu ce qu'il entendait, comme un mur retient des éclaboussures de peinture.

— Oui, Monsieur.

Non, non. Père ? Absurde. Prématuré. Qu'est-ce que j'ai promis à Jézabel ? se demandait parfois Oudinot. Il n'oubliait pas les réactions d'Adélaïde, franchement hostiles, ni celles de Lesterton, qui évaluait la situation avec réalisme. Attendez, vous verrez bien d'ici un an, d'ici deux ans.

— Appelle-moi Henri.

— Oui, Monsieur Henri.

— Pas Monsieur Henri, tu m'appelais comme ça à la Nouvelle Hollande. Tu n'es plus à la Nouvelle Hollande. Tu es avec moi. Tu deviendras médecin. Tu le veux ?

— Oui...

Une hésitation et :

— Oui, Henri.

Tout ce qui se lisait à cet instant dans ses yeux, ses admirables yeux noirs, avec cette petite tache dans le blanc de l'œil gauche, qu'on retrouvait chez Bubu. Quand Bubu saura que... Oui, Henri, je veux devenir médecin, je t'appartiens, tu n'as pas de cheveux, pas de cils, pas de sourcils, je te donnerai les miens, tu es mon soleil. Un regard de chien avec toute la lumière de la mer et du ciel en plus. Quand Oudinot fermait les yeux, il voyait encore Anselme nager dans l'eau de paradis du lagon, avec Pascaline. Il oubliait Pascaline, elle se diluait, une touche blanche pour souligner les contrastes. C'est fou ce que je fais. Il regardait parfois Anselme comme un peintre, en clignant de l'œil. Mon enfant, il se sentait à la fois père et mère.

Anselme écrivait déjà convenablement, quoique très lentement. Oudinot lui avait demandé de noter tout ce qu'il ressentait, et qu'il était capable de transcrire. Dessiner ? Oudinot se souvenait des singes (admirables, fantastiques, ils devenaient grandioses) dont Orak peuplait ses cahiers. Ah ! Comme il regrettait de les avoir jetés. Par dépit ? Il garderait les cahiers d'Anselme pour suivre son évolution. Anselme ne dessinait rien, malgré les invitations d'Oudinot. Pourquoi ce don chez Orak ? Un héritage de l'Inde ?

Bien entendu, Anselme ne prendrait jamais la place d'Orak. Jamais ! Jamais ! Fini, fini, tout était fini, ce cauchemar sale. Oudinot lavait à grande eau les dernières traces de sa nuit au Petit Trianon. Que s'était-il passé ? Rien. Il s'était réveillé malade et il était parti fâché avec Rose. Pourquoi ? Il ne savait pas, il ne voulait pas savoir. Il enverrait une carte postale à Rose, de Londres, ou de Paris. Il devait se rendre à Paris, après avoir passé au

Colonial Office, à Londres. C'était à Paris que la Commission dont il ferait partie devait se réunir, avec des Français. Oudinot se préoccupait encore peu de la mission qu'on lui confiait. Il n'aurait qu'un rôle de figuration, il le savait. On l'avait choisi pour faire contrepoids aux excités rétrocessionnistes. Pourquoi rattacher l'île Maurice à la France ? Elle demeurait plus française en restant anglaise.

De la même façon, raisonnait Oudinot, Anselme m'aimera mieux que s'il était blanc, il aura toujours besoin de moi, beaucoup plus que je n'avais besoin de mon père, et pourtant... En lui donnant le prénom de son père, Oudinot conjurait la *tentation*, il plaçait Anselme hors de portée du désir. Joséphin ? Horreur ! Tout cela, c'était bien fini, il l'avait promis à son père, une promesse étrange en vérité : père, je vous donnerai un fils s'il est digne de vous, il sera noir, mais s'il mérite d'entrer au paradis, comme le jeune Indien converti sous le gibet par le Père Laval, vous ne lui en refuserez pas l'entrée, n'est-ce pas ? Il associait son père à ses ambitions morales de réformateur ; n'était-ce pas lui qui les avait éveillées ? Il l'avait longuement expliqué à Adélaïde. Comment se terminerait la toquade d'Adélaïde pour Chamarel ? Pourquoi avait-il laissé sa maison à Chamarel ? En l'expliquant, par téléphone à Adélaïde, avant son départ, il l'avait priée de passer parfois chez lui, pour voir... Voir si Chamarel ne saccagerait pas tout ? Il laissait Hector, avec une petite rente à vie, et les autres, Joséphin et Lily-Carmen, étaient payés pour six mois. Est-ce que je reviendrai ? se demandait Oudinot. En fait : est-ce que *nous* reviendrons, mais ce n'était pas formulé, *espéré*, peut-être, et dans un grand flou. Voir leurs têtes si un jour...

Oudinot n'était jamais venu à Bombay, mais il avait vu de très grandes villes, Londres, Lisbonne, Le Cap et d'autres. Il n'en était pas moins émerveillé par l'immense rade de Bombay, qu'Anselme, lui, découvrait avec stupeur : sur des kilomètres et des kilomètres, des maisons, des maisons, des maisons, encore des maisons, et toujours des maisons. Il ne disait rien. Oudinot lui expliqua que Bombay était devenue anglaise au XVIIᵉ siècle, quand une infante du Portugal l'apporta en dot au roi Charles II qui louait la ville et le port pour dix livres par an à la Compagnie des Indes. En parlant, Oudinot se demandait comment ce qu'il disait pouvait entrer dans l'esprit d'Anselme et s'intégrer à ce qu'il savait. Une infante. Probablement le Portugal. Le roi

Charles. Louer une ville. Il avait entendu parler de la Compagnie des Indes, mais qu'est-ce que cela signifiait pour lui ? Qu'est-ce que cela évoquait ? Ah ! tout ce qui restait à meubler dans cette magnifique tête...

— Est-ce que tu te sens français ou anglais, Anselme ?

Le garçon hésitait.

— Je ne sais pas, Henri, plutôt français, je crois, comme...

Il allait dire : comme Missiémaquis. Il se contentait de sourire. Le sourire nègre, pensait Oudinot, non sans se sentir embarrassé, et honteux de l'être.

— Tu es sujet britannique. Tu as un passeport britannique.

Ils n'avaient qu'une nuit à passer à terre. Pas question de descendre dans un palace avec Anselme. Le capitaine Bullwark suggéra un hôtel où on le connaissait, *The Star*, fréquenté par les adeptes (il en était) d'une religion créée par une Anglaise excentrique, Annie Besant. Oudinot la connaissait de réputation. Epouse d'un pasteur du Lincolnshire, le révérend Sibsay, elle avait divorcé après avoir découvert la libre pensée. Elle avait milité avec les suffragettes pour l'émancipation des femmes, après quoi elle était partie pour l'Inde, dont elle prônait l'indépendance. Elle avait fondé une université religieuse à Bénarès en présentant un nouveau Messie, un adolescent beau comme un dieu qui s'appelait Krishnamurti. Pour Oudinot, rien ne paraissait sérieux ; en revanche, Annie Besant avait de l'importance pour Bullwark, abonné au journal qu'elle éditait. L'extraordinaire complexité de tout, de tout, alors que... alors que... Oudinot découvrait les insuffisances de sa formation. On l'avait très mal préparé à *tout* comprendre, à accepter *les autres*, à les écouter, à puiser chez eux ce qu'ils pouvaient donner, tous, les savants, les ignorants, les Noirs, les malades, les bien portants. Les prochains. Le mot évangélique prenait un autre sens, Oudinot en avait vaguement conscience. En adoptant le merveilleux prochain Anselme, il deviendrait père, il serait même son propre père ; en tout cas, il le retrouverait. Pour descendre la passerelle, il posa une main sur l'épaule d'Anselme.

VIII

Le 8 novembre 1918
à Salonique

Campbell bouclait sa cantine. Embarquement à 13 heures. Enfin ! Avec le *breakfast* (sans œufs), Jimmy apporta une lettre d'Elvira, elle portait le numéro 909, et une autre de l'île Maurice. Adl'aïd ! Tout de même ! Cela faisait bientôt trois mois que le petit Chamarel avait emporté un message pour elle. Il ignorait quand il arriverait à Maurice, le pauvre gosse, avec sa main en moins. Campbell pensait de plus en plus souvent à Adl'aïd la nuit, quand il n'arrivait pas à dormir. Depuis qu'il savait que Jimmy devait se marier avec la petite putain de l'oliveraie, il ne recourait plus à ses bons offices. Ses bons offices ! Quelle misère, quand tant de bonnes femmes, à commencer par Adl'aïd, se tortillaient dans leur plumard...

Le plumard. Un mot de Fournier. Quel veinard, ce Fournier. Affecté au Val-de-Grâce, à Paris, il opérait des généraux de la prostate. Pas le moindre souci à se faire pour son avenir, Fournier, on lui proposait la direction d'une clinique à Neuilly. Avant d'apprendre sa mort, Campbell comptait sur Sir Arthur pour l'aider à ouvrir un cabinet de psychiatre, pas forcément à Londres. Après tout, il lui devait quelque chose. Il ne demande pas mieux, estimait Campbell. Ne l'avait-il pas *pistonné* au début de la guerre ? Campbell n'oubliait pas non plus les appréciations plus que flatteuses du grand psychiatre sur le dossier d'Adélaïde de Kergoust, l'essentiel des notes qu'il avait prises pendant sa maladie. Il ne fallait plus compter sur lui, mort et enterré mon cher papa, songeait Campbell en grimaçant. Il détestait de plus en plus Sir Arthur. Restait le magot d'Elvira, la mère de Campbell. Elle en parlait encore dans sa lettre 909, les droits d'auteur pour son récit *Le calvaire d'une mère* continuaient à rentrer. Le livre allait être traduit en français. On le vendait aux Etats-Unis. Mais reprendre la vie commune avec Elvira !

— J'ai trente-six ans !

— Aujourd'hui, *Sir* ? dit Jim. Joyeux anniversaire.

909 lettres, pas loin d'une lettre par jour depuis plus de quatre années que durait la guerre, mettons deux lettres tous les trois jours, d'une longueur égale, quatre feuillets d'une écriture droite, serrée, très lisible, presque pas de marge, toute la surface noircie. Pendant l'offensive de Franchet d'Esperey, quand Fournier lui avait mis un bistouri entre les mains, Campbell n'ouvrait plus les lettres de sa mère ; impossible de passer de la table d'opérations à la ferme de l'oncle Haverlock. Les premières primevères. La truie qui avait dévoré le dernier de ses douze petits oublié dans son ventre et qui lui faisait mal. Moi, se souvenait Campbell, en train de scier un tibia ; et on manquait parfois de chloroforme. Merde ! Merde ! L'oncle Haverlock avait un peu de fièvre, on lui préparait un lait de poule pour le remonter, lire ça quand les camions déversaient des blessés, des moribonds, des pauvres types abîmés pour la vie, et ceux qui ne l'étaient pas tout à fait, je me chargeais, moi, de les arranger. Non, c'était idiot de le penser. Fournier avait raison, je ne pouvais pas rester avec les mains dans les poches. Mais le déchet ! On avait beau se répéter : je fais de mon mieux... Merde ! Merde !

La lettre d'Adl'aïd. De plus en plus souvent, depuis que Chamarel était parti, Campbell ressentait comme des fringales d'île Maurice. Partir, fuir ce monde pourri, pour toujours abîmé par la guerre, les morts sous les croix de bois alignées, les gueules cassées, les amputés...

— Pense aux grognards de Napoléon qui revenaient de Moscou, sur une jambe, disait Fournier. On progresse !

Sans parler de ce pauvre crétin de Jim qui se prenait pour le père de l'enfant de tout l'hôpital. Et s'il avait raison ? Aux innocents le cœur plein. La terre sent bon ici, disait Jim. Campbell se souvenait d'une pleine eau dans Baie Bleue. Une eau parfaitement lisse, pas une ride, un miroir. Il avait nagé longtemps, il se reposait au large, debout, immobile, avec la tête hors de l'eau, comme si elle était posée sur un plateau ; il avait pensé à la tête de Jean le Baptiste, offerte à Salomé. Ma tête au milieu de l'océan Indien. Pourquoi ce souvenir mêlé à tant d'autres lui revenait-il pour ainsi dire encadré, comme une carte postale sortie d'un paquet, fixée sous une glace, souvent regardée, alors que les autres, du même paquet...

Qu'est-ce qu'elle écrivait, Adl'aïd ? Bien-aimé docteur, venez vite, vous seul pouvez complètement me guérir, vous avez raison, ici *it's paradise*; encore faut-il que nous y soyons ensemble. Idiot, idiot.

— Vous avez raison, dit Jim.

Vous avez raison, la guerre est idiote.

De plus en plus souvent depuis le départ de Fournier, Campbell parlait tout haut. Le gâtisme. L'âge. Je vais avoir quarante ans. Bientôt cinquante. Ça vient vite. C'est fichu. Il pleuvait sur Salonique, un sale temps brumeux et gluant. Jim n'arrivait pas à faire prendre le feu. Campbell lut rapidement la lettre d'Adl'aïd. Bien banale. Très heureuse de vous savoir en vie. Ce n'est pas mon mari qui est mort en héros, il fait des affaires à Paris. Nous divorçons. Et ceci : parfois il me semble que ma vie est terminée avant d'avoir commencé. Exactement ce que Campbell ressentait souvent. Deux pages d'une belle écriture de demoiselle, *renversée*, comme on l'enseigne dans les institutions pour jeunes filles du bon monde. Eric (tiens, elle l'appelle Eric, le petit Chamarel, il est vrai qu'ils sont tous plus ou moins cousins là-bas), Eric m'a raconté votre vie à Salonique, dont vous souhaitez partir. Où que vous alliez, cher Oliver, mes meilleures pensées vous accompagneront toujours et si jamais, pour vous reposer de la guerre qui finira bien un jour, vous désiriez passer quelque temps *in paradise...* Elle faisait allusion à sa lettre à lui : *it was paradise.* Très gentil, tout ça. Vous m'avez rendue à la vie, mon cher Oliver. Bien, bien. Il est certain que si elle avait été soignée par le vieux Dr Jollygood... On avait rapporté à Campbell les commentaires de Jollygood apprenant qu'il portait sa malade dans la mer. Affaiblie par deux années au lit ! Les bains n'avaient peut-être pas sauvé Adélaïde mais...

Campbell enveloppait dans un foulard le phallus de porphyre dont Fournier lui avait fait cadeau avant de le ranger dans sa cantine avec ses notes sur « le cas de la comtesse K ». Un godemichet qui datait d'avant Jésus-Christ. Est-ce que, déjà, les femmes jouissaient ? Est-ce que, déjà, pour reprendre l'expression de Fournier, *elles avaient besoin ?* Sûrement pas toutes. Les plus évoluées. Pour ça aussi, on revenait à Darwin. Dans la jungle, la femelle accepte le mâle lorsqu'elle est en état de fécondation, et elle y prend sans doute un plaisir qu'elle oublie aussitôt. Hors ces courtes périodes d'excitation instinctive, la femelle repousse le mâle. Personne ne lui parle du plaisir, des beautés de son corps, de la couleur de ses yeux, alors que la femme, elle, est constamment excitée par les mots. Si elle se refusait parce que ce n'est pas la période, son bonhomme chercherait ailleurs et, par conséquent, pas de famille, pas de mariage, pas de société. Pour devenir une femme, la femelle doit se prostituer, avait remarqué Fournier. Il avait suggéré à Campbell d'écrire un livre qui ferait un tabac, prévoyait-il : *de la femelle à la femme.*

— Tu vois ça à la devanture des libraires ? Ta comtesse n'est pas un cas, c'est un prototype de notre époque. La guerre transforme les bonnes femmes en bonshommes.

L'évolution par la mémoire, c'est-à-dire par les mots répétés, répétés... Par paliers, par étapes. Toutes les femelles ne sont pas devenues des femmes du jour au lendemain. Beaucoup restent des femelles. La frigidité, c'est quoi ? La conséquence d'une évolution freinée. Où en restaient les petites Indiennes pauvres que Campbell vaccinait à Maurice ? Pas très différentes des guenons, pour la sexualité. Idem pour tout ce qui entoure une naissance. Tu enfanteras dans la douleur. On enfonce ça dans la tête des femmes depuis si longtemps. Pourquoi ? Il devait y avoir une raison, pensait Campbell, sans la trouver. Peut-être pour accélérer le passage du stade de la femelle à celui de la femme par une prise de conscience ? Une guenon qui met bas souffre aussi. Elle n'anticipe pas, elle ne prévoit pas qu'elle va avoir mal, elle subit et oublie. Adl'aïd avait une peur folle de la souffrance. Et le plaisir, pour elle ? Le plaisir avec son gentil plein de soupe ?

Pourquoi ne pas écrire un récit romancé dont la comtesse de Kergoust serait l'héroïne ? Les droits d'auteur d'Elvira faisaient rêver le major Campbell, bien qu'il n'oubliât pas ses premières réactions à la lecture du *Calvaire.* Déplaisant, très déplaisant. Il se sentait trahi par sa mère. Que penserait Adl'aïd si lui... Pour un exposé technique, une communication à l'Académie de médecine, elle ne pourrait rien objecter ; mais un livre, un vrai livre comme celui d'Elvira ?

Pourtant, quelle histoire, absolument parfaite, presque trop claire. Au départ une fille amoureuse de son père. Elle rencontre Gaëtan (ce nom !), qui pourrait être son père, par l'âge, c'est un autre père en quelque sorte, dont bien entendu le père, le père-père, ne veut pas. Il est jaloux de sa fille. Quand elle passe outre, le père-père tue le père-amant. Sur quoi il meurt, foudroyé par une attaque. Châtié par Dieu, en quelque sorte. Deux fois orpheline, la fille se sent deux fois meurtrière. Elle ne peut pas pleurer l'amant abattu, qu'elle aimait en cachette. Elle se précipite sur le père pour obtenir son pardon. Il la maudit, ou tout comme, avant de rendre l'âme. Pour le *rattraper* dans l'au-delà, elle se plie à ses ultimes volontés. Il voulait un petit-fils Kergoust, avec la Nouvelle Hollande ? Elle épouse Bubu pour apaiser les mannes de Louis Girard. Rachat classique par le sacrifice. Las, le sacrifice est rejeté comme celui de Caïn, la fumée ne monte pas vers le ciel. Pascaline, une fille, apparaît entre les jambes d'Adl'aïd comme la preuve de son indignité, de sa culpabilité, c'est elle qui a tué Louis Girard (Gaëtan est oublié) ! Il ne reste à la brillante comtesse qu'à se condamner au maximum, la mort, la mort ! Ce qu'elle fait en restant immobilisée et silencieuse au lit pendant deux ans. Fantastique ! Sans parler de la résurrection, absolument magnifique. Elle voulait étouffer sa fille. Elle la sauve et reprend vie. Tout, absolument tout, admirablement combiné, bien plus convaincant que les histoires de Freud et de Breuer avec des serpents qui sortent des murs pour piquer le père endormi.

Pourquoi ne pas retourner à Maurice pour écrire tranquillement un vrai livre avec tout ça ? En même temps qu'à Adl'aïd, dans la mer, la chemise plaquée contre son corps parfait, Campbell pensait à une jolie Noire du Petit Trianon, très excitante, avec laquelle il avait *une habitude.* L'hygiène sexuelle. Une fois par semaine. Elle jouissait, et comment !, du moins avec lui ; enfin, elle donnait cette impression, mais peut-être (sans doute) jouait-elle la même comédie aux autres clients. On l'appelait Paulina au Petit Trianon. Elle avait un autre nom à la Nouvelle Hollande, dont elle venait, un nom biblique. Elle avait quitté la Nouvelle Hollande après la naissance d'un petit garçon que le comte Bubu (Bubu Ier !) lui avait fait, un garçon merveilleux, très intelligent, qui ramassait le crottin et qui portait la gibecière du comte (son père !) à la chasse. Quelles mœurs !

Campbell se sentait bien avec Paulina, et pourtant, *coupable.* Parce qu'elle était noire ? Parce qu'elle se prostituait ? Parce que, selon les normes de sa conscience, tout ce qu'on peut faire dans un bordel et particulièrement avec une Noire n'a pas la moindre importance ? Le merveilleux naturel de Paulina ! Une pureté animale. Je suis comme je suis, je fais ce que je fais. Adl'aïd, elle, ne serait sûrement pas aussi simple au lit. Au plumard. Encore que... Une fois le processus entamé... Un processus ! Qu'est-ce qu'une femme ? Réponse de Fournier : un sexe entouré de vide.

Campbell se voyait dans le lit à baldaquin de la comtesse, avec Adl'aïd et avec Paulina. Le *manque* échauffait son imagination. La Blanche, la Noire, laquelle des deux femmes était la plus femelle ? Paulina, a priori, mais... Le processus ! Sauter, enjamber, perforer, le vocabulaire de Fournier perdait son sel quand Campbell l'utilisait.

— Je fais descendre la cantine au port, *Sir*, dit Jim.

Dans trois jours, je serai à Londres. Incroyable. Campbell en rêvait, de ce retour, et voici qu'il appréhendait de rentrer dans une Angleterre isolée par la mer des malheurs de la guerre. Qui comprendrait ce qu'il avait vécu autour de la table d'opérations ? Il partait avec le transport de troupes *Carrington* arrivé dans la nuit ; on le voyait du balcon. Il n'avait pas prévenu sa mère de son arrivée, il désirait rester libre de ses mouvements au moins pendant quelques jours. On lui avait accordé une permission de deux semaines.

Par moments, surtout lorsqu'il pensait à l'après-guerre, il détestait sa mère ; il en avait honte aussitôt. Après tout ce que cette femme admirable avait fait pour lui. Il se sentait pris au piège et, comme un renard rogne une patte pour se libérer, il tentait de se séparer de sa mère ; c'était très douloureux, et aussi angoissant que pour le renard, comment survivre avec trois pattes seulement dans la forêt ? Campbell n'avait toujours pas digéré le livre d'Elvira. Elle m'a élevé contre *lui*, le père ; pour elle, c'était l'amant volage, le séducteur infâme. Il n'aurait demandé qu'à nous aider, estimait Campbell. Si la guerre n'avait pas tout dérangé, il aurait sorti sa thèse sur la mémoire et l'Evolution avec la bénédiction de Sir Arthur. Ou son étude sur Adl'aïd, *Le cas de la comtesse de K*. Médicalement, se disait-il, je serais devenu le fils de mon père, Sir Arthur. Mais maintenant ?

— Si je ne vous revois pas, *Sir*...

Jim triturait son calot en remerciant Campbell d'avoir appuyé sa demande, pour se marier.

— Il est peu probable que l'on vous accorde la permission, Jim.

— Si la guerre se terminait bientôt, *Sir* ? Le roi de Bavière est en fuite. Demain ce sera peut-être le tour du Kaiser. Je veux rester ici. Personne ne m'attend.

— C'est pour quand le bébé ?

— Pour le printemps, *Sir*.

Campbell, pour la première fois, serra la main de son ordonnance. Il descendit au port par les ruelles de la vieille ville, en se reprochant de ne pas avoir mieux regardé les maisons. A bord du *Carrington*, il partageait une cabine avec un commandant d'artillerie, Jack Osquith, qui avait participé à l'expédition des Dardanelles. Il avait failli perdre la jambe droite, criblée d'éclats. Il s'appuyait toujours sur une béquille.

— Vous avez de la chance, dit Campbell après avoir regardé sa jambe (Osquith tenait à la montrer). Chez nous, au lazaret, on vous l'aurait coupée, et si on m'en avait chargé, mon cher...

Osquith avait du très bon whisky. Il souhaitait garder la couchette du bas parce qu'il avait le mal de mer.

— Dès que ça bouge un peu...

Très bavard. Il n'avait aucun souci à se faire pour son avenir, lui, il possédait une usine de textile. Une ou plusieurs?

— Bien sûr, dit Campbell, les pansements, le coton hydrophile. Dites donc, vous avez dû vous remplir les poches?

— Ma femme s'occupe de tout, dit Osquith. Elle a profité de mon absence pour tout diriger. Et pour me donner un enfant.

Il sortit une photo de son portefeuille :

— Osquith junior, dit-il gaiement, un an. Je suis parti en 1916. Le calcul, pour un médecin... Quelle importance, Campbell? Nous n'avions pas d'enfant, nous avons un héritier, c'est indispensable pour le nom, n'est-ce pas?

Le nom? Osquith?

— Un de mes ancêtres, dit le capitaine, a fait les Croisades avec Richard Cœur de Lion.

Lord Osquith! Le Lord du coton.

— C'était mon grand-père, dit Osquith. Il descendait d'un Osquith fabriqué alors que notre aïeul se battait contre les Infidèles pour libérer le tombeau de Notre-Seigneur. Etes-vous catholique ou protestant, Campbell?

Il ne laissa pas au major le temps de répondre.

— Tout est un perpétuel recommencement, la guerre contre les Infidèles, les bâtards. Ma femme et moi n'étions que de bons amis, vous me comprenez? Elle a magnifiquement administré l'usine. Je vous la présenterai à Southampton, elle doit m'attendre.

— Mais...

— C'est une fort belle femme, Campbell.

Il retira ses lunettes :

— J'aimerais savoir quel effet elle peut produire sur un homme comme vous. Vous me rappelez le père de mon enfant. Je le connais, naturellement.

Campbell monta sur le pont. A peine sorti du port, le *Carrington* avait rencontré une forte houle. Une place sur trois restait vide au mess pour le dîner. Le commandant prit Campbell à sa table, avec un général en convalescence et un colonel qui portait une minerve pour caler une vertèbre fêlée à la suite d'une chute de chameau. Le commandant annonça que le Kaiser avait abdiqué.

— L'agence Wolf l'a confirmé.

Le général remarqua qu'on allait dès lors pouvoir examiner les ouvertures pour un armistice, multipliées depuis près d'un mois par le prince de Bade, le nouveau chef du gouvernement allemand.

— Un cousin du Kaiser, précisa le général.

— Je suis étonné qu'il existe des princes dans un pays dont les soldats, — c'est admis, n'est-ce pas ? — clouent des nouveau-nés sur les portes des églises, comme des chauves-souris.

La remarque, formulée d'une voix coupante par Campbell, irrita visiblement le général. Il avait connu le prince de Bade à Berlin où il avait été attaché militaire ; c'était un cavalier. Le commandant mit la conversation sur le temps, qui se gâtait. Osquith rendait tripes et boyaux quand Campbell le retrouva. Désolé, murmurait-il entre deux spasmes. Il montrait la bouteille, servez-vous, Campbell. Campbell finit par s'endormir. Il rêvait qu'il coupait une jambe. La scie se brisait sur l'os. Du sang partout. Le blessé qu'il opérait brandissait un bistouri pour l'égorger.

— Hé ! Campbell ! Campbell ! Réveillez-vous !

Osquith le secouait. Branle-bas de combat.

— Habillez-vous ! Mettez votre ceinture !

Un sous-marin allemand, le dernier à opérer en Méditerranée, venait de couler un cuirassé, le *Britannia*, à l'entrée du détroit de Gibraltar. Plus de 700 hommes d'équipage. Le *Carrington* mettait ses canots à la mer, pour repêcher les survivants. Campbell rejoignit le médecin de bord à l'infirmerie pour examiner des rescapés. Une fracture à réduire. A la fin de la journée, quand les recherches furent arrêtées, on apprit qu'il y avait quarante disparus. Servir de nourriture aux crabes alors que la guerre était vir-

212

tuellement terminée... Si l'on avait discuté plus tôt avec le prince (un prince !) de Bade, ces pauvres types seraient chez eux. Mais avec les farceurs qui dirigent les Etats... Les graines d'anarchie déposées par Fournier dans la tête de Campbell avaient germé après son départ, quand Campbell, resté seul, sans ami au lazaret, attendait avec une impatience grandissante son rappel en Angleterre.

Le *Carrington* avait pris vingt-quatre heures de retard. Grâce au ciel, le vent était tombé pendant les opérations de sauvetage.

Osquith avait passé la journée sur sa couchette à éplucher un numéro du *Times* au moins vieux de quinze jours.

— Je suis tombé sur quelque chose qui vous intéresse, Campbell.

Une annonce, en caractères minuscules, à la suite des nécrologies : on avait procédé dans l'étude de Schuster et Barrington à l'ouverture du testament de Sir Arthur, le célèbre psychiatre Balfour, conseiller de la Couronne.

— Regardez, Campbell, la ligne que j'ai cochée.

Sir Arthur léguait 20 000 livres au major Oliver Campbell, aux Armées.

— C'est de vous qu'il s'agit, je suppose ? Vous n'avez pas été prévenu ?

Campbell, effaré, lisait, relisait. Osquith lui tendit un verre.

— Vous êtes un parent de Sir Arthur ? Son neveu ?

— C'était mon père, bredouilla Campbell.

IX

Le 11 novembre 1918
à Paris

Un lundi, le comte s'était fait réveiller plus tôt que d'habitude, et comme il s'était couché tard... Nommé officier de la Légion d'honneur, Mestal avait fêté sa promotion chez Emilienne de Voulenzon, un petit dîner au caviar pour les intimes. Il profitait d'un arrivage par la valise. Du gris à gros grains, de la réserve du shah et du tsar. Il n'y a plus de tsar, avait-il remarqué en riant, mais il y a toujours des gens pour manger le caviar. Très excité par la tournure des événements. Cinq mulots gris, c'est-à-dire cinq Allemands de haut rang avaient traversé nos lignes jeudi en fin d'après-midi. L'armistice est imminent. D'une heure à l'autre. Embêtant. Le comte avait promis à Beaumont de voir son manoir et son notaire dans la matinée. Impossible de remettre au lendemain, si l'on voulait conclure une vente à l'amiable avant les enchères publiques.

— Appelle Madame Juliette, Heinrich.

— Service, monsieur le comte.

Il était huit heures. Le comte sortait du bain et déjeunait en étouffant des bâillements. Il pria sa secrétaire de téléphoner au Ritz.

— La chambre 63, oui, Monsieur.

— Vous direz à la personne...

Tiens, il me demande de lui parler ! Oh ! le message était bref : le comte de Kergoust serait place Vendôme, à la porte du Ritz, à neuf heures tapant. Elle comprendrait. Si elle tenait au manoir... Le comte l'achetait à son nom afin d'éviter des complications pour le divorce. Il était marié avec Adélaïde sous le régime de la séparation (elle avait tout, même la Nouvelle Hollande), mais sait-on jamais, deux précautions valent mieux qu'une. Encore que... Muguette avait beaucoup changé depuis qu'elle connaissait Emilienne de Voulenzon. Elles ne se quittaient plus, Mimi, et Mumu, on les voyait partout, même à l'Opéra ! Le pauvre Bubu à l'Opéra, en frac, le monocle à l'œil, trottant derrières elles, que tout le monde reconnaissait, saluait, des œillades, des roucoulades ; et qui c'est le gros qui les accompagne ? Le comte n'appréciait pas du tout. Elles parlaient d'ouvrir une maison de couture ou d'en racheter une. Pas avec mon argent, bougonnait le comte, en faisant le sourd quand elles expliquaient qu'on pouvait avoir Gerlor pour rien, avec les parfums en prime ! Les analyses de la crème de Jézabel étaient très avancées. Muguette cherchait un nom de marque à déposer, la crème qu'on utilise au paradis, la crème des anges, mystérieuse, miraculeuse, orientale, les secrets des Mille et Une Nuits, un mot pour évoquer tout ça, reine de Saba ? Pourquoi pas. Le comte supportait de plus en plus difficilement les cogitations de Muguette, inspirées par l'autre, évidemment. Oh ! Emilienne n'était pas désagréable, et les imbéciles, comme Beaumont, qui s'imaginaient que... Une amie, une amie maternelle, elle n'était rien d'autre pour Muguette. Qui pouvait imaginer un seul instant la merveilleuse Muguette entre les bras de cette bonne grosse vieille, peinte comme une poupée indienne. Tiens : crème indienne, ça ne serait pas si mal, qu'en penses-tu, Muguette ? Elle haussait les épaules. Il suffit que je propose quelque chose, râlait le comte. Mais mon argent, alors ça, l'argent. Sa façon de prendre l'argent sans même dire merci, comme si elle me faisait la grâce de l'accepter, quel bonheur, quel honneur pour vous, oui, je daigne, oui, je consens à ce que vous régliez mes dépenses au Ritz, mes robes... Pour les robes, elle se débrouillait. Poiret ne voyait plus que par elle. Une sorte de pacha barbu et dédaigneux, ce couturier. Qu'est-ce qu'un couturier ?

— Tu pourrais habiller des femmes, Heinrich ? Non, non, je n'ai rien dit. C'est un drôle de métier, n'est-ce pas ? Habiller des femmes ! Nous, on penserait plutôt à les déshabiller.

— Service, monsieur le comte.

Le comte s'était mis en uniforme parce qu'il devait passer à seize heures à l'ambassade de Grande-Bretagne pour se faire remettre le brevet royal, avec la citation d'Honorin, son frère. Par l'ambassadeur ? Peu probable, estimait Mestal, auquel le comte avait montré sa convocation.

— Ça bouge, ça bouge, tu ne peux plus arriver à voir les gens dont tu as besoin.

Mestal avait pourtant rencontré Clemenceau, dans son bureau :

— Avec son bonnet de laine, et ses gants gris. Extraordinaire.

Un vieillard eschylien, la peau jaune, tu sais. Il a une sorte de panneau sous les yeux : 222ᵉ semaine de guerre. Ce sera la dernière. La victoire, c'est lui, le Tigre, le dernier survivant de l'Assemblée de Bordeaux qui a livré l'Alsace aux Prussiens. Il a pleuré en apprenant que les mulots gris se sont présentés à nos avant-postes sur la route de Capelle.

Mestal avait glissé au comte qu'à sa place il ne quitterait pas Paris :

— D'une heure à l'autre, on va apprendre que c'est fini. On ne peut pas rater ça.

— Vous pensez que je devrais laisser tomber le manoir ?

— C'est sûrement une bonne affaire. Ne t'attarde pas là-bas, signe si tu te décides, et reviens, ventre à terre.

Le comte n'avait plus tellement envie du manoir, mais Muguette paraissait y tenir. Pourquoi ? Beaumont lui avait montré trois cartes postales, une du manoir, en briques, très normand, avec deux immenses cheminées octogonales aux extrémités, une autre de l'entrée qui donnait sur une somptueuse allée de tilleuls, et une troisième avec la roseraie et un bon morceau du tennis. Comme à Rosebelle ! avait-elle soupiré. Le comte se demandait si elle ne se laissait pas influencer par Emilienne qui — Mestal lui avait ouvert les yeux — touchait des commissions sur les affaires qui prenaient naissance chez elle. Comme Joséphine de Beauharnais, avait ajouté Mestal.

— Ça ne signifie pas qu'on se fait avoir. Avec le manoir, elle te met sûrement sur un très bon coup, Bubu. Si tu ne veux pas le garder, tu le revendras facilement, et quel est le meilleur placement après une guerre, quand il faut payer la victoire ? La terre, hein ?

Un bois, des prés, une ferme avec une dizaine de vaches dépendaient du manoir, une bonne quarantaine d'hectares. Fallait-il vraiment tout mettre au nom de Muguette ? C'était cela qui agaçait le comte, il avait émis cette idée pour rappeler à Muguette tout ce qu'elle lui devait, et qu'elle oubliait en échafaudant des projets absurdes.

— Bientôt, tu seras la comtesse de Kergoust !

Oui, oui. Elle n'en paraissait pas convaincue. Est-ce qu'elle se moquerait de moi ? Une gamine comme elle. Elle ne l'écoutait plus. Elle s'était fait couper les cheveux. Il fallait reconnaître que sa nouvelle coiffure la rendait encore plus jolie, et surtout, plus *différente.* Pas une femme, et parmi les plus parisiennes des Parisiennes, n'avait ce chic, ce chien, quelque chose de merveilleusement enfantin, on la trouvait angélique, et, en même temps... Une touche de perversité ? Un mot idiot. L'eau qui dort ? Rien d'assoupi en elle, elle extériorisait toujours tout et parfois c'était plutôt embarrassant. Une fausse innocence ? Le comte n'oubliait pas comment elle l'avait attaqué, alors qu'il la ramenait à son père, à Rosebelle. A seize ans ! Où as-tu appris à embrasser comme ça ? Au couvent ! Chez la Grande Mahaut. Si elle savait, celle-là, tout ce qui se passe dans ses dortoirs. Et moi ? Qu'est-ce que j'en sais ? se demandait le comte. Non, non, on n'arriverait pas à lui faire croire qu'Emilienne avait réussi à mettre Muguette dans son lit. Mimi et Mumu. Ça donnait lieu à des variantes, difficiles à ignorer. Mimi et Mumu font... Devinez quoi ! On avait pu lire ça dans *Fantasio.* Ou dans *Le Rire ?* Une revue parisienne. Le comte les faisait toutes acheter ; il les parcourait avec inquiétude. Bien entendu, il avait mis Muguette en garde contre ces ragots.

— Moi ! Vous penseriez que je suis capable de ça et...

Elle n'allait pas plus loin ; Bubu complétait : Et vous voudriez m'épouser ? Il ne lui restait qu'à battre en retraite en cherchant à se faire pardonner. Passe pour cette fois, mais n'y revenez plus. Il sortait affaibli de ces escarmouches. N'empêche que quelque chose se dégradait. D'une certaine façon, Muguette le trompait. S'il n'était pas cocu, on pouvait le penser. Certains le prenaient pour un idiot qui refusait l'évidence, il le savait, il le lisait dans les regards qui s'échangeaient autour de lui et de Muguette, au théâtre, pendant les entractes, chez Maxim's ou au Perroquet. Le gros, le chauve, qui est avec une fille sublime. Il entendait ça, le gros, le chauve, lui qui n'était ni vraiment gros, ni complètement chauve, en tout cas, s'il était chauve... La plupart des financiers sont chauves, non ? Je vous emmerde, je vous dis *sucre,* et encore *sucre.* Tous ces pauvres types enviaient sa réussite.

— Mlle de Chazelles vous attendra à neuf heures précises à l'entrée du Ritz. Elle ne voudrait pas faire le pied de grue. Je répète, Monsieur, ce qu'elle m'a dit.

Juliette connaissait l'occupante de la chambre 63 depuis longtemps par Mestal, qui lui en parlait sur l'oreiller. Très jolie ? Pas mal, encore que des souris comme ça, à Paris...

— Elle se moque du pauvre Bubu qui n'y voit que du feu, ah ! pour un comte, c'est un vrai comte.

Du deuxième *comte*, Mestal ne prononçait que la première syllabe, suivie d'un *tt* imperceptible. Il aimait bien son Bubu, qui l'amusait. Il prévoyait ce qui lui arriverait quand les affaires redeviendraient les affaires. Pour le moment, il rendait encore service. Grâce à l'Office, la France avait obtenu un quota sur le sucre de Maurice. A la Banque, on regroupait les Mauriciens de Paris, rétrocessionnistes, le Dr Rivière, Loïs d'Abbadie, Ange Galdemar, Hervé de Rauville. Mestal avait vu Clemenceau pour lui remettre une motion exigeant le retour de Maurice à la France. Elle avait paru dans *Le Temps*, qui avait cité le comte de Kergoust, directeur du Crédit Colonial. Juliette connaissait le dessous des cartes. Mestal, très bavard, se défoulait chez elle. Pas très généreux avec elle, mais elle lui devait son poste à l'Office où on la payait pour faire des traductions, et pourquoi pas ? Tous ces gens qui s'en mettaient plein les poches pendant qu'au front... Elle était moins sévère pour Mestal que pour le comte, qu'elle trouvait ridicule en uniforme, et plus que cela, *offensant*. Il avait osé un jour l'appeler dans sa salle de bain et il s'était levé dans sa baignoire alors qu'elle entrait. Gros dégoûtant ! Pour montrer quoi ?

— Je ne pense pas que je repasserai ici, Juliette, dit le comte. En fin d'après-midi, je serai à la banque. A moins que...

L'armistice ? Le comte était tenu au secret. Il enfilait son manteau en prenant un air mystérieux.

— Qu'est-ce que ce truc ?

Le comte tira un petit livre de sa poche de manteau, des poèmes d'Emilienne de Voulenzon : *L'eau dormante*. Il le tendit à Juliette :

— Vous seriez gentille de lire ça pour m'apprendre ce que je pourrai en dire.

— Emilienne de Voulenzon écrit des poèmes ?

— Vous la connaissez, Juliette ?

— On parle suffisamment d'elle, Monsieur.

Elle pensait à Mestal ; elle trouvait qu'il passait trop de soirées chez elle. Le comte se demandait si elle était tombée sur les échos des revues parisiennes consacrés à Mumu et à Mimi.

— Elle écrit vraiment des poèmes, Monsieur ?

— Tout ce que je peux vous dire, ma chère Juliette, c'est que la dédicace est de sa main.

Tiens, il commence à sortir des rosseries, se dit Juliette. Le comte était parti, un jonc à la main ; on l'entendait siffloter dans l'escalier.

Il allait faire beau, un rayon de soleil éclairait le sommet de la colonne Vendôme. Le comte n'avait pas l'habitude de rouler dans les rues de Paris à neuf heures du matin ; en général, il était encore au lit. Muguette l'attendait, et on la voyait de loin, coiffée d'un chapeau de cow-boy et drapée dans un imperméable de soldat américain, un MacFarlane. Beaumont était arrivé la veille chez Emilienne avec un aviateur américain qu'il appelait Buffalo Bill, mais qui protestait :

— Je suis Bill, pas Buffalo.

Il projetait d'ouvrir un cirque aérien aux Etats-Unis. Beaumont devait partir avec lui.

— On simulera des combats aériens, je serai le bon Français, allié de l'invincible Américain, nous descendrons du Boche à longueur de séance. Nous donnerons aussi le baptême de l'air aux gosses des fermiers enrichis.

— C'est sérieux ?

— On fera un fric fou.

Pour Beaumont, l'argent, c'était du fric. Pas pour le comte. Beaumont lui devait 25 000 francs, claqués au Cercle, et à déduire du prix du manoir si... Il en voulait 100 000 francs. Beaucoup trop. La moitié ? Mettons 60 000. Muguette devenait vraiment folle. Cette tenue. Un portier l'escortait avec un large sourire sur son visage rouge. Tout le monde avait un pépin pour Muguette, elle pouvait faire ce qu'elle voulait, ça passait.

— Vous n'allez pas garder ce chapeau et ce manteau ?

Elle avait retroussé les manches, dont l'intérieur était d'un vert plus sombre que l'extérieur.

Elle saluait le portier, la main à plat à la bordure du chapeau.

— Je suis le lieutenant de Buffalo Bill. En route, capitaine.

Alors qu'ils traversaient le Bois de Boulogne, après avoir éternué et toussoté, elle se plaignit d'avoir froid. Le comte arrêta la voiture pour lui passer son manteau. Beaumont avait crayonné un itinéraire. A Maurice on disait : une mappe. Après Versailles, la route de Dreux jusqu'à Gambais. Ensuite Montfort-l'Amaury.

Muguette somnolait, ouvrait un œil, poussait un petit grognement. Ravissante. Elle tenait son chapeau ridicule sur les genoux. Pas ridicule du tout, elle pouvait mettre n'importe quoi. Une feuille de vigne ! Quand elle sera à moi. Je mettrai le manoir à son nom à condition qu'elle accepte enfin de... Ça finissait par devenir vraiment ridicule. Elle est à moi et elle n'est pas à moi. Il faut qu'elle se décide.

— Cette voiture marche vraiment très bien, dit le comte, en la poussant *plein full* vers Montfort-l'Amaury.

L'automne, quelle splendeur. Le manoir de Beaumont se trouvait au-delà des Mesnuls, à la lisière de la forêt de Rambouillet. A Maurice, en novembre tous les flamboyants, les bougainvilliers... La meilleure saison, il ne fait pas trop chaud, on a rarement un typhon en novembre. Si Adélaïde était morte quand tout le monde s'y attendait, après la naissance de Pascaline... Le comte n'appuyait pas trop. Il aurait épousé Muguette, elle lui aurait donné un fils. Et il aurait fait fructifier l'argent Girard aussi bien qu'elle, Adélaïde ; mieux qu'elle. C'était tout de même fou ce qu'il avait déjà réussi à Paris. Il ne doutait pas de ses capacités d'administrateur et de financier même si, au Crédit Colonial, tout se décidait dans le bureau du secrétaire général, Hubert Loriol, un ancien polytechnicien qui, dans ses jeunes années, avait participé à la construction du chemin de fer d'Hanoï à Saigon. Un franc-maçon comme Mestal, affirmait Beaumont.

— C'est ta chance, Bubu, ajoutait Beaumont. Tu rassures les autres.

Les catholiques. La droite. Le Vatican.

— Sans parler des missionnaires qui sont en Chine et en Indochine et qui font la pluie et le beau temps.

N'importe quoi, Beaumont soutenait n'importe quoi. Il était chez lui, en principe. Il avait dit qu'il finirait la nuit au manoir, après la soirée chez Emilienne.

— Ça me dessoûlera.

Tout le monde avait beaucoup bu. Buffalo Bill ne voulait plus quitter Muguette. Craignant qu'elle prenne froid, il lui avait laissé son MacFarlane et son chapeau, plus des gants fourrés de peau de lapin. Où avait-il disparu ? Dans le lit d'Emilienne, peut-être ? Celle-là... Mimi et Mumu. Ça ne pouvait pas durer. Sitôt mariés... Et même avant, si le comte trouvait l'hôtel qu'il cherchait.

— On est arrivés, Muguette, réveille-toi.

La voiture de Beaumont était rangée au bout de l'allée des tilleuls, une Rolland-Pilain haute sur pattes, un bolide avec des roues très écartées et légèrement divergentes qui lui donnaient des allures de sauterelle prête à bondir. Mais Beaumont ? Personne ne répondant aux coups de sonnette, le comte avait poussé la porte. Dans l'entrée, six orangers dans des tonnelets remplis de terre ; on les avait mis à l'abri pour l'hiver. On passait dans une grande pièce. Salon ? Salle à manger ? Difficile à dire, il n'y restait plus guère de meubles, on les avait vendus (très mal) pour payer les droits de succession. Quand Beaumont recevait des citations d'huissiers au front, il les déchirait ; il s'en vantait, et le résultat... Quel type. En d'autres temps, sa famille l'eût expédié à Maurice ou en Chine sur un navire de la Compagnie des Indes.

— Voici Gérard, dit Muguette.

Beaumont remontait de la rivière qui traversait la propriété, la Divette. Il venait de pêcher une grosse anguille qui se tortillait comme un serpent au bout de l'hameçon fixé à une ficelle enroulée autour de sa main. Pas rasé, il avait passé sa vareuse d'aviateur sur un pantalon de velours de paysan ; chaussé de sabots. Il retira un vieux feutre crasseux de chasseur et salua Muguette comme un duc rendant hommage à la reine ; après quoi, il mit la main à la tempe :

— Mon capitaine, vous êtes superbe.

Il se pencha sur les bottes de Bubu :

— Pour la chasse à courre, n'est-ce pas ? Je n'ai rien vu de plus magnifique.

Le comte les tenait de son grand-père, le comte Mortimer, qui, au temps de sa splendeur, quand Janet Lindsett l'avait découvert en Angleterre, les avait commandées au plus grand bottier de Londres. Janet allait épouser Lord...

— Venez à la chasse avec moi, Mortimer.

— En veston de tweed et pantalon de flanelle ?

Elle l'avait équipé fastueusement. Les bottes allaient parfaitement à Bubu ; mais il ne voulait pas les salir en se rendant à la ferme ou en visitant le potager.

— As-tu jamais mangé une anguille sautée au beurre, Bubu ? La matelote, zéro, c'est du truquage. Quand tu sors ça de l'eau...

Il souleva l'anguille devant Muguette affolée.

— Venez à la cuisine, le seul endroit qui reste habitable.

Comme à la Nouvelle Hollande, il fallait descendre quelques marches. Une vieille servante se tenait à la porte.

— C'est Noémie, dit Beaumont. Je n'ai plus qu'elle au monde.

Noémie accrocha l'anguille au-dessus de l'évier pour la dépouiller sans se laisser troubler pas ses soubresauts.

— Elle vit toujours, souffla Muguette, épouvantée.

— Oh! Mademoiselle, quand je l'aurai coupée en morceaux et que j'aurai mis les morceaux dans la poêle, ça gigotera encore.

— Je n'en mangerai pas!

Beaumont versait du cidre dans des bols.

— Vous préférez peut-être une tasse de lait, Mumu?

— Elle s'appelle Muguette, dit le comte, sèchement.

Noémie entendit la sonnette de l'entrée; c'était le notaire, Mᵉ Gassiote, de Montfort-l'Amaury, un homme corpulent, venu à bicyclette, un effort pour lui. Il alluma sa pipe:

— Si Madame permet?

— Mademoiselle permet, dit Muguette.

— Mademoiselle de Chazelles, dit le comte. Ma fiancée.

Le notaire trouvait le comte vraiment trop vieux, il le rangeait dans sa catégorie d'âge, les quarante à cinquante. Il avait quarante-six ans. Comme le comte, il aimait manger. Il parla de chasse en montrant les bois du domaine. Il inventoriait les bijoux de la demoiselle de Chazelles, un solitaire qui faisait plusieurs carats, trois? ... quatre? Sa femme se mourait de curiosité. Allait-on vraiment vendre le manoir des Beaumont à des étrangers? Un comte en instance de divorce? Il ne pourrait pas communier. Le notaire apprit avec surprise que l'on tirait le cerf à l'île Maurice.

— Je vois à peu près où c'est, sur le flanc de Madagascar, n'est-ce pas? Il ne fait pas trop chaud pour les cerfs?

Il sympathisait déjà avec le comte quand soudain :

— Qu'est-ce qu'on entend?

Le notaire venait de parler d'argent. Cent vingt-cinq mille francs. Le comte cachait mal qu'il s'attendait à moins.

— Les cloches, messieurs!

Ils étaient au premier et passaient rapidement la revue des chambres vides. Pas de lavabos. Le chauffage. Les sanitaires. Beaucoup de frais, beaucoup, beaucoup.

— Les cloches ! Partout, messieurs !

Le notaire pointait l'index d'un côté puis d'un autre.

— Celles de Montfort ! Celles du Perche ! Toutes les cloches ! C'est l'armistice !

Il ouvrit les bras pour serrer Beaumont contre lui.

— On les a eus, mon petit Gérard.

— Vive la France ! cria Beaumont.

A l'écart, plutôt embarrassé, le comte se sentait exclu de la patrie. C'est trop cher, cent vingt-cinq mille.

— Il faut que je rentre à Paris tout de suite.

— Pourquoi ?

Le notaire avait prévu un déjeuner, chez lui.

— Mme Gassiote compte bien faire la connaissance du nouveau maître du manoir.

— Je ne peux pas, aujourd'hui, vraiment pas, je regrette, je regrette...

Un peu paniqué, le comte gagnait la sortie. Muguette s'alliait aux deux autres.

— Vous ne m'aviez pas dit qu'on vous attendait, Bubu.

C'est raté, pensait le notaire. Il avait attaqué trop fort, à la demande de Beaumont. Cent mille, ça ne valait pas plus. Beaumont voulait éponger les vingt-cinq mille qu'il devait au comte. Trop gourmand. Tant pis. On mettrait aux enchères. Ça prendrait du temps. Que faire ? Beaumont tentait de rattraper son ami d'enfance en l'entraînant vers la cuisine. L'anguille ! Il fallait la manger. Le notaire parlait de la proximité de Paris :

— Vous y serez dans une petite demi-heure, monsieur le comte, avec une voiture comme la vôtre. C'est tout près. C'est ce qui fait le prix de la propriété. Le baron Marchais, qui possède Vendron, tout près, pendant la belle saison, s'installe à Vendron. Il part le matin pour faire ses affaires à Paris. Les ciments armés Marchais...

Oui, oui, très bien, adieu, adieu, viens, Muguette, je suis désolé, vraiment, mais vous comprenez, maître Gassiote, toi, Gérard, on te voit ce soir...

— A votre place, je ne laisserais pas traîner les choses, monsieur le comte.

Le comte proposa au notaire de le déposer à Montfort-l'Amaury. Pas de refus. Il ferait reprendre sa bicyclette par un clerc. A l'entrée de Montfort, la voiture fut bloquée pendant quelques minutes par un boucher qui n'arrivait pas à faire grimper une génisse dans sa bétaillère, en lui tordant la queue.

— Il lui fait mal, dit Muguette.

— C'est pour la faire bouger, dit le notaire.

— Pourquoi le boucher ne prend-il pas l'autre vache qui est plus grosse ?

— C'est un taureau, Muguette, dit le comte.

Elle s'indignait :

— On lui prend sa femme à ce gros lourdaud et il laisse faire.

Quand je raconterai ça à ma femme, pensait le notaire en s'esclaffant. Pourtant, cette demoiselle n'avait rien d'une ingénue. Où le comte avait-il pu décrocher la Légion d'honneur ? Tout cela confirmait le notaire dans son opinion que plus rien n'était sérieux. Il se fit déposer près de l'église. On avançait pas à pas derrière le garde-champêtre qui battait un tambour, précédé par un porte-drapeau. Toute la population convergeait vers la mairie, où le notaire était finalement content de retrouver les notables. Le comte enrageait, il ne parvenait pas à extraire la Pan-Pan de la cohue.

— Qui vous attend, Bubu ? Le Président de la République ?

Ça roulait assez bien jusqu'au pont de Saint-Cloud, traversé au pas. La voiture était entourée de femmes qui sortaient d'une usine de munitions. Tous les Parisiens en jubilation dans les rues. On progressait par saccades, derrière des tramways surchargés. Muguette n'avait plus envie du manoir de Beaumont, c'était trop loin.

— Tout ce temps qu'on met pour rentrer ! Jamais je n'irai m'enterrer là.

Le comte avait faim. Pour une fois, un caprice de Muguette l'arrangeait. Elle voulait le manoir. Elle n'en voulait plus.

— Le toit est à refaire, dit le comte.

— Vous avez vu qu'il pousse des champignons sur la moquette du salon ?

— A la place de Beaumont, dit le comte, je m'occuperais des terres. Pourquoi faire le clown dans un cirque, en Amérique ?

— Il pilotera un avion, Bubu, comme à la guerre.

Elle suçotait le bout d'un doigt.

— Il est beau, vous ne trouvez pas. Où sommes-nous, Bubu ?

En se faufilant par des rues moins engorgées, le comte réussit à regagner le Bois de Boulogne. Il mit près d'une heure pour rejoindre l'avenue de Villiers et le Parc Monceau. Il laissa la voiture à l'Office et partit à pied avec Muguette vers le centre. Elle trottait devant lui, on la retenait, des soldats l'embrassaient, on l'entraîna dans une farandole. Le comte la tirait vers un restaurant, il fallait qu'il mange quelque chose.

— Vous ne pensez qu'à votre estomac.

Une femme se jeta au cou du comte :

— *It's a long way to Tipperary. I love you !*

La folie, n'importe quoi, on chantait *La Marseillaise* et *La Madelon.*

— Viens chez moi, l'English, susurrait la femme dans l'oreille du comte.

Un baiser sur la bouche. Il cherchait Muguette pour la prendre à témoin : je n'y suis pour rien, tu as vu, c'est elle qui...

— Muguette ! Muguette !

Disparue. Ils étaient derrière la Madeleine, elle retrouverait le Ritz, elle n'était plus loin de la place Vendôme. Pourquoi si pressée de rentrer ? Pour rejoindre Emilienne ? Sur les Boulevards, la fanfare des Horse Guards arrivait de l'Opéra. Un courant rouge dans une mer humaine. Le comte se hissa sur l'affût d'un canon allemand que des étudiants traînaient depuis la Concorde. Les trophées pris aux Allemands, rassemblés sur la Concorde, des mortiers, des mitrailleuses lourdes étaient remorqués vers les Champs-Elysées, ou vers l'Hôtel de Ville par la rue de Rivoli. Un grondement d'équinoxe montait de la foule. Des camelots vendaient des cocardes, des drapeaux en papier. Les boutiques, les ateliers, les cuisines des restaurants se vidaient dans les rues. On jetait des fleurs sur les camions qui transportaient des soldats.

Pour heureux que se sentît le comte, sa joie n'était pas accordée au délire des Parisiens. Au manoir, entendant les cloches, le notaire avait embrassé Beaumont, puis tous deux avaient embrassé Muguette.

— Et moi ?

— Toi, avait dit Beaumont à son ami d'enfance, si les Boches avaient gagné, tu serais reparti.

Il était déçu, certes, parce qu'il comprenait que Bubu n'achèterait pas le manoir, n'empêche qu'il le pensait, le comte de Kergoust, capitaine du Corps des Volontaires de Maurice, décoré de la Légion d'honneur, n'était pas un Français comme lui. Pas non plus un Anglais. Il venait de très loin. Il était de nulle part, et c'était bien ce que le comte ressentait confusément dans cette tourmente humaine qui le ballottait vers l'Opéra. S'il avait été étouffé, il ne serait pas mort comblé comme les gens autour de lui, des *ressuscités* d'une certaine façon. *Nous avons gagné la guerre*. En chantant *La Madelon*, ils revivaient, ils sortaient d'un tombeau dont les anges avaient repoussé la pierre. Ils entraient au ciel. Pas le comte, fatigué, qui regrettait d'avoir mis les bottes du grand-père Mortimer ; ses pieds gonflaient. Il mourait d'inanition. Pouvait-il déjeuner alors que Muguette... Muguette ! Muguette ! Il croyait l'apercevoir. Une fille l'entraînait, on lui prenait son calot. Il se retrouva dans une brasserie où il n'aurait jamais mis les pieds, mais on voulait bien lui préparer un sandwich. Il aurait (vraiment ?) vendu son droit d'aînesse pour un plat de lentilles. Le patron collait une proclamation de l'Hôtel de Ville sur une glace, derrière le bar, à côté du percolateur : C'EST LA VICTOIRE ! LE TRIOMPHE ! L'ENNEMI A DÉPOSÉ LES ARMES. LE SANG CESSE DE COULER. PAVOISEZ POUR HONORER NOS MORTS. LEUR SACRIFICE POUR ASSURER LA SURVIE DE LA RACE ET DE LA PATRIE NE SERA PAS OUBLIÉ. Le comte pensa à Honorin. Il était convoqué à l'ambassade de Grande-Bretagne pour seize heures. Hé ! dans un peu plus d'une heure. Il demanda au patron presque humblement s'il pourrait avoir un autre sandwich.

— On peut téléphoner ?

La chambre 63 au Ritz ne répondait pas. Où était Muguette ? En remontant la rue Saint-Honoré pour se rendre à l'ambassade, le comte crut reconnaître Emilienne de Voulenzon avec un drapeau, debout dans une automobile décapotée. Le bolide de Beaumont ? Il l'avait invitée à dîner, chez Maxim's, avec Beaumont, avec Gupta aussi. Muguette l'oubliait ? Avant de rentrer chez lui pour se changer, il passerait au Ritz.

X

Le 11 novembre 1918
à l'île Maurice

La comtesse de Kergoust participait à une réunion du Fonds quand on apprit que l'armistice entrerait en vigueur à 11 heures GMT, c'est-à-dire à 19 heures pour Maurice. L'après-midi était déjà très avancé. La séance fut immédiatement levée et tout le monde suivit Sir Duclézio chez le consul de France, où la comtesse se rendait pour la première fois, bien que le consul l'eût bombardée d'invitations. Il souhaitait accrocher sur son corsage la médaille du mérite français ; elle pensait qu'elle méritait mieux, sans oser le dire, ni même se l'avouer. La Légion d'honneur pour une femme ? Impensable.

Depuis qu'elle rencontrait régulièrement Sir Duclézio, la comtesse l'appréciait de plus en plus ; un personnage d'un autre temps, certes, mais par comparaison aux freluquets des nouvelles générations... Ses jaquettes en alpaga gris ou noir, son jabot, sa boîte de tabac à priser en palissandre, avec une petite couronne incrustée, en or. Une couronne de quoi ? Il sentait le patchouli. S'il avait une conception anachronique de l'autorité patronale, la comtesse ne le désapprouvait pas entièrement. Et voici qu'il soutenait qu'il fallait interdire le travail des petits Indiens de moins de douze ans !

— Qu'ils aillent à l'école !

Et de rappeler que la République française, qui éclairait le monde, avait instauré l'enseignement gratuit et obligatoire. Les petits Indiens seraient bien avancés, pensait la comtesse, lorsque, après avoir appris à lire, ils ne pourraient pas acheter le journal. Curieux bonhomme, vraiment, Sir Duclézio, fou de joie quand il avait été anobli par le roi d'Angleterre, et pourtant c'était le plus français des Français de Maurice, le plus patriote. *Knighted* ! Le bonheur ! Un bonheur qui serait parfait si le dernier de ses fils se mariait et lui donnait un petit-fils.

Il y avait déjà du monde chez le consul, qui avait prévu une réception. On savait la fin de la guerre imminente. On avait dressé un buffet fort bien approvisionné et on débouchait des bouteilles de champagne. Le consul se jeta sur la comtesse et la livra à sa femme, une pécore qui rêvait de l'avoir à son premier mardi.

— Quel honneur, madame.

Sir Duclézio tenait à prononcer un discours de circonstance :

— Monsieur le consul, nous venons vous prier de transmettre au Président de la République et au Président du Conseil l'expression de notre reconnaissance et de notre admiration. La victoire de la France nous comble. Le sang qui coule dans nos veines est le même que celui de la Bretagne et de l'Anjou. On ne peut méconnaître l'influence du sang, et nous savons tous d'où vient celui qui coule dans nos veines. Nous aimons notre mère, la France, ce sont des sentiments naturels que personne ne peut blâmer ici. Nous aimons également l'Angleterre, dont nous apprécions la politique et la générosité du traitement qu'elle nous accorde.

Il ne s'arrêtait plus, encouragé par les applaudissements du consul qui tentait de l'interrompre. Tout cela est ridicule, pensait la comtesse, très énervée parce qu'elle était certaine qu'Eric de Chamarel ne tarderait pas à venir lui aussi ; pourquoi n'était-il pas encore là ? Elle ne voulait plus le voir. Elle ne l'avait rencontré qu'une seule fois depuis la folie de la Mare-aux-Songes. Henri Oudinot lui avait annoncé qu'il lui laissait sa maison en suggérant qu'elle aille jeter un coup d'œil de temps en temps. Que savait Oudinot ? Qu'avait-il deviné ? Insinuait-il que... Elle avait décidé de ne pas donner suite. Puisque Oudinot prêtait sa maison, pourquoi s'en mêlerait-elle ? Que pourrait-elle faire si le petit Chamarel y mettait le feu ?

En dépit de toutes ces résolutions, elle s'était précipitée chez Chamarel tout de suite après le départ d'Oudinot. Du moment qu'Henri n'en savait rien... Il la connaissait, il lisait en elle. Mais puisqu'il était loin...

Chamarel n'avait encore touché à rien, tout restait en place.

— Vous ? Enfin !

— Henri m'a demandé de...

Il l'avait réduite au silence en la prenant dans ses bras et en l'embrassant avec une sorte de fureur ; qu'elle partageait. Ils avaient roulé sur le divan, et si Adélaïde craignait quelque chose, c'était de ne plus ressentir le bonheur, le plaisir, l'explosion qui l'avait submergée à la Mare-aux-Songes. C'était encore meilleur, encore plus fort. Elle avait alors pris peur, une vraie panique — je suis folle, je suis perdue — elle pensait à Gladys avec le petit Walter, le collégien qui l'avait ruinée. Elle s'était rhabillée et elle s'était sauvée.

— Je vous aime, Adélaïde. Ne parlez pas de votre âge. Je n'aimerai jamais une autre femme que vous. Vous m'aimez aussi !

Si je reste, je suis perdue. La comtesse tremblait en s'installant au volant de sa voiture. La nuit était tombée, heureusement, il n'y avait personne, on ne l'avait pas vue ; elle s'en persuadait, non sans difficulté, en le répétant. Avait-on jamais pu cacher quelque chose à Maurice ? Eric avait juré qu'il ne soufflerait mot à personne... Elle se revoyait sur les joncs, sa jupe retroussée et ses mains, ses mains... Cette main qu'Eric très mondain portait maintenant à ses lèvres ; après avoir salué la femme du consul, la comtesse se sentit sur le point de défaillir.

— Il fait chaud.

Elle voulait sortir dans le jardin, où l'on allumait des lampions dans les arbres.

— Je vous accompagne, dit la femme du consul.

Elle ne parlait que d'Eric resté près du consul. Que savait-elle ? Que savait-elle ?

— Il va être décoré, n'est-ce pas ? Ce sera un très bon médecin, j'en suis sûre. Il s'est installé dans la maison du cher Henri Oudinot. Oudinot est contre la rétrocession, n'est-ce pas ? Vous le connaissez bien ? Le consul pense qu'on l'a désigné pour cette raison.

La comtesse s'affaissa sur une chaise.

— Je vais demander à Eric de vous apporter une coupe.

— Je ne veux rien.

— Vous le savez ? Eric va certainement se marier bientôt avec la charmante Idelette. Idelette d'Arenges. Elle va avoir dix-huit ans. Une petite merveille. Elle n'avait pas huit ans quand Eric est parti, mais déjà... Les petites filles sont étonnantes. C'est une si jolie histoire. Elle attendait Eric. Elle avait du mérite parce que, vous ne l'ignorez pas, Sir Duclézio la *guignait* pour son fils Arnaud. Que pensez-vous de lui ? C'est un dadais, n'est-ce pas ? Il a bientôt quarante ans. S'il ne les a pas...

La comtesse avait blêmi ; elle recevait des coups. Eric parlait d'Idelette. Elle lui prêtait son vélo. Insignifiante, disait-il. La comtesse avait tout de même perçu un certain embarras dans sa voix. Pourquoi mentait-il ? Elle n'y avait pas attaché d'importance. Ne valait-il pas mieux qu'Eric se marie ? Il cesserait de l'importuner.

Elle réussit à lâcher la femme du consul, tout en évitant Eric, qu'elle voulait ignorer. Hypocrite ! Je vous aime, Adélaïde. Après quoi, il allait faire sa cour à l'autre. Charmante, oui charmante. Une gamine. Une gamine comme les autres, plus fade, plus anodine que bien d'autres. La comtesse l'avait aperçue chez son père, un bellâtre, avec des cheveux plaqués, toujours parfumé. Il représentait la Compagnie L'Aigle. Une fois l'an, il se présentait à la Nouvelle Hollande pour prendre son chèque, un très gros chèque. Il venait seul, bien entendu. C'était au bureau que la comtesse avait fait la connaissance de sa fille, qui tapait à la machine. Elle pourrait faire ça pour Eric. La comtesse s'était rendue chez son assureur parce que, tout à coup, elle avait pensé qu'elle payait pour les risques de chasse alors que depuis le départ de Bubu on ne tirait plus un coup de fusil à la Nouvelle Hollande. Plat comme une limande, M. d'Arenges, et la gamine ! Des yeux vides, sans rien, sans rien. Dix-huit ans, bien sûr. Il me le paiera, pensait la comtesse en surveillant Eric de loin. Le consul le retenait. Ouf ! Débarrassée de lui. Si jamais il racontait quelque chose à sa chérie Idelette... La comtesse le haïssait. Elle voulait partir, quitter la réception. C'était difficile, tout le monde était heureux. La victoire ! On l'attendait, on l'attendait. Et pour elle, tout à coup... Qu'est-ce qu'elle allait devenir ? Elle découvrait sa solitude et... Oui, son âge. Le temps mesuré. Oh ! elle n'avait jamais songé à... Comme Gladys ! Refaire sa vie avec un gamin ? Hors de question. L'aventure avec Eric ne comptait pour rien. Mais Campbell ! Campbell ! Il l'attendait, il ne l'oubliait pas. *It was paradise*. Le paradis avec vous, Adl'aïd. La façon dont il prononçait son prénom. Ça, c'était un homme ! Une force, comme Louis Girard. Il n'écrivait pas parce qu'elle n'était pas libre mais en lisant dans le *Times* que le comte de Kergoust était mort... Il a cru que... Et aussitôt, aussitôt... Il fallait qu'elle le revoie. Elle partirait pour la France ou pour Londres dès que... Elle étouffait, elle n'en pouvait plus. La ratière. Qui lui avait parlé d'une ratière ? Henri, pauvre Henri avec son... Elle n'osait tout de même pas penser : avec son nègre.

— Quelle journée, quelle journée, chère amie.

Sir Duclézio traîna une chaise à côté de celle de la comtesse.

— La plus belle journée de ma vie. Oh ! je n'ai jamais douté de la victoire. Dites-moi... Le Faucon... Vous connaissez son nom ?

— Dietr, il s'appelle Dietr von Buckowitz.

— Il était venu avec Louis Girard, n'est-ce pas ?

Un silence et :

— Ma chère, votre père était un grand homme. J'ai souvent regretté de ne pas le lui avoir dit.

La présence de Sir Duclézio apaisait la comtesse. Elle retrouvait ses esprits.

— Vous lui auriez plutôt dit le contraire !

— C'est vrai, comtesse, nous ne nous aimions pas beaucoup. Mais je suis certain qu'aujourd'hui, un jour comme aujourd'hui... La France ne pouvait pas être vaincue. Dieu est avec la France. (Puis, à voix très basse :) Je voudrais vous dire deux mots.

Il entraîna la comtesse à l'écart ; ce n'était pas facile. Tous les Français de Port-Louis se bousculaient chez le consul.

— Si le Faucon... Vous avez dit Dietr ? Puisque la guerre est finie, on ne va pas l'emprisonner, maintenant ?

— Ma foi. Il faudrait demander au colonel Lesterton.

— Il est venu, puis il est reparti chez le Gouverneur. Si Dietr, vous dites Dietr, s'il voulait rester ici... S'il voulait reprendre ses fonctions, vous... Vous ne seriez pas contre ?

— Je ne vous le laisserais certainement pas, cher ami, si c'est cela que vous voulez savoir.

— Vous êtes bien la fille de Louis Girard, et c'est très bien, c'est très bien.

Après un silence, et sans regarder la comtesse :

— Je suis ennuyé, chère amie, très ennuyé.

— Si je peux...

— C'est mon fils, Arnaud.

Et brusquement :

— On dit que vous divorcez ?

Il ne pense pas à moi pour son fils ? Un moment de panique, pour la comtesse. Comme tous les « mariables » de sa génération, Arnaud Duclézio avait tenté sa chance, en son temps, pour obtenir la main d'Adélaïde Girard, et cela malgré la querelle (pour ne pas parler de guerre) qui opposait son père à Louis Girard. Sir

Duclézio mit immédiatement fin au malentendu en parlant du petit-fils qu'il désirait avoir. Plus de temps à perdre.

— Je vous ai aperçue tout à l'heure avec le petit Chamarel. C'est très bien ce qu'il a réussi, cette opération. Je peux vous appeler Adélaïde ? Vous pourriez être ma fille, et même ma petite-fille. Ma pauvre femme, que j'ai perdue il y a déjà trente ans, en avait vingt de moins que moi. Arnaud n'a pas eu de mère.

Il parlait de plus en plus vite, avec des enchaînements qui prenaient parfois la comtesse de court ; pas longtemps. Elle comprit assez vite où il voulait en venir.

— Louis Girard aussi était plus âgé que votre mère, et la différence, hein ? Quand il a épousé la petite Goupille, je crois qu'elle s'appelait Clémence, j'étais de ceux qui... Il faut dire qu'il avait trois fois son âge ! Mais, mais... Vous avez raison, c'était son affaire, et la jeunesse, hein...

Il posa sur la comtesse un regard affectueux, presque complice, avant d'ajouter :

— Non, la jeunesse n'est pas un défaut.

Après un court silence :

— Nous pensions, je pensais à la petite d'Arenges pour Arnaud. J'avais sondé le père. Il disait que si la petite... Elle ferait une bonne mère, vous ne le croyez pas, Adélaïde ?

Il sait quelque chose, pour Chamarel, se disait la comtesse. Elle devinait où il voulait en venir.

— La petite attendait Chamarel, dit-il. Des histoires d'enfant, elle s'était mis ça dans la tête. Quand j'ai su que ce pauvre garçon...

Il agitait sa main gauche. Il grimaçait en dodelinant de la tête ; on comprenait que les sentiments de la jeune fille pour Chamarel n'avaient pas changé.

— Le père, naturellement, est plus conscient du véritable intérêt de sa fille, dit Sir Duclézio.

Il prit la main de la comtesse pour la baiser.

— Il est bien, ce garçon, très bien, mais il a besoin d'une vraie femme.

Il sait tout, se dit la comtesse. Tout le monde est au courant. Le sang monta à ses pommettes, elle avait très chaud. En même temps qu'un fort sentiment de honte, elle sentait naître en elle une colère agressive. Elle serait ridicule si Eric épousait sa petite sauterelle. Les pincements douloureux ressentis par la comtesse

lorsqu'elle avait appris le mariage d'Eric devenaient insupportables. Ce gamin ne se moquerait pas d'elle.

— Vous êtes assuré par le père de cette demoiselle ?

— Vous aussi, dit Sir Duclézio, avec un sourire.

Adélaïde l'avait compris.

— A nous deux, reprit-il, nous représentons certainement
l'essentiel de son portefeuille, le plus gros en tout cas. Je lui parlerai. Je lui parlerai demain.

Il reprit la main de la comtesse, pour la presser entre les
siennes.

— Je suis content, bien content. Vous assistez à la réunion du
Conseil ? A cinq heures, je crois ?

— Je ne suis pas député, cher ami.

— Cela ne saurait tarder. Vous avez plus de tête que la plupart des hommes que je vois ici.

Il hésitait :

— Je pourrais vous téléphoner pour vous informer de ce que
le père m'aura dit.

— Je suis certaine qu'il comprendra son intérêt.

— Les Anglais nous donnent le téléphone pour savoir ce que
nous nous racontons.

Quand elle répondait aux appels d'Eric, la nuit, la comtesse
avait le sentiment d'être écoutée. A qui avait-elle des comptes à
rendre ? Louis Girard ne s'était pas soucié des réactions soulevées
par son mariage. Je suis son *successeur*, la comtesse retenait cela
de son aparté avec Sir Duclézio qui allait faire beaucoup jaser. Si
vous avez envie du petit Chamarel, ne vous en privez pas, faites
comme Louis Girard, voilà ce que suggérait Sir Duclézio. Il
n'aurait pas grand-peine à convaincre l'assureur, ce bellâtre, que
sa fille méritait mieux qu'un médecin manchot et sans clientèle.
La comtesse retrouva son sourire ; elle voyait Chamarel en bour-
geois de Calais, chemise de nuit et corde au cou. Délicieuse anti-
cipation, la chemise tombait à ses pieds et elle tirait sur la corde
pour l'amener dans son lit. Dès qu'elle l'aurait à sa merci, pour
bien lui faire comprendre qu'on ne se moquait pas de la comtesse de Kergoust, elle lui annoncerait son départ pour l'Europe
par le premier bateau. Depuis qu'elle l'avait revu, chez le consul,
elle avait de nouveau très envie de lui. Pas comme Gladys du
petit Walter. Jamais elle ne serait en son pouvoir. Jamais, jamais !
Puisqu'elle aurait Campbell...

XI

Le 13 novembre 1918
à Londres

Campbell gardait plutôt un mauvais souvenir de Londres. Quand il terminait ses études, il se sentait oppressé par la présence, par l'existence de son père, Sir Arthur, qui n'était encore rien pour lui. Pense-t-il à moi? Aimerait-il savoir ce que je deviens? Me reconnaîtrait-il si nous nous rencontrions? Oudinot, qui avait vu Sir Arthur peu avant la guerre, affirmait que la ressemblance était frappante, il disait : hallucinante. A l'époque, l'interne Campbell ne pouvait en juger que par certaines photographies. Une fois, lors d'une conférence sur l'accouchement sans crainte, il s'était trouvé assis près du fils aîné de Sir Arthur, psychiatre déjà installé et pourvu d'une clientèle fortunée. Son demi-frère. C'était curieux (déprimant?) d'être le fils de personne dans une ville où son père occupait tant de place. En lui laissant 20 000 livres, Sir Arthur lui accordait une reconnaissance d'outre-tombe.

— Vous restez combien de temps à Londres, *Sir*?

Question posée à Campbell à la gare de Charing Cross par un officier du service d'accueil qui lui avait donné un billet de logement pour deux nuits au Piccadilly Hotel.

— Si vous prolongiez votre séjour, on vous trouverait une chambre chez des particuliers, *Sir*.

On manquait de place pour les officiers. Campbell n'avait pas encore télégraphié à sa mère. Il avait passé ses deux premiers jours de permission à Scrwerdale, un manoir élisabéthain au sud de Birmingham. Impossible d'échapper à la double invitation de Lord Osquith, son compagnon de voyage (Johnny pour lui) et de son épouse, une superbe femme d'environ trente-cinq ans qui, par quelque chose que Campbell n'arrivait pas à préciser, lui rappelait la comtesse de Kergoust. L'autorité? Elle s'appelait Léonore.

— Son père était chef d'orchestre, avait expliqué Johnny. Vous avez entendu parler de lui. Malcolm Sarrigant? J'ai connu ma femme au concert, Sarrigant était un beethovenien fougueux. Ce jour-là, vous devinez ce que l'on donnait ? L'ouverture de *Léonore*. Je l'ai eue.

— J'espérais qu'après quatre années de guerre mon mari ne ferait plus cette atroce plaisanterie.

On ne résistait pas à Léonore Osquith. Elle était arrivée en Rolls. C'était le 11, en fin de matinée.

— Vous n'allez pas, mon cher Oliver (tout de suite, le prénom), commettre la folie de vous rendre à Londres aujourd'hui ?

Ils avaient traversé des villes et des villages en fête, et le soir, dîner à trois dans la salle à manger du manoir, deux maîtres d'hôtel en habit rouge, chamarrés d'or, avec perruque, tous deux très vieux, l'un avait servi à la Tour de Londres comme *yeoman*. Campbell avait terminé la nuit dans le lit à baldaquin de la fougueuse Léonore, avec la bénédiction du mari.

— Il n'a jamais couché dans ce lit, devait confier Léonore à Campbell.

Elle mourait d'envie de demander à Campbell si son époux ne lui avait pas fait d'avances pendant la traversée. Il avait été amoureux du père de leur fils, un superbe enfant. L'aristocratie, tous pourris. Campbell pensait au général avec lequel il avait dîné à la table du commandant du *Carrington*, un lord aussi, qui trouvait normal que l'on retardât l'arrêt des combats pour ne pas traiter avec le Kaiser. Coulé le 9, le *Britannia* avait laissé quarante hommes de son équipage aux crabes de Gibraltar. A deux jours près ! Et les pauvres types tombés en France le 10 ? Voire le 11 avant le cessez-le-feu ? Ecœurant. En achetant les journaux à Southampton, Campbell s'attendait à y trouver le portrait du dernier tué de la guerre.

Le port de tête. La présence. Je suis Lady Osquith. Léonore Osquith. Je suis Adélaïde de Kergoust. Elles étaient d'une même essence. Léonore avait quadruplé le chiffre d'affaires des usines Osquith.

— Cela s'est fait tout seul, en fait, remarqua Osquith. La guerre.

Lui, avec sa patte folle. La guerre aussi. Il s'arrêtait épuisé quand il avait monté trois marches avec sa béquille. Léonore l'empêchait de boire. Et il s'inclinait. Par Léonore, Campbell avait appris des choses intéressantes sur son père. Sa mère était une amie d'école de la veuve du psychiatre, qu'elle, Léonore, avait consulté. Avant de concevoir le bébé qui assurait la descendance Osquith ?

Sir Arthur avait trois enfants. Un sourire à Campbell :

— Sans vous compter. L'aîné est plus âgé que vous. Il doit avoir...

— Une quarantaine d'années, dit Campbell.

— Très brillant. Vous, Oliver, avez-vous l'intention d'ouvrir un cabinet à Londres ?

— Je ne sais pas.

— Après ce garçon, il y a eu une fille, qui est également d'*avant*... Je veux dire d'avant vous. J'oublie son nom. Elle a épousé un constructeur de bateaux, très connu, John Evelyn. Pierre le Grand a travaillé sur les chantiers Evelyn. Le troisième enfant, un garçon, Harry, devait être plus jeune que vous, Oliver.

Un regard appuyé, facile à traduire : le ménage Balfour n'a pas souffert de l'intermède Campbell. Pourquoi : *devait* ? Campbell n'eut pas le temps d'intervenir.

— Harry a été tué, dit Léonore. Il était lieutenant du Royal Fusiliers.

— L'infanterie a fourni 90% des tués de la guerre, dit Campbell.

— C'est en apprenant la mort d'Harry que Sir Arthur a été terrassé par une attaque, une grande perte pour tout le monde.

— Pas pour Oliver, dit Osquith.

Pendant la traversée, Campbell faisait part de ses scrupules à son compagnon : pouvait-il accepter l'héritage ? Pourquoi pas ? Ne faites pas l'idiot, répétait Osquith en remplissant le gobelet de Campbell. Campbell notait avec soulagement que Sir Arthur n'avait pas été foudroyé en lisant le livre d'Elvira, que Léonore ne connaissait pas. Tant mieux.

— Je n'ouvre jamais un livre dont tout le monde parle, dit-elle.

Elle aurait bien retenu Campbell à Scrwerdale pour la durée de sa permission. Pour féminine qu'elle fût, et très attirante en grand décolleté, avec des bijoux superbes, Campbell avait eu l'impression de faire l'amour avec un camarade qui lui demandait un service. Un échange de bons procédés, encore qu'elle se souciât surtout d'elle. Ne lui devait-on pas tout ? Une Lady Osquith ! Jamais Campbell n'avait vécu quelque chose d'aussi rationnel, non que Léonore fût frigide, n'empêche qu'il avait le sentiment d'être utilisé. Pour s'asseoir, il faut une chaise. Pour boire, il faut un verre. Pour *ça*, il fallait un homme. Dans le train qui l'emmenait à Londres (le surlendemain de son arrivée à Southampton), Campbell se demandait s'il n'avait pas rêvé. Le décor du manoir, hors du temps, et ce couple incroyable...

— Le seul Osquith dont on soit sûr qu'il n'était pas un bâtard, avait dit Johnny en montrant à Oliver le portrait en armure du fondateur de la dynastie, l'ancêtre des Croisades.

Travaillé par la bâtardise. Et moi ? se demandait Campbell. Johnny souffrait aussi de n'avoir pu faire d'enfant à sa femme. Il tentait de l'oublier. J'ai eu l'ouverture ! Hé ! idiot, il fallait entrer. Léonore prétendait qu'après leur nuit de noces, inachevée, il ne l'avait jamais plus touchée. C'était lui qui avait mis dans son lit le père de leur enfant.

— Il vous ressemblait, avait confié Léonore à Campbell.

Avait-il passé par le lit de Johnny ? C'était toujours ce qui la tracassait. Quel couple ! Pourquoi ce mariage ? Il devait savoir, lui... Il connaissait ses goûts, sûrement ; pas comme ce pauvre, comme ce charmant Oudinot qui ne comprenait pas qu'il était homosexuel. Que savait Léonore ? Elle faisait un magnifique mariage, elle devenait Lady Osquith, riche à millions. Quoi de commun entre une femme comme elle et la paysanne prostituée de Salonique avec laquelle Jimmy, l'ordonnance de Campbell, comptait se marier ? Pourquoi ces deux-là ne seraient-ils pas plus heureux que son ami Johnny et sa Lady ? La petite paysanne restait inerte, pas un mot, pas un soupir, quand c'était fini elle tendait la main, la refermait sur le billet de dix dinars et s'en allait. L'ouverture, elle avait la même ouverture que Léonore.

Avec les Osquith, Campbell avait entrevu ce que Fournier appelait l'excentricité anglaise. Que pensaient de Léonore les ouvriers et les ouvrières des usines Osquith ? Des ouvrières surtout. Que pensaient du couple les habitants de Scrwerdale, descendant des serfs du croisé Osquith et de ses bâtards ? Trente-cinq chambres au manoir, un parc somptueux, immense, un canton suisse, des serres, quinze jardiniers avant la guerre. On utilisait des prisonniers. Les maîtres d'hôtel en tenue de gala pour servir Lady Osquith quand elle dînait seule. Et ailleurs, la guerre, les massacres. Qu'est-ce que cela changerait pour Léonore si les Allemands avaient remporté la victoire ? Elle aurait reçu à ma

246

place un *Herr Major* apparenté à quelqu'un de la gentry anglaise, à une autre dame soignée par Sir Arthur.

Avec ces éternelles ruminations, Campbell, une fois les bagages déposés à l'hôtel, se fit conduire à Hyde Park. Il voulait revoir Gulliver Mansion, la demeure de Sir Arthur, qu'il connaissait, il l'avait vue autrefois mais... A l'époque, rien ne le rattachait à Sir Arthur; maintenant, il y avait les 20 000 livres, un certificat (une traite) de paternité en quelque sorte.

Gulliver Mansion datait de 1860 quand le palladianisme (le style de l'Italien Palladio) influençait les architectes anglais. Somptueux, avec une avancée soutenue par quatre colonnes de marbre blanc, un petit palais que Sir Arthur avait racheté au début du siècle, alors qu'Oliver poursuivait ses études à Genève, grâce aux traductions d'Elvira. Il imaginait son père sortant de Gulliver Mansion avec ses demi-frères et sa demi-sœur. Pas l'épouse, il l'ignorait. Comment était-ce à l'intérieur ? S'il sonnait ? Je viens chercher les 20 000 livres de papa. Leur jeter tout l'argent à la figure. Il se souvenait de l'avertissement d'Osquith : ne faites pas l'idiot, Oliver.

Une tombe. Est-ce qu'on visite une tombe ? Campbell se trouvait devant la tombe de son père. Il passait et repassait devant Gulliver Mansion. Aucune plaque à l'entrée, Sir Arthur donnait ses consultations à l'hôpital. Campbell possédait une longue lettre que Sir Arthur lui avait adressée après avoir lu l'essentiel de ses notes sur *La comtesse de K.* Oudinot les lui avait communiquées en cachette d'Elvira ! Et elle l'avait appris ! Malheureuse Elvira, ma mère, ma pauvre mère.

Qu'est-ce qui est *vrai* dans la vie ? se demandait Campbell. Le couple Osquith n'est pas vrai. Elvira et moi restions en marge, nous étions *faux*. Jimmy, lui, formera un vrai couple avec sa paysanne. Incroyable. Quoi de plus *faux*, de plus *irréel* qu'une personne comme la comtesse de Kergoust ? Le gros Bubu. Fournier était *vrai*. Prends ce bistouri et taille, tranche, sauve des vies. C'était vrai ? Les pauvres types sur le billard ? Et le Kaiser ? Qu'est-ce qui est *vrai* dans le Kaiser qui croit tenir ses pouvoirs de Dieu ! Si Dieu existait, ne commencerait-il pas par réduire au silence ceux qui parlent en son nom, et à l'impuissance ceux qui agissent pour lui ?

La lettre de Sir Arthur, très élogieuse, avait bouleversé Campbell quand il l'avait reçue peu avant de quitter l'île Maurice. *Il* apprécie ce que j'ai fait. *Il* m'aidera. Sir Arthur était déjà intervenu, sans qu'il le sache, et au plus haut niveau pour le *pistonner*. Si la guerre n'avait pas tout bouleversé, où en serais-je ? se demandait Campbell. Il n'arrivait pas à s'éloigner de la maison du père. Pouvait-il reprocher à sa mère de l'avoir privé de son père ? Il acceptait mal son livre. Elle avait aimé Sir Arthur. S'il avait divorcé pour elle, aurait-elle vécu là, à Gulliver Mansion ? Et moi avec eux ? Il songeait au petit Noir de la Nouvelle Hollande, le fils du comte auquel il avait appris à lire. Si facilement ! B, dit bé. Dis A, a. Et ensemble, bé-a. BA avait crié le gamin, ébloui par sa découverte. Pourquoi ne me suis-je pas occupé davantage de lui ? Bien des gens m'ont aidé, moi. Pas seulement Elvira. Des instituteurs. Un vieux bonhomme, avec un prénom incroyable, Pyrolamus, qui lui apprenait le latin. Et bien d'autres. Qui pouvait tendre la main à ce petit Noir qui s'appelait... qui s'appelait ? Absalon ! Absalon, fils du roi David, voulait le trône de son père. Contraint à la fuite, il avait été arraché à son cheval par sa chevelure accrochée aux branches basses d'un arbre, et un fidèle du roi son père l'avait transpercé de sa lance. Les histoires. Des millions de chrétiens connaissaient celle de l'Absalon biblique. Qui s'intéresserait jamais à celui de la Nouvelle Hollande, si intelligent ? Qu'est-ce que j'aurais pu faire pour lui ? se demandait Campbell. S'il avait su qu'un jour il aurait 20 000 livres à sa disposition !

Elvira. Campbell avait le sentiment que sa mère l'avait rejoint devant Gulliver Mansion. Il allait lui télégraphier. Dès qu'il aurait mangé quelque chose. Il avait très faim tout à coup. Une envie de pickles. Etudiant, il se contentait souvent d'un sandwich, un bout de langue trop cuite et plein de pickles, des cornichons et des oignons baignant dans la moutarde, on en prenait autant qu'on en voulait dans un pot de grès, ça ne coûtait rien en plus. A Maurice, quand il jouait au golf avec lui, Tom Harrison, un ancien jockey, affirmait qu'on mangeait les meilleurs pickles dans un *pub* derrière Trafalgar Square. Qui s'appelait ? Qui s'appelait ? Campbell sauta dans un bus pour Piccadilly Circus. Il était près d'une heure. Les *pubs* fermaient à trois heures. Pourquoi ne pas entrer dans le premier qu'il verrait ? Il était très drôle, Tom Harrison, menteur comme un arracheur de dents. A l'entendre, il avait gagné le Derby et le Grand National plusieurs fois. En tout cas, en lui racontant comment il avait requinqué un pur-sang après une chute en le promenant dans la mer, Tom lui avait donné l'idée des bains pour Adl'aïd. L'importance du hasard. Tom prétendait avoir joué au golf avec le Prince de Galles. En réalité, Campbell l'avait su par Lesterton, le commissaire de police, il avait fui la prison pour dettes en laissant des ardoises partout. Lesterton l'utilisait comme indicateur. Comment s'appelait son *pub*? Les meilleurs pickles!

Par Leicester Square, Campbell se dirigeait vers la Colonne de Nelson quand un mouvement de foule l'aspira vers le Strand. Le roi et la reine revenaient de la cathédrale Saint-Paul où Leurs Majestés avaient assisté à un service d'actions de grâces. A bord du Carrington, alors que le transport de troupes venait de s'amarrer à Southampton, le commandant avait rassemblé tout le monde pour lire un message du roi apporté à bord par un officier. Si le *Carrington* avait été torpillé, les crabes de Gibraltar se régaleraient avec ma carcasse, et pourtant la guerre était déjà finie. Obsédé par cette *idiotie*, Campbell avait écouté le message en grinçant des dents. Mon règne. Ma gloire. Un langage exaspérant. Pour qui est-ce qu'on me prend? La même irritation s'emparait encore de lui tandis que le carrosse royal, précédé et suivi par des *horse guards* rutilants, défilait entre les fidèles sujets agglutinés sur les trottoirs. Il apercevait le roi à la portière, saluant de la main, et, derrière lui, la silhouette de la reine. Pourquoi pensait-il aux verbes de Fournier? Enjamber, perforer, sauter, bien d'autres, sans parler de baiser. Sa Majesté le roi baisant Sa Majesté la reine. Campbell se souvenait d'une histoire racontée à la popote : dans un hôtel de Singapour, un voyageur a pour voisin de chambre un missionnaire anglican, en voyage de noces. Sans avoir à coller l'oreille contre une paroi des plus minces, il entend : Chérie, s'il vous plaît, prenez la position conjugale. Et plus rien. Peut-être des grincements de ressorts? Très vite, la conclusion : Merci, chérie. Ça devait être ça, l'amour à Buckingham. Que cherchent les gens sur le passage des souverains? Est-ce que le roi et la reine incarnent Dieu? Campbell revenait à son dada : Darwin, encore Darwin. Pendant des millions d'années, les collectivités humaines, comme l'essaim d'abeilles, étaient représentées par la *reine*, elle seule comptait, elle assumait l'essaim. Le roi et la reine n'ont plus qu'une responsabilité de parade. Ce brave type appuyé sur des béquilles est plus nécessaire à la collectivité que Leurs Majestés, il a sacrifié sa jambe pour qu'elle survive, estimait Campbell, toujours bouleversé quand il voyait un amputé. L'homme devient plus important individuellement que collectivement, l'unité compte davantage que l'ensemble, il revient à chacun d'assumer l'essaim. Je l'expliquerai, se promettait Campbell, et je le ferai comprendre.

Il était revenu vers Trafalgar Square, toujours marqué par les tumultes et les désordres de l'armistice. Un Ecossais en kilt lui tendit une gourde avec du whisky :

— *Have a go, major.*

Allez-y.

— Vous connaissez un *pub* qui s'appelle l'Amiral ?

— A deux pas, *major.*

Il n'était pas loin de deux heures. Une serveuse blonde nettoya un coin de table pour Campbell en plaçant sous ses yeux un décolleté opulent. Une odeur acide aux aisselles. On s'y faisait.

— Roastbeef avec des pickles et une bière.

Tout de suite.

— Les pickles ?

— Dans le sandwich, *Sir.*

Pas de pot de grès, tant pis. La veille, pour le dîner, un valet déguisé en garde français présentait à Campbell un canard sur un plat d'argent. On avance, on recule, comme l'évolution darwinienne. Tout le monde ne change pas en même temps. La blonde s'appelait Maggie.

— Une autre bière, *Sir*?

Elle s'intéressait à Campbell, et de façon directe :

— Vous avez trouvé à vous loger, *Sir*? Un bon lit ? Avec quelqu'un dedans ?

Elle riait.

— Le soir, je termine à dix heures.

Campbell l'installa dans le carrosse royal avec le chapeau de la reine Mary et six rangs de perles. Quelle différence pour l'ouverture ? Qu'est-ce qui m'arrive ? Il s'inquiétait : j'ai un père et je suis fils de personne, je suis Anglais et complètement étranger à mon pays, j'ai fait la guerre sans comprendre pourquoi. Je suis quoi, en fin de compte ? Je suis qui ? Pas la moindre envie de disparaître, de ne plus être ; au contraire, il se sentait plutôt bien dans sa peau. Pourquoi ? Les 20 000 livres de Sir Arthur ? Je *suis* 20 000 livres. Si je les accepte. Elvira. Elle qui refusait tout, tout. Il fallait absolument lui télégraphier. Si son père ne s'était pas soucié de lui, sa mère, elle... Il respirait plus lentement quand il pensait à Elvira.

C'était magnifique de boire une bière anglaise sans mousse, et tiède, Campbell en rêvait sur le *Carrington*. Si Osquith ne l'avait pas entraîné vers la Rolls de son épouse, il se serait arrêté dans le premier bar venu. Chez les Osquith, whisky à gogo; pas pour Osquith, le pauvre, condamné à l'eau. Ordre du médecin. Il jurait qu'il n'avait pas touché un verre de vin ou d'alcool depuis qu'il avait été blessé. Pourquoi ce brave type, descendant d'un croisé (par un bâtard, c'est entendu), mentait-il à sa femme qui, en vérité, se fichait de ce qu'il avalait, mais, mais... les habitudes, les usages.

Osquith avait offert à Campbell deux bouteilles de Glenn Fiddish qui restaient dans sa cantine. Comment réussissait-il à se les procurer à Athènes? Il avait passé dix-huit mois à l'hôpital d'Athènes, plus de temps qu'il n'en fallait pour organiser une filière de ravitaillement. On n'eût pas gardé aussi longtemps un autre que Lord Osquith, quels que pussent être les risques d'un rapatriement sur un navire hôpital. Qu'est-ce qu'ils ont de spécial, ces Osquith? se demandait Campbell. Johnny siégerait à la Chambre des lords. La reine Mary avait visité les usines où l'on produisait les pansements. Voilà donc comment les extrêmes parviennent à se toucher, ricanait Campbell en se souvenant de ses deux nuits avec Léonore. Il lui avait tenu des discours plutôt véhéments, surtout pendant la seconde nuit. Avait-il déposé en elle autre chose que du sperme perdu? Perdu pour la reproduction. *I no longer procreate*, avait-elle murmuré durant leur première étreinte (exercice d'assouplissement, disait Fournier); **cela** signifiait: ne te retiens pas, bonhomme. *Procreate*. L'importance des mots. Le climat créé par *procreate* de Léonore et celui établi par Fournier, avec *enjamber*, ou un synonyme. Chère Léonore, je ne veux pas procréer avec toi, je veux simplement te sauter.

— Pourquoi riez-vous? demanda la serveuse blonde.

Campbell montra un dessin du journal, l'*Evening News*, qu'il parcourait en dévorant un second sandwich, au fromage celui-là. Grand bal de la victoire organisé au Royal Albert Hall au profit des nurses sous le patronage de la duchesse de Portland, de la duchesse de Northumberland, de la duchesse de Marlborough. N'en jetez plus, de duchesses, la cour est pleine. Une photographie du Kaiser à son arrivée en Hollande, à Maarn, près d'Utrecht. Il ne portait aucune décoration. Il avait renoncé à tout grade militaire. Les généraux qui l'accompagnaient devenaient prisonniers sur parole. Pas lui. Quelle comédie. Sept souverains allemands en fuite : le roi de Bavière, le duc de Brunschwick, le prince de Reuss, etc. On va manquer de châteaux pour les loger, grogna Campbell. Dans le train, il avait lu une petite annonce en première page du *Times*; un particulier se disait prêt à acheter des dents artificielles au prix du neuf. Le Kaiser en avait-il ? On ne pouvait en juger d'après la photogaphie, bien qu'il fût souriant. On l'invitait à monter dans une Rolls. Ou une Daimler ? Combien de morts derrière lui ? Combien de braves types allemands avec une jambe en moins, ou un bras ? A Salonique il avait opéré des Bulgares. L'ennemi !

— Une autre bière, *Sir* ?

La serveuse montrait l'horloge au-dessus du bar. Trois heures moins cinq. Une sonnerie retentissait. Avertissement, on ferme dans cinq minutes, dépêchez-vous de commander le dernier. Ce pays absurde où l'on vous oblige à vous soûler dans un minimum de temps pour permettre aux patrons des *pubs* de jouer au golf. Parmi les buveurs arrimés au bar, Campbell crut reconnaître un visage familier, celui d'Oudinot. C'était impossible. Et pourtant ! Même si le bonhomme portait un chapeau. Pas de sourcils, pas de cils, ce visage absolument nu. On ne pouvait s'y tromper.

— Hennery !

— Oliver !

On les poussa dehors ensemble, il était trois heures. Ils descendirent lentement vers Trafalgar Square en s'expliquant sur leur présence à Londres, mais sans se perdre dans les détails. Oudinot, en effet, montra à Campbell le journal qu'il tenait à la main, l'*Evening News*, que Campbell lisait en mangeant.

— Vous avez vu ?

Le fait divers de la première page : LOVE KILLS TWO BRITISH SUBJECTS AT THE RITZ IN PARIS. Un drame d'amour au Ritz dont deux Britanniques étaient victimes.

— Je ne lis jamais ces histoires, dit Campbell. En voyant le titre j'ai pensé : tiens, la guerre est vraiment terminée.

— Les noms, Oliver !

Les « sujets britanniques » s'appelaient, l'un, Chazelles, Miss Muguette de Chazelles de l'île Maurice (Mauritius), l'autre Gupta Singh, trente-deux ans, de l'île Maurice aussi mais d'origine indienne, fils de Sir Sandrat Singh, récemment anobli par le roi. « Un troisième Mauricien, le comte Hubert de Kergoust, trente-trois ans, doit être entendu comme témoin. »

Campbell déplia son journal, ressorti de sa poche, pour dévorer les précisions données à l'intérieur. Le drame avait été découvert le 12 au matin (donc la veille) par une femme de chambre. La mort remontait à plusieurs heures selon les premières constatations du médecin de l'hôtel. Personne n'avait entendu les coups de feu tirés apparemment par une arme d'assez petit calibre, qu'on n'avait pas retrouvée, semblait-il. A priori, il ne s'agissait donc pas d'un double suicide. Il fallait attendre les précisions que les enquêteurs ne manqueraient pas de donner. On avait ramassé trois douilles. Après avoir entendu le portier de l'hôtel, les policiers s'étaient rendus chez le comte de Kergoust, qui n'avait pas passé la nuit chez lui. Il devait épouser Miss de Chazelles dès que serait prononcé son divorce d'avec la comtesse Adélaïde de Kergoust, qui vivait à l'île Maurice. Président de l'Office du Sucre, il dirigeait également une banque, le Crédit Colonial ; c'était un financier très en vue à la Bourse de Paris. Secrétaire général de l'Office du Sucre, M. Gupta Singh avait dîné et fêté l'armistice avec le comte de Kergoust et Miss de Chazelles chez Maxim's.

En dernière heure, on apprenait que le comte de Kergoust était retrouvé. Les hommes du sous-marin *Montgolfière*, amarré au pont de la Concorde (et dont le canon avait tonné pour l'armistice), l'avaient ressorti de la Seine alors qu'il coulait à pic après avoir plongé pour sauver une jeune femme. Une *midinette*, précisait le *News*. Elle s'était jetée à l'eau pour mettre fin à ses jours, à la suite d'un chagrin d'amour. On ne connaissait que son prénom : Claire.

Effrayant. Pour Oudinot, pas le moindre doute, le malheureux Bubu avait fini par comprendre que la ravissante Muguette aimait un Indien. Comme Gladys, la mère du comte.

— Cela ne m'étonne pas outre mesure, dit-il à Campbell, je me demande seulement depuis combien de temps, elle et Gupta...

Un geste, une main tournée autour de l'autre. La culbute. Nommé tuteur de Muguette à la mort de son père, il avait découvert une petite personne très secrète mais extrêmement réaliste. Obligée de quitter la maison familiale, Rosebelle, rachetée par les Singh avec tout ce qu'elle contenait, notamment des tableaux et des objets d'art chinois de grande valeur, elle avait emporté les plus précieux.

— Vous ne pouvez pas, Muguette, cela ne vous appartient plus.

— C'est réglé.

Réponse très sèche qui signifiait : ne vous en occupez pas, je sais parfaitement ce que je fais. Etait-elle déjà commencée, son aventure avec Gupta, le fils du patriarche Singh, qui flanquait Bubu à l'office du Sucre ? En fait, c'était Gupta qui dirigeait tout, Oudinot n'en doutait pas. Muguette n'aurait-elle rejoint son Bubu que pour retrouver Gupta ?

— Vous imaginez, Oliver, ce que les journaux de Maurice impriment en ce moment ?

— Ce qu'Adl'aïd lira demain ?

— Il faut lui télégraphier, dit Oudinot.

Ils expédièrent un câble en français, qui se terminait par *love*.

— Affection, traduisit Oudinot. La pauvre Adélaïde, vous imaginez cela, apprendre que son mari... Ils doivent divorcer.

Oudinot regarda Campbell :

— La comtesse de Kergoust a consenti à rendre sa liberté à son époux après avoir reçu votre lettre, Oliver.

— Vraiment ?

Pas facile d'interpréter la réaction de Campbell. Oudinot voulait l'entraîner au Kensington Hotel, où il était descendu. Il ne disposait plus que d'une heure de liberté ; on l'attendait au Colonial Office.

— Nous sommes à deux pas de chez moi, dit Campbell, et j'ai le meilleur whisky.

Il raconta rapidement sa traversée avec Lord Osquith, et le séjour qu'il venait de faire chez lui. Pour se dégager de la Nouvelle Hollande ? L'insinuation d'Oudinot. Le divorce d'Adl'aïd. Est-ce que cette pauvre Adl'aïd avait tiré des conclusions de sa lettre ? Comme Oudinot le donnait à entendre ?

Les deux amis avaient beaucoup à se raconter ; ils poursuivaient une conversation décousue, en revenant constamment au drame du Ritz.

— Vous souvenez-vous d'Absalon, Oliver ? le jeune garçon (il refusait de dire *Noir*, le jeune Noir) de la Nouvelle Hollande auquel vous avez appris à lire ?

— Très bien. Le fils de...

— Oui.

Le fils de l'assassin, pensait Oudinot, en rejetant le journal. Oliver remplit les verres.

— Je compte l'adopter, dit Oudinot.

— Quoi ? Qui ?

— Le garçon dont nous parlions, Absalon. Je l'ai emmené avec moi.

Comme il craignait que Campbell ne se souvienne d'Orak, il ajouta très vite.

— Il s'appelle Anselme, maintenant, c'est le prénom de mon père. C'est un garçon merveilleux, Oliver. Je l'ai laissé à Nice, en pension. Il voudrait devenir médecin, Oliver, à cause de vous. Croyez-vous qu'il puisse...

Le cœur d'Oudinot se serrait quand il parlait d'Anselme, qui lui manquait déjà. Le voyage de Bombay à Marseille avait été magnifique, même s'il avait mal commencé. On pouvait installer Oudinot dans une cabine de première classe, avec une seule couchette hélas ! Pas question de se séparer d'Anselme. On les avait casés dans une cabine pour quatre, qu'ils partageaient avec des sous-officiers d'Indochine, l'un à moitié chinois. Anselme avait fait leur conquête. Il plaisait, il s'adaptait à tout. Les sous-officiers lui racontaient des combats contre les Boxers en Chine. Il faut s'intéresser aux *prochains*, ils ont tous beaucoup de choses à partager. Pourquoi demander de les *aimer* ? C'est trop, c'est trop, bougonnait Oudinot.

Dans le train pour Nice, il s'inquiétait : cette institution Perdrot, dont il avait entendu parler par hasard, était-ce bien ce qu'il fallait pour Anselme ?

Monsieur Perdrot, jésuite défroqué, produisait une impression bizarre. Obséquieux, plié en deux, un teint de Chinois, des yeux étirés, masqués par les paupières. Très très intéressé. Quand il avait un chiffre à communiquer il l'inscrivait sur une petite fiche tirée d'une boîte laquée. Il avait aussi mal supporté le climat de l'Indochine que les disciplines de son ordre, ce qui ne l'empêchait pas de parler du pays comme du paradis et des jésuites comme du sel de la terre.

Est-ce qu'Anselme *tiendrait* ? Est-ce qu'il arriverait à s'acclimater ? Avait-il une chance de réussir ? De rattraper ses retards ?

— J'espère, cher monsieur, qu'Anselme a toutes les qualités que vous lui prêtez, avait dit M. Perdrot. Il faudra qu'il travaille.

Nous ne pouvons pas garder des sujets trop peu solides, vous comprenez, solides.

Et de parler de leçons particulières, c'est-à-dire d'argent en plus. Les suppléments. Il y en avait pour tout. M. Perdrot avait regardé Oudinot droit dans les yeux (la seule fois !) pour demander :

— Vous aimez beaucoup Anselme ?

— Je compte l'adopter.

Ils étaient seuls, dans le bureau de M. Perdrot, qui possédait quelques objets superbes, un cheval de l'époque Ming et un immense pot en faïence blanche et bleue certainement fabriqué par les jésuites en Chine. On y plaçait les parapluies.

— Un fils, avait murmuré M. Perdrot.

Convaincu ? Pas sûr du tout. Cela ne le regardait en aucune façon. Il avait compris qu'il n'aurait pas de problèmes d'argent avec Oudinot. Il l'avait conduit au dortoir pour lui montrer le box dans lequel Anselme allait dormir. Ils avaient visité les salles de classe. Un petit gymnase. Le parc avec un tennis. Un supplément pour les leçons de tennis données par un prince russe. S'il désirait apprendre le piano ? Plus tard, on verrait. En traversant le parc, pas très grand mais bien entretenu, Oudinot pensait au jardin de Shiva.

— Il y avait du soleil, heureusement, dit-il à Campbell en lui confiant ses inquiétudes.

Un soupir lui échappa :

— A Maurice, Anselme se trouvait au paradis, n'est-ce pas ?

— Mon cher Hennery, que seraient devenus Adam et Eve si Dieu ne les avait pas chassés du paradis ?

— Vous le savez ?

— Ils seraient restés des singes.

Après un moment de perplexité, Oudinot sourit : pourquoi pas ? Il faudrait en discuter. Le temps passait trop rapidement, Oudinot devait se sauver. Arrivé l'avant-veille à Londres, il repartait pour Paris (par Southampton et Le Havre) aux premières heures de la matinée afin de rejoindre comme consultant la Commission du Pacifique chargée de préparer un nouvel équilibre politique dans l'océan Indien. Les colonies allemandes, à qui ?

— En fait, expliqua-t-il à Campbell, je suis *mobilisé* contre les rétrocessionnistes mauriciens, qui demandent le rattachement à la France.

— Vendu aux Anglais, en somme ? dit Campbell en riant.

— Exactement. Vous le savez, Oliver, l'avenir n'est pas dans le passé. Et vous, qu'est-ce que vous allez faire ?

— Je n'ai ni projets ni soucis, dit Campbell. Pendant que vous découvriez un fils, j'ai récupéré mon père.

— Vous avez vu Sir Arthur ?

— Il est mort en me laissant 20 000 livres.

— Magnifique !

— Je ne sais pas si Elvira me permettra de les accepter, je la vois demain, dit Campbell. Vous ne pouvez vraiment pas dîner avec moi ? Je pense qu'à Paris vous vous intéresserez au sort de notre ami Bubu ? A votre avis, il a tué les deux dans le lit ? Ce gros garçon qui aime tellement manger, Hennery, ça me parait absolument incroyable.

La fatalité Kergoust. En se souvenant de Gaëtan, le père de Bubu abattu par le père d'Adélaïde, Oudinot la voyait, elle, Adélaïde, avec le petit Chamarel à la Mare-aux-Songes. Il ne parlait pas de Chamarel, puisque Oliver ne demandait pas de ses nouvelles. Il craignait d'en dire trop, ou que sa voix le trahisse. Au demeurant, avait-il vraiment vu ce qu'il avait vu ? Et qu'est-ce que cela changeait ? Si deux êtres paraissaient faits l'un pour l'autre, c'étaient Adélaïde et Oliver. Mais quels étaient les véritables sentiments d'Oliver pour sa « malade » ? Pour Adélaïde, Oudinot n'en doutait pas, Oliver demeurait l'homme de sa vie. Il avait hésité avant de signer le télégramme rédigé par Oudinot et qui se terminait par *love*. Elle doit se trouver au désespoir, avait expliqué Oudinot. Il faut la réconforter. Soit, soit, Oliver avait le plus merveilleux des sourires. Il se souvenait des avances de la comtesse, avant l'accouchement et, plus tard, dans l'eau, pendant les bains. Elle le voulait, et si agressivement qu'il réagissait, malgré lui, jusque dans la mer ! Souvenir qui le hantait à Salonique quand il se trouvait en manque de sexe. Cette femme superbe ! Et les sarcasmes de Fournier... Oudinot ne tarissait pas d'éloges sur Adélaïde, sa beauté, son charme, son dévouement, ses multiples tâches à Maurice, son efficacité.

— Elle a créé un Fonds alimenté par une taxe spéciale sur le sucre, Oliver. Grâce à elle nous aurons bientôt l'électricité !

Comment réagirait Adl'aïd en apprenant que Bubu était soupçonné d'un double assassinat ? se demandait Campbell.

— Je suppose que vous verrez le comte de Kergoust dès votre arrivée à Paris ?

— J'essaierai, dit Oudinot.

— Si vous aviez le temps de me mettre un mot à l'étude Schuster et Barrington ?

— Dès que je pourrai, Oliver. Dès que je saurai quelque chose.

Oudinot avait demandé à Campbell quels étaient ses projets. Aucun, aucun projet. Si, après avoir dîné dans un restaurant chinois de Soho, il passerait à l'Amiral et si la serveuse blonde...

Le lendemain.

Tu sauras que tu vieillis quand tu ne suivras plus n'importe quelle fille pour coucher avec elle. Un avertissement de Fournier, dont Campbell se souvenait parce que ça venait de lui arriver. La blonde de l'Amiral l'avait ramené chez elle. Elle se déshabillait. L'odeur de dessous de bras ? Ça ne l'aurait pas arrêté à Salonique. Il était parti.

Il somnolait dans l'express d'Edimbourg, premier arrêt à Carlisle, vers 11 heures. Elvira l'attendrait sans doute à la gare. L'araignée embusquée en haut de sa toile, il s'en voulait de le penser. Une sale journée. La terre fumait, la brume s'effilochait à la lisière des bois. Il ne pouvait s'empêcher de penser aux paysages paradisiaques de Maurice. Qu'est-ce que je ferai chez l'oncle Haverlock ? Au printemps, lors de sa dernière permission, c'était merveilleux à la ferme, la paix, on n'entendait pas le canon, pas de jambes à couper, les bourgeons, l'aubépine, le chien, nourrir la grosse truie qui (lettre n° 987 d'Elvira) allait dévorer un petit qu'on oubliait de dégager... Mais maintenant ? La guerre terminée, la paix, c'était ailleurs. A Maurice ? Il y songeait.

Chez Maggie, la serveuse blonde, il s'était demandé ce que penserait la noble Lady Osquith qu'il *culbutait* la nuit précédente en le voyant avec cette pétasse (vocabulaire Fournier). Les 20 000 livres de Sir Arthur changeaient beaucoup de choses, il commençait à s'en rendre compte en tentant de se soustraire à l'avertissement de Fournier. Je ne suis pas encore vieux, non et non.

Sa mère ne l'attendait pas. Pour sa permission, elle était venue le chercher dans un tilbury tiré par un demi-sang bai, qu'il avait monté plusieurs fois. Il le reconnut attelé au tilbury. Un gamin s'approcha de lui, le petit-fils d'un domestique que l'oncle Haverlock avait recueilli ; son père était tombé en Artois.

— Mme Campbell est à l'église, expliqua le gamin.

L'oncle Haverlock venait de mourir.

— La veille de l'armistice, dit le garçon. Vous n'avez pas de bagages, *Sir*?

Je n'aurais pas revu le vieil homme même si j'étais venu immédiatement, pensait Campbell. L'héritage! Qu'est-ce que je ferais d'une ferme? Vivant, l'oncle retenait Elvira auprès de lui. Elle redevenait disponible pour son fils.

— Quel âge as-tu?

— Quatorze ans, dit le gamin.

— Tu ne vas pas à l'école?

— J'ai terminé.

— Qu'est-ce que tu veux faire?

— Je veux aller à l'usine, comme ma mère.

La mère travaillait à Manchester. Chez qui? Pour les Osquith? Le gamin ne savait pas. Sa mère avait promis de le chercher à Noël. Chez Maggie, Campbell avait regardé la photographie d'un garçon de six ou sept ans. Son fils. Le père? Il doit être mort, disait-elle, il est parti le deuxième jour. Et en riant : si c'est bien celui auquel je pense. Ça avait joué, ça aussi, il n'était pas possible de faire l'amour sous les yeux de ce gosse. Campbell avait laissé un billet de cinq livres en filant (à l'anglaise!), une somme énorme, pour une prostituée de luxe, jamais il n'avait donné autant d'argent à une fille, surtout pour ne pas s'en servir. Ça ne pouvait pas continuer, cette existence de bohème, d'étudiant attardé, avec les aventures plus ou moins misérables dont il se contentait. Avant la guerre, c'était en cachette de sa mère. La malheureuse aurait souffert s'il avait ramené à la maison une vraie femme, une femme pour la vie. Elle renonçait à tout pour lui, ne devait-il pas, dès lors, de son côté... En vérité, le problème ne s'était jamais posé. A Maurice, Elvira craignait qu'il tombe amoureux de la comtesse de Kergoust. Sa malade! C'était ridicule. Mais quelle femme, quelle femme! Et si mal mariée. Pourquoi penser à elle? Après la rencontre avec Oudinot, c'était normal, non?

— Ils sont revenus du cimetière, dit le gamin.

On voyait des voitures, et des carrioles, devant la grande ferme de l'oncle Haverlock, à toit de chaume. Fraîchement reblanchie à la chaux, elle se détachait sur les champs sépia et les troncs noirs des arbres dont le vent du *fyrth* secouait les dernières feuilles. Comme la coutume l'exigeait, Elvira recevait les amis du mort.

Une grande table était chargée de victuailles et de boissons. Chacun se servait, en parlant de la guerre, de l'hiver qui s'annonçait dur, des semailles, très peu du brave Gully Haverlock, il avait fait son temps, il déclinait et comme il était parti pendant son sommeil, pourquoi le plaindre ?

Dans une robe noire, Elvira semblait rajeunie ; elle avait changé de coiffure, elle ramenait ses cheveux sur la nuque, alors qu'elle en avait toujours installé une moitié sur l'oreille droite, l'autre sur l'oreille gauche. Elle n'a plus sa raie au milieu, qu'est-ce qui arrive ? se demandait Oliver en l'embrassant. Le deuil lui imposait de se contrôler, tant mieux, pensait Oliver. Oh ! elle ne cachait pas son bonheur de le revoir en le présentant aux amis du défunt, parmi lesquels l'éditeur du *Calvaire*, Tom Crankton.

— Tu te souviens de Tom, Oliver ?

Vaguement. L'éditeur, un imprimeur, en fait un artisan, avait rendu visite à l'oncle Haverlock durant sa permission, mais Oliver n'avait pas prêté grande attention à lui, un veuf d'une soixantaine d'années, court sur jambes, un estomac de buveur de bière, le front très dégarni, des favoris, de beaux yeux intelligents, il n'avait pas l'accent du Nord, c'était un Gallois, il avait roulé sa bosse dans la marine commerciale avant de s'installer à Carlisle. L'imprimerie appartenait à son beau-père, qui allait mourir en crachant du sang ; peu après, sa fille l'avait suivi. Comment s'était-il lié avec l'oncle Haverlock ? Campbell comptait le demander à sa mère. Il était frappé par l'assurance de l'imprimeur. *Le calvaire d'une mère* lui rapportait plus d'argent qu'à Elvira. Il s'était associé avec un éditeur londonien pour pousser la diffusion. Elvira donna ces précisions à son fils après le départ des derniers endeuillés. En l'accompagnant jusqu'à sa chambre, elle lui demanda le numéro de la dernière lettre qu'il avait reçue d'elle à Salonique.

— 909 ? Vraiment ?

— On me fera suivre les autres, mais je ne sais pas quand elles me parviendront. Pourquoi, Elvira ?

Campbell trouvait sa mère un peu bizarre, elle ne parlait pas de la mort de Sir Arthur, ni des 20 000 livres qu'il lui laissait. Pouvait-on imaginer un seul instant qu'elle n'en fût pas informée ? Elle était abonnée au *Times*. Sans doute faisait-elle des réserves sur ce legs dans une lettre qui avait suivi la 909 ? En fait, elle annonçait à son fils que Tom Crankton souhaitait se remarier avec elle, ce qui ne l'étonnait plus tellement. Le comportement de l'éditeur l'avait alerté. Sans parler des regards qui s'échangeaient.

— C'est impossible, n'est-ce pas, Oliver ? A mon âge !

A mon âge ! Tout ce qu'elle trouvait à objecter à un mariage qui n'avait pas le moindre sens. Campbell découvrait avec horreur, presque du dégoût, qu'Elvira, loin d'en rejeter l'idée, attendait de lui qu'il l'approuve, et si possible, chaleureusement. Il n'avait jamais souhaité l'anniversaire de sa mère ; il ignorait la date de sa naissance. Elle n'avait pas d'âge pour lui, à l'époque où il voulait grandir et vieillir rapidement, afin de pouvoir l'épouser : attends-moi, maman ! Comme c'était loin, effroyablement loin. Il calculait : elle devait avoir vingt-cinq ou vingt-six ans quand je suis né, donc soixante, soixante et un... Vieille ? Trop vieille ? Il la comparait mentalement à la seule photographie d'elle *jeune* qu'il connaissait, prise à l'époque de ses amours avec Sir Arthur, un beau visage régulier, la raie au milieu déjà, blonde, alors qu'elle était grise, mais avait-elle tellement changé ? Pour lui, toujours belle, mais d'une façon particulière, détachée de la sexualité. Il s'apercevait tout à coup que, durant sa vie sacrifiée pour lui, Elvira avait sûrement été désirée et, sans doute, courtisée, plus ou moins honnêtement peut-être. Une fille mère, on ne devait pas tellement se gêner pour tenter de l'attirer dans un lit. Il découvrait l'immense vide qui les séparait, sa mère et lui, quand ils étaient tout l'un pour l'autre.

— Qu'est-ce que tu penses, Oliver, ce serait ridicule, n'est-ce pas ?

Il faillit aboyer : oui, complètement ridicule. Il attira sa mère contre lui, et caressa ses cheveux gris. Il l'embrassa, avec le sentiment d'être devenu son père, ou un confesseur ; en tout cas, il n'était plus son petit garçon, elle dépendait maintenant de lui.

— Je veux que tu sois heureuse, maman.

— Je ne te serai plus à charge, dit-elle. Tom est un ami, j'ai confiance en lui, nous vivrons ici, tu t'installeras où tu voudras, Oliver, je pense que tu finiras par te marier toi aussi. Tu n'as plus de soucis à te faire.

La seule allusion aux 20 000 livres. Mon père me sauve de ma mère, pensait Campbell. En même temps, il se sentait vaguement trompé, comme un amant qui, en s'apprêtant à répudier sa maîtresse, découvre qu'elle l'a déjà quitté.

— Il faut que tu manges quelque chose de chaud.

Une servante d'une quarantaine d'années avec de la santé à revendre mit trois couverts sur une table roulante près de la cheminée où grésillait une grosse bûche. Tom Crankton était de retour ; il ne s'était absenté que pour chercher une bonne bouteille de vin, du bordeaux, il disait *claret*.

— Votre mère vous a fait part de nos intentions ?

Il va me demander la main d'Elvira ! pensa Campbell.

— Est-ce que vous croyez en Dieu ? dit Tom.

Il humait le bouchon, ça va, le bouchon paraissait sain.

— Dieu ? dit Campbell avec de l'agressivité. Vous le connaissez ?

A question idiote, réponse idiote.

— Vous ne serez donc pas choqué, dit Tom, si votre mère et moi renonçons à la petite cérémonie à l'église. Votre mère n'y tient pas. Moi, je suis libre penseur. Vous voulez goûter le vin ?

Pas désagréable, Tom Crankton, après tout. Il avait lu le journal des voyages de Darwin. Sur le conseil d'Elvira ? Elle parla des notes de son fils sur la comtesse de Kergoust. Tom ne demandait qu'à les publier.

— Ma mère, dit Campbell, prétend que j'ai guéri la comtesse, en fait, je viens de l'apprendre, elle a été sauvée par un clou.

— C'est une plaisanterie, dit Elvira.

— Je ne sais pas, dit Oliver.

Oudinot lui avait raconté que la Grande Mahaut, après avoir dérobé un clou du cercueil du Père Laval (on l'ouvrait pour une vérification avant l'engagement d'une procédure de béatification), l'avait suspendu comme un pendentif au cou de la comtesse. Elle le portait quand un requin avait effrayé Pascaline qui allait se noyer. Sa mère, paralysée depuis sa naissance, s'était alors *récupérée*.

— Pour sauver une petite fille qu'elle refusait quand elle est venue au monde, dit Elvira.

— Alors, Tom, à votre avis, le miracle était-il médical ou religieux ? demanda Oliver. Comment savoir, n'est-ce pas ? Quand je voyais des guérisseurs ou d'autres charlatans, là-bas, à l'île Maurice, exploiter la crédulité des plus pauvres, j'ai pensé bien des fois que nous obtiendrions sans doute des résultats étonnants, je parle de nous, les médecins, si nous étions capables d'utiliser la force de la foi qui se trouve en chacun de nous.

— Chez les libres penseurs aussi ?

Intelligent ? De l'humour ? Campbell essayait de se faire une opinion sur l'homme qui allait devenir son beau-père. Si Elvira s'était mariée quand il grandissait avec elle, contre elle, par elle, à Genève ? Il avait annoncé à sa mère qu'il repartirait dès le lendemain par le train de l'après-midi. Déjà ? Sans grande insistance. Il était sorti de sa vie. Qu'est-ce qu'elle trouvait à Tom ? Quand elle l'écoutait, suspendue à ses lèvres... En l'observant, Oliver avait pensé qu'elle devait regarder Sir Arthur de la même façon, et il l'imaginait d'après la photo d'elle, jeune et blonde, il la *voyait* subissant le charme de son père. Pour Sir Arthur, passe, mais Tom ? En se retournant dans son lit, Campbell avait fini par comprendre que Tom s'était emparé de sa mère par le livre. Il savait, lui, qu'elle l'avait écrit. Il incarnait des milliers, des dizaines de milliers de lecteurs admiratifs, émus par elle. Le livre l'avait changée et seul Tom connaissait sa vérité. Il songeait à inviter le critique du *Times*, qui, le premier, avait signalé *Le calvaire*.

— Je ne veux pas.

Elvira ne résistait plus que faiblement. Oliver comprenait fort bien dans son insomnie qu'elle n'attendait qu'un encouragement de sa part pour donner le feu vert à Tom : allons, en route pour la célébrité. Le mariage deviendrait un événement littéraire et, si les reporters l'exigeaient, le libre penseur le ferait bénir par le révérend dans la vieille église du pays particulièrement photogénique. Pas question pour Campbell d'assister à une telle cérémonie. Il fallait donc qu'il parte. Pourquoi pas à l'île Maurice, pour six mois ou un an de dépaysement, une purification, se nettoyer des horreurs de la guerre, de la bêtise des généraux. Je suis libre ! Elvira lui donnait quitus de tout. Le ciel bleu, les nuits étoilées de l'océan Indien, la mer, lui dans la mer, sa tête hors de l'eau au milieu de l'immensité, de l'infini. Adl'aïd ? Pourquoi pas ?

XII

Le 15 novembre 1918
à l'île Maurice

Un télégramme de plus de 1 000 mots attendait le colonel Lesterton sur son bureau. Il en devinait le contenu. La veille, il avait reçu une communication chiffrée du Colonial Office dont il avait pris connaissance avec le Gouverneur. Elle relatait très succinctement le drame du Ritz en priant le Gouverneur d'en informer, avec de grands ménagements, Sir Sandrat Singh, le père de l'une des victimes.

— La comtesse de Kergoust? avait demandé Lesterton.

— Vous vous en chargerez, avait répondu le Gouverneur. Elle est sous vos ordres, n'est-ce pas?

Il était tard. Lesterton avait remis la démarche au lendemain, avec l'accord du Gouverneur qui, lui, avait immédiatement prié le leader indien de passer au Réduit. On le ménageait parce qu'il s'appuyait sur les rétrocessionnistes. On l'avait anobli pour attirer l'Office du Sucre à Londres. Avec la fin de la guerre, tous ces problèmes, et d'abord le retour éventuel de Mauritius à la République française, se présentaient d'une manière différente, à la fois moins pressants et plus délicats. Les Indiens, de plus en plus nombreux, devenaient une force politique. Si on leur accordait le droit de vote, les Français seraient complètement minoritaires. Mais quel (mauvais) exemple pour l'Inde, évidemment; il ne pouvait en être question. L'avenir ne se présentait pas sans épines.

Le télégramme de l'agence Reuter apportait des précisions sur le double meurtre du Ritz. Lesterton connaissait les victimes, Gupta Singh et Muguette de Chazelles. On les avait découverts au lit, nus tous deux. Le colonel raya la précision. Il *nettoyait* le texte avant de le faire taper pour les journaux. Les coursiers passaient vers midi. Il était neuf heures. On apporta une tasse de thé au colonel. Il était entendu avec le Gouverneur qu'il retiendrait le câble jusqu'au soir; il serait alors trop tard pour l'utiliser dans les éditions du lendemain. L'émotion serait évidemment considérable à Maurice quand on saurait que le comte de Kergoust...

Pour Lesterton, aucun doute, le comte, le pauvre, le misérable Bubu avait tué sa bien-aimée Muguette et l'amant de celle-ci. La malédiction Kergoust! Un Indien. Muguette de Chazelles nue, un Indien nu allongé auprès d'elle. Image difficile à supporter. Impossible, en fait. Même si lui, Lesterton... Un jeune Indien nu dans son lit... Il ne faisait pas vraiment le rapprochement, une image comme un éclair, il s'agissait de tout autre chose, de tout autre chose. Il lisait et relisait le câble, il se levait, avec sa tasse de thé à la main, il marchait, s'arrêtait pour *sipper* une gorgée de thé, brûlant, très odorant, il reprenait place sur son fauteuil, sonnait pour être débarrassé de la tasse de thé, se relevait pour se pencher sur sa rose, une seule rose, jamais plus, dans un vase très étroit, très haut avec une base en cuivre, les grands esprits sont comme les roses, une seule enchante, mais quand il y en a plusieurs... dixit Mme de Staël. Qui, à Maurice lisait encore Mme de Staël? Une page, une page, pas plus... Il marchait en monologuant à voix très basse, personne ne pouvait comprendre ce qu'il se disait. Il se rappelait à l'ordre: Lesterton, vous êtes un imbécile, un grand imbécile, et plus que cela, un immense imbécile. En téléphonant à la Nouvelle Hollande, il avait appris que la comtesse de Kergoust assistait à une réunion du Fonds.

On n'arrivait pas à se mettre d'accord sur l'emplacement de la Centrale. Quand *ils* sauraient que... Lesterton avait fait porter un billet à la comtesse pour la prier de passer chez lui dès qu'elle le pourrait. Il ne se souvenait plus comment il avait formulé la demande, très maladroitement, trop brutalement, bêtement, c'était la raison qui l'incitait à se traiter d'imbécile. Il savait qu'il allait blesser la comtesse et il s'en voulait d'espérer une certaine satisfaction de leur entrevue. Sur le *Mohandas*, quand elle avait baisé la main de Dietr, il avait savouré son émotion. Une humiliation? Pour cette femme, oui. Pourtant, elle s'en était bien tirée. Mais quand elle apprendrait...

On écartait l'hypothèse d'un suicide. Un nouveau Mayerling est exclu, précisait le câble. Pourquoi chercher si loin? On aurait retrouvé l'arme si les deux avaient mis fin à leur vie d'un commun accord. Et pourquoi trois douilles? Au moins trois. C'était Bubu, c'était Bubu! Cocu depuis le départ. Cocu, *cuckholded*, en anglais c'était moins grave, c'était seulement ridicule, mais ça convenait mieux pour le comte, que Lesterton n'arrivait pas à prendre au sérieux. Il savait (lui, Lesterton) que la petite Chazelles et Gupta... C'était commencé avant la création de l'Office. Si l'on révélait tout ce qui se passe à Maurice... Chez ces gens si jaloux de préserver la pureté de leur sang. Très jolie, cette petite Chazelles, avec un prénom qui lui allait bien, Muguette. Son père était fou, complètement. Et fou de la sœur aînée de Muguette, oui, de sa fille, qu'il appelait dans son lit, c'était sûr, à peu près sûr. Si la petite Muguette le savait, ou si elle se doutait de quelque chose, en grandissant... Quel départ dans la vie, qui pourrait expliquer bien des choses. Une petite garce, elle se moquait du pauvre Bubu.

Si la police considérait le comte de Kergoust comme le principal témoin, on sait ce que signifie la formule, elle avait ses raisons. Le cher Bubu introduisait des éléments de comédie dans la tragédie du Ritz. Alors qu'on le cherchait partout, il *séchait* dans un commissariat, après avoir plongé dans la Seine pour en tirer une *midinette* désespérée. Le mot *midinette* figurait dans le câble. Quelle histoire! Paris fête la Victoire, tout le monde chante, tout le monde boit, tout le monde danse (sans parler du reste, de tout ce qui est évoqué par le seul nom de la ville, Paris, les petites femmes, l'amour, ah! l'amour) et lui, le comte de Kergoust, Bubu of Mauritius, pan! et pan! sur les deux amants, après quoi... Lesterton levait les bras comme pour plonger. Du jamais vu! Comment le comte est-il sorti de l'hôtel Ritz? Personne n'avait entendu les coups de feu? Trois au moins?

Lesterton s'avança jusqu'à la porte quand l'huissier eut annoncé la comtesse de Kergoust. Elle n'était pas en uniforme, tant mieux; elle portait une redingote en lin très claire, presque blanche, légèrement *thé*, à peine. Un canotier à voilette. Il faisait très chaud déjà. On craignait l'arrivée d'un typhon. La comtesse pensait que le colonel voulait lui parler de Dietr von Buckowitz, dont le transfert à Calcutta était différé. Il était question, la comtesse l'avait appris, de le laisser en liberté sur parole. Elle n'allait pas se le laisser *souffler* par Sir Duclézio!

Après l'avoir installée dans un fauteuil, en face de lui, Lesterton souleva le câble de l'agence Reuter.

— J'ai une dépêche.

Il s'arrêta, incapable de sortir un mot de plus de sa gorge nouée. La comtesse souriait amicalement, toute garde baissée. Ce charme! Cette *innocence*! Cette *pureté*! Lesterton était honteux d'avoir attendu une satisfaction sadique du mal qu'il allait faire à une femme trop sûre d'elle et qui, quoi qu'il prétendît, lui en imposait. Quel destin! Elle aime, et aussitôt le malheur... Quel couple admirable elle eût fait avec Dietr! Dietr est défiguré. Le suivant, Gaëtan, très différent, séduisant à la française, lui. Dietr, c'était la blondeur hanséatique, la transparence, Gaëtan, c'était la nuit de Don Juan. On le retrouve avec le crâne fracassé, abattu comme un chien enragé, et par qui? Par le père de sa maîtresse. Oudinot ensuite, qui n'était rien mais... Un fou, merveilleux fou, qui pense à adopter un petit nègre. Le fils de l'assassin, le fils du tueur du Ritz! Si Bubu finissait sur la guillotine?

Lesterton avait tendu la dépêche à la comtesse. Elle lisait. Admirable. Impassible. C'était lui, Lesterton, et il en avait conscience, qui se défaisait sous l'effet d'une compassion qui creusait les rides de son visage un peu gras.

— Puis-je avoir un verre d'eau? demanda la comtesse d'une voix posée.

Lesterton sortit un cruchon de grès poreux de son armoire.

— L'eau reste assez fraîche là-dedans, dit-il.

Avant de boire, la comtesse rendit la dépêche à Lesterton, puis après avoir avalé une gorgée :

— Je ne crois pas que le comte de Kergoust ait pu tirer sur deux personnes au lit.

Elle regardait Lesterton dans les yeux, non sans l'embarrasser; il finit par bredouiller :

— Moi non plus.

— Que faut-il comprendre? dit la comtesse. Mon mari... (Une hésitation :) Nous songeons à divorcer, une procédure doit être engagée, mais pour l'heure, le comte et moi sommes mariés.

— Bien sûr, bien sûr.

— On laisse entendre que le comte a tué et il plonge dans la Seine pour sauver une désespérée?

— C'est incompréhensible, absolument, je l'ai fait remarquer au Gouverneur.

— Il est au courant?

— Personne d'autre, pour le moment. Les journaux n'auront pas la dépêche avant ce soir. Je voulais qu'au préalable vous puissiez...

Faire quoi? Rien, hélas! Attendre des précisions. Le Gouverneur avait immédiatement signalé au Colonial Office l'importance de l'événement pour l'île Maurice. Le comte de Kergoust réunissait au Crédit Colonial les rétrocessionnistes les plus excités de Paris. S'il était discrédité par le scandale... La comtesse se leva. Pendant un instant, Lesterton crut qu'elle allait défaillir, non, elle gagna la porte d'un pas ferme.

— Si j'ai d'autres précisions, je vous alerterai, bien entendu.

La comtesse s'arrêta sur le seuil :

— Vous saviez quelque chose, colonel ?

— A quel propos ?

— Gupta. Gupta et Mlle de Chazelles ?

— Les Singh ont racheté Rosebelle.

— C'était commencé ?

— Il semblerait, murmura Lesterton.

Pour marquer sa compréhension, le colonel baisa la main de la comtesse ; il ne l'avait jamais fait depuis la guerre.

— Je demanderais un passeport si le comte était inculpé, dit Adélaïde.

— Naturellement.

Pauvre Bubu, toujours berné, pensait la comtesse en rejoignant sa voiture. Par elle, pour commencer. Il avait l'excuse de la jeunesse. Et elle ne l'avait pas ridiculisé, alors que Muguette, apparemment... Cocufié (le mot venait malgré elle) par un Indien, et pas du tout comme Gaëtan ; Maveri ne trompait pas Gaëtan, ils étaient d'accord, Gaëtan n'aimait plus sa femme. L'avait-il jamais aimée ? Il n'aimait que moi, se répétait la comtesse. En s'installant au volant, elle se demandait ce que Lesterton savait de sa liaison avec Chamarel (un grand mot pour une petite aventure). Sir Duclézio affirmait qu'il écoutait les conversations durant la nuit. Tout ce qu'Eric pouvait raconter quand il appelait pour se plaindre d'elle...

Mon dieu, que vais-je dire à Pascaline ? Si j'allais la chercher ? Elle aimait beaucoup son père, papa, mon petit papa, elle avait une façon à elle de parler de lui, je dirai à mon papa quand il reviendra, mais sans demander quand il reviendrait. Est-ce qu'il lui manquait ? Beaucoup moins que... l'autre. Absalon, dont la comtesse ne pensait pas même le nom. Elle se gardait bien de parler de lui, la petite. Elle conservait tout pour elle. Comme moi, quand j'avais son âge.

Jamais Pascaline n'avait craint son père. Il s'occupait si peu d'elle. Un garçon, un fils, bien sûr, s'il avait eu l'héritier qu'il attendait, *un missié mâquis...* Pour Pascaline, rien, ou tout comme, il l'ignorait. Parfois, Adélaïde imaginait les rapports de Bubu avec son père, qui parlait de lui plutôt ironiquement. Le gros Bubu. Il aurait voulu être fier de lui, il le donnait à croire. En fait, Gaëtan n'admirait que lui-même.

Si on mettait le pauvre Bubu en prison ? Bien qu'elle eût dit le contraire à Lesterton, la comtesse n'avait pas douté un instant de la culpabilité de Bubu. Il y avait en lui quelque chose de sournois et d'impitoyable. Elle l'avait découvert après son voyage en Europe. Il était venu la retrouver, le soir, très impatient, il rouspétait parce qu'elle s'attardait dans la salle de bains, et ça s'était assez bien passé. Pourquoi l'avait-elle renvoyé *après* ? Le docteur pense qu'il vaut mieux que je dorme seule. Elle avait craint qu'il la frappe. Et pire peut-être, une lumière dans le fond des yeux, une fureur, de la haine, l'orgueil Kergoust bafoué... S'il avait réagi ? S'il avait cogné ? S'il était resté avec elle comme il en avait le droit conjugal ? Il avait rompu, il avait regagné sa chambre. Pour chercher un fusil ? Elle y avait pensé. Elle s'en souvenait fort bien. Elle avait tourné la clé.

Que lui reprochait-elle, en vérité ? De ne pas être Gaëtan. Elle comprenait (vraiment très tard) qu'elle attendait de lui l'enfant qu'elle aurait voulu de Gaëtan, et, tout à coup, elle se sentait aussi coupable que Muguette, plus coupable ; en fait, c'était encore plus hypocrite, plus sale ce qu'elle faisait, conviction qu'elle rejetait tout de suite, bien entendu, mais qui lui permettait de s'apitoyer plus sincèrement sur le sort du pauvre Bubu, recroquevillé sur un bat-flanc dans une cellule de la prison de la Santé.

Elle s'arrêta au couvent pour parler à la Grande Mahaut. Elle se trouvait dans ses prières, lui dit la sœur tourière. Au *guettali.* Une sorte d'échauguette coincée entre deux murs du parc, et qui dominait deux rues assez passantes. On voyait tout par des créneaux d'archer. Il faisait frais, le coin se trouvait à l'ombre d'un gros bouquet d'eucalyptus dont les plus vieux avaient au moins cent ans. La Grande Mahaut lisait l'histoire du saint du jour, saint Léopold, un prince, surnommé le Pieux. Sobre, modeste, chaste, il mit sa joie et ses délices à mortifier ses sens. En l'an 1096, il épousa la fille de l'empereur Henri IV, dont il eut dix-huit enfants. Elle lisait avec lui l'Ecriture sainte, même au milieu de la nuit. Tiens, tiens, pensait la Mère.

Combien d'années écoulées depuis qu'Adélaïde, encore Girard, avait retrouvé la Mère Supérieure dans le guettali pour lui demander de l'admettre dans sa communauté ; elle voulait prendre le voile ! Parce qu'elle avait perdu son père ? Non, parce qu'elle ne pouvait épouser l'homme qu'elle aimait. Trop vieille pour lui, il n'avait que vingt ans, elle bientôt vingt-sept. Et de qui s'agissait-il, grand dieu ? De Bubu ! Mahaut n'en croyait pas un mot, à juste raison, mais si Dieu lui adressait Adélaïde Girard pour sauver la Nouvelle Hollande des enchères publiques ? Le mariage n'avait pas traîné, dès le retour de Bubu, rappelé de Cambridge après le meurtre de son père (par un braconnier indien, pour Mahaut pas le moindre doute là-dessus), elle l'avait emmené à la Savone, chère Adélaïde, voici le septième comte de Kergoust, il est à vous. Aucune des deux femmes n'était alors dupe de l'autre ; depuis, à défaut d'affection, une estime réciproque les avait rapprochées. Pour Mahaut, *le* maître de la Nouvelle Hollande, c'était Adélaïde. Oh ! elle aimait énormément Bubu, son enfant, n'empêche que sa réussite à Paris la laissait perplexe. Je savais bien qu'il pouvait faire quelque chose, soupirait-elle parfois, sans grande conviction. D'Adelaïde, rien ne l'étonnait, ni sa nomination à la tête du Service de Santé, ni le rôle qu'elle jouait au Fonds. Elle portait la couronne Kergoust et elle la transmettrait à Pascaline, pour laquelle la religieuse avait une adoration passionnée, se retrouvant dans la petite fille et revivant une existence... Non, non, pas ratée, puisqu'elle servait Dieu, mais si Yves de Saint-Ageste n'avait pas disparu dans le naufrage de la *Roquebrune...*

La Grande Mahaut n'ignorait pas que Bubu et Adélaïde devaient divorcer. En le lui annonçant, Adelaïde avait laissé entendre qu'elle cédait aux instances pressantes de Bubu, c'était lui qui exigeait sa liberté. La Mère priait et faisait prier pour le ramener à la maison, sans parvenir à oublier qu'elle-même, après la naissance de Pascaline, quand on croyait Adelaïde perdue, avait (d'une certaine façon) attiré l'attention de Bubu sur Muguette. Pouvait-il, si jeune, vivre seul le restant de sa vie ? Plus ou moins clairement, elle pensait à l'époque que le Seigneur, dont les voies sont impénétrables, s'était arrangé pour sauver la Nouvelle Hollande en sacrifiant Adélaïde Girard. Il s'était ravisé ;

on ne pouvait en vouloir à Adélaïde, d'autant que, depuis sa guérison miraculeuse (aucun doute là-dessus), elle menait encore plus magnifiquement les affaires du royaume. Pour Pascaline.

— Entrez, asseyez-vous, ma grande fille.

La religieuse se tassa sur le banc circulaire en pierre du guettali et, quand Adélaïde se fut installée, elle conserva sa main entre les siennes, sans parler, en respirant avec difficulté, semblait-il, en tout cas plus bruyamment que d'habitude.

— J'ai fait un rêve, cette nuit, que je ne puis oublier, dit-elle. J'étais à Rome, au Vatican, je devais me rendre chez le Saint-Père...

Un sourire qui réclamait de l'indulgence :

— ... c'était le père Laval.

On l'avait déposée sur la place Saint-Pierre.

— Moi qui n'ai jamais bougé d'ici, je n'ai même pas pris le chemin de fer pour Curepipe comme je rêve de le faire, je reconnaissais tout, la basilique, les appartements du Saint Père, sa fenêtre. Je suis entrée dans la basilique. C'était magnifique, ma grande fille, si beau, si beau !

Elle joignait les mains, bien incapable de décrire ce qu'elle continuait d'admirer en suivant une galerie déserte, entre des colonnes de marbre.

— Je ne savais pas où j'allais, ou plutôt si, je savais que le Saint-Père m'attendait, le Père Laval, j'avançais, j'avançais, la galerie devenait plus étroite, les colonnes moins hautes, bientôt il ne restait qu'un passage difficile pour moi, et je n'étais plus dans la basilique, je ne saurais dire où j'étais, dans un quartier très populaire, peut-être dans une sorte de cour des miracles, dans une pénombre qui recelait de grands dangers, j'avais peur, je priais, je priais.

Elle parlait de plus en plus lentement, elle serrait de plus en plus fort la main d'Adélaïde entre les siennes. Quel âge a-t-elle ? se demandait la comtesse. Fallait-il vraiment la mettre au courant du drame du Ritz ? Mais si elle l'apprenait par d'autres ?

— Ma mère, il faut que je vous parle de quelque chose qui va certainement vous bouleverser autant que moi.

Est-ce qu'elle m'entend ? Est-ce qu'elle m'écoute ?

— Vous vous souvenez de Muguette de Chazelles, ma mère ?

— Mu-guette-de-Bu-Bu ?

Ça venait par syllabes, avec un silence entre les syllabes :

— Il-ne-faut-pas.

— On l'a retrouvée morte, ma Mère. Tuée d'un coup de revolver. Dans un lit.

Après chaque bout de phrase, la comtesse marquait un arrêt, comme la Mère, après les syllabes.

— Avec un homme. Pas avec Bubu. Avec un Indien. Gupta Singh, le fils de Sir Sandrat Singh, vous savez, il est devenu *Sir* il y a tout juste...

La Mère interrompit Adélaïde.

— C'est un caqueux.

Elle avait retrouvé sa voix habituelle. Elle fixait sur la comtesse un regard bizarre, très vif, *pointu*.

— C'est Bubu ? demanda-t-elle.

Quoi, pensait la comtesse, elle aurait compris avant que je parle ? Elle aurait deviné ? Et elle ne serait pas épouvantée ? La comtesse croyait déceler une sorte de malice dans les yeux de la Mère, quasiment de la satisfaction.

— Il a bien fait, dit encore la Mère.

Elle lâcha la main de la comtesse et bascula contre elle. Elle était morte, la comtesse n'en douta pas un instant. En soutenant son torse elle parvint à l'allonger sur le banc de pierre. Elle remonta les jambes. Le corps de la religieuse formait un demi-cercle chiffonné, avec les pieds dans le vide. La comtesse courut alerter le jardinier. Pour descendre la Mère du guettali par le petit escalier en colimaçon, on appela en renfort deux infirmiers de l'hôpital, qui arrivèrent avec le Dr Chamarel.

En fin d'après-midi, la Mère Supérieure, vêtue de sa robe la plus blanche, reposait dans un cercueil ouvert placé sur un catafalque devant l'autel de la chapelle de son couvent. A chaque extrémité du cercueil, une sœur en prière. La comtesse avait longuement hésité avant d'amener Pascaline à la chapelle. La fillette se serrait contre sa mère, visiblement impressionnée. La comtesse la souleva pour lui permettre de déposer un baiser sur le front de la religieuse, dont le visage paraissait taillé dans une lave sombre, avec les reflets tremblants des cierges sur les pommettes et sur les paupières tendues par-dessus les yeux exorbités. On avait entortillé un chapelet de gros grains de buis autour des mains bistres, plus sombres encore que le visage, tordues comme des sarments. Une odeur d'encens, de poussière, de patchouli aussi. On avait laissé sous la robe de Mahaut le coussinet légèrement parfumé qu'elle portait sur sa chemise. Mahaut morte, Bubu en prison, la comtesse se sentait investie de la grandeur et de la gloire Kergoust ; pendant une seconde, elle pensa au sacre du roi Charles VII à Reims, elle devenait Jeanne d'Arc, Pascaline portait la couronne. L'image traduisait des réactions très secrètes, contradictoires, elle avait toujours regimbé contre l'autorité de la Grande Mahaut et voici qu'elle en héritait, ainsi que de son prestige Kergoust.

— Ma-O est au ciel, maman ? demanda Pascaline en sortant de la chapelle.

— Sûrement.

— Elle est encore là, maman.

— Son âme est montée au ciel.

— Quelqu'un l'a vue ?

Pascaline portait l'uniforme du collège, une marinière bleu clair sur une jupe bleu foncé, avec un grand col de marin blanc. Coiffée d'un chapeau de paille, qui laissait passer une tresse blonde. La comtesse la trouvait fiévreuse ; elle avait toussoté dans la chapelle. Il faudrait la montrer au médecin. A Chamarel ? Pauvre Eric, la comtesse venait encore de le malmener. Les remords ? Sir Duclézio avait convoqué le père d'Idelette, très compréhensif, avait-il dit à la comtesse, au téléphone. Eric ne pouvait l'ignorer. Alors que l'on portait la Grande Mahaut vers sa chambre pour la préparer, il s'était approché de la comtesse :

— Il faut absolument que je vous parle, Adélaïde.

— Vous croyez que c'est le moment ?

Eric n'avait pas insisté, il avait filé. Il ne représentait plus rien. Un moment d'égarement, quasiment oublié. Pourquoi ne lui avait-il pas parlé d'Idelette *honnêtement* ? Menteur. Il méritait une leçon.

L'aumônier du couvent, un vieux prêtre cassé, avec une jambe plus courte que l'autre, accompagna la comtesse jusqu'à sa voiture. Elle ramenait Pascaline à la Nouvelle Hollande. Si elle avait vraiment de la fièvre... Je la garderai au lit, se disait la comtesse. Est-ce qu'elle la renverrait au couvent ? Sans la protection de Mahaut ? Elle ne pourrait plus la laisser en pension si elle partait pour l'Europe. Elle agitait des projets, des pensées, elle s'inquiétait en recevant les condoléances des bonnes sœurs, que dirait-on quand on saurait que le comte, à Paris... Et Pascaline ? Fallait-il lui parler ? Plus tard ?

Un télégramme attendait la comtesse à la Nouvelle Hollande, retardé par la censure, précisait un cachet de la Poste, sans doute parce qu'il était rédigé en français : « Vos amis Oliver et Henri réunis par le hasard à Londres apprennent par la presse les événements du Ritz de Paris et veulent vous dire qu'ils sont avec vous dans l'épreuve. » Un mot en anglais pour finir : *love*. Il précédait la première signature : Campbell. La comtesse ne prêtait pas attention à la seconde, Oudinot. Elle retenait : Je vous aime, Campbell.

— Qu'est-ce que c'est, maman ? Un télégramme ? C'est quoi ?

— Une lettre qui va très vite. Tu vois, elle est partie de Londres avant-hier.

— C'est loin, Londres ? Où est-ce ?

Love, Campbell. En même temps, l'angoisse : à Londres, tout le monde sait depuis deux jours. Demain, tout le monde saura à Maurice. Ici. Les gens que je verrai. Jézabel saura. Que dire à Jézabel ? Comment expliquer à Pascaline ? On lui raconterait des sottises si elle retournait au collège. Je l'emmènerai, décida la comtesse. Partir! Partir! Mais quand?

Sir Duclézio et son fils arrivaient pour offrir leurs condoléances à la comtesse.

— Faites attendre au salon.

Une panique. Qu'est-ce que j'ai fait? Si vraiment le père d'Idelette choisissait ses affaires d'assurances aux dépens de sa fille? Sans trop savoir pourquoi, la comtesse pensa à sa mère, dont elle n'avait aucun souvenir. Elle ne lui avait pas manqué; elle adorait Louis Girard, une passion. Et voici que, pendant un instant, sa mère se confondait avec la petite Idelette, elle avait son âge quand on l'avait *sacrifiée*. De plus en plus émue, troublée, la comtesse, quand elle eut changé de robe, décida qu'elle ne verrait personne. Elle expédia Jézabel aux Duclézio:

— Dis-leur, dis à Sir Duclézio que Mme la comtesse regrette beaucoup de ne pouvoir le recevoir, elle ne se sent pas très bien.

Très pâle, elle s'était laissée tomber sur son divan-lit. Jézabel trotta vers le salon, complètement affolée:

— Mme la comtesse a un malaise, dit-elle à Sir Duclézio.

— J'espère que ça ne sera pas trop grave, dit Sir Duclézio, avec une grimace.

Dans le hall, il croisa Eric de Chamarel.

— Elle doit avoir grand besoin du médecin, grommela-t-il.

Lesterton l'avait mis au courant du drame du Ritz. Il se précipitait chez la comtesse pour l'assurer de son amitié, rien d'autre; bien sûr, on n'avait pas l'occasion de voir tous les jours une femme aussi sûre d'elle que la comtesse et qui apprenait tout à coup qu'elle était l'épouse d'un assassin. D'être éconduit agaçait le vieil homme, on lui faisait la leçon. Il n'appréciait pas.

Jézabel tentait vainement de retenir Chamarel.

— La comtesse m'attend, affirma-t-il.

Un médecin. Jézabel se tenait devant la porte, une main sur le loquet:

— Mme la comtesse, dit-elle très haut pour se faire entendre à travers la porte, le docteur est là.

— Qu'il entre.

Jézabel s'effaça pour laisser passer Chamarel. La comtesse venait à sa rencontre:

— Va chercher Pascaline dit-elle à Jézabel. Le docteur va regarder sa gorge. Je me demande si...

278

La porte refermée derrière lui, Chamarel prit la comtesse dans ses bras et l'embrassa avec une fougue irrésistible, facile à interpréter : je te veux, toi aussi tu as envie de moi, aussi fort que j'ai envie de toi, tu sens comme je t'aime, comme je te désire, tu me prives d'Idelette, eh bien, je suis là, tu ne peux plus me renvoyer, tu es à moi. C'était du moins ce que la comtesse pensait qu'Eric pensait, en défaillant.

— Eric, vous êtes fou ! Ici ! Pascaline va venir...

Elle reprenait souffle. Pourquoi avait-elle appelé Pascaline à son secours ? Elle s'en voulait déjà. Seule avec Eric... Elle sonna pour faire regarnir une lampe à pétrole. Les contrevents étaient placés, la nuit déjà tombée ; une pendulette égrena huit heures.

— Comment êtes-vous venu, Eric ? A vélo ?

Elle pensait à Idelette.

— J'ai un chauffeur, dit Chamarel.

Joséphin l'avait amené avec le side-car de son maître. Il installa Pascaline sur le tabouret tournant du piano à queue :

— Dis A, dis A.

Il ne voyait rien de suspect. Le pouls ? Tout à fait calme. Le front très frais.

— Si vous avez un thermomètre ?

— Je ne suis pas malade, protestait Pascaline. Je veux me baigner avec maman demain matin. Je peux, n'est-ce pas, Eric ?

— Je t'ai demandé de l'appeler docteur, dit la comtesse.

Elle pria Jézabel de servir le dîner.

— Le docteur reste avec nous.

Un potage, ensuite du chevreuil froid avec une salade. Tandis que la comtesse arrêtait le menu, Pascaline examinait le moignon de Chamarel.

— Tu n'as plus de main. Est-ce que ça te fait encore mal ?

Elle posa ses lèvres sur le moignon.

— Assez, Pascaline !

La comtesse n'aurait pas avoué à quoi elle pensait.

— On peut faire beaucoup de choses avec une main, Pascaline, dit Chamarel. J'ai fait une opération.

— Une opération ?

— J'ai ouvert le ventre de quelqu'un.

— Pour sortir un enfant ?

— Est-ce que tu as fini de dire des sottises, Pascaline ? Je vais t'envoyer au lit sans manger, et demain matin...

La fillette se jeta contre sa mère, de plus en plus énervée. Elle reprit ses questions sur Ma-O qui était au ciel et toujours là, elle expliquait à Chamarel que la religieuse était partie sans partir tout à fait, elle lui demandait si quelqu'un avait pu voir son âme.

— Moi aussi, j'ai une âme, je pense qu'elle doit être petite comme moi, n'est-ce pas ?

La chambre de la comtesse ressemblait plus à un salon qu'à un endroit où l'on dormait. Le divan-lit était masqué par un paravent de Coromandel à trois panneaux. En se scandalisant de ce que disait Pascaline, la comtesse se souvenait de ce que les grandes lui racontaient au dortoir. Tu crois que les enfants naissent dans les choux ? Tu veux voir d'où ils sortent ? Quelle folie d'avoir confié Pascaline à Mahaut. Elle aurait dû faire venir une Anglaise, comme Louis Girard. Un frisson. Louis Girard rejoignait Miss dans sa chambre, après l'avoir embrassée, elle, dans son lit. Elle observait Chamarel. Que savait-il ? Il voyait constamment Lesterton. De toute façon, demain... Tout serait dans le journal demain. Non, pas demain, après-demain seulement. D'ici là, d'ici là...

On avait préparé un dessert pour Pascaline, une crème au chocolat sur laquelle flottaient des icebergs de blancs d'œufs. Elle n'avait plus faim, elle tombait de sommeil.

— On va te mettre au lit, ma chérie.

Elle s'accrochait à sa mère :

— J'ai peur, maman.

— Peur ?

— Est-ce que Ma-O est maintenant tout à fait au ciel ?

La comtesse se reprochait de lui avoir montré la religieuse dans son cercueil.

— Maman, je veux rester avec vous.

— Nous allons tous dormir, ma petite fille.

— Je veux dormir avec vous, maman.

La comtesse n'osa pas regarder Chamarel.

— Tu ne seras pas bien, ma petite fille.

— J'ai peur, maman.

Une jalousie intuitive.

— Il faut défaire le lit, Ma'âme la comtesse ? demanda Jézabel.

Vieille sorcière ! Elle me dicte ce que je dois faire.

— Oui, dit la comtesse.

Impossible qu'Eric reste avec elle. Et jamais plus, jamais plus...

Elle sortit avec lui dans le hall, puis sur le perron. Elle reconnut la moto de Campbell.

— Votre chauffeur?

— Il finit son repas aux cuisines, je ne peux pas le rappeler. Venez, Adélaïde.

Eric entraîna la comtesse. Il avait pris son bras. Elle résistait, c'était parfait, ils avançaient lentement, comme s'ils allaient faire quelques pas sur la pelouse, devant la façade de la Nouvelle Hollande.

— Où m'emmenez-vous, Eric, vous êtes fou?

— Complètement.

Sa main sur sa taille, sous son sein, sur le sein, dans le corsage qu'elle déboutonnait. Elle s'affaissa sur la plage à la lisière du bouquet de lilas sauvages qui, dans la journée, donnait de la fraîcheur dans sa chambre. On ne pouvait plus les voir. Les entendre? L'entendre, elle? Elle se mordait les lèvres au sang.

L'éternité. Un instant. Reprise par la terreur qui s'était emparée d'elle après qu'elle se fut donnée à Eric chez Oudinot, et pour la même raison, c'était merveilleux, trop merveilleux. Elle avait supplié Eric de partir vite, tout de suite, de la laisser, pour toujours, de ne plus jamais...

— Je vous aime, Adélaïde, je vous aimerai toujours.

— Taisez-vous, taisez-vous.

Elle avait pris son visage entre les mains pour savourer encore une fois sa bouche. Et puis, dans un souffle :

— Mon mari est en prison, accusé d'un double meurtre.

— Votre mari ? Qu'est-ce que vous dites ?

Il ignorait encore tout. Il avait tenté de se raccrocher :

— Puisque vous divorcez, Adélaïde...

— Allez-vous-en, je vous en conjure.

Elle se dégageait, elle avait couru vers la maison, vers sa chambre, le refuge, avec Pascaline pour la protéger. Elle était en larmes.

— Ma'âme la comtesse pleure ?

Jézabel débarrassait. Elle avait baissé les deux lampes proches du divan où Pascaline dormait. Un ange. La comtesse regarda l'heure. Elle n'était pas restée plus d'un quart d'heure dehors. Elle se laissa tomber dans un fauteuil et soupira :

— Je suis bien malheureuse, Jézabel.

— Tout le monde aimait beaucoup Ma'âme Supérieure, dit Jézabel en se signant. Est-ce que je pourrai accompagner Ma'âme la comtesse demain matin ?

Selon l'usage, sœur Eusthate, Mère Supérieure de l'ordre, reposerait sous les dalles devant l'autel. L'inhumation se ferait devant les religieuses rassemblées, la famille proche reléguée à la sacristie d'où l'on pouvait, sans être vu, suivre la cérémonie à travers un judas grillagé.

— Vous viendrez dimanche à la grand-messe avec nous, Jézabel, sur le banc.

Que pense-t-elle de moi ? se demandait la comtesse. Que devinait-elle ? Elle se releva brusquement pour se recoiffer dans son cabinet de toilette, et constata avec horreur que son visage était *nu*, déshabillé par les baisers d'Eric. Elle se méprisait d'avoir capitulé si vite, si totalement, dans les mêmes conditions à peu près qu'à la Mare-aux-Songes. Une chienne, elle devenait ça. Elle détourna sa colère sur Jézabel dont elle ne supportait plus la présence.

— Allez vous coucher, Jézabel.

Elle ne voulait plus voir la vieille négresse penchée sur Pascaline avec des airs de nourrice, comme pour lui susurrer que le petit nègre pensait à elle. Pascaline ne parlait pas d'Absalon. Oublié ? Sûrement pas.

— Ma'âme la comtesse n'a plus besoin de moi ? Je peux préparer une tisane à Ma'âme la comtesse.

Je n'ai pas le droit de la détester, pensait la comtesse. Elle se pressa contre Jézabel, très étonnée, mais heureuse d'offrir pour une fois à sa maîtresse quelque chose de plus qu'à l'habitude.

— Il s'est passé quelque chose de terrible à Paris, Jézabel.

— Mon Dieu ! Missiémaquis ?

La comtesse avait repris ses distances. Effondrée sur une bergère, elle confia à Jézabel que le comte de Kergoust était suspecté d'un double meurtre. En parlant, elle entendait tout ce qui allait se dire quand les journaux auraient publié la longue dépêche qu'elle avait lue chez Lesterton. A Londres, le drame avait touché directement Campbell et Oudinot, mais pour les autres, pour tous les gens qui les entouraient, il ne s'agissait que d'une *histoire*. A Maurice, tout le monde, tout le monde... Les regards sur elle. Les mêmes questions dans tous les regards : c'est lui, hein ? et vous ? vous qu'est-ce que vous ressentez ? ça fait mal ? Sans parler du reste : c'est bien fait pour vous, vous êtes enfin punie. Punie de quoi ? Punie parce que je viens de me conduire comme une... Tout se mélangeait. Jézabel laissa tomber deux gouttes de sirop de pavot dans la tasse de tilleul qu'elle apporta à la comtesse.

— Laisse-moi maintenant, Jézabel.

La comtesse renvoya aussi la femme de chambre ; elle se déshabillerait seule. Il fallait qu'elle soit seule, tout de suite, pour avaler un verre de cognac. Elle ne prenait jamais d'alcool ; presque jamais. Miroir, miroir. La mère d'Eric s'était mise à boire. Eric ne viendra plus. Il ne faut pas qu'il vienne. Je partirai. Il aura Idelette, il retournera chez elle, en aucun cas la comtesse ne changerait d'assureur, elle le ferait savoir au père. Elle imaginait Bubu dans sa cellule. Elle s'accusait d'avoir fait son malheur. Elle ne l'aimait pas comme elle devait l'aimer. Tout défilait. Gaëtan assassiné. Son père foudroyé, paralysé, les yeux encore vivants, il la regardait, il pardonnait. Tu veux devenir comtesse ? Pour lui, pour lui, oui. Elle partirait pour Paris avec Pascaline, qu'elle mettrait en pension au couvent des Oiseaux, dont on parlait beaucoup.

A quel âge prenait-on des pensionnaires au couvent des Oiseaux ? Elle verrait Bubu dans sa prison. Il avait eu le courage de faire ça, donc il aurait pu me tuer. Elle rallumait l'éclair de haine qu'elle avait vu briller dans les yeux de Bubu, cette nuit-là, lors de son retour, quand elle l'avait *chassé* du lit. Un monstre, je suis un monstre.

Elle s'allongea contre Pascaline. La petite fille avait repoussé la couverture et le drap ; entortillée dans sa chemise de nuit, elle se colla contre sa mère avec quelques soupirs confus. Elle me tiendra trop chaud, pensa d'abord la comtesse. Jamais encore elle n'avait pris sa fille dans son lit. Non seulement elle ne la repoussa pas, mais elle la retenait contre elle en ressentant une satisfaction inconnue. Un bonheur ? C'est à moi, cette chaleur, cette vie, cette confiance ; chose curieuse, elle associait (un peu, un peu) Bubu au sentiment qui venait d'éclore en elle. Le père, elle lui devait Pascaline, et, par conséquent, il avait droit à une certaine affection, surtout lorsqu'il se trouvait en difficulté. Jusque-là, elle *détachait* Pascaline de son père comme elle-même s'était éloignée de lui et voici qu'elle prenait conscience des liens qui devaient, naturellement, unir la fille au père ; elle se souvenait de sa passion pour Louis Girard. Même si Pascaline n'éprouvait rien d'aussi chaleureux pour Bubu, elle allait être très malheureuse en apprenant qu'il se trouvait en prison. Mon dieu, comment lui annoncer ça ?

Elle éprouvait tout à coup l'exigence, complètement absurde, de réveiller Pascaline pour lui parler, pour se confier à elle comme à une adulte. Cette petite fille endormie contre son cœur devenait très importante, plus importante que le reste. Campbell compris ? Pourquoi se monter la tête ? Dans un télégramme, le mot *love* ne signifiait rien. Pascaline m'aime. Et je l'aime, je l'aime ! L'amour c'est les autres, les tête-à-tête avec le miroir le lui avaient fait oublier.

Elle souffla sur quelques cheveux qui frisaient sur le front de Pascaline. Si belle ! Moi ? Elle me recommence ? Pouvait-elle l'admettre sans se sentir flouée ? Elle finit par s'endormir à peu près heureuse. Elle se réveilla alors qu'on déposait les contre-vents, c'est-à-dire plus tard que d'habitude, quand les premiers rayons de lumière la sortaient du lit. Elle se pencha sur Pascaline pour l'embrasser. Jamais elle n'avait posé sur elle des lèvres aussi voraces. Pascaline jeta ses bras autour de son cou :

— Maman, on va dans la mer ?

Pourquoi passer un maillot ? Elle n'avait rien, pour Pascaline.

— Viens !

La mer était assez agitée, le soleil au-dessus des cocotiers de la Pointe-aux-Piments. En principe, tout le monde était debout à la Nouvelle Hollande. Tant pis. Tant mieux. La comtesse ne comprenait pas très bien ce qui la poussait à laisser tomber sa chemise de nuit sur le sable, imitée par Pascaline qui riait. Une passation de pouvoirs ? Plutôt une préparation à un autre règne. Pour toi, Pascaline, tout sera différent, plus beau, plus simple, tu n'auras plus à te battre, tu régneras, tu feras tout ce que tu voudras, tu aimeras qui tu choisiras. Libre ! Libre ! Tu seras complètement libre ! C'était tout cela que la comtesse pensait confusément, des motivations mal définies encore, qui, durant la nuit, pendant son sommeil, avaient mûri à la chaleur de Pascaline. Elle prit la main de sa fille pour la tirer vers les vagues. On les voyait ? On pouvait les voir ? Encore tant pis, encore tant mieux. Si Dieu les regardait de là-haut, il ne pouvait être mécontent de ses créatures. Pascaline est si belle, si belle, se répétait la comtesse *in petto*, et un vague écho rapportait : toi aussi, toi toujours.

XIII

Décembre 1918,
à Paris

Oudinot avait fait la connaissance de Mestal au Crédit Colonial où il s'était présenté le surlendemain de son arrivée à Paris. Il avait été reçu par le secrétaire général, Hubert Loriol. Mestal se trouvait dans son bureau. Il n'avait pas appris grand-chose. Quelques jours après, il avait revu Mestal lors de la première réunion de la Commission de l'Armistice dans une petite salle de conférences du Trocadéro ; il faisait partie de la délégation française. Oudinot s'attendait si peu à le rencontrer qu'il ne l'avait pas immédiatement remis quand Mestal s'était avancé la main tendue. Lui, Mestal, avec le physique si particulier d'Oudinot ne pouvait s'y tromper.

— J'ai une bonne nouvelle pour vous, avait dit Mestal, notre ami Kergoust quittera la Santé demain matin et couchera à Bel Air, une maison de repos de Neuilly.

Oudinot avait noté l'adresse.

— Quand pourra-t-on le voir ?

— Il vous faudra une autorisation du juge d'instruction. Il s'appelle, tenez-vous bien, Ballesaque, mais ça ne s'écrit pas de la même façon. Si vous aviez des difficultés avec lui...

Oudinot avait également noté le téléphone et l'adresse de Mestal, rue Bachaumont.

— Pas loin de la Bourse, entre la rue Montmartre et la rue Montorgueil. J'ai un excellent restaurant en bas de chez moi, Aux Crus de Bourgogne, j'y ai dîné quelquefois avec Bubu. Il n'aimait pas tellement que je l'appelle Bubu. Quand il est arrivé en France... Je sais, je sais, il n'était plus un bébé, mais quand même, il avait quelque chose d'assez touchant, comme les enfants, n'est-ce pas ?

— Bubu ? Un enfant ?

— Je l'ai pris en charge, mettons qu'il a trouvé un père, mais vous avez raison, il est moins innocent qu'on ne le pense.

Aux Crus de Bourgogne, en mangeant des escargots pour la

première fois (non sans appréhension), Oudinot avait appris ce que Mestal savait sur le drame du Ritz. Mestal avait dîné chez Maxim's le soir de l'armistice, à la table retenue par le comte de Kergoust. Autres invités : l'inévitable Emilienne de Voulenzon, le vicomte de Beaumont, Muguette en robe de velours vert de Poiret, très moulante. Rien en dessous, répétait Mestal avec un gloussement, en tout cas, pas grand-chose. Il rappela les surnoms d'Emilienne et de Muguette, Mimi et Mumu.

— Bubu ne pouvait souffrir Emilienne, mais quand il ne passait pas la soirée chez elle, il la traînait au Perroquet ou ailleurs.

Muguette reprochait à Bubu de lui imposer Gupta.

— Le malheureux tentait de lui faire comprendre qu'il avait besoin de Gupta à l'Office du Sucre. Mon cher Oudinot, elle arrivait à donner le change, elle menait tout le monde en bateau.

— Vous pensez qu'entre elle et Gupta ça durait depuis quelque temps ?

— Ils se voyaient tous les après-midi, ou presque, et, si vous voulez mon avis, les choses avaient commencé là-bas, à Maurice. Elle est venue pour rejoindre Gupta, pas du tout pour vivre avec Bubu. Il ne se passait rien entre eux. Il s'en plaignait parfois. Il pouvait tout me dire. La bague au doigt ! Pas avant ! Elle exigeait le mariage, et même religieux ! Certains jours, le pauvre Bubu, complètement accablé, laissait entendre qu'elle voulait un mariage religieux. Si jamais une femme a fait marcher un homme, c'est cette gamine. Tout le monde s'en rendait compte, sauf lui. Encore que maintenant je me demande s'il ne se doutait pas de quelque chose. Ce soir-là, en tout cas...

L'armistice ! Le bonheur pour tout le monde, la folie chez Maxim's. Le comte avait commandé un perdreau aux choux, qui n'arrivait pas. Rien ne montait de la cuisine. On débouchait des bouteilles. Enroulée dans un drapeau tricolore, avec un nœud d'Alsacienne dans les cheveux, une gloire de l'Opéra avait chanté *La Marseillaise*. Tout le monde debout. Le comte en habit, Gupta en uniforme, coiffé d'un turban dans lequel, sur le devant, il avait piqué un énorme saphir.

— Très beau, très, très beau, les femmes ne regardaient que lui, les autres, pas. Muguette, elle, n'avait pas l'air de le voir quand elle dansait avec lui. Elle voulait rentrer : Ramenez-moi ! Ramenez-moi ! Elle exaspérait Bubu, qui attendait son perdreau. Que serait-il arrivé si on l'avait servi ? Rien, peut-être, probablement rien. Il aurait mangé. Il s'est mis à regarder autour de lui et il a dû voir, se rendre compte.

Une soirée folle, Muguette très, très convoitée, beaucoup d'uniformes, naturellement.

— On a fait d'autres boîtes. Bubu voulait passer au Perroquet. Emilienne était invitée à la soirée américaine du Ritz. Nous sommes allés au Ritz. Une cohue incroyable, on dansait dehors sur la place Vendôme. Ensuite, les Halles. Le pauvre Bubu mourait de faim. Et Muguette ? Plus de Muguette. Beaumont a convaincu Bubu qu'il avait déposé Muguette au Ritz, devant son ascenseur. Un complot ? Etait-il de mèche avec Emilienne, qui avait disparu aussi ? Emilienne était sûrement au courant des amours de Muguette.

— Quand vous avez quitté Bubu... Aux Halles ?

— J'étais tout près de chez moi.

— A quelle heure ?

— Je ne sais plus. Bubu paraissait apaisé, très content, il a mangé un gros os à moelle, pas seulement ça, il a vu un os sur l'assiette d'un voisin, il a voulu le même, il se régalait, jamais on n'aurait pu imaginer qu'une heure après...

Donc, vers cinq heures du matin ? Vers six heures ? Au Ritz, toujours la folie, des danses de cow-boys. En principe, Paris, capitale du péché, restait *off limits* pour les permissionnaires américains, à moins qu'ils ne puissent prouver qu'ils y avaient de la famille.

— Toute l'armée américaine avait des parents parisiens, ce soir-là, dit Mestal.

Personne au Ritz n'avait prêté attention au comte de Kergoust. Il n'avait pas retiré son manteau, on ne l'avait pas vu au vestiaire. L'ascenseur ? Il avait probablement pris l'escalier. La porte de la chambre ?

— Quand Muguette s'est installée au Ritz, dit Mestal, Bubu avait retenu deux chambres communicantes.

Pour Mestal, le drame commençait là. Muguette avait appelé le concierge, quand elle avait vu apparaître Bubu chez elle. Il avait battu en retraite.

— On peut penser qu'il avait gardé la clé de la porte de communication, ou qu'il s'en était fait confectionner un double.

— Il serait revenu par là ? Mais comment serait-il entré dans la chambre voisine ?

— Il l'avait louée, à son nom, depuis trois jours, sans l'occuper. C'est la principale charge retenue contre lui pour soutenir la préméditation, dit Mestal. En même temps, elle confirme la folie, n'est-ce pas ? Cette gamine le rendait fou. L'amour ? Non, non, l'humiliation. L'amour, ça ne le tracassait pas outre mesure. Je suis persuadé que s'il avait eu son perdreau chez Maxim's... Il a remarqué quelque chose qui a précipité le mécanisme. Quoi ? Je ne saurais le dire.

Restait le revolver. Pourquoi l'avait-il emporté ? A moins qu'il ne fût allé le chercher chez lui après la *disparition* de Muguette ?

— Aux Halles, on s'était donné rendez-vous au Chien qui fume, c'est là que la soupe à l'oignon est la meilleure, à mon avis.

Le comte était arrivé le dernier. Très en retard ? On n'y prêtait pas grande attention. On faisait aussi la fête aux Halles, où le climat était *équatorial,* disait Mestal. Le ravitaillement allait rapidement s'améliorer, ce qui ne faisait pas forcément le bonheur des mandataires et des commissionnaires, précisait Mestal ; pour s'enrichir, rien de tel que la pénurie. Le pain, en tout cas, ne tarderait pas à redevenir blanc puisqu'on pouvait disposer des réserves de blé.

— On n'a pas retrouvé le revolver de Bubu ?

— Mais non, mon cher Oudinot. Il l'a jeté dans la Seine, c'est certain, mais où ? Il s'est baladé sur les quais pendant plus d'une heure. On l'a vu, on a interrogé les clochards qui dorment sous les ponts. Ils ne dormaient pas cette nuit-là. On a retrouvé l'un avec le raglan de Bubu. En revanche, son frac avec ce qu'il y avait dedans... Il l'avait retiré avant de plonger ; il a ôté aussi ses escarpins. Un type en habit, chaussé de souliers vernis, vous pensez, mon cher Oudinot si ça se voyait.

— Il voulait se noyer, dit Oudinot. Il voulait disparaître.

— Possible, dit Mestal. Probable. Et puis il a entendu le *plouf* ! Il avait peut-être remarqué la fille. Le jour se levait. Elle a sauté du quai. On ne sait rien parce que Bubu n'a pas ouvert la bouche.

— Et maintenant ?

— Il parle quand il a besoin de quelque chose. Il a demandé qu'on mette son valet de chambre à sa disposition, il l'appelle son cuirassier, c'est un Alsacien, le portier de l'hôtel Lequeu où l'Office du Sucre s'est installé. On ne peut pas, bien entendu... On a questionné cet Alsacien : est-ce que le comte est passé chez lui, durant cette nuit ? Pour chercher son arme, n'est-ce pas ? Il jure que non. Il semblerait que Bubu ait dîné chez Maxim's avec le browning dans une poche de son habit. Une poche dans l'un des pans, probablement. Si on avait retrouvé le frac... Il est vrai qu'on ne cherche pas vraiment.

Les journaux de Paris ne s'étaient pas montrés trop curieux. Ce qui excitait la presse de Londres, c'est-à-dire la citoyenneté britannique des victimes, incitait celle de Paris à mettre plutôt la pédale douce pour ne pas nuire à la réputation du grand hôtel de la place Vendôme. Et puis l'Indien... Un métèque ! On ne pouvait décemment pas trop pincer cette corde-là alors qu'on célébrait la victoire des Alliés, venus de partout offrir leurs peaux de couleurs différentes à la patrie de la Liberté et de la Justice.

La police n'avait pas fourni beaucoup de détails sur les conditions du double assassinat. Qui en réclamait ? L'atmosphère ne se prêtait pas à leur exploitation. Si le meurtrier était entré par la porte de communication (et quelle autre possibilité ?), il s'était trouvé devant le lit, en fait devant les fesses du métèque, qui couvrait sa maîtresse en levrette, l'expression figurait dans le rapport de police.

— Comme un chien sur une chienne, précisa Mestal, pour Oudinot.

Gupta ne s'était sans doute pas rendu compte de ce qui arrivait. Muguette en revanche avait disposé de quelques instants pour comprendre ; elle avait tenté de se dégager. On avait retrouvé cinq douilles, pas seulement trois ; il devait rester une cartouche dans le chargeur. Que le meurtrier gardait pour lui ?

Que personne n'ait rien entendu ? L'étage était à peu près désert, tout le monde participait à la fiesta, en bas. De toute façon, on ne pouvait plus rien pour les victimes, massacrées, tuées à bout portant. Quand on avait découvert les corps, vers neuf heures, Bubu se trouvait au commissariat du 8e arrondissement, au Grand Palais, où les marins du *Montgolfier* l'avaient expédié en taxi avec la jeune femme qu'il avait sauvée. Pas question de les descendre dans le sous-marin, pour les réchauffer, surtout pas le comte. On les avait enveloppés dans deux couvertures. Au commissariat, on les avait déshabillés. Pour la femme, pas de problèmes, elle se souvenait de son nom, de son adresse. Le comte, rien, pas un mot, quelques grognements. Le médecin du commissariat voulait l'envoyer à l'Hôtel-Dieu. Pas trop vite.

Le commissaire *flairait* quelque chose. La chevalière du type, avec une couronne de comte. La même couronne sur son briquet, de chez Cartier. On avait identifié le comte en téléphonant chez Cartier.

— La jonction avec le drame du Ritz s'est faite par moi, dit Mestal.

Le Ritz dépendait du commissariat du 1er arrondissement, rue du Marché-Saint-Honoré. La suspicion s'était immédiatement portée sur le comte de Kergoust. On avait envoyé un inspecteur à l'hôtel Lequeu.

— Juliette, la secrétaire du comte, m'a téléphoné.

Peu après, un agent du commissariat du 8e se présentait pour chercher des vêtements. Quand il les a ramenés, au Grand Palais, le comte venait de repartir dans le panier à salade, pour le Marché-Saint-Honoré.

— Habillé de sa couverture !

Cela amusait Mestal ; avec Bubu, il y a toujours un côté comique dans tout.

— Evidemment, il a fallu se démener, disait Mestal.

Le drame, très moche, dérangeait tout le monde.

— *Nous...*

Nous, la France, le Quai, le Deuxième Bureau.

— Et les Englishes.

Le *Foreign Office*, l'*Intelligence Service*. Clemenceau et Lloyd George, disait Mestal.

— Vous connaissez la politique anglaise aussi bien que moi, Oudinot. L'Allemagne devenait trop forte, ils ont soutenu la France. Nous sommes victorieux ensemble et maintenant, l'ennemi, c'est la France. C'est emmerdant.

Grâce au ciel, Mestal veillait au grain, et lui, la cavalerie de Saint-Georges ne lui faisait pas peur. C'était son côté innocent, il *gouvernait*, il était l'une des éminences grises du Pouvoir, conviction qui nourrissait son assurance en le rendant souvent efficace. Il avait vu Bubu.

— Il m'a dit deux mots, bonjour et au revoir. Il m'a reconnu, malgré tout ! Je me demande s'il n'en fait pas trop.

— Vous pensez qu'il joue la comédie ?

Bien difficile à soutenir, mais...

— Qu'est-ce qu'on a contre lui, Oudinot ? La chambre voisine, au Ritz, retenue plusieurs jours avant et qu'il n'occupait pas ? Il voulait acheter un château, pour Muguette, vous ne le saviez pas ? Donc quelque chose allait se passer entre eux ? C'est ce que plaidera l'avocat, éventuellement, Me Raymond Hubert. Il cherchait aussi un hôtel à Paris, on peut le prouver, Emilienne en témoignera s'il le faut. Elle aurait touché sa commission si elle avait trouvé ce qu'il voulait. Qu'est-ce qui reste d'autre, Oudinot ? Le revolver ? Repêchez-le ! Prouvez-le, qu'il était à moi ! Il n'y a pas grand-chose dans le dossier, il n'y a rien, en fait, et notre Bubu a parfaitement compris ça : s'il n'avoue pas, s'il ne dit rien... Je vous ai demandé si vous le connaissiez bien. Moi, honnêtement, il m'a épaté, il a fait exactement ce qu'il fallait pour s'en tirer. Dans six mois, dans un an...

— Vous pensez qu'il sera libéré ?

— Je vous répète qu'il n'y a rien dans le dossier. Si l'on devait aller aux assises, Raymond Hubert obtiendrait un acquittement triomphal. La jalousie ! On l'a ridiculisé, on l'a humilié, on l'a poussé à bout. Il a été très impressionné par une pièce que nous avons vue ensemble, au Grand Guignol, un bonhomme, vitriolé, qui faisait semblant de pardonner pour mieux se venger. Il a fait comme ce type, il a attendu le bon moment, il l'a préparé. Entre nous, cette fille, c'était une sacrée petite garce.

— Muguette ?

— Et sa femme, celle qu'il a là-bas ?

— Ils allaient divorcer.

— Ça sera plus compliqué, dit Mestal.

Un psychiatre avait été commis par le juge pour *expertiser* l'état mental du comte. Il était fort possible que le plongeon dans l'eau glacée de la Seine eût provoqué des lésions difficilement réparables, sinon irréversibles. Dans ce cas, si le comte devait rester sous surveillance médicale permanente, le divorce ne serait pas accordé à son épouse.

— Pour ma part, disait Mestal, je suis sûr qu'il n'est pas plus fou que vous ou moi, Oudinot.

Il s'était pris d'amitié pour Oudinot, qui ne se déplaisait pas avec lui. Sa vulgarité chaleureuse réconfortait Oudinot, presque toujours seul. Il ne fréquentait pas les Anglais. Il n'avait pas répondu aux avances des Mauriciens de Paris. Il lisait, il allait au théâtre. Il habitait l'hôtel Louvois, près de la Bibliothèque nationale, et fréquentait assidûment le Harris Bar, de la rue Daunou, où l'on voyait surtout des Américains ; il se sentait bien avec eux, après quelques whiskies, même si certains, médusés par son physique, n'hésitaient pas à passer un doigt sur son front pour vérifier qu'il n'avait pas de sourcils. Il avait le sentiment que l'on s'intéressait à lui. Cherchait-il quelque chose ? Autre chose ? L'odeur de l'homme ? Depuis qu'il considérait Absalon comme son fils, il n'avait plus *succombé*. Que s'était-il passé avec Rose, au Petit Trianon de Port-Louis ? Il demanda à Mestal s'il y avait des Noires dans les maisons closes.

— Dans chaque bordel qui se respecte, au moins une négresse, ça vous intéresse, mon vieux ?

Il n'osait pas essayer. Souvent, le sommeil le fuyait. Il ressortait, il rôdait, il rentrait pour écrire d'interminables lettres à Adélaïde, moins longues à Campbell. Par *Le Cernéen*, qu'il recevait avec un mois de retard, il apprit que la comtesse de Kergoust avait eu un accident d'automobile le 17 novembre, avec une fracture ouverte de la jambe droite et la cheville brisée. Elle s'apprêtait à s'embarquer pour l'Europe, pour retrouver son mari, en traitement dans une maison de santé, précisait l'article. On rappelait que le comte de Kergoust était suspecté d'un double meurtre, mais cela paraissait déjà si loin. Alors qu'il lisait *Le Cernéen* du 18 novembre, Oudinot venait de recevoir enfin un permis de communiquer avec Bubu ; on était le 20 décembre, bientôt Noël. Le cadeau de Noël d'Oudinot était arrivé de Nice, le premier bulletin d'Anselme, avec des appréciations flatteuses de M. Perdrot. Tous les mardis, Oudinot savourait la lettre qu'Anselme écrivait le dimanche. Parfois il s'étonnait de l'importance grandissante de ces lettres, rien d'autre ne l'intéressait autant. M. Perdrot demandait si Anselme passerait les fêtes de fin d'année à l'institut, auquel cas il faudrait compter un supplément pour la pension et quelques sorties exceptionnelles. A régler aussi les leçons particulières, et le second trimestre, payable d'avance. Faire venir Anselme à Paris pour une semaine ? On verrait pour Pâques. Oudinot ne se sentait pas encore sûr de lui.

Oudinot était ému à l'idée de revoir Bubu. Votre ami Bubu, disait Mestal. Est-il mon ami? se demandait Oudinot. L'a-t-il jamais été? Il le devenait par les circonstances. Un assassin? Le drame s'éloignait, on n'en parlait plus dans les journaux. Pas de parties civiles, ni pour Muguette (qui eût mobilisé un avocat?), ni pour Gupta. Au début, un jeune avocat était intervenu à la demande d'un confrère anglais sollicité par un adjoint de Gupta, mais on avait renoncé à la procédure. Le patriarche Singh souhaitait le silence sur la liaison de son fils; personne ne désirait le contrarier.

— Si Bubu rentre un jour à l'île Maurice, prévoyait Mestal, il fera bien d'ouvrir l'œil, et même les deux yeux.

Il se trouvait à la clinique (sa première visite), quand la jeune femme que Bubu avait sauvée s'était présentée avec des fleurs, pour le remercier. Tout à fait charmante, racontait Mestal, blonde, comme Muguette, à peu près la même taille.

— Pourquoi Muguette m'a-t-elle apporté un bouquet? avait demandé le comte à Mestal, après son départ.

Même si le psychiatre n'avait pas encore déposé son rapport, Mestal savait (par le juge Ballesaque) qu'il était déconcerté par son client. Pas bête du tout, plus malin qu'intelligent, du bon sens pour certaines choses, des absences invraisemblables pour d'autres.

— Il efface ce qui le gêne.

Oudinot se souvenait de la façon dont il ignorait la liaison de son père avec Adélaïde, même quand il avait disposé de preuves irréfutables; il se mentait, pour ne pas avoir honte de lui-même; aurait-il pu épouser l'héritière Girard et sauver la Nouvelle Hollande des enchères publiques s'il avait *admis* l'évidence?

Quand on gomme un dessin, des traces subsistent sur le papier; que restait-il de la nuit de l'armistice dans l'esprit de Bubu? Oudinot devait passer à la maison de repos vers quatre heures de l'après-midi, après la visite du médecin qu'il espérait rencontrer avant d'écrire à Gladys, la mère de Bubu. En quittant Londres, il avait griffonné un mot affectueux, pour lui dire sa sympathie et lui promettre que dès son arrivée à Paris il cherche-rait à en savoir davantage que ce que racontaient les journaux. Déjà il lui avait écrit deux lettres, qui lui avaient valu de longues réponses de Gladys. Elle méritait les malheurs qui s'abattaient sur elle, répétait-elle dans une langue d'une grande noblesse. Elle voulait venir à Paris pour voir son fils. Oudinot conseillait d'attendre. Il croyait connaître les sentiments de Bubu pour sa mère. Le docteur estimait que la présence de la mère pouvait provoquer un choc bienfaisant.

Alors qu'il s'apprêtait à quitter son hôtel pour Neuilly, on annonça une visite à Oudinot. Une dame. Un pressentiment : Gladys ! C'était bien elle qui attendait en bas, au salon. Elle por-tait un uniforme bleu. Oudinot s'étonnait de la trouver rajeunie. Quand il l'avait rencontrée, à la veille de la guerre, dans le train de Brighton, elle touchait le fond. Abandonnée par son jeune amant, presque sans ressources, elle se serait laissée mourir si Oudinot n'avait pas réussi à l'aider. La guerre, en lui permettant de se dévouer, lui avait rendu un sens à sa vie du moins jusqu'à la mort d'Honorin, qu'on lui avait amené moribond. Il survivait en elle, avait-elle écrit à Oudinot. Elle l'avait toujours préféré à Bubu ? Peut-être. Mais si Bubu était malheureux...

— Il me pardonnera, Henri, il faut qu'il me pardonne.

Elle accompagna Oudinot à Neuilly.

— On verra bien, Henri, on verra bien.

Les visites, en fait, dépendaient du médecin. Il décidait s'il y avait lieu de donner suite aux permis délivrés par le juge.

— Si je ne peux pas voir Bubu, je saurai où il vit, comment on le soigne. Je ne peux pas croire qu'il ait tiré sur Muguette.

Et sur Gupta ? Gladys, Maveri... Maveri, Gladys... En tuant Gupta, Bubu détruisait-il un souvenir d'enfant qu'il n'avait jamais digéré ? Avait-il visé sa mère en braquant son arme sur Muguette ? Même si Gladys ne se posait pas aussi clairement la question elle en cherchait la réponse dans sa douleur.

Elle ne pouvait s'empêcher d'admirer ce qu'elle voyait par la fenêtre du taxi, un G 7 Renault, rouge. C'était la première fois qu'elle se trouvait à Paris.

— Voici la place de la Concorde, Gladys. Nous allons remonter les Champs-Elysées jusqu'à l'Arc de Triomphe.

Le chauffeur hésitait, contourner l'Arc de Triomphe par la gauche ou par la droite ? Le bleu de l'uniforme mettait le teint de Gladys en valeur. Une peau de pêche. Une grand-mère qui fait la guerre, pensait Oudinot. Elle profitait de quelques jours de permission, accordés pour Noël. Elle avait un pudding pour Bubu.

— Autrefois, je les préparais moi-même, je *savais*.

C'était à la Nouvelle Hollande. On commençait en novembre. On mettait de tout. La farine, du sucre, des œufs, un peu de viande, des raisins de Corinthe, du poivre vert, de la graisse de bœuf, pas si facile à trouver. Le paradis perdu. Quelle aventure, pensait Oudinot. Deux hommes, une femme. A vingt ans, Gladys était ravissante. Mais, c'était de Gaëtan qu'Oudinot se souvenait. Moins bien de Maveri. Que pensait-il de l'*attelage* à l'époque ? Rien. Il ne comprenait pas. Il admirait Gaëtan qui, sous la douche, au tennis, le trouvait bien *baraqué*. Que se serait-il passé si Gaëtan lui avait demandé de... Oudinot se souvenait de son camarade de chambre à Cambridge, haletant sur son lit, et qui l'invitait : viens, participe. Pour Gaëtan, Oudinot, à quinze ans, aurait fait n'importe quoi. Ça n'intéressait pas Gaëtan. Les femmes, les femmes. *Les, les.* Comme Don Juan. L'impuissance de Don Juan. Du changement pour le stimuler. Il n'aimait pas Gladys, il ne pouvait pas l'aimer, n'avoir qu'elle, être heureux par elle. Oudinot pensait à Orak. Une vie entière. S'il avait pu garder Orak, que deviendrait Anselme ? Mais Anselme... Pas du tout la même chose. Gaëtan n'aurait pas pu s'intéresser à une fille de douze ans, très jolie, sans qu'un jour plus ou moins proche... Jamais, moi, avec Anselme, jamais !

Oudinot présenta Gladys (la comtesse de Kergoust) à la directrice de Bel Air, veuve d'un commandant de chasseurs, en insistant sur tout ce qui pouvait plaire à une femme de devoir. Elle fit venir le médecin. Que pouvait-on lui expliquer en quelques minutes ?

— Mon fils a de bonnes raisons de me mépriser.

Venant de cette infirmière si digne, et décorée, dont on voyait les cheveux blancs sur les oreilles et sur la nuque (sous une sorte de tricorne en feutre bleu), l'aveu ne paraissait pas crédible, mais Gladys, rapidement, avec une lucidité qui étonnait Oudinot, raconta qu'elle avait donné à son fils Hubert un frère d'un autre père, un Indien.

— Comme..., dit le médecin.

— Oui comme..., dit Oudinot.

— Intéressant, dit le médecin.

Il expliqua en souriant qu'il ne lui revenait pas, bien entendu, de confondre ou d'innocenter son malade qui, de toute évidence, avait été mentalement traumatisé. Par quoi ? Le plongeon dans l'eau glacée ? Par autre chose, qui s'était passé avant ? Il hésitait à mettre la mère et le fils en présence ; il consulta l'infirmière du comte. C'était un homme prudent, d'une soixantaine d'années, avec une barbiche blanche, qui ne demandait qu'à être agréable à la famille d'un *client* pour lequel on payait un prix de pension élevé. La Banque réglait, Mestal l'avait tout de suite fait savoir. L'infirmière confirma que Monsieur le comte attendait avec impatience son ami de l'île Maurice, dont la visite lui avait été annoncée. Oudinot verrait donc Bubu en premier, il parlerait de sa mère et, selon les réactions...

— Monsieur le comte, voici votre ami, dit l'infirmière en précédant Oudinot dans la chambre de Bubu. Monsieur le comte s'est mis sur son trente et un.

Elle parlait avec une gentillesse condescendante. Pour elle, aucun doute, pensa Oudinot, le pauvre Bubu est zinzin. Il avait retiré la robe de chambre molletonnée qu'il conservait généralement toute la journée pour passer un blazer bleu sur son pantalon de flanelle. Il tendait les bras vers Oudinot, qu'il serra contre sa poitrine. Un peu amaigri ? Il pleurait, il *expulsait* de grosses larmes bien blanches qui se perdaient dans les poils de sa barbe ; il n'était pas soigneusement rasé. Parce qu'on ne lui laissait pas son *sabre* ? Les murs de la pièce étaient discrètement matelassés. Pas pour lui, se disait Oudinot. La fenêtre sur le jardin *isolée* par un grillage. Oudinot repéra aussi des sangles repliées sous le matelas du lit de camp.

— Il faut me sortir d'ici, Henri, dit Bubu.

Tout en essuyant ses larmes, il maintenait Oudinot au bout du bras gauche pour le regarder droit dans les yeux :

— Qu'est-ce que j'ai fait ? Je perds mon temps ici. Tiens, regarde ça :

Il ramassa sur la table la page financière du *Temps* qu'il étudiait quand Oudinot était arrivé.

300

— Tu as pris du Caoutchouc de Lubampar ? Demande à Françoise (l'infirmière) ce que je me suis mis dans les poches. Et les
autos... Il faut y aller à fond pour tout ce qui roule. Les chevaux,
c'est fini.

— On a réquisitionné les miens, dit Oudinot.

— Tu as toujours ma petite Speedwell ? J'aimais bien la
Delaunay, on pouvait la pousser *plein full* et jamais elle ne faisait
la panne, hein.

— Adélaïde a eu un accident. Elle s'est cassé une jambe,
Bubu. Elle voulait venir.

— Adélaïde ? Ici ? Elle voulait venir à Paris ?

— Pour te voir, Bubu.

— Pourquoi ? Puisque nous divorçons ?

— Ta mère aussi voudrait te voir, Bubu.

— Elle m'a écrit. Tu sais qu'Honorin est mort, mon frère
indien. Elle n'a plus que moi, maintenant.

— Tu serais content de la voir ?

Bubu avait repris *Le Temps.*

— En mettant bout à bout les cigarettes que les Américains
fument par jour ça ferait la distance Paris-New York aller et
retour. Ici, je n'ai pas envie de fumer. Je ne peux pas me plaindre
de la table, on m'envoie ce que je veux, mais ce que je veux, tu le
comprends, c'est reprendre mon travail à la banque.

— Et l'Office ?

— C'est terminé.

— Et Gupta Singh ?

— Tu l'as connu ?

— Pourquoi demandes-tu si je *l'ai connu* ?

Après un silence, Oudinot reprit :

— Nous nous sommes rencontrés à Port-Louis.

— Pas à Rosebelle, j'espère. Ils ont dépouillé le vieux Chazelles.

— Le père Muguette ?

Pas de réponse. Oudinot lui donna quelques numéros du *Cernéen* qu'il recevait avec un bon mois de retard. Rien sur le drame,
dans ceux qu'il avait apportés. Bubu regarda le feuilleton :

— C'est changé, c'était *Le tigre du Bengale.*

— Tu le lisais ?

Bubu se pencha sur le journal :

— *Le mouchard.* C'est bien ?

Oudinot lut le début du chapitre du jour :

— Hé! *Jean Bon que vous êtes, dit le capitaine Sapertache...*

— Arrête! C'est idiot. Jean Bon!

Bubu passa deux doigts sur le journal :

— J'aime bien le papier de riz, c'est très doux.

— Sais-tu que *Le Cernéen* est presque le plus vieux journal français? Tu voudrais retourner à l'île Maurice?

— Jamais, dit Bubu. Je vais me remarier quand je serai divorcé, j'achèterai un petit manoir en Normandie, près de Paris, on peut chasser. J'ai besoin de marcher, est-ce que tu comprends?

Quand l'infirmière intervint pour mettre fin à l'entretien, Oudinot brusqua les choses :

— Tu voudrais voir ta mère, Bubu?

— Naturellement.

— Maintenant? Tout de suite?

Bubu demeura interloqué pendant un moment, il regarda Oudinot, lui donnant le sentiment (la certitude) qu'il savait que Gladys était là. Oudinot insista :

— Tu voudrais qu'elle vienne?

— Quand elle aura rendu le collier de Pascaline, dit le comte.

— Votre ami doit partir maintenant, Monsieur le comte, dit l'infirmière en amenant Oudinot vers la porte.

— Regarde, Henri, dit Bubu, tous les jours elle m'envoie des fleurs.

Il montrait quatre roses artificielles bizarrement piquées dans une grosse pomme de pin.

— Qui? La fille que tu as sauvée?

— Non, non! Muguette! Qui d'autre? Elle ne pense plus qu'à sa crème indienne, la crème de Shéhérazade. Tu trouves que c'est bon comme nom? Quand j'aurai un pot, je la ferai essayer par Françoise. N'est-ce pas, Françoise?

— Bien sûr, Monsieur le comte.

— C'est Jézabel qui faisait la crème, dit Bubu. Tu te souviens d'elle?

— J'oubliais de te dire que la Grande Mahaut est morte.

Aucune réaction. Et Pascaline? Rien.

— Vous ne vous souvenez pas de votre petite fille, Monsieur le comte? demanda l'infirmière.

— Elle est courageuse. Un de mes chiens lui a donné un coup

302

de dents, là. (Il montrait l'œil.) Il a déchiré la paupière. Le docteur a mis quelques points de suture comme ça, tout de suite.
Elle n'a pas bronché. Elle me tenait la main. Elle devait avoir
deux ans. C'était un Anglais, ce docteur. Je l'ai emmené à la
chasse. Il a tiré un cerf; le cerf est rentré dans les bois et une
biche s'est présentée, à la même place. Elle voulait mourir parce
qu'on avait tué son prince. On les a retrouvés, la biche avait la
tête sur le cou du cerf, un magnifique trente-trois pouces avec
des cornes perlées jusqu'au bout.

— C'est une histoire, Monsieur le comte?

— J'en ai tué des cerfs, murmura le comte, j'aurais dû les
compter.

Après avoir embrassé Oudinot, il lui recommanda de vendre
ses Caoutchouc de Lubampar. Gladys se glissa dans la chambre
alors qu'Oudinot en sortait. Malgré moi, devait affirmer le médecin. Le comte, en voyant sa mère, parut terrifié. Il se jeta sur son
lit, le visage tourné contre le mur. Il claquait des dents, dit l'infirmière. Elle avait immédiatement ramené Gladys dehors. Les
visites furent supprimées pendant plusieurs mois.

XIV

Avril 1919
à Londres

Oudinot se réjouissait de passer quelques jours à Londres. Parti dans une crasse de la gare du Nord, il était arrivé à Folkestone dans un rayon de soleil. L'Angleterre, les couleurs, le vert, un clocher carré avec du lierre. Le soleil trop rapidement éteint, il avait humé le thé, au wagon-restaurant, c'était autre chose qu'à Paris. L'odeur du bacon aussi. Il ne touchait pas aux œufs, ni au bacon, mais... Le changement. Un autre monde, il pensait aux années de Cambridge. Il vivait agréablement à Paris, mais... Mestal souhaitait qu'il entre au conseil d'administration du Crédit Colonial. Pour Bubu ce serait bien, disait-il. En réalité, il cherchait... A acheter Oudinot? Disons à l'influencer, à le pousser vers le clan des rétrocessionnistes. Toutes ces *combines* à Paris. On n'avait pas ça, en Angleterre. *Civil servants.* Des fonctionnaires? Non, c'est très différent. En Angleterre, on sert l'État. A Paris, on le fait *fonctionner*. On fonctionne avec l'Etat. On en profite. Un serviteur de l'Etat ne défend pas les intérêts d'une banque privée. Et que penser des tuyaux de Bourse que Mestal donnait à Bubu. Et il s'en vantait! Comme d'une chose parfaitement normale. Il racontait en long et en large comment il avait *assuré le coup* de l'usine de produits chimiques qui avait rapporté plus d'un million à Bubu. Un Anglais n'aurait pas... Jamais! En tout cas, il n'en soufflerait pas mot. Mais quelle intelligence chez Mestal. A la Commission du Pacifique et de l'océan Indien, il mettait tous les Anglais dans sa poche. Les Englishes, disait-il à Oudinot, quand ils allaient manger des escargots dans son restaurant de la rue Bachaumont. Assez curieusement, Oudinot s'était mis à aimer ça. Mestal lui parlait en toute confiance, comme s'il était de son bord, comme s'il faisait équipe avec lui et les autres Français de la Commission. Oudinot ne pouvait donc pas *répéter*...Trahir, en quelque sorte. Et finalement Mestal le poussait ainsi à trahir effectivement les siens, en leur cachant ce qu'il apprenait par Mestal. Très malin, Mestal. Il avait parfaitement compris ce qui préoccupait Oudinot, pour l'île Maurice.

— Faites-moi un topo, Oudinot. Je le lui donnerai. Il pigera, lui.

Lui, son cher Clemenceau. De quoi s'agissait-il ? Quand la France avait pris possession de l'île Maurice, au début du XVIIIᵉ siècle, elle était déserte. Quelques Hollandais y avaient coupé des bois précieux. Quelques jésuites portugais y avaient planté des croix. Rien d'autre. L'île n'avait donc pas de passé.

— Les Français ont importé le leur. Les Anglais aussi. Et puis les Indiens sont arrivés, avec un passé aussi, mais qui s'en souciait ?

— Où voulez-vous en venir, Oudinot ?

— On ne peut pas partager le passé. Les Français ne peuvent pas accepter le passé des Allemands, ni même celui des Anglais, leurs alliés pourtant, ils n'oublieront jamais Sedan, ou Austerlitz, ou Jeanne d'Arc, n'est-ce pas ?

— Et alors ?

— L'avenir, Mestal ? On peut partager l'avenir.

— Un gâteau qui n'est pas encore cuit, c'est cela que vous voulez dire ? Vous voudriez qu'on partage un gâteau qui n'est pas fait ?

— Si on le fait ensemble, Mestal ? Si on décide, ensemble : plutôt que de se disputer pour des choses qui sont mangées...

— Vous parlez d'Austerlitz et de Sedan ?

— Oui, et de Jeanne d'Arc. Quel intérêt de reprocher à des alliés d'avoir brûlé Jeanne d'Arc ? Il vaut mieux leur dire : faisons ensemble quelque chose qui sera l'histoire de demain. Vous me comprenez ? Supposez qu'à l'île Maurice les Français, les Anglais, les Indiens et les autres, les Chinois, soient arrivés sans passé...

— Quoi ?

— Supposez que dans cette île, vierge en quelque sorte, une société sans passé ait commencé...

— Et alors ?

— Tout le monde serait pareil. Je veux dire que les Jaunes, les Noirs, les Blancs... Vous ne comprenez pas ? Un commencement, un recommencement. Les différences seraient effacées... Pour avoir la paix ici, en Europe, il faudrait oublier, nettoyer les mémoires de tout ce qui ne sert qu'à entretenir des méfiances.

— Vous parlez comme Aristide, avait grommelé Mestal.

Briand, Aristide Briand, que Clemenceau détestait, n'empêche que Mestal, étonné, avait demandé à Oudinot de rédiger une note pour son cher Tigre.

— Pas plus d'une page, hein ?

Pas facile de s'expliquer en quelques lignes. Oudinot s'était donné un mal de chien. En tirant la langue sur son bloc-notes, il avait jugé qu'il devait un travail analogue aux siens, hé oui ! aux Anglais ; il siégeait avec une délégation anglaise. Il se rendait à Londres pour remettre son rapport au ministre des Colonies mais, mais... Clemenceau peut-être. Un Français, peut-être. Quelle réaction pouvait-on attendre d'un ministre anglais ? J'aurai fait ce que je dois faire, se répétait Oudinot.

Il avait un autre but de voyage, qui lui tenait davantage à cœur. Il avait reçu un mot de Campbell. Sa mère s'était mariée avec son imprimeur qui s'appelait... Comment diable ? Johnny quelque chose, non, Tom, Tom Crankton. Quand il ne retrouvait pas immédiatement un nom, Oudinot s'inquiétait : l'âge, la vieillesse, la mémoire qui fichait le camp alors qu'il lui restait tellement à faire.

Le livre d'Elvira remportait un énorme succès aux Etats-Unis. Un reporter du *New York Times* avait traversé l'océan pour assister au mariage d'Elvira avec ses confrères anglais. Elvira avait renoncé à son incognito. On l'avait photographiée. Elle était invitée aux Etats-Unis. Avant de partir, elle passait quelques jours à Londres, où son éditeur donnait une réception en son honneur au Savoy. « Si par hasard vous vous trouviez dans les parages, *dear Hennery...* » En réalité, Oudinot se rendait à Londres pour ça, pour revoir Campbell et Elvira et, surtout pour parler d'Adélaïde à Campbell.

Quand Oudinot avait revu la comtesse de Kergoust à Paris (fin février ? début mars ?), il s'était trouvé devant un fantôme. Toute blanche, le visage, pas les cheveux ; est-ce qu'elle se teignait ? Amaigrie, à peine maquillée. Elle marchait difficilement en s'appuyant sur une canne. Dans sa chambre d'hôtel (au Claridge), elle se servait d'une béquille. Après son accident de voiture, en novembre (fin novembre ?), elle était restée plus de deux mois dans le plâtre. Le péroné fêlé, plusieurs os cassés à la cheville (gauche). Déplâtrée en janvier, elle boitait ; pis encore, le pied restait légèrement de travers. Elle se voyait infirme pour la vie. *Disgraciée*. Elle disait parfois *amochée* parce que, lui semblait-il, sa beauté, si âprement entretenue, s'écaillait comme une vieille peinture sur un meuble. Immobilisée par l'accident, elle suivait dans son miroir grossissant les ravages de l'angoisse ; c'était une obsession, je suis vieille, je suis laide. Pendant très longtemps, elle n'avait pas revu Eric. Etait-il responsable de l'accident ? Il l'affirmait, dans une lettre à Oudinot. Jamais, avait-il écrit, je n'abandonnerai Mme de Kergoust si je peux lui être utile. Apparemment, ce n'était pas le cas. Elle ne parlait pas de lui, elle ne voulait pas qu'on parle de lui. Sa mère était morte, il l'avait écrit à Oudinot ; une « délivrance pour elle ». Et pour lui ? Il ne voulait pas rester à Maurice et se faisait libérer des obligations administratives que le colonel Lesterton lui avait confiées. Qu'est-ce que cela peut me faire ? se demandait Oudinot avec irritation. S'imagine-t-il que je dois m'occuper de lui parce que je lui ai prêté ma maison ? Quand il pensait à Chamarel, il le revoyait gigotant sur Adélaïde à la Mare-aux-Songes et il le vouait à tous les diables, sans trop savoir pourquoi ; il se le reprochait aussitôt en se souvenant de leur nuit au Cercle, si bizarre, quand, sans aucune raison, il l'avait pour ainsi dire installé chez lui, auprès de son père, qu'il abandonnait ; du moins se le reprochait-il. En vérité, même s'il n'en eût pas convenu, Oudinot était sensible au charme d'Eric, un pauvre gosse, amputé d'une main parce qu'il avait fait son devoir, avec une mère devenue monstrueuse à sa charge, mais puisqu'elle était morte...

Après le déplâtrage, auquel il avait assisté, Chamarel, en constatant les dégâts, épouvanté par le désespoir de la comtesse, avait parlé de Fournier, le major Fournier qu'il avait connu à Salonique, un chirurgien génial.

— Il arrangera tout, Adélaïde, je vous le jure.

Il couvrait sa main de baisers, puis le bras, et la bouche, il l'avait portée sur le divan, elle avait juré que plus jamais, plus jamais... Elle mourait, elle souhaitait mourir, c'était merveilleux, je suis si vieille, si laide, infirme, je ne veux plus. Elle serrait Eric à l'étouffer. Pensait-elle à Campbell ? A quelques minutes près, Pascaline les surprenait. C'était dans l'après-midi. Eric n'avait pas pensé à fermer la porte à clé ; elle non plus. Tout se compliquait encore, elle devenait folle, il fallait absolument qu'elle parte.

Si Oudinot, bien entendu, ignorait ce qui s'était passé, il n'avait aucune peine à deviner que son amie s'enfonçait dans des sables mouvants et qu'il fallait lui tendre la main en oubliant le contentieux entre eux, c'est-à-dire ses réactions à propos d'Anselme, toujours Absalon pour elle, un *nègre*.

— Vous verrez Oliver à Londres ? avait-elle demandé d'une voix tremblante.

Oudinot s'était rendu à la clinique du Dr Fournier, à Neuilly, pas très éloignée de celle où Bubu était soigné. Les visites restaient interdites pour Bubu mais, bien entendu, si Adélaïde, sa femme, avait insisté... Aucune procédure de divorce n'avait pu être engagée, cependant, pour la comtesse, la séparation était faite et depuis longtemps, depuis que Bubu avait quitté Maurice. Elle ne se sentait plus d'obligations envers lui. Puisqu'il n'avait pas besoin d'elle. Pascaline ne le réclamait pas.

— Je verrai mon petit papa ? Quand ?

Avant de s'installer à la clinique du Dr Fournier pour une série d'opérations délicates, la comtesse avait confié Pascaline à une parente, Goupille, qui habitait Fontainebleau. Cousine ? Arrière-cousine ? Quelle importance ? La comtesse avait entendu parler d'elle par hasard, sur le bateau, pendant la traversée, par Lady Gramard, qui lui confiait sa fille quand elle voyageait. Lady Gramard était française, née à Fontainebleau, très liée avec Elaine Goupille, qui, après avoir perdu ses parents, avait converti la grande villa qu'ils lui laissaient en une sorte de pension-école pour de jeunes enfants. Elle avait des diplômes. Elle préparerait Pascaline pour le couvent des Oiseaux. Pour le moment, elle était trop jeune, et, si loin de Maurice, séparée de sa mère, elle avait besoin de se sentir aimée. Avec Elaine, tout allait très bien, c'était une jeune femme de trente-cinq ans, pas mariée, sans enfants alors qu'elle était faite pour en avoir beaucoup. La villa se trouvait derrière le château, près de la forêt. Pascaline avait un poney. Elle sortait dès qu'il faisait beau. Elle apprenait le piano, une découverte, elle paraissait douée. Sa mère ne lui manquait pas plus qu'à la Nouvelle Hollande. Et Absalon ? Oudinot se gardait de parler de lui (Anselme) quand il la voyait, avec beaucoup de plaisir. Elle s'accrochait à lui comme s'il était le bon Dieu. Parrain ! Parrain ! Pour elle, c'était comme si elle disait : père, ou papa. Une chance, elle s'attachait à Elaine. Curieux départ dans l'existence, pensait Oudinot quand il rentrait à Paris après avoir passé un dimanche avec elle. Manquait-elle à sa mère ? Adélaïde se battait pour sa survie, Oudinot l'avait parfaitement compris.

Londres, Victoria Station, la verrière crasseuse. Lorsqu'il était arrivé de Maurice, on avait remplacé son insigne de courrier du roi par un passeport diplomatique qui permettait de franchir les contrôles de la douane et de la police sans être retardé. Il suivait le porteur qui trimbalait sa valise. Il n'avait pas emporté grand-chose, un costume bleu pour la visite au Colonial Office et un smoking pour le cas où il aurait un dîner. Pour le voyage, un gros veston de tweed rouille sur un pantalon de flanelle grise et un béret, pas basque, écossais, qu'on remarquait à Paris, mais qui convenait bien à la grisaille londonienne. Le fog commençait à se lever, il n'était que dix heures.

Un cab le déposa au Kensington Hotel ; il avait télégraphié pour retenir une chambre, on le connaissait, on le reconnaissait, on lui apportait son whisky, une bouteille pour le cas. Il se sentait chez lui, mais seul, n'est-ce pas, on ne s'imposait pas à lui comme à Paris, où la patronne, la femme de chambre,... Monsieur Oudinot a bien dormi ? A Paris, une sorte d'inquisition. Qu'est-ce que tu as fait, tu es rentré tard, tu as trouvé ce que tu cherchais ? Rien de tel à Londres. *A nice day, Sir.* Une belle journée, même s'il tombait des cordes. Ça suffisait, n'est-ce pas ? On vous foutait la paix tout en vous donnant à comprendre qu'on tenait à vous. Oui, mais...

En sortant de Victoria Station, Oudinot avait aperçu un jeune Indien, très sombre de peau, probablement un lascar que deux policiers emmenaient au poste de police sans doute pour une vérification. Il paraissait minuscule entre deux géants. Les casques des policiers, qui, en général, sont tous grands. Orak ! Il avait aussi pensé à Anselme, il les avait vus tous deux à la place du lascar.

— Une tasse de thé, *Sir* ?

Le valet avait accroché les costumes dans l'armoire, sorti les chaussures, rangé les chemises et les caleçons d'Oudinot. A Paris, Oudinot vidait lui-même ses valises, il ne supportait pas que la femme de chambre pliât ou dépliât son linge. Les gestes les plus simples se chargeaient à Paris de significations qu'ils n'avaient pas à Londres. Curieux. *A nice cup of tea.* Jamais de thé à Paris, à Londres cela donnait un sens à la vie. Vraiment ? Dans le train, en approchant de Londres, Oudinot avait été frappé par l'immensité de la ville. Pendant très longtemps, le train roulait en quelque sorte sur le toit de maisons qui se ressemblaient toutes. Le même *home, sweet home* reproduit à longueur de rue, à des dizaines, à des centaines d'exemplaires. Si j'habitais dans une de ces rues ? Est-ce que je retrouverais ma maison ? Cette fourmilière. Des millions, des millions de fourmis. Pourquoi est-ce que je m'intéresse à quelques fourmis, pas aux autres ? Pourquoi est-ce que les fourmis noires, ou jaunes... Oudinot restait troublé par l'image du lascar entre les géants policiers.

Il prévoyait de descendre à Nice pour les vacances de Pâques. Parce qu'il ne souhaitait pas qu'Anselme le rejoigne à Paris ? A Paris aussi on poserait des questions. Des regards. Que dirait un homme comme Mestal s'il amenait Anselme avec lui pour manger des escargots ? (Anselme n'aimerait pas ça !). Malgré tout, à Paris, les gens étaient moins... Etaient plus... Des contacts plus faciles. Plus de compréhension, et même de simple curiosité des uns pour les autres. A Londres, ces curiosités, on les réprimait. *Mind your business* ! Occupe-toi de tes oignons ! S'il prenait le thé avec Anselme dans un Lyon's, qui les regarderait ? Oui, mais... Trouverait-il une table, avec Anselme, dans un Lyon's ? Très conscients de leur supériorité, les Anglais. Les Englishes, pour parler comme Mestal. Mestal aussi se sent supérieur à un Noir. Il est plus compréhensif, plus tolérant qu'un Anglais. Plus curieux. L'insularité anglaise. On ne veut rien savoir des autres. Quand on se rend chez eux, c'est pour prendre, pour conquérir, pour dominer, pour exploiter, parce qu'on appartient à un peuple élu. Notion juive, se disait Oudinot. Les Anglais sont plus proches de Dieu que les autres. Comme les Juifs. Les Français ? Un sentiment de supériorité, certes, sans esprit de domination toutefois.

Oudinot feuilletait son rapport pour le Colonial Office. Il s'arrêta sur une expression pas facile à traduire en français, en tout cas, plus explicite, plus éloquente en anglais qu'en français : *melting pot*. Un creuset. L'île Maurice devrait être un creuset. Ça signifie bien ce que ça signifie, *creuset*. Mais *melting pot*... On voit des coulées de métal en fusion, et ça se mélange, ça devient un alliage, il suffirait de remuer convenablement. Si j'adopte Anselme, j'aurai accompli ma tâche, conclut Oudinot. Bizarrement : il pensait à une formule que son père avait utilisée devant lui, quand il n'avait pas dix ans : « Sans nègres, pas de colonies. »

On lui apporta les journaux. La signature du traité de paix paraissait imminente. Toujours des combats de rues à Berlin. Un éditorial du *Times*, sur l'Allemagne et les bolchevistes. Si l'Allemagne passait dans le camp des Rouges ? Le *Times* parlait longuement de la Pologne qui prenait forme et qui protégerait l'Europe de l'épidémie. Une question traversa l'esprit d'Oudinot : qu'écrivait le *Times* après 1793 quand la tête de Louis XVI tombait dans le panier de son ? Le bourreau Samson l'avait montrée à la foule : voyez ! Capet décapité ! Le ciel ne s'écrase pas sur nos têtes. Qui d'autre qu'un Mauricien pouvait faire ce rapprochement entre deux révolutions commentées par le *Times* ? Oudinot désirait être utile à l'humanité. C'était ridicule ?

Oudinot eut du mal à reconnaître Elvira. Quand il pensait à elle, il la revoyait avec le visage d'une sainte livrée aux lions de Néron :

— Je m'appelle Campbell, c'est mon nom de jeune fille.

Inoubliable, cette mère si digne, si *légitime*, avouant sa faute après quelque trente ans à un ami de son fils, le fruit de l'adultère et du péché. Depuis qu'il avait pris conscience de son homosexualité (très tard, il avait plus de quarante ans), Oudinot ne jugeait plus les autres comme on l'avait entraîné à le faire. Une indulgence naturelle avait été renforcée, voire remplacée par une exigence de comprendre. Pourquoi avait-on imposé à cette femme (Elvira) une vie en marge faite de sacrifices ? Question qui provoquait des digressions bizarroïdes (un adjectif à lui), il imaginait le digne Pr Balfour, conseiller de la Couronne, ramenant Elvira et son petit bâtard chez lui, dans sa belle maison de Hyde Park, qui devenait une sorte de harem mauresque. Qui lui avait fait remarquer que le mariage religieux dont saint Paul avait jeté les bases morales et légales était conçu pour des gens qui, en moyenne, ne vivaient guère plus de trente ans, et qui ne passaient donc qu'une dizaine d'années ensemble ? A quoi ressemblerait Orak lui-même après dix années de vie en commun ? Une question en amenait une autre, si bien qu'Oudinot, en suivant ses divagations, écoutait fort mal ce qu'Elvira racontait. Incroyablement changée, rajeunie, bien coiffée, avec du rouge aux lèvres. Il la revoyait dans l'une ou l'autre des robes grises ou noires qu'elle portait à l'île Maurice. Elle était en bleu, une tunique sur une jupe à mi-mollet. Un reflet mauve dans ses cheveux blancs, coupés s'il vous plaît, mis en plis joliment.

— Voici mon mari, Tom Crankton.

How do you do ? Oudinot ne devait garder aucun souvenir de Tom, il n'avait échangé avec lui que cette formule de politesse. Elvira l'avait présenté à l'éditeur londonien qui organisait le raout au Savoy, à des journalistes, en retenant celui du *Times* qui se trouvait à l'origine de son succès. Elle évoqua pour lui ses années à Maurice, elle parla du gigot à la *mint sauce* qu'Hennery avait le courage de manger chez elle après le départ de son fils pour la guerre. Tout ce qu'elle devait à Hennery...

— Les courses, Hennery, nous nous sommes vus aux courses. Vous étiez avec ce personnage étonnant en jaquette rouge, un marquis! Quel pays merveilleux, cette île Maurice. Et la comtesse? Je sais qu'elle est guérie. Je la revois encore dans son lit. Une si belle femme, on ne pouvait pas penser un instant qu'elle était malade.

En écoutant Elvira aligner phrase après phrase, avec aisance, et pas tout à fait naturellement, Oudinot se demandait si elle ne récitait pas des pages d'un autre livre, sur la comtesse, sur lui peut-être? Complètement changée par le succès et par le mariage, par les deux choses confondues, le mariage lui permettait de savourer son succès, d'en *jouir* pensait Oudinot plutôt agacé.

— Oliver n'est pas là?

— Nous l'attendons, dit Elvira, il déjeunait avec Lord et Lady Osquith. Il vous a sûrement parlé de son ami Johnny?

Un sourire mondain, irritant;

— Lord Osquith? Ils se sont connus pendant la guerre. Vous ne le savez pas? Le *Times* l'a annoncé hier, Hennery, c'est merveilleux. Lord et Lady Osquith emmènent Oliver en croisière, sur leur yacht, l'Amérique Centrale, l'Amérique du Sud, et l'autre côté, jusqu'aux îles Galapagos, la route de Darwin, avec toutes les escales de Darwin, le rêve d'Oliver, vous connaissiez son rêve, n'est-ce pas, Hennery? Vous ne voulez pas une autre coupe de champagne, Hennery? Vous préféreriez autre chose?

Un clin d'œil de complicité, je sais que vous aimez bien le champagne, le cognac, le whisky. Oudinot la trouvait soudain insupportable, et puis, repris par son besoin de justice, il se reprochait sa sévérité, c'était magnifique ce qu'elle avait fait de sa vie, finalement. Moi? Ma vie à moi? Qu'allait-il rapporter de Londres pour Adélaïde? Elle avait tellement besoin de quelque chose de... Quelque chose de *positif*. On disait ça de plus en plus. C'est positif, ce n'est pas tellement positif. Si le *Times* avait parlé de la croisière des Osquith, Adélaïde était sûrement au courant.

Elle recevait le *Times* avec un jour de retard, parfois deux, quand la tempête (selon la formule consacrée) isolait le continent.

— Vous verrez sans doute Oliver?

Adélaïde n'avait rien dit de plus. Où en était-elle avec l'autre? Le petit Chamarel? Jamais un mot sur lui, aucune allusion. Curieux, très curieux. Elle ne pensait qu'à sa jambe. Elle allait bientôt être fixée puisque le Dr Fournier devait la déplâtrer. Après combien d'interventions? Elle avait tout supporté avec un courage stupéfiant, Oudinot comptait en parler à son ami Oliver, mais...

En jetant un coup d'œil vers Elvira, très entourée, Oudinot comprit qu'Oliver arrivait. Il ne se trompait pas, son ami guidait vers sa mère une belle personne, (un peu trop grande?) vêtue d'un manteau trois-quarts clair sous lequel elle portait une robe blanche. Elle paraissait blonde, coiffée d'un chapeau cloche vert sombre. Des perles somptueuses. Lady Osquith, Oudinot n'en douta pas un instant. Il se faufila vers la sortie en évitant de regarder dans la direction d'Elvira et de Campbell; un peu comme l'autruche met sa tête dans le sable pour ignorer un danger.

XV

A Paris,
quatre jours plus tard

Revenu par Southampton et par Le Havre, Oudinot n'avait pas digéré l'indifférence avec laquelle il avait été accueilli au Colonial Office. Le ministre n'avait pu le recevoir. Une sorte de pantin mécanique avec tous les tics du *civil servant* formé aux Indes avait promis de donner à son rapport toute l'attention qu'il méritait, tout en s'étonnant qu'Oudinot ait quitté Paris alors même que la Commission du Pacifique allait terminer ses travaux. Que répondre ? La Commission se réunissait deux fois par mois pour des bavardages sans intérêt. Les choses sérieuses se passaient ailleurs, entre les gens du *Foreign Office* et ceux du Quai d'Orsay.

Oudinot rapportait le collier de l'infante.

— Pour Pascaline, avait précisé Gladys, en le lui remettant.

Il avait téléphoné à l'hôpital de Gladys pour lui donner quelques nouvelles de Bubu. Si les visites restaient interdites, l'enquête se poursuivait, très mollement. Le juge Ballesaque laissait entendre à Mestal qu'on s'acheminait vers un non-lieu. Le comte ne répondait pas aux questions. Son comportement n'était pourtant pas celui d'un fou. Il poursuivait des opérations en Bourse par l'intermédiaire de son agent de change auquel il faisait transmettre ses instructions par son infirmière. De quoi se souvenait-il ? C'était très difficile à savoir ; le psychiatre chargé de l'*expertiser* y perdait son latin. Comme aucune partie civile ne soutenait la cause des victimes, on laissait traîner. Le comte ne manifestait pas beaucoup d'impatience. Il a compris qu'il ne doit pas exagérer, commentait Mestal. Deux ans ? Trois ans de patience ? Le comte mangeait avec plus d'allégresse, depuis qu'on l'accompagnait chaque matin au Bois pour une longue promenade au bras de l'infirmière ; un inspecteur derrière eux, à une dizaine de pas.

— Quoi ? bougonnait Mestal, il aura trente-cinq ans quand ce sera réglé.

— Il retrouvera son fauteuil à la Banque ? avait demandé Oudinot.

— Pourquoi pas ? S'il conserve des amis au conseil d'administration ?

Oudinot devait-il à Bubu d'accepter la proposition de Mestal ? Il n'avait pas encore pris sa décision, mais ses hésitations permettaient à Mestal de penser qu'il se laisserait faire et, politiquement, ce n'était pas sans importance puisque Oudinot donnerait l'impression de se rallier aux rétrocessionnistes. Si, officiellement, le statut de l'île Maurice n'était pas remis en cause par le Traité de Paix, on ne renonçait pas pour autant à reprendre le dossier par la suite, si les Français de l'île le demandaient.

Un *bleu* d'Adélaïde attendait Oudinot à l'hôtel Louvois. Elle souhaitait le voir dès son retour, elle avait un conseil à demander. Très important ! Oudinot croyait deviner de quoi il s'agissait. Avant de partir pour Londres, il lui avait remis un dossier confié à Mestal par son amie d'enfance Emilienne de Voulenzon et concernant le rachat de la Maison de Couture Gerlor avec son département Parfums et la production d'une crème de beauté indienne. Le projet était plus *avancé* que Bubu ne le croyait en son temps, avec une participation de Gupta Singh dont il devait tout ignorer. A moins que ?... Avait-il appris quelque chose ? Emilienne de Voulenzon désirait savoir si la comtesse de Kergoust, éventuellement, pourrait s'intéresser à l'affaire. Peu probable, estimait Oudinot.

Depuis la veille, la comtesse avait retrouvé son appartement au Claridge, une grande chambre avec un minuscule salon-entrée. Deux fenêtres sur les Champs-Elysées, au troisième étage. Oudinot s'aventurait rarement aux Champs-Elysées, il se sentait davantage chez lui autour de l'Opéra et sur les Grands Boulevards, avec les théâtres, les brasseries un peu canailles de la Porte Saint-Denis. Agréablement surpris en découvrant les marronniers en fleurs du Rond-Point, il avait fait arrêter son taxi devant le *Figaro* pour remonter à pied jusqu'au Claridge. Beaucoup de promeneurs, et des gens aux terrasses de café. Il faisait beau. On ignorait ça, à Maurice, le retour du printemps, qui entraînait une sorte de rajeunissement général dont, de toute évidence, Adélaïde bénéficiait.

— Henri !

Elle venait au-devant d'Oudinot, magnifique, souriante, sans canne, sans béquille, elle marchait comme elle aurait dansé, elle glissait, très belle et heureuse de l'être redevenue, c'était plus important pour elle que tout le reste, y compris Campbell ou un autre. Ressuscitée ! Depuis son accident, et surtout depuis qu'elle se croyait *infirme*, quelque chose était mort en elle ; elle se retrouvait entière, *ressuscitée*, il n'y avait pas d'autre mot pour ce qu'elle éprouvait, elle renaissait chaque fois qu'elle s'arrêtait devant la glace de l'armoire, dans la chambre, pour vérifier l'état de ses jambes. Elle entraîna tout de suite Oudinot vers la glace :

— Regardez !

Elle tournait le pied vers l'intérieur :

— Vous vous souvenez, Henri ?

Elle portait la robe dont, un jour, Oudinot lui avait fait compliment, un fourreau rouge orangé. Elle l'avait mise pour leur dernier dîner à la Nouvelle Hollande.

— Pour vous plaire, Henri.

C'était après la fugue de Pascaline. La douloureuse image de Chamarel sur Adélaïde sous le multipliant de la Mare-aux-Songes à l'endroit où on avait retrouvé Gaëtan massacré à bout portant par Louis Girard.

— Regardez mon pied, Henri.

Elle parlait de miracle.

— Evidemment, la jambe est encore plus maigre que l'autre, mais c'est normal. Ça s'arrangera très vite.

Le masseur viendrait tous les matins. Elle avait raison : c'était miraculeux, elle était belle et rajeunie, superbe, superbe, pour qui ? Allait-elle demander des nouvelles de Campbell ? Oudinot avait préparé une histoire, il avait manqué Campbell, mais il avait appris...

— J'ai reçu hier votre ami Mestal, dit la comtesse. Il avait téléphoné de votre part à la clinique. Il souhaitait me parler de ça.

Elle soulevait le dossier marqué Gerlor qu'Oudinot lui avait passé à la demande de Mestal.

— Qu'est-ce que vous en pensez ? Il me semble que ça pourrait devenir intéressant ?

— La couture ?

— La parfumerie, Henri, les produits de beauté. Cette crème de Jézabel... Vous avez vu ce qu'en pense ce monsieur... Il travaillait pour Houbigant.

— Je n'ai pas la moindre compétence dans ce domaine, ma chère Adélaïde.

— Bubu avait engagé de l'argent, pas mal d'argent.

— Vraiment ? Je n'en savais rien.

Il n'allait pas tarder à apprendre par Mestal qu'en fait les fonds avancés pour l'étude de la production et pour le lancement de la crème indienne (le nom donné à la crème de Jézabel, provisoirement, en attendant de trouver mieux) venaient de Gupta, par l'intermédiaire de Muguette. Muguette avait-elle dit à son amie Emilienne que le comte était le bailleur de fonds ? Emilienne le laissait-elle entendre pour entraîner la comtesse dans son affaire ? Pas facile à démêler, on verrait bien, par la suite, si Adélaïde...

— Vous pensez, Adélaïde, que...

Quoi ? La croyait-il incapable de mener une affaire à Paris ? Elle ne voulait plus rentrer à Maurice.

— On étouffe.

Elle respirait. La vie, à Paris ! Le monde ! Pourquoi avait-elle cédé à Chamarel dans un moment de folie ? Parce que la solitude la rendait folle. Elle n'était plus seule dans la *ratière*. Le Dr Fournier ne cachait pas qu'il la trouvait tout à fait à son goût. Mestal aussi semblait sensible à son charme, étonné, surpris, il ne s'attendait sûrement pas à trouver quelqu'un comme elle en se rendant chez la femme de son ami Bubu, ce qui impliquait qu'elle n'avait pas été éclipsée par Muguette. Elle s'accrochait au moindre indice pour confirmer les encouragements du miroir. Tu es belle, tu restes la plus belle. Peut-être pas la plus belle à Paris, sûrement pas, mais pas si mal, et pas si mal pour des hommes beaucoup plus intéressants que des dadais de Maurice. Elle pouvait encore plaire, c'était merveilleux de lire même dans les yeux d'Oudinot l'étonnement provoqué par sa *résurrection*.

Campbell ? Pourquoi Campbell ? A Maurice, il comblait un vide. A Paris *Le Temps*, de la veille, dans une correspondance de Londres, avait parlé d'Elvira Campbell et de son livre, *Le Calvaire d'une mère*, que la comtesse avait lu à Maurice. A l'époque, lorsque Oudinot lui avait prêté ce récit assommant, elle avait *deviné*... En tout cas, la confirmation ne la surprenait pas. Elle n'oubliait pas l'accouchement de la *contessa* qui tentait d'étouffer sa petite fille entre ses cuisses, mais elle ne rapprochait plus l'histoire de la sienne, elle avait éliminé ses remords, si jamais elle en avait vraiment nourris. Restait, très confus, très flou, un ressentiment contre Oudinot qui lui avait prêté *Le Calvaire* pour l'embarrasser pensait-elle, et quelque chose d'autre, de nouveau, inspiré par le dépit, un grief, des reproches contre Oliver qui avait donné à sa mère et à Oudinot des renseignements faux sur elle, et dont il n'aurait jamais dû faire état. Qu'il aille au diable avec Darwin ! *Le Temps* mentionnait sa croisière avec Lord et Lady Osquith. Pour confirmer et fortifier la confiance retrouvée en son charme, la comtesse écartait tout ce qui pouvait le contester. Campbell lui échappait ? Il ne lui manquerait pas, que pouvait-il lui apporter ? A Maurice, pour supporter sa solitude, elle s'était imposée au Fonds, elle avait organisé le Service de Santé et surtout elle avait magnifiquement profité des circonstances pour accroître les revenus de la Grande Plaine. En son absence, Dietr von Buckowitz, le Faucon, en liberté sur parole et, selon toute vraisemblance, bientôt dégagé des conséquences de la défaite de son pays, veillerait à ses intérêts. Elle lui offrirait plus tard, s'il le fallait, une participation aux profits, une association éventuellement. Mais retourner à Maurice... Jamais ! Elle gardait un souvenir pénible de la traversée. Sa jambe lui faisait mal. Elle se voyait *amochée* pour toujours, sa vie terminée, Pascaline devenait insupportable, une petite bonne femme avec tout pour elle, la beauté, l'intelligence et toutes ces années devant elle, pour plaire, pour être aimée. Elle n'aurait pas pu la garder auprès d'elle à Paris, du moins pas avant sa *résurrection*. Ne valait-il pas mieux qu'elle reste à Fontainebleau ? La forêt, si près... A Paris, dans une pension de Neuilly, elle manquerait d'air et de liberté. Quand elle serait un peu plus grande, on verrait. Au couvent, chez Mahaut, surtout pendant les deux ou trois dernières années, Adélaïde (Girard) rêvait de Paris. La Sorbonne ! Faire des études. Bien entendu, Louis Girard ne voulait pas en entendre parler. Sa fille à Paris, toute seule ! Pour devenir quoi ? Comédienne peut-être ? Ses yeux brillaient quand il était question de théâtre. Une troupe de méchants cabots avait débarqué un jour à Port-Louis. Ils jouaient du Molière et une version (condensée) de Phèdre. La comtesse se promettait de voir tous les bons spectacles de Paris, elle prendrait un abonnement à la Comédie-Française puisque, maintenant, les femmes étaient admises à l'orchestre. Pas depuis tellement longtemps.

La comtesse mélangeait ses projets avec la certitude euphorique de recommencer à vivre. Pourquoi pas une maison de couture ?

— Votre ami Mestal nous invite vous et moi, Henri, chez une dame que Bubu comptait associer au projet. Elle a un nom curieux, Emilienne de Voulenzon. Qui est-ce ?

— La noblesse d'oreiller, dit Oudinot.

Il reprenait une expression de Mestal.

— Vous viendrez avec moi, Henri ? Je me sens un peu isolée à Paris, malgré tout, vous le comprenez ? Cette personne... Cette dame de Voulenzon... Bubu voyait des gens... Votre ami Mestal l'aime bien, n'est-ce pas ? Que pensez-vous de lui ? On peut lui faire confiance ?

— Absolument.

— Il pense que Bubu ne sera pas inculpé.

Un soupir.

— Je l'espère, je l'espère, reprit la comtesse. Je n'arrive pas à croire qu'il ait pu...

Et toi, pensait Oudinot, qui pourrait croire... Encore la scène de la Mare-aux-Songes. Le corps de Gaëtan. Gaëtan avec lui sous la douche. Tu es bien baraqué. Qu'est-ce qu'il cherchait (lui, Oudinot) quand, ses études terminées, il tournait autour d'Adélaïde Girard ? Qu'est-ce qu'il espérait quand il *offrait* Adélaïde à Gaëtan ? Que voulait-il apprendre ? Découvrir ? Il se retrouvait devant une Adélaïde inconnue, aussi mystérieuse qu'à vingt ans, par laquelle il se sentait encore attiré (enrôlé ? capturé ?) et dont pourtant il n'attendait rien. La présence ? Un plaisir de parler ? De penser avec elle ? A vingt ans elle ne l'inquiétait pas. Que cherchait-elle maintenant ?

— Qu'est-ce qu'on peut faire à Maurice, Henri ? Il reste une cinquantaine de sucreries. Il y en avait cinq fois plus il y a cinquante ans. Dans dix ans ? Dans vingt ans ?

Et tout à coup :

— Regardez, Henri, regardez mes jambes.

Elle lui tournait le dos, elle s'éloignait.

— Est-ce qu'on remarque encore une différence ?

On apporta du thé et des brioches sur une table roulante. Elle renvoya les brioches.

— A moins que vous, Henri, vouliez en manger une ? Figurez-vous que je m'étais mise à aimer la pâtisserie qu'on servait à la clinique. Un désastre ! Savez-vous combien j'ai pris de kilos en un mois ?

Elle n'arrivait pas à ouvrir la fenêtre. Oudinot s'approcha pour l'aider.

— Non, ça ira.

Elle secouait la poignée. La fenêtre céda. La comtesse se pencha sur l'avenue :

— J'aime cette ville, Henri. Louis Girard m'en parlait quand j'étais petite. Il avait rapporté de l'Exposition Universelle un fiacre motorisé, la première voiture sans cheval qu'on voyait à Maurice. Il l'avait commandée à l'ingénieur Serpollet qui, plus tard, a fait des automobiles. Je pense que Louis Girard sera content si je fais quelque chose, ici. C'est trop loin de tout, Maurice, vous ne trouvez pas, Henri ? Pour une femme, surtout. Qu'est-ce qu'on demande à une femme, là-bas ? De faire des enfants.

Un sourire qu'Oudinot jugeait énigmatique. Où voulait-elle en venir ?

— *A nous deux, Paris*, dit-il.

Elle sourit en posant une main sur le bras d'Oudinot.

— Vous m'avez vue quand je suis arrivée, Henri ? Et maintenant, hein ? Regardez...

Elle traversa le petit salon-antichambre, revint vers la chambre, et encore un aller-retour :

— Je pourrais... Comment dit-on ? Faire le trottoir ?

Elle riait, pas très naturellement, mais apparemment heureuse. Elle versa le thé.

— Je viens de loin, et je reviens de plus loin encore, murmura-t-elle en présentant une tasse à Oudinot.

XVI

Le défilé
de la Victoire

14 juillet 1919.

On avait repoussé le Cénotaphe sur le côté de l'avenue des Champs-Elysées pour laisser descendre les troupes qui émergeaient sous la voûte de l'Arc de Triomphe, guidées par Joffre et par Foch. Pascaline battait des mains, debout sur le bord de la fenêtre de la chambre de sa mère au Claridge, retenue par Oudinot, son parrain, qui la serrait entre ses bras. Elaine Goupille l'avait amenée de Fontainebleau, invitée elle aussi par la comtesse, avec d'autres amis, Mestal et Mme de Voulenzon avec laquelle la comtesse s'entendait de mieux en mieux. Elle allait diriger la maison de couture Gerlor dont la comtesse avait pris le contrôle, non sans avoir longuement pesé le pour et le contre. Elle ne regrettait rien. Elle préparait le lancement de la crème indienne, mais le nom restait à trouver. Jézabeline ? Ce n'était pas convaincant, on cherchait mieux, avec le concours de l'affichiste Mucha, très original, un ancien danseur, tombé amoureux fou de la comtesse qu'il demandait en mariage deux fois par jour.

— Pour vous voir rire, disait-il, vous êtes merveilleuse quand vous riez.

Ah ! elle ne regrettait pas son voyage à Paris... Elle avait invité le Dr Fournier. Au troisième étage du Claridge, on se trouvait aux premières loges, on voyait tout par-dessus les marronniers, de l'Arc jusqu'au Rond-Point, et plus loin, jusqu'à la Concorde. Au Rond-Point, entre les jets d'eau, on exposait des canons pris à l'ennemi, c'était étrange. Oudinot expliquait à Pascaline d'une voix sourde que 1 350 000 Français avaient été tués, sur 100 soldats partis pour la guerre, 17 n'étaient pas revenus. Qu'est-ce que cela pouvait signifier pour la petite fille ? Elle voyait tant de soldats en formations compactes passer devant elle, des cavaliers, des drapeaux ; les morts, c'était quoi ? A sa façon, Oudinot se posait la même question. Depuis son dernier voyage à Londres il cherchait à se situer dans la multitude des *autres*. Il n'oubliait pas les alignements de maisons dans la banlieue de Londres, oh! ce n'était pas nouveau, il avait déjà vu tout cela, mais tout à coup on *découvre* ce que l'on connaît. Les fourmis, les fourmis... Cela revenait, avec ces carrés de baïonnettes en mouvement. Qu'est-ce que je fais à cette fenêtre? se demandait Oudinot. Dans la foule qui se pressait de part et d'autre des Champs-Elysées se trouvait une petite fourmi qu'il aimait : son cher Anselme, arrivé la veille. Il l'avait laissé au coin de la rue de Berri, en lui demandant de ne pas s'en écarter, il le retrouverait avant midi. Pouvait-il l'emmener chez Adélaïde? Impossible, mais pourquoi? Est-ce que je l'abandonne? Est-ce que je le trahis? Est-ce que j'ai honte de lui? Comme mon père avait honte de moi? Cette dernière question aussitôt censurée, effacée. Moi, je tiens Pascaline entre mes bras parce que je crains qu'elle ne soit prise de vertige.

Où est-*il*? Oudinot ne regardait plus les troupes, les maréchaux, il cherchait la fourmi à laquelle quelque chose de bizarre le reliait. Aimait-il Anselme ou cherchait-il simplement à donner un sens à sa propre vie? Pourquoi n'avait-il pas osé dire à Adélaïde qu'il ne se rendrait à son invitation qu'avec Anselme? Pascaline ne lui parlait pas d'Absalon quand il la revoyait. Par crainte de déplaire à sa mère? Lui a-t-elle confié que je souhaite l'adopter? Oudinot voyait les deux enfants dans les eaux du lagon. Le paradis perdu? Anselme ne le regrettait pas. Il rapportait de Nice un bulletin magnifique, des encouragements de M. Perdrot, une facture aussi passablement salée, avec un décompte impressionnant d'heures supplémentaires. Il paraissait du moins profiter de ces dépenses en hausse. Anselme était arrivé très tôt, le matin, à la gare de Lyon, encore somnolent.

— Qu'est-ce que tu aimerais? Dormir?
— Je voudrais voir la tour Eiffel.

Il avait grandi, il fallait renouveler sa garde-robe. Oudinot serait allé le rejoindre à Nice pour les vacances de Pâques si la comtesse ne l'avait pas mobilisé pour l'affaire Gerlor. Pour Anselme, prendre le train tout seul, pour un si long voyage... M. Perdrot l'avait installé dans une place de coin, d'un compartiment de seconde classe, en le recommandant à ses voisins. Tout s'était bien passé. Oudinot l'attendait à la gare de Lyon. Embarrassé par les regards qu'il sentait sur lui? Alors qu'il ne remarquait plus les curiosités éveillées par son visage si particulier, il lisait dans les yeux les questions que se posaient les gens en le voyant, main dans la main, avec Anselme.

— C'est un grand garçon, avait remarqué le chauffeur de taxi en passant la valise à Anselme.

Oudinot s'était retenu de répondre : c'est mon fils, foutez-moi la paix. Pourquoi cette nervosité ? Pourquoi tant de susceptibilité ? Il ne se sentait pas sûr de lui. Et Anselme ? Très naturel, et charmant. Il envoya une carte postale de la tour Eiffel à sa grand-mère.

— As-tu le mal du pays ?

— Parfois, Henri.

Sa façon de dire Henri, avec, dans les yeux, une joie, un émerveillement, et en même temps une inquiétude. Est-ce qu'il ne rêvait pas ? Si je mourais, qu'est-ce qu'il deviendrait ? A qui pourrait-il confier Anselme éventuellement ? Pas à Adélaïde, hélas ! Pour les dispositions d'argent, pas de difficultés, mais l'affection ? La protection ? J'en parlerai à Mestal, s'était promis Oudinot.

Mestal commentait le défilé pour Pascaline :

— C'est la musique de la 7e division. Le maréchal Joffre monte le cheval blanc. Ça, ce sont les mutilés, et les gueules cassées.

— C'est un gros mot, gueule, n'est-ce pas, maman ?

— Ces hommes-là sont des héros, dit Elaine Goupille.

— Voilà le général Pershing, avec les Américains, dit Mestal. Il était temps qu'ils arrivent. Les Boches ramenaient leurs troupes de Russie pour enfoncer le front, alors que, chez nous, on était au plus bas, avec des mutineries.

Qu'est-ce que je faisais lorsque la France se trouvait en si grand péril ? se demandait Oudinot. Il confia Pascaline à Mestal et quitta la fenêtre pour se verser un cognac. Il en profita pour observer Adélaïde qui se tenait dans l'embrasure de la seconde fenêtre avec le Dr Fournier, très empressé, trop familier ? Adélaïde était restée près de deux mois dans sa clinique. Fournier, Oudinot ne l'ignorait pas, était un ami de Campbell. Chamarel les avait connus tous deux, Campbell et Fournier, au lazaret de Salonique ; c'était Chamarel qui, après l'accident de voiture dont il se sentait responsable (mais pourquoi ?), avait décidé Adélaïde à faire reprendre sa jambe par Fournier. Il avait raison, Fournier était un as, l'as des as, disait Adélaïde. Elle riait de ses plaisanteries souvent lourdes, elle ne paraissait pas gênée par son langage, rabelaisien par moments ; rabelaisien si l'on veut. Une conni-vence, une complicité entre eux ? Pourquoi l'avait-elle invité ? Et pourquoi était-il venu, un homme si occupé ? Il est vrai que pour un défilé de la Victoire...

Quelle heure ? Onze heures à peine.

— Vous trouvez ce qu'il vous faut, Henri ?

— Absolument tout, votre cognac est excellent.

Malgré lui, Oudinot ajouta :

— C'est le verre du condamné.

Pour mal venue qu'elle fût, l'expression traduisait son humeur. Il ne pensait qu'à Anselme et se sentait coupable d'abandon. Lâche. Et pourquoi ? Pourquoi ? Pourquoi les deux enfants, le frère et la sœur, presque frère et sœur en tout cas, ne pouvaient-ils se voir ? Pourquoi s'en accommodait-il, lui, Oudinot ? Pour-quoi n'imposait-il pas Anselme à Adélaïde ? Par crainte ? Il ne lui devait rien. Au demeurant, elle ne paraissait pas tellement se sou-cier de Pascaline. En fin de journée, Pascaline serait réexpédiée à Fontainebleau avec la charmante Elaine Goupille, qu'elle aimait beaucoup, tant mieux. Est-ce qu'Adélaïde *aimait* Pascaline ? Elle n'aime qu'elle-même, songeait Oudinot.

— Regardez, Henri, mes jambes, elles sont pareilles, n'est-ce pas ?

Les séances devant sa glace ! Sa beauté ! Le miroir ! Elle voulait durer en restant belle. Et jeune ! Lui, Oudinot, il espérait qu'Anselme le *prolongerait*, deviendrait un autre lui-même. C'est quoi un fils ou une fille ? On continue d'exister, par la fille, par le fils. Elle, Adélaïde, finirait quand elle ne serait plus elle-même. En vieillissant, elle se détruisait ; Oudinot, en le comprenant, la regardait avec de la pitié.

Le téléphone grésillait dans le petit salon. La comtesse pria Oudinot de répondre.

— Allô ?

— Je voudrais la comtesse de Kergoust.

— Pour qui ?

Question inutile, Oudinot, avec un léger décalage, reconnais-sait la voix, celle de Chamarel !

— C'est vous, Eric ? D'où appelez-vous ? Oudinot, je suis Henri Oudinot.

— On ne se tutoie plus, Henri ?

Chamarel se trouvait à Marseille, où il venait de débarquer.

— Adélaïde n'est pas là ? Elle m'attend.

Oudinot en restait muet. Adélaïde n'avait soufflé mot de l'arrivée de Chamarel. Elle ne parlait jamais de lui. Elle le faisait venir ! La scène de la Mare-aux-Songes. Souvenir douloureux pour Oudinot. Mais pourquoi ? Et, finalement, c'étaient ces images qui l'avaient aidé à écarter tout ce qui aurait pu se former de trouble dans les regards qu'il posait sur Anselme ; et ça n'était pas si simple. Il s'approcha d'Adélaïde :

— Le petit Chamarel est à Marseille. Il désire vous parler. Vous ne m'aviez pas dit que...

Elle n'écoutait plus. Pendant une minute, Oudinot la regarda, pâmée au téléphone, lui semblait-il. Par le *Times* reçu la veille, il avait appris que l'expédition Osquith sur la route de Darwin était parvenue à Valparaiso. Est-ce qu'Adélaïde pensait encore à Campbell ? Et lui, Oliver ?

Oudinot ramassa son chapeau de paille et fila à l'anglaise, tout joyeux à l'idée de retrouver Anselme, la petite fourmi noire de son cœur.

Cet ouvrage a été réalisé sur
Système Cameron
par la SOCIÉTÉ NOUVELLE FIRMIN-DIDOT
Mesnil-sur-l'Estrée
pour le compte des Éditions Belfond
le 20 mai 1988

Imprimé en France
Dépôt légal : mai 1988
N° d'édition : 2150
N° d'impression : 9456